JN157955

# 江戸川乱歩と横溝正史

Edogawa Rampo & Yokomizo Seishi

Nakagawa Yusuke
中川右介

集英社

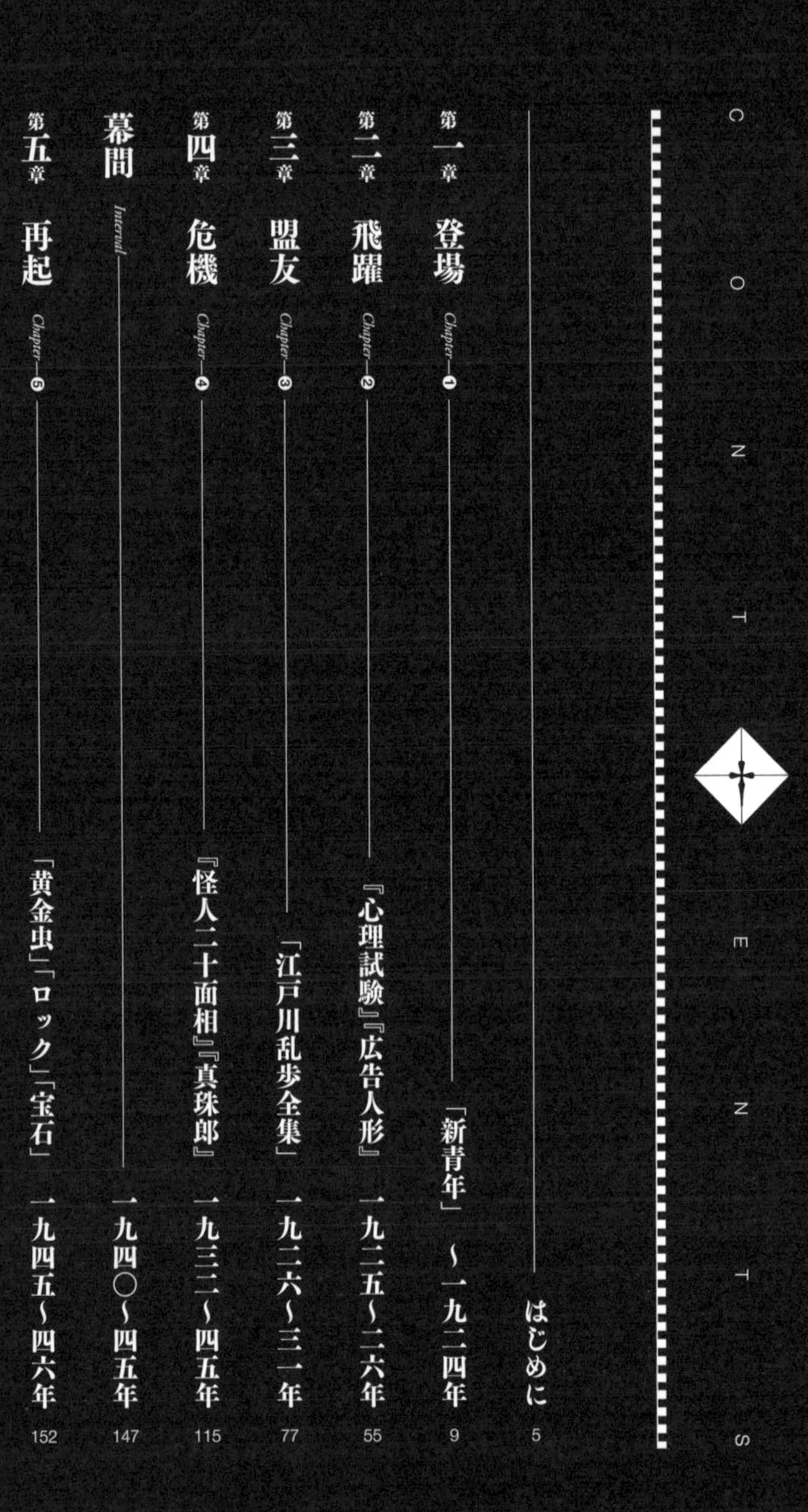

CONTENTS

装幀◆成見紀子
組版・図版作成◆株式会社 RUHIA
校閲協力◆株式会社 鷗来堂

# はじめに

〈「あの泥坊が羨しい」〉で始まり、四十三年後に〈「少年探偵団、ばんざあい……。」〉で終わるのが、江戸川乱歩の小説家人生である。

〈四月一日の午前三時ごろ〉で始まり、五十九年後に〈「源氏物語」の書かれざる最後の巻のように。〉で終わるのが、横溝正史の小説家人生である。

二人はほぼ同時期にデビューし、最初の二十年は江戸川乱歩が人気作家として不動の地位を得て、戦争中の五年は二人とも探偵小説は書けず、次の二十年は二人がともに人気作家となり、次の十年は亡くなった乱歩の作品は読まれていたが横溝は忘れられ、最後の五年に横溝は空前の大ブームとなった。この六十年のあいだに戦争があり、作家たちも出版界もその大きな波に呑み込まれた。その間に多くの出版社が生まれては消えていった。その激動のなかで江戸川乱歩と横溝正史の作品は生き抜いた。

江戸川乱歩については多くの研究書があり、作品についても人物についても語り尽くされている。横溝正史についても、乱歩ほどではないが、研究書が何冊もある。どちらかというと、江戸川乱歩は作品よりも作家論、人物論が多く、横溝正史は作品論が大半を占める印象があるが、同世代の探偵小説作家のなかで二人の存在は際立っている。

この本は、二人の「交友」に焦点を当てる。二人は探偵小説の同好の士として出会い、生涯、その関係は変わらなかった。面白い探偵小説を見つけては互いに紹介していた。そして互いの作品を褒めあった。ときに疎遠となったり、諍いもあったが、友情は変わらなかった。

横溝正史は戦前に編集者として乱歩を支えていた時期がある。江戸川乱歩は戦後、編集者となり横溝正史が最高傑作を書くのをサポートした。二人は互いに相手に読ませようと思って探偵小説を書いていたのではないか——という仮説を唱えたくなるくらい、濃密な関係がある。

しかしその程度のことならば、すでに語られ論じられているだろう。あえて二人の名を書名に掲げて一冊の本を書くには、新たな視点が必要となる。そこでこの本では、「出版史」の上に二人の作家を置いて、彼らの生涯の軌跡を描いていく。

この二人はデビュー以来、「発表のあてもなく小説を書く」ことのない作家であった。雑誌や新聞、出版社からの執筆依頼があってから書く作家だった。当たり前のことのようだが、すべての作家がそういう境遇にいるわけではない。さらに書店店頭にその著書が一冊もない状態が極めて短い作家でもあった。角川文庫でのブームが起きるまで「横溝正史は忘れられていた」とされるが、新作はなくても旧作は途切れることなく装幀を変えて出ていたのだ。

二人がデビューした「新青年」の版元はかつて「出版王国」と称された博文館である。やがて出版王国の座は講談社が奪取する。江戸川乱歩の活躍の舞台もそれにあわせて講談社へ移る。戦前に乱歩全集を出したのは平凡社、横溝の最初の書き下ろし小説を出すのは新潮社と、意外な版元が彼らと深い関係があった。戦後の新興出版社である角川書店と早川書房、光文社が探偵小説と二人の作家とどう関わっていくのか——二人の大作家を通して日本出版界の興亡のドラマが描かれる。

この本は「評伝」のジャンルに分類されると思うが、「文学論」あるいは「作家論」を書くつもりはない。その意味で「本格評伝」ではなく、何よりも読み物としての面白さを追求して書かれる。乱歩が自作を「通俗長篇」と呼んだのにならえば、「通俗評伝」を目指している。もちろん、事実関係については文献資料にあたり確認できたものを記すので、「いつ」「どこで」「だれが」「なにを」「した」あるいは「言った」については、創造・創作はなく、まさにノンフィクションである。

しかし、乱歩と横溝を含め関係者の多くが「作家」であり、その回想録や随筆はノンフィクションといえども、サービス精神からか話を面白く脚色している可能性もある。なるべく複数の文献にあたり、事実を突き止めたつもりだが、そういう脚色が残っている可能性もあることをご理解いただきたい。

文中、江戸川乱歩については「乱歩」、横溝正史については「横溝」とする。江戸川乱歩を乱歩とするのなら横溝正史は正史とすべきだし、そうしている本も多い。だが、中学時代に角川文庫で横溝正史と出会い、空前の「横溝ブーム」の最中に高校時代を過ごした者としては――「正史ブーム」とはいわなかった――この作家を「正史」と呼ぶのに違和感がある。同じように、江戸川乱歩を江戸川とするのも違和感があるので、不揃いではあるが、「乱歩と横溝」とする。

乱歩は正字では「亂步」となり戦後のある時期まではこの表記で本も出ていたが、存命中から「乱歩」としてある表記の本もあり、また肉筆署名にも「乱歩」と新字で書いているものがあることから、引用を除きデビュー時から「乱歩」と表記する。ご容赦いただきたい。

## ●引用の出典

〈　〉内は引用である。仮名遣いは新仮名遣いに改めたが送り仮名は原文のママとした。

江戸川乱歩作品は光文社文庫版全集を典拠とする。自伝的ことがらは『探偵小説四十年』からの引用はとくに出典は示さないが、必要な場合は『四十年』と略す。日記、手紙、新聞記事、写真などを乱歩自身が編んだ『貼雑(はりまぜ)年譜』は『貼雑』と略す。

横溝正史の小説は角川文庫版を基本とし、同文庫に収録されていないものは、そのつど示す。随筆は収録されている書籍名を文中に記すが、（　）はその略称である。『探偵小説五十年』（五十年）、『探偵小説昔話』（昔話）、『横溝正史自伝的随筆集』（自伝的）、『金田一耕助のモノローグ』（モノローグ）、『真説金田一耕助』（真説）、『横溝正史読本』（読本）、『横溝正史の世界』（世界）。

横溝の「自伝」的な随筆のうち、「探偵小説昔話」は『昔話』に、「途切れ途切れの記」「続・途切れ途切れの記」は『五十年』に、「書かでもの記」と「続・書かでもの記」は『自伝的』にそれぞれ収録されている。煩雑になるので収録書籍の書名のみ記すこともある。

なお、引用部分には、今日においては配慮が求められるべき表現もあるが、それらの文章が発表された当時の時代状況を鑑み、原文のままの掲載とした。

Chapter—❶
~1924
†

# 第一章 登場——「新青年」~一九二四年

江戸川乱歩と横溝正史が初めて会って話したのは、一九二五年（大正十四）四月十一日のことだった。この時点で、乱歩はすでに「新青年」に『二銭銅貨』に始まる最初期の短篇群を発表している。横溝もすでに『恐ろしき四月馬鹿（エイプリル・フール）』が「新青年」の懸賞小説に入賞しデビューしていた。もっとも、横溝はまだ専業作家ではない。投稿した数作が雑誌に掲載されたアマチュア作家にすぎず、生家の薬屋を継いだばかりで、何も執筆していない時期だった。

だが、この一九二五年四月の初対面の四年前、二人は同じとき、同じところにいた。ときに一九二二年（大正十一）七月から十一月のある日、ところは神戸図書館、二人は馬場孤蝶の講演を聞きに行っているのだ。

## †馬場孤蝶の講演会

二人が同じときに同じところにいた記念すべき日について、横溝は具体的な月日はどこにも記していない。乱歩は自伝『探偵小説四十年』（以下、『四十年』とする）に、〈失業時代（大正十一年七月ごろから十一月ごろまで）〉と記している。これを根拠にして多くの乱歩文献では「七月から十一月に馬場孤蝶の講演を聞いた」としているが、月日を確定できないものか。

乱歩が東京から大阪へ来たのが一九二二年七月なので、それ以降であることは間違いない。さらにこの講演を聞いて刺戟されて、以前から筋だけはできていた『二銭銅貨』と『一枚の切符』を一気に書くので、この二作を書き始める前に馬場孤蝶の講演会があったのも間違いない。
では『二銭銅貨』と『一枚の切符』の執筆時期はいつか。『四十年』では〈八月半ばごろだったかと思う〉とある。しかし昭和四年七月の随筆『あの作この作（楽屋噺）』では〈大正十一年十月に書き〉となり、「本の手帖」昭和三十六年十一月号掲載の随筆では〈大正十一年の夏〉とあり、ますますはっきりしない。

　ところが乱歩のすべての記録のオリジナルである新聞記事やハガキなどのスクラップ・ブック『貼雑年譜』を見ると、九月二十一日から二十三日まで『一枚の切符』の下書きをして、二十六日から数日間で『二銭銅貨』の下書きをしたとある。最も古い記録だから、これが正しいと思われる。「新青年」に掲載されたときも『一枚の切符』は〈一一・九・二五〉、『二銭銅貨』は〈一一・一〇・二（あるいは一二）〉と脱稿日が記されている。そうなると、馬場孤蝶の講演会は九月二十一日よりも前である。

　そこで馬場孤蝶の動きを調べてみると、この年の七月二十九日から九月十五日まで三十年ぶりに故郷の高知へ帰っていた。いまのように飛行機や新幹線がない時代だ。馬場孤蝶は東京在住なので、講演のためだけに神戸へ行くとは考えにくい。高知へ行くことになったので、その往路か帰路に神戸で講演した可能性が高い。

　すると七月二十九日の数日前か、九月十五日の数日後のどちらかだ。しかし往路に講演したとなると、それを聞いて乱歩が『一枚の切符』を書くまでに二か月もある。乱歩は講演に刺戟されて一気に書いたようなので、馬場は高知からの帰路、九月十六日から二十日の間に神戸で講演した――こう考えていいだろう。

　ここまで狭まったので当時の新聞を調べると、大阪毎日新聞九月十七日夕刊に、〈探偵小説の話　馬場孤蝶氏講演〉との見出しで、〈神戸大倉山市立図書館の主催で慶大教授馬場孤蝶氏の講演会が十七日午後七時から同館で開かれる何人（なんぴと）も来聴自由である〉との記事があった。やはり馬場孤蝶は高知からの帰路、神戸で講演したのである。

　馬場孤蝶（本名・勝彌）は明治の文学者のひとりだ。一八六九年（明治二）に土佐藩土佐郡（現・高知市）に生まれた。一八七八年に両親と上京し、明治学院に入ると島崎藤村や戸川秋骨と同級になった。卒業後は中学の英語教師をしていたが、同人誌「文學界」に加わり、小説や随筆、評論を発表していた。一八九七年（明治三十）からは日本銀行に勤務するかたわら、「文學界」「明星」「藝苑」などに寄稿し、一九〇六年（明治三十九）には慶應義塾大学文学部教授となった。その翌年、一年だけ馬場孤蝶は早稲田大学の講師となり「欧州最近傑作研究」を講義した。その学生のなかに後に「新青年」編集長となる森下雨村がいた。孤蝶と雨村の師弟関係の始まりである。もし一年どちらかがずれていたら、二人は生涯出会わなかったかもしれない。雨村は一八九〇年（明治二十三）生まれなので、孤蝶の二十一歳下になる。

馬場孤蝶は欧米文学に精通し、その知識は大衆小説にまで及び探偵小説についても詳しい。森下雨村は一九二〇年（大正九）に「新青年」の編集長となると、孤蝶に海外の探偵小説の何を翻訳して載せたらいいかの指示を仰ぎ、さらに探偵小説についての随筆の執筆を依頼した。

かくして大正十一年の時点で、馬場孤蝶は日本で最も探偵小説に詳しい人物となっており、故郷からの帰路、神戸図書館で講演することになったのである。

横溝正史は神戸の生まれである。馬場孤蝶の講演会の年は満十九歳で、まだ神戸で暮らしている。少年時代から探偵小説に夢中になっていたので、暮らしている神戸で「探偵小説の話」と題した講演があると知って駆け付けたのは、ごく自然だ。

だが江戸川乱歩は、神戸とは縁のない人だ。三重県に生まれ名古屋で育ち東京の早稲田大学で学び職業を転転としていた二十七歳の男は、どのような経緯でこの年の七月から大阪府守口町（現・守口市）に住んでいたのか。

### †平井太郎、エドガー・アラン・ポーに出会う

江戸川乱歩の本名は平井太郎という。平井家は武士の階級で、いまの三重県にあたる津藩・藤堂家に仕えていた。父は平井繁男、母はきくという。太郎はこの夫婦の長男として一八九四年（明治二十七）十月二十一日に、三重県名張郡名張町（現・名張市）で生まれた。当時の繁男は名張郡役所の書記で、太郎が二歳の年に転勤で鈴鹿郡亀山町（現・亀山市）へ移り、さらに翌年に名古屋市へ移った。以後、市内で何回か引っ越すが、太郎は十八歳までこの地に住む。やがて父は名古屋商業会議所の〈法律の方の嘱託〉となるが、後に事業を始めるも失敗して破産した。太郎は両親の最初の子で、弟が三人と妹が一人いたが、

上の弟はすぐに亡くなった。

太郎と本との出会いは母が読んでいた黒岩涙香の探偵ものだった。六歳か七歳で黒岩涙香の本を手にしたが、そのときは挿絵を見て楽しむ程度だった。

黒岩涙香は日本探偵小説史の最初にその名が刻まれている。徳川政権末期の一八六二年（文久二）、土佐の安芸郡川北村に生まれた。本名は周六。十六歳の年に大阪英語学校に学び、翌年上京し慶應義塾でも学ぶが卒業はしていない。時代は自由民権運動の只中で政論演説家となり論文も書いて、いくつもの新聞の主筆となり、小説の翻訳も始めた。一八八八年（明治二十一）、「今日新聞」にイギリスのヒュー・コンウェイが一八八四年に発表した『暗い日々』（Dark Days）を『法廷の美人』と題して訳し連載すると大反響を呼んだ。これが日本語で書かれた最初の探偵小説とされる。以後五年間に、ボアゴベイ、ガボリオ、コリンズ、A・K・グリーンなどの三十二の小説を訳し、そのほとんどが探偵小説だった。一八九二年（明治二十五）には新聞社朝報社を設立し「萬朝報」を創刊、同紙に『巌窟王』（原作はデュマの『モンテ・クリスト伯』）『噫無情』（原作はユゴーの『レ・ミゼラブル』）などを訳した。

黒岩涙香の訳は現在の「翻訳」とは異なり、「翻案」と呼ばれるもので、登場人物はすべて日本人名で舞台も日本に移されている。一八八九年（明治二十二）にはオリジナルの探偵小説として『無惨』も書いた。乱歩の幼少期、涙香は存命だったが、一九二〇年（大正九）に亡くなるので、作家・江戸川乱歩のデビューは知らない。

平井太郎の探偵小説との出会いは小学校三年生で、大阪毎日新聞に連載されていた菊池幽芳訳『秘中の秘』だった。原作が何かは示されていないが、イギリスのものだと思われる。幽霊船で見つかった財宝とか暗号などが次から次に出てくる冒険ものである。これで小説の面白さを知った太郎少年は、中学に入るころには押川春浪や黒岩涙香に夢中になっていた。

平井太郎が中学へ入学したのは十三歳になる一九〇七年（明治四十）のことだ。この年の夏休みに父方の祖母と熱海温泉へ行き、一か月ほど滞在している間に同地の貸本屋で借りた黒岩涙香の『幽霊塔』を読み、「お話の世界の面白さ」に感銘を受けた。後年、乱歩はこの翻案小説をさらに翻案する。

横溝正史は乱歩の八歳下になる。自伝的随筆『続・書かでもの記』で、この八年の違いは大きいとしたうえで、こう説明する。乱歩が中学生のころに人気作家だった押川春浪は、横溝が本を読むようになるころには〈すでに影をひそめていて、その著書なども古本屋や貸し本屋を漁っても発見することは困難〉という状況だった。横溝はさらに〈乱歩などいくぶん春浪の影響をうけているのではないかと思われるフシがないでもない〉と指摘している。乱歩は『四十年』で〈春浪をも愛読したけれど、春浪より少しおくれて涙香に病みつき、春浪と併行して、涙香を愛読したのだと記憶する。春浪では武侠冒険の興味を、涙香では怪奇恐怖の興味を満足させたわけである。〉と書いている。

太郎少年がこのころ月極めで読んでいた雑誌は「日本少年」――実業之日本社が出していた少年雑誌だった。実業之日本社は一八九七年（明治三十）に雑誌「実業之日本」を創刊して始まり、現在にいたる。この雑誌が軌道に乗ると、一九〇六年（明治三十九）から八年にかけて「婦人世界」「日本少年」「幼年の友」「少女の友」を相次いで創刊し、「実業之日本社の五大雑誌」とした。

当時の出版界は博文館の黄金時代だったが、その後を追うのが実業之日本社だった。「婦人世界」は出版流通に現在も続く「委託販売制度」を導入した点でも画期的だった。売れ残った分を版元に返品できるこの制度により、書店は売れ残りを気にすることなく仕入れられることになったのだ。「婦人世界」の発行部数は最高で三一万部に達し、雑誌・書籍の大部数時代が到来した。博文館は買取り制度で成功したため、委託販売制度になかなか転換できず、実業之日本社にも、その次に登場する大日本雄辯会講談社（現・講談社）にも抜かれてしまう。

「日本少年」を定期購読していた太郎だったが、一九〇八年（明治四十一）に博文館が「冒険世界」を出すようになると鞍替えした。この雑誌は日露戦争時の一九〇四年に創刊された「日露戦争写真画報」が前身で、戦争後「写真画報」となって、さらに「冒険世界」と誌名変更したものだった。編集長には人気作家・押川春浪が就いて、冒険小説とスポーツ写真を主体にした誌面で少年たちを沸かせていた。

「冒険世界」の編集長でもあった押川春浪は一八七六年（明治九）に生まれた。本名は押川方存で、キリスト教の牧師の子だった。春浪は日本に冒険小説というジャンルを確立させた作家で、ＳＦも書き、また野球の普及にも尽力した人物だ。一九〇〇年（明治三十三）に『海島冒険奇譚　海底軍艦』が巌谷小波に認められて、文武社から出版されると評判になり、その巌谷小波の紹介で博文館の仕事をするようになり、「冒険世界」の編集を担った。編集者としても有能で、多くの作家や画家を育て、押川春浪が見出した作家のひとりが三津木春影である。

三津木春影（本名・一実）は一八八一年（明治十四）生まれなので、春浪の五歳下になる。自然主義文学の作家を目指し、一九〇五年（明治三十八）には「新声」誌に『破船』を発表したものの、「日本少年」に探偵小説を書くようになり、「冒険世界」が創刊されると、編集に携わるようになった。こうして押川春浪のもと、三津木春影は「冒険世界」に探偵小説を翻案し、また自分でも探偵小説や間諜小説、怪奇小説を書いた。

押川春浪は一九一一年（明治四十四）に野球害毒論が起こると、野球擁護の立場で反論し、それを「冒険世界」に載せるかどうかで博文館の上層部と対立したため退社し武侠社を興した。しかし飲酒が過ぎて健康を害し、一九一四年（大正三）、三十八歳の若さで亡くなった。その翌一九一五年、三津木春影も三十三歳の若さで亡くなる。中学生の平井太郎が「冒険世界」を愛読していた時期こそが押川春浪の全盛期だったのだ。太郎は「冒険世界」を毎月読み、黒岩涙香もあらかた読んでしまったところで中学卒業となる。

一九一二年、時代は明治から大正へ変わった。平井太郎はこのまま高等学校へ進学すればさらに文学に近づいたはずだったが、父の事業が失敗し、破産してしまった。成績もそれほどよくなかったこともあり、太郎は愛知県立第八高等学校入学を断念し、再起を目指した父とともに朝鮮へ渡った。父は開墾事業を計画し、太郎も手伝うつもりだったが、進学の夢を諦めきれず、単身で上京し、父の書生だった人物の家に居候して、早稲田大学政治経済学部予科に入学した。

最初の一年は生活のために、父の郷里である三重県選出の代議士・川崎克が発行する政治雑誌の編集や、活版屋で「小僧」として働き、勉強の時間も読書の時間もなかった。この時点で「出版」と関係のある仕事をしていたのだ。翌一九一三年の春から母方の祖母が牛込喜久井町に家を借りて太郎と住むことになり、ようやく勉強と読書の時間が作れ、再び黒岩涙香に夢中になった。すでに数え年で二十歳（満十九歳）なのだが、太郎は当時の文学青年が読んでいた自然主義文学は好きになれなかった。その理由は自然主義小説が〈ひどく性的な小説という印象を受けたばかりで、こういう性生活の日記の如きもの〉に興味を持てなかったからだという。

　祖母と暮らしていたので家賃の心配はなくなったが、苦学生であることは変わらず、文学に費やす時間はあまりなかった。太郎は政治経済科で学んでいたので、余計に当時の文壇のことには疎かった。

　大学二年の一九一四年（大正三）、平井太郎は友人たちと回覧雑誌「白虹」を作った。印刷するのではなく、肉筆でそれぞれ書いてまとめる形の同人誌で、一年の間に五冊作った。太郎が書いたのは、経済学の論文や翻訳、さらに幻想小説や叙事詩も訳した。さらに「帝国少年新聞」の発刊を思い立つが、これは実現しない。この年の夏、母が弟・通と敏男と上京し下宿屋を始めたので、太郎は祖母といた家を出てそこに住むことになった。

　平井太郎にとって大学時代はそれほど楽しい日日ではなかった。経済的に不安定で、家庭教師、政治雑誌の編集、図書館の貸出係などのアルバイトに追われた。唯一の楽しみが探偵小説だったのかもしれない。

　その年の秋、平井太郎はエドガー・アラン・ポーとコナン・ドイルを原書で読んで、〈短篇探偵小説の妙味を知る〉。太郎は黒岩涙香などが翻案した小説を手当たりしだいに読んでおり、そのなかにはガボリオ、ボアゴベ、グリーン、フリーマンなどを原作とするものもあったのだが、それ以前の、探偵小説の祖というべきポーやドイルは読んでいなかったのだ。周囲に同好の士もいなかったので、どれから読むべきか、探偵小説の歴史について疎かったのである。

　平井太郎はポーとドイルを読むまで、探偵小説というものは涙香式の〈半ば人情小説、半ば推理小説という、謂わば生ぬるい形のもの〉と思い込んでいたので、それとはまったく異なる〈理智的な短篇探偵小説〉に衝撃を受けた。探偵小説に開眼したのだ。

　当時は翻訳された探偵小説は少ないので、それらをあらかた読んでしまった太郎は図書館で洋書を借りて片っ端から読んでいった。早稲田大学の図書館の他、上野や日比谷、そして博文館の大橋図書館へも通った。太郎は読み漁った探偵小説についてのメモをまとめ、手製の本も作り、『奇譚』と題した。ドイルの短篇のいくつかを訳してもみた。高名な作家となった後の江戸川乱歩の最大の仕事が探偵小説研究と専門誌の編集だったことを思うと、デビュー前にして、乱歩は乱歩だったのである。

そしてこの時期、平井太郎は『火縄銃』というタイトルで、密室トリックを使った短篇小説を日記帳の余白に書くと博文館の「冒険世界」に送ったが、何の返事もなかった。この作品は後に平凡社版「江戸川乱歩全集」に収録される。同時期、「日本少年」に三津木春影が連載していた冒険小説が春影の急死で未完になると、同誌はその続きを懸賞付きで公募したので、太郎も書いてみた。だが自信がなくて応募しなかった。

日本探偵小説史上最大の作家は、まだ無名の学生だ。

一方、神戸にいる少年、横溝正史もこのころから探偵小説に夢中になっていた。

### †横溝家の一族

横溝正史の家は、彼が後に書く小説に出てくる一族のように複雑だ。

父・横溝宜一郎（ぎいちろう）は一八六九年（明治二）生まれで、横溝家は岡山県浅口郡船穂村字柳井原の相当な旧家で、先祖が築いた城の跡があった――つまり城を持つ家だった。戦争末期から敗戦後にかけて、横溝が疎開し『本陣殺人事件』『蝶々殺人事件』『獄門島』を書く、吉備郡岡田村字桜とは直線距離にして四キロほどのところだ。宜一郎は村役場の助役となり、結婚し、歌名雄（かなお）という男の子が生まれた。

母・波摩（はま）は、旧姓を市川といい、岡山県吉備郡柿の木のかなりの豪農の娘として生まれた。宜一郎より三歳上というから幕末の生まれである。波摩は船穂村の村長になる男と結婚し、二男一女をもうけた。ところが、詳しい事情は分からないが、村長の妻波摩と、助役の横溝宜一郎とが不倫の恋に落ちてしまった。なんでも、この二つの家は先祖代代仲が悪く、それなのに村長と助役になったので、しょっちゅう啀（いが）み合っていたのだという。宜一郎は先祖伝来の仇敵の妻と不倫の関係になったのだ。

一八九六年（明治二十九）、宜一郎は妻と息子の歌名雄を置いて村を出て、波摩は男の子二人を残し、岸江という女の子だけを連れて家を出た。二人は落ち合うと、隣の岡田村に隠れ、追っ手が来ないのを確認すると、神戸へ向かった。宜一郎が二十七歳、波摩が三十歳の年だ。

こうして横溝宜一郎と波摩は、神戸市東川崎の、川崎造船所（現・川崎重工）の近くで暮らすようになる。宜一郎は伊勢鉄工所という町工場の支配人になった。川崎造船の下請けであろう。はじめから神戸に仕事のあてがあったと思われるが、その詳細を横溝は知らないようだ。宜一郎が勤める一方で、波摩は家で生薬屋を営んでいた。実家が薬と関係していたらしい。

この夫婦の間に、富重（とみえ）、五郎、正史、トメ子の四人が生まれた。正史の誕生日は一九〇二年（明治三十五）五月二十五日である。なお正史は「まさし」と読む。作家になってからも本の奥付には「まさ」とルビがふられているものもあり、本人がある時点から「せいし」と名乗ったのではない。森下雨村や江戸川乱歩たちが「せいし」だと思い込み、「横溝正史」を略して「よこせい」と呼び、いつの間にか「よこみぞせいし」と定着したらしい。この時代の作家には珍しく、横溝正史は本名をそのまま筆名としているのだ。

横溝宜一郎と波摩の間に生まれた四人のうち、末っ子のトメ子は生後すぐに亡くなった。波摩の連れ子の岸江は神戸で女学校を出ると郷里へ帰り、胸を患って亡くなった。そして波摩は横溝が五歳になる一九〇七年（明治四十）に脳溢血で亡くなった。男親だけで三人の子を育てるのは大変である。宜一郎はすぐに岡山出身の浅恵と再婚した。おそらく岡山の知人が世話をしたのだろう。

浅恵は正史たち三人の子がいることは知った上で結婚したが、最初の妻との間の歌名雄のことは結婚してから知った。浅恵は世話好きな人らしく、歌名雄を引き取ると言い出して岡山へ行き、宜一郎の母と一緒に引き取った。正史が六歳の年のことだ。母が亡くなり、新しい母ができただけでも困惑するのに、いきなり九歳上の兄まで同居することになったのだ。このとき歌名雄はすでに十五歳になっており、神戸の市立神港商業へ入った。「歌名雄」という珍しい名前、横溝ファンならば記憶があるだろう。『悪魔の手毬唄』の登場人物のひとりである。この小説の人物関係図と一九ページの家系図は似ているのだ。歌名雄の母、つまり宜一郎の最初の妻は夫に捨てられると実家に帰ったが恥辱に耐えられず自殺した。

浅恵はその後、武夫、綾子、博と、二男一女を産んだが、綾子は幼くして亡くなった。

さらに——宜一郎の三人目の妻となった浅恵もまた再婚で、先夫との間には一男三女がいた。浅恵の実家は吉備郡久代村の名家で、最初の嫁ぎ先の守屋家は小田郡川面村の大地主だった。夫が亡くなると、浅恵は、義弟（夫の弟）に全財産を譲るのと引き換えに、三人の女の子は女学校を出させて嫁ぐまで、末っ子の男の子は専門学校を出るまで面倒をみてもらうことにし、自分は実家に戻った。そして同じころに妻を失くした宜一郎を紹介されて再婚したのだ。このとき、三人の娘のうち、二番目の光枝だけは浅恵が引き取ることになり、神戸の東川崎の横溝家で育った。光枝と横溝とは血のつながりはないが、戦争末期に岡山へ疎開するときに世話をしてくれる。

整理しよう——横溝家には、宜一郎と最初の妻の子・歌名雄、波摩を母とする富重、五郎、正史、浅恵を母とする武夫と博、そして浅恵の連れ子の光枝がいた。歌名雄にとって、波摩は父を実の母から奪った仇敵だが、浅恵は引き取ってくれた恩人である。だが、この義理の母子は仲が悪く、家の中は険悪な雰囲気だったという。歌名雄と五郎は最初こそ仲がよかったのだが、この二人の関係もおかしくなる。しかし正史は五郎にも歌名雄に可愛がられていた。

後に横溝正史は江戸川乱歩や森下雨村をはじめ年長の探偵作家たちに面倒をみてもらうのだが、生まれもって年長者に可愛がられる「弟の性格」だったのだろう。

長兄の歌名雄は神港商業を卒業すると川崎造船所本社に就職した。父・宜一郎が頼んだらしい。富重は東川崎尋常小学校始まって以来の才媛とうたわれ、県立女学校へ進学したが、家業の薬屋を手伝っていたので勉強の時間がなかなか作れず、さらに過労からか胸を病んで休学し、ランクの低い女学校へ転校した。五郎は、弟の正史からみると文学少年で頭もよかったのだが、高等小学校を卒業すると進学せず、どこかの商店へ丁稚奉公に出た。父・宜一郎が歌名雄に遠慮して、進学させなかったのだろうか。横溝は兄弟のなかでは五郎と仲がよく、この兄から何を読んだらいいかなどを教えてもらっていた。

さて横溝正史もまた黒岩涙香に魅せられた少年のひとりだった。涙香を初めて読んだのは小学校四年の年で、近所に住んでいた同年の友人から『巖窟王』を借りた。

## 横溝家の一族

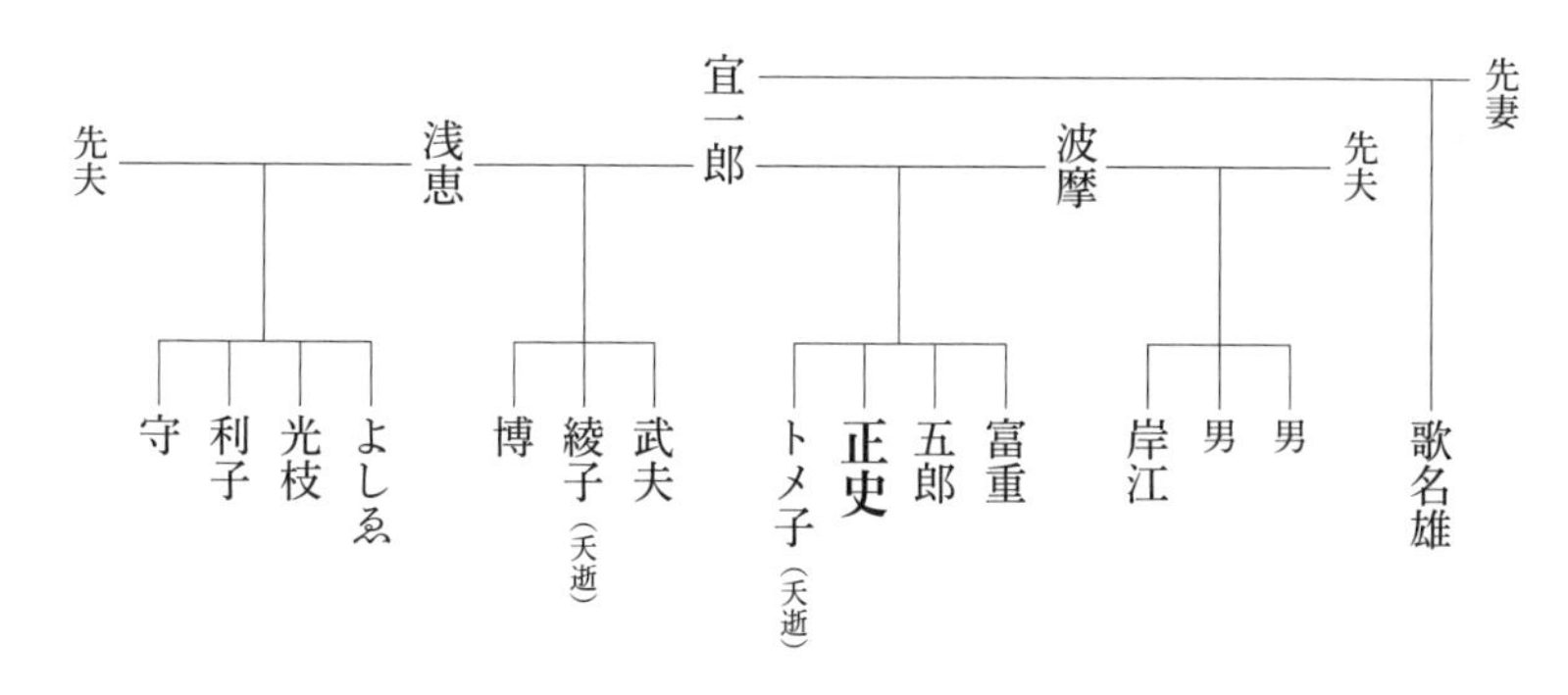


正史は映画の『巌窟王』は観ていたが、まだ幼かったせいと、大長篇を無理に一篇の映画にしたものなので話の筋が分からず、『巌窟王』はつまらないという印象を抱いていた。しかし、せっかく貸してくれるというので借りて読んでみると、〈ぞくぞくと涙香訳に夜が更けて、私は無我夢中で読み耽ったものである〉。だが、正史が求めていたのは探偵小説だった。この時点では涙香が『死美人』などの探偵小説も書いていることを知らなかったので、涙香に夢中になるのはもっと後になる。作者の名を覚えて、この人の書くものは面白いという発想をするにはまだ幼かったのだ。

　正史が最初に作家名を認識して夢中になったのは、三津木春影だった。一九一二年（明治四十五）、小学四年生になった正史は当時読んでいた「小学生」に三津木春影の『呉田博士』が連載されたのを読み、これが〈私の探偵小説愛好癖を決定的なものにした〉と『五十年』にある（同作の掲載誌は時事新報社が出していた「少年」誌のはずなので記憶違いだろう）。数年後に本になった『呉田博士』も買い求めたという。『呉田博士』の単行本は中興館書店から一九一一年に最初の巻が出ており、一九一五年までに六巻が刊行され、乱歩も同じ頃に読んでいる。

その翌年、正史が小学校五年になると長兄の歌名雄が「日本少年」を毎月買ってくれるようになり、同誌に掲載されている三津木春影が訳した間諜小説を楽しんでいた。横溝は大人になってからもスパイ小説はあまり好まないのだが、春影の作品については〈毎回トリッキーで、大道具小道具の扱いかたがどこか探偵小説的であり、これが私と探偵小説との最初の出会いであったろう〉と『続・書かでもの記』に書いている。

正史少年は三津木春影という名も覚え、「少女の友」にも三津木が書いていると知ると、それを古書店で買い集め、その小説だけを切り抜いて画用紙の表紙を付けて自家製の単行本とした。春影は少年雑誌にはアクションの多いスパイ小説を、少女雑誌には人情味のある探偵小説を書いており、正史は後者を好んだのだ。

少年時代の横溝正史にとって三津木春影はアイドルだった。だから彼は後に、由利麟太郎シリーズにおけるワトソン役の登場人物を「三津木俊助」と命名するのだ。

一九一四年（大正三）、小学校六年の正史は近所に住む女性から三津木春影訳『古城の秘密』の前篇を貸してもらった。彼が探偵小説好きなことは近所でも知られていたのだろう。『古城の秘密』はモーリス・ルブランの『８１３』が原作だ。正史はルブランのことなど何も知らなかったが、表紙に「三津木春影」とあるのを見て、喜んで借りた。そして読んだ。期待以上の面白さだった。〈私はいまでも思うのだが、七面倒な理屈を抜きにすれば「八一三」こそは世界で一番面白い探偵小説ではないか〉と、はるか六十年後に書く。

ところが、貸してくれたのは前篇だけだった。その女性は後篇を持っていなかったようで、しかもすぐに引っ越してしまった。正史少年は世界で一番面白い小説を途中で断念しなければならなくなった。こんな残酷なことはない。図書館へ行っても、いつも誰かが借りていて読めない。当時の図書館は予約制度がなかったようだ。正史少年にとって、『古城の秘密』後篇は幻の本となってしまった。

こうして、『古城の秘密』の後篇を読めないまま、正史少年は一九一五年（大正四）、中学生になった。この年、東京にいる平井太郎は大学三年になる。

中学生と大学生と年齢は離れているが、すでに横溝正史と平井太郎が読むものは近づいている。横溝が早熟なのか、平井が奥手だったのか。

　平井太郎は独学で探偵小説を学ばなければならなかったが、横溝正史には、中学二年になると探偵小説愛好家の親友ができた。西田徳重という。裕福な家の子で、同じように探偵小説好きの兄がいて、〈およそ探偵小説という探偵小説は、ことごとく自家の文庫に持っていた〉という恵まれた環境にあった。徳重は兄の蔵書にある探偵小説を正史に貸してくれ、そのおかげで、黒岩涙香作品をほとんど読むことができた。

　西田徳重の兄西田政治（まさじ）は、徳重より八歳か九歳上だったというから、平井太郎とほぼ同年であろう。すでに社会人で銀行に勤務していた。もともと裕福な家だったので、西田政治は銀行からの給与で入手できるかぎりの探偵小説を集め、暇にあかしてシャーロック・ホームズを翻訳していた。出版社から依頼があったわけでもなく趣味で訳していたのだ。その翻訳原稿を弟が見つけやすいように置いておいた。こうして西田徳重とその親友の横溝正史は、西田政治の訳でホームズを読むのだった。

## †博文館

ここで——戦前の江戸川乱歩と横溝正史にとって最も重要な版元となる博文館について記そう。

　創業者の大橋佐平（一八三五〜一九〇一）は徳川政権末期、天保の時代に現在の新潟県長岡市に材木商の子として生まれた。横溝正史の『犬神家の一族』に出てくる地方財閥の創業者犬神佐兵衛の名は、大橋佐平から取られているのだろう。小説の中で犬神は「佐兵衛翁」と呼ばれるが、大橋も、横溝が入社する頃の博文館では「佐平翁」と呼ばれていた。

　大橋佐平は記憶力がよく好奇心も旺盛で、負けず嫌いという、立身出世伝の主人公らしい性格の子だった。生家は油商だったが佐平の父の代で材木商に転じており、佐平もそれを継いだが、それだけでは満足せず酒造業も始めた。さらに長岡の経済の土台である信濃川の水運の権利も得て町の実力者になったところで、明治維新の動乱とぶつかった。維新後は町人出身でありながら役人となり、民政所軍事方兼学事方として学校建設に尽力した。

出版に携わるのは一八七七年（明治十）で、長岡出版会社の設立に参加し共同経営者となったときからだ。この会社は書籍と雑誌の小売業を本業としていたが、大橋佐平は出版を本業とすべきだと主張した。しかしそれが通らないので、大橋は独力で「北越雑誌」を創刊した。ところが一年と続かず、次は「北越新聞」を創刊するも共同事業者との意見が合わず袂を分かち、「越佐毎日新聞」を創刊した。その一方、一八七九年（明治十二）には書籍と雑誌の小売店の大橋書店を開業した。

大橋佐平はこのようにして出版・新聞事業に乗り出したはいいが、ビジネスとしては成功しなかった。彼には先見性がありすぎた。新潟の出版・新聞のマーケットはまだそれほど成熟していなかったのだ。そこで大橋佐平は長岡での事業を、成人していた息子・新太郎（一八六三〜一九四四）に委ね、自ら東京へ出ることを決意した。大橋佐平、五十二歳での再出発であった。

大橋は新たな出版社の社名を当時の内閣総理大臣伊藤博文の名から取って「博文館」とし、一八八七年（明治二十）、東京市本郷区弓町（現・文京区本郷）で創業した。伊藤と交流があったわけではない。明治維新では大橋は長岡藩で、薩長を中心とする官軍と戦った側だ。敵であった長州出身の伊藤博文の名を社名にしたのは、過去のことはとやかく気にしないという性格だからだろうか。

上京した大橋佐平が最初に向かったのは、郷土・長岡出身で帝国大学医科大学（現・東京大学医学部）教授で医学・解剖学者の小金井良精（一八五八〜一九四四）の家だった。いきなり訪ね、どこか宿泊先を斡旋してくれと頼んだ。現在では厚かましいと批判される行為だが、明治のこの時代には、よくあることだった。さらに大橋は、これから出そうと考えている雑誌に小金井が最近雑誌に書いた論文を転載させてくれと頼んだ。

大橋佐平が息子・新太郎の発案で考えたのは、さまざまなジャンルの専門雑誌に載った主要記事を要約した雑誌の創刊だった。小金井から転載の承諾を得ると、大橋佐平は高名な学者たちを次次と訪ね「小金井先生も了解してくださった」と言って、論文をもらってきた。こうして一八八七年（明治二十）六月に創刊された「日本大家論集」には政治、経済、法律から文学、理学、医学、史学、哲学、工学、宗教、教育、衛生、勧業、技藝までのあらゆるジャンルの論説が載った。それらはみな専門の雑誌に載ったものを要約して転載したものだった、当時は著作権の概念が確立されていなかったので、新たに原稿料を払ったわけではなかった。ところが転載された執筆者も、自分が書いたものがより広く読まれると歓迎したので、何のトラブルにもならない（日本での著作権法制定は十二年後の一八九九年）。

誰も思いつかなかった専門誌掲載論文のダイジェスト雑誌は当たった。当時の雑誌の発行部数は一千部前後が普通で、多くても二千部前後、価格も二十銭から三十銭が一般的だった。そこを「日本大家論集」は八十ページ、十銭の価格で三千部を刷ると、新聞で紹介されたこともあり、たちまち売り切れて、版を重ねて一万部を超えるという、当時の出版界で空前のヒットとなった。役人の初任給が二十円前後の時代の十銭なので、現在の千円くらいだろうか。雑誌としては決して安くはないが、他誌に比べれば半値以下で、しかも多くの分野の論文が読めたので、大ヒットしたのだ。

さて――博文館の大恩人である小金井良精の名は、星新一のファンならばなじみがあるだろう。小金井良精が妻と死別した後に再婚したのが森鷗外の妹・喜美子で、この夫婦の間の娘せいが、製薬会社社長・星一（はじめ）（一八七三～一九五一）と結婚し、その長男・親一が星新一（一九二六～一九九七）である。

博文館は星新一の祖父の協力なくして成功せず、成功しなければ「新青年」も創刊されないから江戸川乱歩も横溝正史も作家にはならず、そうなると戦後に「宝石」も生まれず、したがって、「宝石」で星新一がデビューすることもない。日本の探偵小説は星新一の祖父が大橋に協力しなければ、まったく別の歴史となっていた。

勢いにのって博文館は八月に「日本之教学」「日本之女学」、十月には「日本之商人」「日本之殖産」「日本之時事」など専門誌を次次と創刊し、雑誌だけではなく書籍も出すようになり、たちまち大出版社へと発展した。そこで大橋新太郎も上京し、博文館を手伝うことになった。長岡での事業は三男・省吾に譲られた。

新太郎が加わることで事業はさらに拡大した。博文館は書籍と雑誌を出版するだけでなく、一八九〇年に取次会社として東京堂（現在の東京堂書店と取次のトーハンの前身にあたる）を設立し、さらに九四年には内外通信社、そして九七年には現在の共同印刷の前身である博文館印刷所と、印刷のための用紙代理店も設立し、出版を垂直統合型ビジネスとして展開した。その過程で書籍の発行形態として「全集」というジャンルを確立し、「少年文学」「歴史読本」「女学全書」「日本文学全書」などさまざまな全集を出していった。

博文館の雑誌のなかでも空前の大ヒットとなったのが「日清戦争実記」だった。最新の印刷技術である写真銅版を使い、戦争の様子を報じたのである。「日清戦争実記」は一八九四年（明治二十七）八月から月に三回、九六年（明治二十九）一月まで刊行され、累計発行部数は五〇〇万部と推定される。この間の一八九五年（明治二十八）に、それまで出していた十三の雑誌はすべて廃刊にし、新たに総合雑誌「太陽」と「少年世界」「文藝倶楽部」の三誌を創刊した。「太陽」は十五銭と廉価な価格として一〇万部を刷り、たちまち売り切れて重版した。残りの二誌も成功し「文藝倶楽部」からは多くの作家が生まれ、そのひとりが樋口一葉だった。

三大雑誌創刊と同じ一八九五年には「博文館日記」の発行も始めた。博文館の出した雑誌は現在何一つ存続していないが、「博文館日記」だけは現在も発売されている。

さらに博文館は教科書出版へも進出した。

創業者大橋佐平は一九〇一年（明治三十四）に六十五歳で亡くなった。その翌年、博文館創業十五周年記念事業として有料の私設図書館である大橋図書館を開いた（後、三康図書館）。

一九〇四年に日露戦争が始まると、日清戦争の時と同様に「日露戦争実記」「日露戦争写真画報」を刊行しこれも大成功した。「日露戦争写真画報」は戦争が終わると、「写真画報」と改題して、さらに「冒険世界」と衣替えをして、冒険小説やスポーツの専門誌として少年たちに親しまれた。

その読者のひとりが平井太郎、後の江戸川乱歩だったのだ。

## †雌伏の日日――一九一六〜一九年

ここからは年ごとに記していく。

一九一六年（大正五）、中学二年生の横溝正史は前述のように西田徳重と出会い、親友となった。

平井太郎はこの年の春に早稲田大学を卒業した。成績がよかったので学者になりたいとも思ったが、経済的事情でそれは無理だった。そこでアメリカへ行き皿洗いをしながら英語を学び、かの地で探偵小説を発表することも考えた。日本には探偵小説の専門雑誌がないので、こんな国で西洋風の理智的な探偵小説を書いても始まらないからだ。イギリスではなくアメリカへ行こうと思ったのは、当時のアメリカの探偵雑誌の作品がつまらなかったので、自分ならもっと面白いものを書けると思い込んだからだった。だがアメリカで作家デビューする夢は、渡航費の工面ができないことで露と消えた。

　平井太郎はしかたなく、川崎代議士の紹介で大阪の加藤洋行に就職した。この会社はいまもあるが、南洋貿易で成功した貿易会社である。

　一九一七年（大正六）、横溝正史は中学三年生になった。西田徳重との友情は続き、二人の探偵小説への情熱はますます燃えあがっていた。やがて横溝少年は西田家の書庫にある探偵小説らしきものも、読み尽くしてしまう。横溝は西田徳重と一緒に神戸の古書店をまわるようになり、洋書や洋雑誌を手当たり次第に漁った。英語がまだそれほどできないので、挿絵やmurder、detective、policeなど探偵小説によく出てくる単語のある小説を探しあてては買っていった。そのなかのひとつが、L・J・ビーストンの『The Yellow Minus』だった。後に西田政治が翻訳して「新青年」に『マイナスの夜光珠』の題で掲載される作品だ。

　神戸という外国との交流のある街に生まれ育ったことは、横溝にとって幸運であった。洋書や洋雑誌を読むためには英語の勉強もしなければならないが、この基礎訓練があったからこそ、後に横溝は編集者となってから原書で小説雑誌を読んで何を訳して載せるかの判断ができたし、ときには自ら翻訳も手がけられたのだ。

　平井太郎は貿易会社の仕事が一年で厭になり、親にも言わず、勝手に辞めてしまい、大阪から夜逃げした。東京へ向かうが、途中、所持金がなくなるまで伊豆の温泉を放浪した。平井太郎＝江戸川乱歩は生涯に何度かすべてを擲（なげう）って放浪の旅に出るのだが、その最初だった。この旅のあいだに谷崎潤一郎を初めて読んだ。

　平井は東京に戻ると、身のまわりのものを売ってとりあえずの生活費とし、活動写真会社（映画会社）を訪ねて弁士になりたいと申し出た。ある弁士を紹介されて弟子入りしようとしたが、無給と聞いて諦めた。

以後専業作家になるまで平井太郎はいくつもの職業に就く。そして就いては辞める。まるで彼が後に生み出す怪人二十面相のように、あるときはタイプライターの行商人、あるときは造船会社の庶務係、あるときは東京市の公務員、あるときは大阪の新聞記者、あるときはポマード製造業支配人、あるときは屋台のラーメン屋、あるときは古本屋、あるときは漫画雑誌編集者と、八年間に十数の仕事に就いた。

この年の平井太郎はタイプライターの行商人を辞め、父の知人の世話で鳥羽造船所に庶務係として働くことになり、十一月に三重県鳥羽町（現・鳥羽市）へ引っ越した。この年は映画論や、後の『火星の運河』のもとになる散文詩風の小説を書いたが、まさに「書いた」だけで発表のあてはなかった。

一九一八年（大正七）、横溝正史は中学四年生になった（当時の中学は五年まで）。九月に、横溝が兄弟姉妹の中で最も親しくしていた兄の五郎が亡くなった。結核になり奉公先から実家に戻って療養していたが治らなかったのだ。正史にとって両親が同じ兄弟はいなくなってしまった。

西田徳重との友情も、探偵小説への情熱も続いていた。相変わらず二人は神戸の古書店を毎日のようにまわり、探偵小説や雑誌を漁っていた。ある日、西田が三津木春影の『呉田博士』の原書とおぼしき本を発見した。それが、オースティン・フリーマンのソーンダイク博士ものだった。横溝は、かつて夢中になった『呉田博士』はドイルのホームズものの翻案と思っていたが、フリーマンのソーンダイク博士ものだったのだ。

三津木春影の『探偵奇譚　呉田博士』第一篇は一九一一年（明治四十四）に刊行され、そのまえがきには〈フリーマン氏の近著「ソーンダイク博士の探偵事件」という書中の四五篇を翻案したものである。〉と明記されていたのだが、第二篇以降は原作については伏せられ、そのうちに第一篇も絶版となり、原作が何なのか分からなくなっていたらしい。

西田徳重と横溝はフリーマンの原書を発見し読んでみて、それが『呉田博士』の原作だと突き止めたのである。

平井太郎にとってこの年は、本人よりも家族にいろいろなことが起きた年だった。太郎は作家になる前に何度も職を変えたが、父・繁男も負けないくらい職を変えた。何かの事業を始めては失敗するのだ。この年、繁男は妻と娘を連れて再び一攫千金を求めて朝鮮へ渡った。八月に太郎の母方の祖母が亡くなった。太郎が東京へ出てきたときに一緒に住んでいたひとである。二千円という当時としてはまとまった額の遺産があり、叔父の提案により抽選で相続人を決めることになり、その叔父の長男と太郎の弟・敏男が一千円ずつ貰い受けることになった。

平井太郎の鳥羽造船所時代の仕事のひとつは機関誌「日和」の編集だった。造船所と町の人びととの意思疎通をはかることを目的に発刊された雑誌だ。さらに太郎は同僚で文学好きの青年たちとともに「鳥羽おとぎ倶楽部」を作り、劇場や小学校で御伽噺をする会を開いた。この倶楽部の活動で近隣の島をまわることになり、そのひとつ、坂手島へ行った際、小学校の教諭をしていた村山隆子と知り合った。後に妻となる女性だ。この後、村山隆子との文通が始まるが、隆子が結婚のことを手紙で話題にした際、太郎は自分は独身主義者で結婚の意思はないと返信に書いてしまう。

この鳥羽造船所で働いていたときに、平井太郎はドストエフスキーの『カラマーゾフの兄弟』を読んで感銘を受けた。平井青年が認める文学は谷崎潤一郎とドストエフスキーであり、この二人の世界と探偵小説とを融合させようとしたのが江戸川乱歩という作家である――単純に書くとこうなるが、もちろん、文学はそう単純なものではない。

平井太郎は村山隆子と結婚問題について会って話そうと考えていたのだが、造船所を退職し東京へ行くことになった。東京には朝鮮にいた弟の通と敏男がいて、祖母の遺産を元手に兄弟三人で古書店を営むことになったのだ。そのため弟二人は神田の古書店で修業する。

## †講談社の始まり

一九一九年（大正八）春、横溝正史は中学五年生になった。西田徳重との友情も探偵小説への情熱も続いていた。

平井家の三兄弟の古書店は二月に開店した。東京市本郷区駒込（現・文京区駒込）の団子坂上に店を構え、三人書房と名付けた。

この頃、団子坂にあった大日本雄辯会と講談社は「雄辯」「講談倶楽部」「少年倶楽部」が成功し、社員も増えて毎年のように社屋の増改築をしていた。この年は第六次拡張・増築がなされた年で、博文館、実業之日本社に次ぐ第三の雑誌王国が生まれていた。

講談社はその前名を大日本雄辯会講談社というが、さらに前は大日本雄辯会と講談社とは別の事業体で、この二つが合併して大日本雄辯会講談社となり、戦後「講談社」になったのだ。その二つを創業したのが、野間清治（せいじ）であり、以後、現在にいたるまで講談社は野間家の一族が経営している。

野間清治は一八七八年（明治十一）に群馬県山田郡新宿村（現・桐生市）に、小学校の住み込みの教師助手の子として生まれた。尋常小学校を卒業すると高等小学校へ進学し、この頃から物語や講談に興味を抱いた。十八歳で尋常小学校の代用教員となり、十九歳で群馬県尋常師範学校（現・群馬大学教育学部）へ入学し、卒業後、母校の高等小学校の教師となった。だが田舎でこのまま教師をしていていいのかとの思いを抱き、東京帝国大学文科大学（現・東京大学文学部）の第一臨時教員養成所の国語漢文科へ入学した。演説とスポーツが好きな熱血学生だった。

一九〇四年（明治三十七）、野間は教員養成所を卒業すると、「いちばん給料が高い地域」を志願し、沖縄へ赴任、沖縄県立沖縄中学校（現・沖縄県立首里高等学校）教諭となった。一九〇七年に同校の校長の紹介で、徳島市の商家・服部家の娘、佐衛（さえ）と結婚した。彼女は徳島師範学校女子部を首席で卒業し、五年間、小学校で教壇に立っていた、知性と教養ある女性だった。

その結婚披露宴の最中に東大の臨時教員養成所での恩師から電報が届いた。東京帝国大学法科大学（現・東京大学法学部）の首席書記に推薦したから、すぐに東京へ来いというもので、野間は迷ったが、佐衛を連れて上京した。首席書記といっても事務員のことだ。野心家の野間は、このままで終わるつもりはない。

一九〇九年四月に長男・恒（ひさし）が生まれた。そのころ、世の中は日露戦争も終わり、高揚した気分にあり、弁論活動が盛んになっていた。東京帝国大学法科大学でも弁論部を作ろうという声が高まり、野間は事務方として奔走し、同年十一月に設立された。野間はこの弁論部の演説の速記を取ることにした。そして、それまでは神田区

（現・千代田区）に住んでいたが、大学にも近い、本郷区駒込の通称「団子坂」にある新築二階建ての借家に引っ越し、速記した演説を出版しようと考え、「大日本雄辯会」の看板を掲げた。実際に出版活動を始めるのは翌一九一〇年二月だが、現在の講談社は「一九〇九年十一月」を創立のときとしている。この年、野間清治は三十歳になっていた。

野間は翌一九一〇年二月十一日の紀元節に弁論雑誌「雄辯」を創刊した。名士と呼ばれる人たちの演説と講演を速記し、書き起こしたものが中心だった。本文一六五ページ、定価二〇銭で発売と同時に六千部が売り切れ、三千部を増刷し、それも完売したのでさらに増刷し一万四千部を売る大ヒットだった。当時、雑誌は三千部売れれば成功と言われていた。

野間は「雄辯」を出しながら法科大学の仕事も続け、さらに一九一一年、今度は雑誌「講談倶楽部」を創刊するため、大日本雄辯会とは別に講談社を設立した。「講談倶楽部」は講談を速記して書き起こしたものが中心で、話したものを文章にするという作り方は「雄辯」と似ていた。だがこちらは娯楽なので、大日本雄辯会として出すわけにはいかず、講談社を起こしたのだ。この二社は野間の自宅を事務所としており、内実は同じ会社と言ってよかった。

「講談倶楽部」創刊号は、一九一一年十一月三日の天長節に発行された。本文一六〇ページ、定価一八銭で、一万部を刷った。実業之日本社にならい、返品を認める委託販売制をとったので、最終的には一八〇〇部ほどしか売れなかった。返品率八二パーセントである。野間はそれでも諦めず、金策に走りながら二つの雑誌の刊行を続け、一年もたたずして黒字化に成功した。そしていよいよ出版に専念するため、一九一三年（大正二）二月で大学を辞めた。

この「講談倶楽部」に投稿していたのが、無名時代の吉川英治だった。

一九一四年（大正三）、創業六年目の年、野間は団子坂の借家に隣接した土地と建物を買い、社屋として増改築した。「雄辯」「講談倶楽部」の売れ行きがよくなるにつれ、社員も増えていたのだ。そしてこの年の十一月、三番目の雑誌として「少年倶楽部」を創刊した。乱歩や横溝が少年時代に読んでいた、博文館の「少年世界」や実業之日本社の「日本少年」に対抗する少年雑誌だった。これまでの「雄辯」と「講談倶楽部」の二誌はどこも手がけていない隙間を狙って成功したが、今度は二大出版社が鎬を削っている分野への挑戦だった。

この「少年倶楽部」創刊にあたり、野間は博文館の歴史と現状を徹底的に調べた。その結果、相手が巨大すぎてまともに勝負をしても勝てないと分かった。とくに安売り競争を仕掛けたのでは、規模の小さいほうが息切れするのは必至だった。そこで、「少年倶楽部」は高級路線を採ることにした。「少年世界」「日本少年」はともに一〇〇ページで一〇銭だったので、「少年倶楽部」は一九六ページと倍のページ数とし、定価は一五銭とした。ページ単価では「少年倶楽部」のほうが安くなるので、一見、安売り競争を仕掛けているようだが、野間としては高級少年誌を作ったつもりだった。

「少年倶楽部」創刊号は六万部のつもりだったが、取次に反対されて三万部でスタートし、一九一四年十一月に、大日本雄辯会から創刊したものの、半分が返品となった。野間の場合、常に成功したわけではない。打開策として野間は一五年四月から、「少年倶楽部」のコンセプトを「ためになる話」が載っている雑誌から「面白い話」が載っている雑誌へと転換し、成功した。「ためになる話」は学校でしてもらえばいい。雑誌の役割は学校とは異なる。野間はそれに気づいたのだ。

一九一六年九月、野間は今度は講談社から「面白倶楽部」を創刊した。歴史小説、探偵実話、新講談、落語などを載せた娯楽雑誌だ。ここで初めて本格的な大宣伝を試み、宣伝用の豆本を無料で配り、発売日にはチンドン屋が見本をばらまいた。「講談倶楽部」に投稿していた吉川英治は「面白倶楽部」に『剣魔侠菩薩』を連載し、作家としてスタートした。

## †三人書房

一九一九年の平井太郎は、講談社のすぐ近くに暮らしていたが、同社とは何の縁もない無名の青年だった。

三人書房では主に小説を扱うことになり、店内の設計は太郎が担った。店内には応接間のようにテーブルと椅子を置いて、客がくつろげるようにし、蓄音機も置いて音楽を流した。このサロンのような店に近所で暮らすインテリ青年たちが集まるようになり、彼らと浅草オペラの田谷力三の後援会をつくり、歌劇雑誌を三人書房で発行しようという話になった。しかし雑誌は資金がなく出せなかった。

平井太郎はその次に、どこから得たのか、漫画雑誌「東京パック」の編集を請け負った。だが報酬が貰えない。平井が自分で描いた漫画を載せたり署名入りの記事を書いたりしたので、漫画家たちが抗議したためだった。収入のあてがなくなった平井太郎は、当時「日本一の私立探偵」と謳われていた岩井三郎探偵事務所を何の紹介もなく訪ねて、自分を雇ってくれと頼んだが、断られた。

その頃、井上勝喜という鳥羽造船所時代の同僚が東京に出て来た。井上もまた探偵小説好きだった。

いよいよ生活にも困ってきた。どういうつてがあったのか、平井と井上は〈支那ソバ屋〉を始めた。これは儲かった。そんなところへ鳥羽から村山隆子が危篤だとの報せが届いた。なんでも、隆子が暮らす島では、彼女と平井太郎とが文通をしていることが知れわたり、周囲は二人が結婚するものと決めつけていたという。それなのに、平井から「自分は独身主義なので結婚できない」との手紙が届いたので、隆子は悲観して病に倒れてしまった。この時代ならではの、さらには島という閉鎖的な世界ならではの悲劇だった。

平井太郎は隆子とは手も握ったことがないのに、こういう事態となってしまったことに当惑したが、隆子を救うには結婚するしかないと決意した。やはり好意は抱いていたのだ。平井は朝鮮にいる両親から結婚の承諾を得ると、隆子に「結婚する」という趣旨の手紙を出した。すると隆子が兄に連れられて上京し、十一月二十六日に二人は結婚した。

結婚を機に、平井太郎は儲かっていた〈支那ソバ屋〉を廃業し、何か他の仕事を見つけることとし、それまで隆子は実家で待つことになった。

この年、博文館では入社したばかりの森下雨村が新雑誌創刊の準備をしていた。その新雑誌「新青年」は一九二〇年（大正九）一月号が創刊号なので、一九一九年のうちにできていた。江戸川乱歩と横溝正史の運命を変える雑誌である。

## †森下雨村

「日本探偵小説の父」と称される森下雨村は、一八九〇年（明治二十三）、高知県佐川町で大地主の農家に生まれ、本名は岩太郎という。一九〇七年（明治四十）に早稲田大学高等予科に入学し、一九〇九年に英文科に入った。この学生時代に長谷川天溪（てんけい）（一八七六～一九四〇）の講座を受講し感動して長谷川の自宅を訪ね、師事した。長谷川は新潟県出身で早稲田大学の前身の東京専門学校を卒業すると博文館に入社、「太陽」の編集をし、評論も書いていた。早稲田の講師をした翌年の一九一〇年から一二年（大正元）にかけて社命でヨーロッパの出版事情を視察するため留学し、帰国後は博文館の取締役となるが、早稲田の講師もしていたのだ。

森下雨村が早稲田で学んでいた時期、馬場孤蝶も講師として教えていたので、偶然とはいえ、雨村は天溪、孤蝶の二人に師事したことになる。

雨村は学生時代に少年小説を書いて出版されており、早熟だった。卒業後はいったん高知へ帰り兵役に就き、その義務を終えると文学の道へ進もうとしていたが、親は家業の農家と地主としての仕事を継がせようと強制的に見合い結婚させた。これが一九一三年（大正二）、雨村が二十四歳、妻となる吉本輝が十七歳の年だった。親はこれで家業を継ぐだろうと思ったが、雨村は妻を残して家出同然で東京へ向かい、やまと新聞に入社した。これには父も驚き、家業を継がせることは諦め、妻の輝の上京を許した。

森下雨村はやまと新聞に四年勤め、その間の一九一五年（大正四）から大学時代の友人が編集に携わっていた実業之日本社の「少女の友」に小説を書くようになり、科学小説『怪星の秘密』を連載したときに、初めて「森下雨村」の名を使った。「少女の友」の人気作家だった三津木春影が急死したため、その空席を埋めるかたちとなったのである。

その頃——博文館の二代目社長の大橋新太郎は出版事業だけでは飽き足らず、財界の大物となっていた。東京馬車鉄道を皮切りに、日本電灯、日本鋼管、明治製糖、日本郵船、王子製紙、日本麦酒、東京海上など五十あまりの大企業、銀行の役員となり、さらには政界へも進出していたのだ。そこで一九一八年（大正七）、新太郎は博文館を株式会社化するとともに、この年三十三歳になる息子の大橋進一（一八八五～一九五九）に任せることにした。これに伴い、新太郎は高給を取っていた有名編集者たちと彼らと親しい執筆者たちを一掃した。進一がやりやすいようにしようという親心だった。だが、これが出版王国博文館の凋落の始まりとされる。当然のことながらベテランの編集者が去ったことで誌面は劣化していくのだ。

この大改革は進一体制確立のためでもあり、長谷川天溪が各雑誌の誌面刷新をやりやすくするためでもあった。古くからの編集者を辞めさせた後、天溪は編集局長として十六の雑誌を統括しており、自分の右腕となる若い編集者が必要となり、森下雨村を思い出した。

こうして森下雨村は一九一九年（大正八）に博文館に入社した。その直前、「冒険世界」は押川春浪の後継の編集者が天溪と対立して辞めたばかりだったので、雨村がその後任となった。しかし「冒険世界」はすでに全盛期を過ぎていたので、天溪は雨村に新雑誌の構想を練るよう命じた。

雨村は編集助手の相原紫浪とプランを練った。当時の出版界では山本実彦（一八八五～一九五二）が改造社を創立して、雑誌「改造」を創刊し、新しい時代の雑誌として脚光を浴びていた。雨村は「改造」のように社会的使命を持つ総合雑誌にしようと「新生」「解放」「黒潮」といった誌名を候補として企画を立てた。ところが館主である大橋新太郎から、地方農村の青年を対象にした、海外雄飛と殖産を目指すような内容で、「新青年」という雑誌名にしろと命じられた。館主の意向なので仕方がない。雨村は押し付けられた枠組のなかで、自分の作りたいものを作るしかなかった。

## †「新青年」創刊――一九二〇年

新雑誌「新青年」には、館主・大橋新太郎の意向に沿うものとして、海外に出て成功した人たちの列伝、樋口麗陽の小説『日米戦争未来記』や戦記物が連載されることになった。

しかしこれだけでは物足りない。そこで森下雨村が思いついたのが、海外の探偵小説の翻訳だった。雨村は書店の丸善から探偵小説の洋書を取り寄せると、天溪と馬場孤蝶という二人の師に手伝ってもらい片っ端から読み、面白そうなものを選び、翻訳することにした。著作権法はすでに制定されていたが、外国の作品については自由に翻訳して出すことができた。その翻訳も、現在のような完訳は珍しく、翻案に近い翻訳が多かった。

創刊号では天溪が選んだオースティン・フリーマンの『オシリスの眼』を『白骨の謎』の題で保篠龍緒が訳し、他にセクストン・ブレイクもの（イギリスの名探偵もので複数の作家が何十年にもわたって書き続けた）の中から『沈黙の塔』を雨村自身が訳した。また懸賞小説募集を行なった。

「新青年」創刊号が出たとき、横溝正史はまだ神戸第二中学校五年生で、この年の春に卒業する。この新しい雑誌を手にして中学生の横溝はどう思ったのだろうか。『昔話』にはこの雑誌について〈若者よ、大志を抱けとばかりに、海外発展を鼓吹しようという勇ましい雑誌であった。しかし、それだけでは売物にならないので、アトラクションとして取上げられたのが探偵小説の翻訳であり、このアトラクションが「新青年」の名を高からしめたのである。〉と書いている。

さらに『自伝的』には翻訳探偵小説が載ったことに〈ここにはじめて海外探偵小説に対する窓が開かれたのである。われわれ探偵小説マニヤが随喜渇仰、とびついたのもむりはないのである。〉と記している。

しかし江戸川乱歩は創刊時の「新青年」については『四十年』に〈第一年は、一つ二つ探偵小説が載らなかったのではないが、全体の調子が海外発展の青年雑誌で、大して我々の注意を惹かなかった。〉と記している。すべての探偵小説ファンが注目し、たちまち新時代が到来した――というわけではなかったのだ。

春に横溝正史は神戸第二中学校を卒業すると、第一銀行神戸支店に勤務した。『五十年』には〈家庭の事情で〉、〈異母兄がいたので家業を継ぐことは、一応遠慮したのである。〉とある。

親友・西田徳重は就職も進学もせずに、ぶらぶらしていたらしい。資産家の子だったため無理に就職する必要はなく、病弱だったので進学もしなかったのだろう。卒業後も二人はよく会っていたが、やがて西田は探偵小説ではなく心霊的なものへ関心を持つようになり、死後の世界の話ばかりするので横溝とは話が合わなくなった。横溝はときに西田をなじることさえあり、やがて会う機会も減ってしまった。

秋になって西田徳重は亡くなった。自分の命が長くないと悟って、死後の世界がどうとか言いだしたのかしれない——横溝はそう思い、ケンカ別れのようになったままで二人の友情が終わったことを悔んだ。

徳重の家族は彼に「横溝という友だち」がいることは知っていたが、どこに住んでいるのかは知らなかったため、徳重が重篤であることも亡くなったことも、報せることができなかった。一か月ほどがたって、横溝は人づてに徳重の死を知ると驚愕し、名前だけは知っていた徳重の兄・政治へ手紙を書いた。自分と徳重がどんな仲だったかを書いたのだろう。書いている間、涙が溢れていたという。数日後、その手紙を読んだ西田政治が横溝を訪ねてきた。こうして、横溝正史は探偵小説における師を得た。西田政治は、横溝正史にとって人生の先輩でもあり、兄のような存在にもなる。

この西田政治は、「新青年」へのデビューは横溝よりも乱歩よりも早い。「探偵小説原稿募集」に応募し、第一回懸賞小説に『林檎の皮』が入選し一九二〇年四月号に掲載された。ただ、本名ではなく「八重野潮路」の筆名で応募した。この筆名で西田は「武侠世界」誌にも翻案小説を寄稿していた。第二回も入選して六月号に『破れし原稿用紙』が載った。この頃はまだ弟・徳重は元気だった。誌上には入賞者の八重野潮路の住所も載っていたので、横溝はすぐに西田徳重か、その探偵小説好きの兄だろうと思い、徳重に、当時観た映画『Who is Number one』をもじって「Who is Yaeno Shioji」とだけ書いた手紙を出した。読んだぞ、という意味だった。

この入選がきっかけで編集長森下雨村と西田政治との文通が始まり、西田は雨村に海外の探偵小説の情報を提供し、やがて「新青年」翻訳陣に加わるのだった。その文通のなかで西田は、弟が三津木春影の『呉田博士』の原作はドイルのホームズではなく、フリーマンのソーンダイク博士だと発見したと雨村に伝えた。びっくりした雨村は馬場孤蝶へ伝えると、彼も知らなかった。孤蝶も知らないようだと雨村から伝えられた西田は、フリーマンの原書を雨村に送り、それが孤蝶へと渡された。孤蝶は西田の名は記憶しなかったが、神戸に熱心な探偵小説愛好家がいることは認識した。

雨村も孤蝶も、西田兄弟にしても横溝にしても、『探偵

奇譚　呉田博士』第一篇さえ持っていれば、そこに三津木春影が原作を明示していることが分かるのだが、当時の出版事情では大衆娯楽小説は刊行時に買って所持していないと、後になっての入手は困難だったのだろう。

## †幻の雑誌「グロテスク」

平井太郎は結婚を機に正業に就かねばと、大学を出たときに加藤洋行への就職を世話してくれた川崎代議士に再び頭を下げて、東京市（現・東京都）社会局に勤めることになった。今度は公務員である。こうして妻・隆子を東京に呼び寄せることができ、新婚生活が始まった。役所の仕事は楽だったが、人間関係というか役人たちとの付き合いには耐え難いものがあったらしい。

しかし役人になったおかげで生活は安定し、ものを書く時間のゆとりができた。「恋病」と題した随筆を書いて、鳥羽にいたときにつながりができた、三重県の伊勢新聞に送ると掲載された。五月には『二銭銅貨』と『一枚の切符』を構想し、書いてみた。

そうなるといよいよ探偵小説熱が再燃した。鳥羽造船所時代の友人、井上勝喜と探偵小説の筋を考える遊びをしており、そのなかのひとつを実際に小説として書いて出版社に売り込むことにした。だが当時は探偵小説を専門に出す版元などない。そこで三津木春影の『呉田博士』の版元である中興館書店に、自分は探偵小説を書こうと思うが出版してくれないかと手紙を出した。小説を書いて原稿を送ったのではなく、書くから出版してくれという、大胆な内容の手紙だった。そんな手紙は無視されても文句は言えないところだが、中興館出版からは四月一日付で鄭重（ていちょう）な断わりのハガキが届いた。『呉田博士』の刊行も一九一五年が最後で——春影の急死が原因だが——以後は増刷もできないままでいるような状況であると書かれていた。

平井と井上は、それならばと自分たちで出版することにした。智的小説刊行会と名付けた団体を作り、雑誌を出すために前金制の会員を募るという計画だ。雑誌名は「グロテスク」とした。当時の「グロテスク」は「奇妙」「怪奇」というニュアンスの新奇なイメージの言葉だった。二人は手元にある資金で讀賣新聞に広告を出して会員を募ったが、内容見本をくれというハガキが十数枚届いただけで終わった。

　用意した内容見本には予告として〈会員創作探偵小説第一回発表『石塊の秘密』（約百頁）江戸川藍峯作〉とあった。これが後の『一枚の切符』なのだが、予告と銘打ちながらも、書き上げていたわけではなかった。

　この広告から分かるのは、この時点で平井太郎がエドガー・アラン・ポーをもじった筆名を考えていたということだ。「藍峯」が、後に「亂歩」となるのだ。しかしまだこの男は平井太郎なので、もうしばらく「平井太郎」と記す。

　雑誌創刊は断念せざるをえなくなったが、平井太郎は構想した『石塊の秘密』は書いてみた。そして漫画雑誌「東京パック」で知り合いになった漫画家に、講談社の「講談倶楽部」へ紹介してくれと預けた。だが、何の返事もなかった。その漫画家が「講談倶楽部」に渡してくれたのかどうかも分からず、原稿も戻ってこなかった。同じ団子坂にいながらも、平井太郎と講談社との距離はまだまだ遠い。

　講談社と大日本雄辯会は、一九二〇年の新年号では、「雄辯」「講談倶楽部」「少年倶楽部」「面白倶楽部」の四誌合計三四万部を出すまでになっていた。

　五月になると、平井太郎は東京市の仕事を欠勤するようになった。体調を崩したという理由だったが、実際は役人生活が厭になっていたのだ。この頃、「トリック映画の研究」「映画劇の優越性について（附、顔面藝術としての写真劇）」という映画論を書いて、映画会社数社に送った。監督見習いとして雇ってくれないかというアピールだったが、どこからも何の返事もなかった。

　あまりにも欠勤ばかりしているので、七月末に東京市の役人を馘首（かくしゅ）された。ようするにこの男は勤め人に向いていない。そしてこういう男の常として次次と事業を思い付く。次に考えたのはレコード音楽会だった。八月から九月にかけて井上が持っていた蓄音機と洋楽のレコードで、鑑賞会を開いたのだ。レコードも蓄音機も高価だったので、一般の家庭にはまだ普及していない。そこに目をつけたのは先見の明で、これも成功したが、持続させようという気がなかったようだ。

　十月になると、朝鮮を引き揚げて大阪にいた父が、大阪時事新報の記者の仕事を世話してくれ、平井太郎と隆子は大阪へ向かった。これを機に、経営不振の三人書房は閉じることにした。大阪時事新報では地方版の編集を担当した。集まってくる記事のどれをどこへ配置するかの割付を考え、見出しをつける仕事で、月給六十円だった。

## †横溝正史デビュー——一九二一年

博文館の「新青年」は創刊二年目の一九二一年（大正十）新年号を「探偵奇談号」と銘打ち、保篠龍緒訳によるルブランの『虎の牙』の連載の他、チェスタートン、ドイル、リーヴ、ル・キューの作品を載せた。これが好評だったので以後数か月ごとに探偵小説特集号、さらには増刊号が出るようになる。

大阪にいた平井太郎はこの号から「新青年」の愛読者になった。この号こそが〈編集長森下雨村が探偵小説の愛好家であることを天下に表明した最初であった〉と『四十年』に記している。

この一九二一年、神戸にいる横溝正史は銀行を一年で退職した。銀行時代は店舗に雑誌がたくさんあったので読む機会が多く、そこに掲載されていた宇野浩二を愛読するようになっていた。

横溝が退職したのは大阪薬学専門学校に入学するためだった。この経緯について横溝は『読本』での小林信彦との対談では〈家庭の複雑な事情があったもんだから、一応社会人になって、それで複雑な問題が解決されたもんだから、改めて家業を継ごう〉となり、薬剤師の資格を取るために薬学専門学校に入ったと語るだけで、その「複雑な事情」についてはここでも語ろうとしない。

横溝は中学生時代に少年誌に投稿し、掲載されたこともあった。「新青年」が懸賞小説を募集しているのを知って、当然、自分も書いてみようと思い立ったのであろう。ましてや、親しくなった西田政治から、自分も入選したんだから君も書けと、けしかけられていた。

本人は『自伝的』では〈早速一本ものして投稿したところが、みごと一等に当選〉と、最初に書いたものが一等になったように書いているが、実際はそうではない。『恐ろしき四月馬鹿』は「新青年」第七回懸賞小説（四月号で発表）で一等になるのだが、その前の第六回（二月号で発表）にも応募していたことが、中島河太郎『日本推理小説史』第一巻に記されている。同書によると第六回の応募作品は六十余り、入選は中西一夫の『優勝旗の紛失』で、八重野（西田政治）も佳作となり、最終選考に残った八篇のなかに横溝正史による『破れし便箋』『男爵家の宝物』の二篇があった。雨村は選評で〈横溝君の作に接するのは、今度が始めてであるように思うが、この方面には非凡な手腕を有った人らしい〉と記し、さらに〈「男爵家の宝物」は一寸複雑な材料であったがために、所謂想余って筆の件はなかった憾みはあったが、「破れし便箋」の方は構想から云っても、その取扱い方から云っても申分のない好箇の短篇で、入選作としても決して恥しくない作品であった。「破れし便箋」はその内機会を見て誌上に発表したいと思っている。〉と書いた。

そして次の第七回で、『恐ろしき四月馬鹿』が一等になり、四月号に掲載されたのだ。この号は二回目の探偵小説特集で「春季増大怪奇探偵号」と銘打たれた。

『恐ろしき四月馬鹿』は角川文庫版で七ページの短篇で、中学の寄宿舎を舞台にした怪奇な事件が描かれる。〈四月一日の午前三時ごろ、M中学校の寄宿舎の一室に寝ていた葉山という一学生は、恐ろしい夢からふと目覚めた。〉という一文で始まる。葉山は同室の栗岡が血のついたシャツを脱ぎ、短刀と一緒に行李に入れるのを見てしまった。朝になると小崎という五年生の部屋での異変が発見された。部屋が散らかり、シーツにはなまなましい血潮がべっとりとついており、小崎は何者かに殺されたらしい。だが肝心の死体がない。葉山は栗岡のことを舎監へ伝え、証拠品が見つかったので、栗岡は逮捕された。しかし彼は殺していないという……エイプリルフールの悪戯で、騙したはずの者が騙され、二転、三転する話だ。犯人当ての謎解きというよりも、どんでん返しの妙を見せる。

森下雨村は選評で〈余程苦心の作と拝見する。外国の学生雑誌にでも出ていそうな作である。決して凡手でない。〉として〈構想の上から、文章の上から横溝君の作を一等に推す。〉と書いた。

こうして――横溝正史はデビューした。賞金は十円で、彼が小説で稼いだ最初のお金である。だがこの時点で横溝はプロの作家になろうとはしていないようだ。密かに作家になれたらいいなと思っていた可能性は高いが、このあたりのことは分からない。さらには受賞を機に、さまざまな雑誌から執筆依頼がきたわけではない。何よりも、「新青年」が横溝に執筆依頼をしていない。この後も横溝は懸賞小説への応募を続けるのだ。

「新青年」の懸賞は二か月ごとで、横溝は次の第八回にも「死者の時計」を書いて応募し、これも最終選考には残ったが入選できなかった。確認できないが、最初に応募し最終選考に残って雨村に「好箇の短篇」と称された『破れし便箋』を書き直したもののようだ。その次の第九回で『深紅の秘密』が三等で入選し、八月号「夏季増刊探偵小説傑作集」に掲載された。

十月号には横溝の名はなく、十二月号に二等入選として『一個の小刀より』が掲載された。その前後、博文館の「ポケット」という雑誌にも横溝の作品が載っている。十一月号に『燈台岩の死体』、十二月号に『汁粉屋の娘』である。投稿作家としての横溝正史の全盛期だった。

一方――九月二十七日、横溝正史の長兄・歌名雄が亡くなった。次兄・五郎や親友西田徳重もそうだが、この時代、若くして亡くなる者は多い。これで横溝正史には兄はいなくなった。姉は嫁に出ており、きょうだいは義母が生んだ弟の武夫と博だけになった。

この年に二十七歳になる平井太郎は大阪時事新報で働いている。三月に長男が生まれ、妻・隆子の「隆」と自分の名をあわせて隆太郎と命名した。平井は要領がよかったので仕事が早く、十時に出勤して十六時には帰れた。そんな楽な仕事だったが、三月に東京の知人から日本工人倶楽部（一般財団法人日本科学技術連盟の前身）の書記長にならないかと誘いがあり、「月給百円ならいい」と返事をしたら、その条件でいいというので、四月に大阪時事新報を辞めて、再び東京へ行った。書記長になると、友人の井上勝喜を事務員として採用した。

日本工人倶楽部は技術者の社会的地位の向上を目的とし、技術者の職業紹介や機関誌の発行、講演会の開催などを主な事業としていた。技術者の親睦団体でもあるが、調査・研究とその発表、検定試験などもしていた。東京帝国大学工科大学（現・東京大学工学部）を卒業し、農商務省臨時窒素研究所で窒素肥料の研究をしていた春田能為という二十八歳の技術者は会員のひとりで、平井太郎とも何度か会っていた。春田は後年、この時期の平井太郎についてこう書いている。

〈新に書記長に迎えられた人は最近まで大阪で新聞の経

済記者を勤めていた人で、中々の手腕家であると云う事を推薦者から聞いていた。私は恰度彼の就任挨拶の時に居合したが、いかにも新聞記者らしいキビキビした青年紳士でアクセントのハッキリした歯切れの好い調子で別にそうやっているのではないが、鳥渡肩を聳かしてものを云う風で中々頼もしげに見えた。／その後も無論倶楽部に行く度にはチョイチョイ顔を見合せるし、個人的に親しく口は利かなかったが、会議の時の議論などは中々しっかりしていて、私の意見にも可成一致する所が多かったので、之は遣手だぞと思った事を記憶している。〉

春田能為は二年後の一九二三年（大正十二）、博文館の雑誌「新趣味」の懸賞小説で一等に入選しデビューして探偵作家になる、甲賀三郎（一八九三〜一九四五）である。

平井太郎は日本工人倶楽部に翌年二月まで勤務した。十か月なので、彼としては長く続いたほうだった。

## †運命の講演会——一九二二年

一九二二年（大正十一）、横溝正史は大阪薬学専門学校で学んでいた。この年も「新青年」の懸賞小説に応募を続け、第十一回で二度目の書き直しとなる『破れし便箋』、第十二回で『脅迫者は何処に』が最終選考に残ったものの、どちらも入選できず掲載されなかった。しかし雨村の紹介で『破れし便箋』は『化学教室の怪火』と改題されて博文館の「中学世界」誌二月号に、『河獺（かわうそ）』は「ポケット」五月号に掲載された。

しかしこれらの作品について横溝は忘れてしまったのか、『五十年』では、大正十一年から十三年までは創作活動が中絶し、それは「新青年」が懸賞募集をしなくなったからで、〈懸賞募集があろうがなかろうが、探偵小説を書いてみようという勇気も自信も、当時の私にはなかったのである。〉と書いている。落選したことを隠しているのか、本当に忘れたのか。何しろ『五十年』は一九七〇年、デビューから半世紀後に講談社版の全集の月報に書かれたものだ。五十年前のことを忘れていても不思議ではない。だが最初に書いた『破れし便箋』は三回書いているのだから、覚えていてもいいように思うのだが。

この時期の横溝正史は、創作では「新青年」に何も載らなかったが、翻訳が載った。この翻訳の仕事については『自伝的』にこうある。〈外国雑誌を漁ってきては、いまでいえばショート・ショートを、英和辞典と首っ引きで翻訳して送ってみたところ、これがご採用と相成り、一枚六十銭の原稿料が舞い込んできたので、このほうがよっぽど確実性もあり、割りのよい商売とばかりに、わたしは三ノ宮へん（忘れていたがわたしは神戸うまれの神戸育ちである）の古本屋を、ウの目タカの目で外国雑誌を探して歩いた〉。懸賞小説は十円の賞金だが、入選する保証はない。たしかに翻訳のほうが確実性はある。

「新青年」は創刊三年目を迎え、いよいよ探偵小説専門誌のようになっていった。一月号は「探偵名作集」特集で、ドイル、ポー、レベレージ、ランドンが訳された。通常の二月号の次に二月増刊号が出て、これは「探偵小説傑作集」と銘打たれ、十作品が載った。そのなかに西田政治が訳したビーストンの『シャロンの燈火』がある。西田はその以前から訳していたのかもしれないが、当時は保篠龍緒のように有名な訳者以外は、翻訳者名が明記されていない。しかしこの二月増刊号から訳者名も併記されるようになっていった。

四月号も「春季増大怪奇探偵号」で西田政治の名は翻訳者として並んでいる。そして八月には増刊号が出た。「探偵小説傑作集」と銘打たれ、ポーの『盗まれた手紙』、ドイルの『ソア橋事件』など十九の海外探偵小説が掲載された。そのなかには、西田政治が訳したバートン・ロフタスの『疑心暗鬼』、そして横溝正史の翻訳デビューとなるロバート・ウィントンの『二つの部屋』がある。

この「新青年」八月増刊号が平井太郎の、そして日本探偵小説の運命を変える。

一九二二年、平井太郎は日本工人倶楽部に勤務していたが、二月にこの倶楽部の職を紹介してくれた農商務省の庄司雅行が設立した、ポマードの製造販売会社を手伝うことになった。またも転職である。甲賀三郎はそういう事情を知らなかったのか、工人倶楽部は先輩の意見が通ることが多く自分もなんとなく遠のいたので、〈書記長に迎えられた人（平井太郎＝乱歩）も矢張り意見が行われない為かだんだん初めの意気込みがなくなって行くらしい事を耳にした。やがて一年経たないうちに辞めて終ったと云う話だった。〉と前掲の随筆に書いている。

工人倶楽部を辞めた後も平井は機関誌「工人」の編集を請け負うこととし、庄司の会社ではポマード瓶の意匠と宣伝などを担当した。だがやがて「工人」の仕事がなくなってしまい、さらに庄司の会社も資本が脆弱で予定していた給与がもらえない。妻子を養うことが難しくなったところへ、隆子の母が上京したので息子を託し、大阪へ連れて行ってもらい、そのあとを隆子も追った。太郎は単身、東京に残っていたが、七月に隆子が病気になったとの報せがあり、東京を引きあげて、大阪にいた両親のもとで暮らすことになった。

このとき太郎の父は大阪の綿布問屋の監査役をしていたが、サラリーマンにすぎず生活は楽ではなかった。弟妹三人がまだ両親のもとにいて、その五人家族が暮らす家に、太郎たち三人が転がり込んだのである。仕事はすぐにはない。

〈その失業の最中、新青年は第三回の増刊を出し、私は乏しい小遣をさいてこれを買ったのだが、先の二冊の増刊と、それとを前に並べて眺めながら、私はいよいよ探偵小説を書くときが来たと思った。失業中のことだから時間は充分ある。若しその原稿が売れれば、煙草代にも不自由をしている際、こんな有難いことはない。多年培って来た探偵小説への情熱を吐き出すのは今だと思った。〉

そしてそんな九月十七日、平井太郎は大阪毎日新聞の夕刊を見て、神戸図書館で馬場孤蝶が講演するとの告知を見たのだった。これが本章冒頭に記した講演会である。

乱歩の『四十年』には〈馬場さんの講演は、最近読んだ外国探偵小説の筋を次々と語るというような話し振りであったが、その中にフリーマンが短篇集「唄ふ白骨」で、犯行の方を先に書いて、その読者の知っている事実を、探偵が如何に推理するかという、逆の書き方を試みたという話があり、私は初耳だったので、大いに興味を感じたことを覚えている。〉とある（しかし、もしかしたら講演ではなく、同時期に読んだ随筆に書いてあった話かもしれないと、但し書きもある）。いずれにしろ、平井太郎は後に倒叙推理小説と呼ばれるものがあることをこの頃に知り、この驚きから『心理試験』が生まれるのだ。

講演が終わると、平井太郎は孤蝶のもとへ行き、会話を交わしたらしいが、挨拶程度のものだったようだ。

馬場孤蝶が講演することを横溝と西田政治も知って、会場にいた。

孤蝶は、神戸にいる探偵小説愛好家からソーンダイクを借りていたことを覚えていたので、講演のなかで「このなかに、その方はいますか」と呼びかけたが、西田は自分の弟だと名乗り出なかった。恥ずかしかったのだという。西田と横溝はそのまま何も名乗らずに帰った。

のちに生涯にわたる友にしてライバル、あるいは義理の兄弟のような関係になる江戸川乱歩と横溝正史は、同じとき、同じところにいながらも、すれ違った。二人が探偵小説談義をするまでには、あと四年の歳月が必要となる。

「新青年」九月号には、横溝が訳したビーストンの『シャロンの淑女』が掲載された。十月号にはフリーマンの作品が三作、掲載されている。

## †『一枚の切符』『二銭銅貨』を「新青年」へ送る

神戸から帰った平井太郎は昂奮し、東京・駒込の団子坂にいた頃に構想し、筋だけを書いていた二篇の小説を一気に書いた。失業中なので時間はあった。このときの二作が『一枚の切符』と『二銭銅貨』なのだが、書いた時期については前述のように乱歩自身の回想の記述が食い違っている。『貼雑』を正しいとすれば、講演会の四日後の二十一日から二十三日まで『一枚の切符』を下書きして二十五日に完成させ、二十六日から数日間に『二銭銅貨』を下書きして十月二日に完成させた。筆名は、以前に考えた「藍峯」から「乱歩」へと改めてみた。

ここに、探偵小説史上燦然と輝く「江戸川乱歩」が誕生したのだ。以後は平井太郎改め江戸川乱歩として記していこう。

書き上げた原稿をどうするか。乱歩は書き始めるときから決めていた。馬場孤蝶へ送るのだ。〈当時の私の判断では、そういう原稿を見て貰う人は馬場さんのほかになかった〉からだ。『貼雑』には孤蝶へ送ったのは十月四日とある。何の紹介もなく、いきなり送りつけたのだ。馬場孤蝶には読む義務も義理もない。乱歩は返事を待った。しかし三週間が過ぎても何の音沙汰もない。受け取ったというハガキくらいきてもいいのに、それも届かない。乱歩は憤慨した。そして孤蝶に手紙を書いた。原稿が届いているはずだが返してくれという内容だった。さらに、ハガキを同封して、〈一、原稿未着、一、原稿は紛失した。一、原稿は返送した〉のどれかを選んで返信してくれとまで書いた。忙しいだろうから返事を書く手間を省くという配慮ともとれるが、失礼な話だ。

しかし馬場孤蝶から、十月二十六日付で鄭重な詫び状と原稿が送られてきた。手紙には、高知から帰った後は樋口一葉の碑を建立する件で甲府へ行き、その疲労で原稿を読む時間がなかったという趣旨が書いてあった。実際、十月十五日に樋口一葉碑の除幕式が甲府で行なわれ、馬場孤蝶も出席しているので、嘘ではない。相手の都合も考えずに送りつけた乱歩のほうが、どう考えても非礼なのである。孤蝶は、読んでから返送すべきではあるが、急いでいるようなので、とり急ぎ返すと書き、〈くれぐれも迂生怠慢の段おわび申上候〉と結んでいる。どこまでも礼儀正しい。

乱歩はこの手紙に恐縮したが、もう一度送るわけにもいかないので、原稿が届いた旨の礼状だけを出した。誰か他の文士に送ろうかと考えたが、最終的な目的はどこかの雑誌に掲載してもらうことなのだから、この際、「新青年」編集長の森下雨村に直接送ろうと決めた。孤蝶からの手紙は十月二十六日付なので、十月中に原稿は手元に戻ったと思われる。『四十年』には〈多分十一月の初め〉に森下雨村へ送ったとあるが、それは二通目の手紙のことだろう。

森下雨村は、さすがにこういう原稿の持ち込みにはなれているのか、受け取ったという手紙をすぐに出した。しかし、仕事が多忙ですぐには読めない、それに「新青年」は翻訳探偵小説を中心にしているので、載せるとしても他の雑誌に紹介することになると思う――という趣旨だった。雨村としてみれば、これまでも小説の持ち込みはたくさんあったが、どれもたいしたことがなかったし、「新青年」では懸賞小説を募集しているのだから、読んでほしいのならそれに応募すればいいとの思いもあっただろう。一方の乱歩としては、原稿用紙十枚という規定の懸賞小説では、書きたいものが書けない。それに何よりも乱歩は自分が書き上げたものは、海外の探偵小説に匹敵するとの自信があった。

普通は他誌に紹介してくれるというだけでもありがたいと思うものだが、乱歩は違った。「他の雑誌でいいのなら、『新青年』の編集長に送りはしない。『新青年』に送ったからには、翻訳ものに比べて非常に見劣りがするとは考えていないからだ。探偵雑誌以外にのせることはこちらで御免蒙る」という趣旨の手紙を返すのだ。おそらく、この二度目の手紙を出したのが、『貼雑』にある「十一月二十一日」である。

森下雨村は「江戸川乱歩」と名乗る自信過剰の男からの二通目の手紙を受け取ると、とりあえず読んでみることにした。堂堂とエドガー・アラン・ポーの名を模した筆名を名乗る時点でこの男の自信過剰は分かったはずだ。ポーに匹敵する本当の天才なのか、自惚れ屋にすぎないのか試してやろうという思いもあったろう。

森下雨村は読んでみて驚いた。このときのことを、「別冊宝石」四十二号（一九五四年十一月発行）に「三十六年前」としてこう書いている。

〈これが日本人の創作だろうか。日本にもこんな作家がいるであろうか。ただただ驚嘆の目を見はるばかり、内心では、なにか外国の作品にヒントを得たものではあるまいかという懸念もうかんだほどの驚きであった。〉

雨村は乱歩を疑ったわけではないが、『二銭銅貨』があまりにもよくできていたので、まだ知られていない外国の小説をベースにしているのではないかと思い、念のためにと、名古屋にいる探偵小説に詳しい医学博士に『二銭銅貨』を送り感想を求めた。小酒井不木である。


それまでは何の関係もなかった人びとが偶然によって知り合ったことで化学変化を起こし、大変革が起きることは、歴史にはよくある。日本探偵小説史においては、まさにこの一九二二年を中心とした数年間が、そんな時期だった。森下雨村が新雑誌を任されたこと、彼の恩師に馬場孤蝶がいたこと、神戸での西田政治と横溝正史の出会い、そして失業した江戸川乱歩が大阪にいて神戸で馬場孤蝶の講演会を聞いたこと――それ以外にも、森下雨村と名古屋にいる小酒井不木との交流が始まっていたのも、天の配剤であるかのようだ。

小酒井不木は本名を光次といい、愛知県海部郡蟹江町で一八九〇年（明治二十三）に生まれた。乱歩の四歳上になる。東京帝国大学医学部で生理学・血清学を専攻した。肺炎を病み半年ほど療養した後、一九一九年にイギリスへ留学したが喀血に襲われ療養し、小康を得たところで一九二〇年十一月に帰国した。東北帝国大学医学部の教授に任命されたが病のため任地に赴けず、郷里の愛知県で静養することにし、翌二一年には医学博士の学位を取得した。

この一九二一年、「新青年」を創刊して二年目の森下雨村は、小酒井不木が「東京日日新聞」に連載していた『学者気質』という随筆のなかで「探偵小説」に触れているのを読むと、不木に手紙を書き、ぜひ探偵小説について書いてほしいと依頼し、不木は快諾した。こうして森下雨村と小酒井不木との交流が始まった。これをきっかけにして、雨村にとって小酒井不木はアドバイザー的存在となっていたのだ。

雨村は小酒井不木に『二銭銅貨』を送ったことについてこう書く。〈新しい彗星発見の慶びをわかちたい気持は、そのまま名古屋の小酒井不木博士に速達となって原稿が廻送された。小酒井君からも慶びにみちた折紙附の返事があったことはいうまでもない。まるでドストイェフスキーの処女作がヴェリンスキーに発見されたと同じような話である。〉

こうして雨村は十二月二日付の乱歩宛の手紙で、時機を見て「新青年」に『二銭銅貨』を掲載すると約束した。乱歩が書いたのは『一枚の切符』が先なのだが、雨村は『二銭銅貨』を先に読み、とても感心した。その次に『一枚の切符』も読んでこれもいい作品だと思った。どうやら先に読んだ『二銭銅貨』のほうが衝撃の大きかったぶん、印象に残り、こちらから掲載すると決めた。

だが、『二銭銅貨』が「新青年」誌上に登場するまで、さらに四か月が必要だった。

失業者である平井太郎は生活のために仕事を見つけなければならない。雨村から「近いうちに載せる」と手紙が届いたが、いつかになるのか分からないし、原稿料がいくらなのかも分からない。この先、作家になれるのかどうかは、まったく分からない。当面の生活費をどうするかという問題は、雨村からの手紙では何の解決にもならなかった。そこで父が世話してくれ、平井太郎は大橋鉄吉という民事弁護士の事務所で働くことになり、臨時職員とはいえ、失業生活を脱した状態で年を越した。

「新青年」の十二月号では、懸賞小説で水谷準が『好敵手』で入選し掲載された。水谷は一九〇四年（明治三十七）北海道函館の生まれで、本名は納谷三千男という。このときは早稲田高等学院に在学中で、早稲田大学文学部仏文科を卒業後、博文館に入社し、横溝の部下となる。

## †乱歩デビュー——一九二三年

一九二三年（大正十二）が明けた。

横溝正史はこの年で満二十一歳、大阪薬学専門学校に通う日日が続いていた。四月に三年生となる。学校は日本橋五丁目にあり、千日前、道頓堀、心斎橋筋から堂島へ出て梅田駅という、繁華街が通学路だった。学校が終わると、カフェからカフェへと飲み歩く日日だった。

一九二三年の「新青年」は通常の一月号の後に、増刊号として「探偵小説傑作集」を出し、これには翻訳ものが三十篇も載り、そのうちの七篇を西田政治が訳していた。一月、二月、三月号とも、五篇前後の翻訳ものと、日本人作品一篇が載っており、もはや翻訳雑誌に近い。

だがその三月号では次号に「創作探偵小説」を載せるとあり、このような予告が載った。「江戸川乱歩」の名が活字となった最初である。

そこには『二銭銅貨』というタイトルも堂堂と記されている。

〈日本にも外国の作品に劣らぬ探偵小説が出なくてはならぬ」——私達は常にこう云っていたのである。が、果然、そうした立派な作品が現れた。真に外国の名作にも劣らない、いや或る意味に於ては外国の作家の作品よりも勝れた長所をもった純然たる創作が生れたのである。

本号に於て発表する江戸川氏の作品がそれである。海外の作品のみを紹介し来った本誌が、本号を特に創作探偵小説号としたるも、一つはこの傑作を江湖に紹介せんとするに他ならない。敢て諸君の清読と批判を乞う次第である。〉

予告通り、四月号に『二銭銅貨』は掲載された。この号に載った創作探偵小説は他に、山下利三郎『頭の悪い男』、松本泰『詐欺師』、保篠龍緒『山又山』がある。

保篠龍緒（一八九二～一九六八）はルパン・シリーズの翻訳で知られるが創作もしていた。山下利三郎（一八九二～一九五二）は一九二二年に「新趣味」の懸賞小説でデビューした作家、松本泰（一八八七～一九三九）は慶應義塾大学を出てイギリスへ留学し、一九二一年に探偵小説『濃霧』を「大阪毎日新聞夕刊」に載せ、二二年には『三ツの指紋』『呪の家』を刊行した。後に奎運社を興し、雑誌「秘密探偵雑誌」「探偵文藝」を刊行する。

結果的にこの三人は乱歩の引き立て役となるわけだが、森下雨村にそういう意図があったのかどうかは分からない。

『二銭銅貨』は〈「あの泥坊が羨しい」二人の間にこんな言葉が交される程、其頃は窮迫していた。〉と始まる。二人とは「私」と「松村武」という男で、場末の貧弱な下駄屋の二階の六畳一間の部屋で暮らしている。二人が話題にしているのは、最近起きた五万円という大金の盗難事件のことだ。犯人は逮捕されたが盗んだカネは見つからない。それを松村がどこからか持ってきた。松村が隠し場所を見つけたのは二銭銅貨に仕込まれていた暗号を解読したからだった——ここからさらに二転三転する話である。

『二銭銅貨』にあわせて、小酒井不木の批評も掲載された。そこには、雨村からこの作品を送られて読んで驚いたことと、この一文を書くにいたる経緯が記され、〈「二銭銅貨」の内容にまんまと一杯喰されて多大の愉快を感じたと同じ程度に日本にも外国の知名の作家の塁を摩すべき探偵小説家のあることに、自分は限り無い喜びを感じたのである。〉として率直な感想を述べる。

次に小酒井不木なりの探偵小説観が書かれる。〈優れたる探偵小説なるものは誰が読んでも面白いものでなくてはならない。そして探偵小説は描写の技巧の優れたるよりも筋（プロット）の優れたものを上乗とすべきであろうと自分は思う。〉〈探偵小説の面白味は言う迄もなく、謎や秘密がだんだん解けて行くことと、事件が意表外な結末を来す点にある。而もその事件の解決とか、発展とかが、必ず自然的（ナチュラル）でなくてはならない。換言すれば偶然的、超自然的又は人工的であることを許さない。其処に作者の大なる技巧を必要とする。即ちジニアスを要するのである。〉

そして『二銭銅貨』のいいところは〈あの巧妙（インジニアス）な暗号により、只管に読者の心を奪って他を顧みる遑をあらしめず、最後に至ってまんまと背負投を食わす所にある〉として、ルブランの『アルセーヌ・リュパンの捕縛』を読んだときの気分だとする。作中の暗号を褒め、〈この点は地下のポオも恐らく三舎を避くるであろう〉と絶賛し、〈その他筋の運び方、描写の筆致など、どの点にも間然する所がない。〉と書く。

最後に、〈「二銭銅貨」の作者が益自重して、多くの立派な作品を提供せられんことを切望し、それと同時にこの作が他の多くの立派な探偵小説家の輩出する導火線とならん事を祈るのである。〉と結ばれた。

批評を先に読む人もいるだろうとの配慮からか、いまふうに言う「ネタバレ」にはなっていない。『二銭銅貨』が日本初の本格探偵小説だとしたら、小酒井不木による紹介文は日本初の本格探偵小説作品論となる。小酒井不木の『二銭銅貨』論によって、探偵小説批評の原型ができたとも言えるのだ。

かくして、江戸川乱歩は世に出た。

その一方――横溝正史の名は、前年九月号にビーストンの『シャロンの淑女』の翻訳者として載って以降、「新青年」の目次から消えてしまう。学業が忙しくなったのか、学友と飲み歩いていたからなのか、それとも、江戸川乱歩の登場に衝撃を受けて、とても自分にはこんなものは書けないと、創作の道を断念してしまったのか。

横溝は『二銭銅貨』を初めて読んだときにどう思ったのだろう。『読本』での小林信彦との対談では、小酒井不木が『二銭銅貨』を読んですぐに雨村へ推薦したのは「目が早い」と小林が言うと、〈しかし、『二銭銅貨』ならばだれでも感心しますよ。〉と素っ気なく応じるだけだ。他の随筆でも「乱歩は『二銭銅貨』で「新青年」にデビューして注目された」というような、客観的事実を述べているだけだ。

これは乱歩も同じで、横溝の最初期の短篇を「新青年」で読んだときの感想は綴っていない。人は、あまりにも意識すると、逆に沈黙する。

## †関東大震災

探偵小説愛好家のあいだでは、江戸川乱歩は衝撃のデビューだったのかもしれないが、一般の文壇、そしてジャーナリズムがこの天才にすぐに注目したわけではなかった。

『二銭銅貨』で乱歩は「新青年」から五十円の原稿料をもらい、一枚一円強だったと書いている。四十数枚だったのだろう。工人倶楽部での月給が百円だったので、その半分である。つまり最低でも毎月この倍を書いて掲載されなければ作家専業として生計は立てられない。平井太郎としては弁護士事務所の仕事を続けるしかなかった。

間の悪いことに、五月になると妻の隆子が腹膜炎で入院した。その入院中、「新青年」七月号にもうひとつの『一枚の切符』も掲載され、編集長雨村からもっと書くように依頼されたので、乱歩は第三作として六月に『恐ろしき錯誤』を書き上げた。

　六月二十一日に隆子が退院すると、乱歩はこれを機に父の家から独立し、大阪府北河内郡門真村に家を借りた。さらに法律事務所を辞めた。またも半年しかもたなかったことになるが、このときは失業期間はなく、すぐに父の知人の紹介で大阪毎日新聞の広告部に入社した。月給は基本給こそ八十円だが広告営業は歩合制だったので、月収は五百円から六百円になった。職業を転転とするこの青年は、仕事での失敗はしない。どこへ勤めても、優秀な社員だったのだ。本人のほうが厭になってしまい、辞めてしまう。

　九月一日、東京を大地震が襲った。関東大震災である。出版社、印刷会社の多くも被災した。「新青年」は八月に「夏季増刊探偵小説傑作集」を出し、九月号も出したところで大震災に見舞われた。

　博文館の日本橋にあった社屋も焼け落ちたため、小石川の大橋邸に編集部は移り、仕事を続けた。九月号は発売された後で、十月号も印刷が終わっていたので「大震災記念号」として出した。しかし次の十一月号は通常ならば十月上旬に発売だが、さすがに遅れ、「帝都復興号」と銘打たれて出たのは十月下旬だった。乱歩が六月に書き上げて送った『恐ろしき錯誤』は震災で焼失せずに無事だったので、この号に掲載された。十一月発売の十二月号は出せず、十二月に一月号が出て、ようやくもとのペースに戻った。

　乱歩自身は『恐ろしき錯誤』は気に入っていないようだ。書きたくて書き、思う存分に書いたのだが〈結果としては失敗であった。つまり独りよがりに陥って、実力の不足を曝露したのである〉。出来が悪いのに掲載されたのは、震災で他の作家の原稿が焼けてしまったからではないかと自嘲気味に推測している。

　十一月号には甲賀三郎の『カナリアの秘密』も載った。甲賀はこの年の夏、博文館の雑誌「新趣味」の懸賞小説に応募し、『真珠塔の秘密』が一等となり八月号に掲載されていた。

「新趣味」は博文館の雑誌としては短命に終わったものだ。二年前の一九二二年（大正十一）一月号が創刊号だった。もともとは一九〇六年（明治三十九）創刊の「文章世界」で、これを一九二一年に「新文学」としたが一年で廃刊にして「新趣味」として創刊した。

誌名通り幅広い趣味を扱う雑誌で、演劇、能楽、歌舞伎、映画、相撲、占い、呉服、博多人形などの記事が載っていた。創刊号から翻訳小説も載せ、三月号で「外国探偵小説集」とした後、四月号からは探偵小説専門誌となると編集後記で宣言した。「新青年」と競合するが、森下雨村も翻訳者としてウィルキー・コリンズの『月長石』を連載するなど協力した。『鞍馬天狗』を書く前の大佛次郎も翻訳者として登場している。

「新趣味」も懸賞小説を募集し、二二年十月号の第二回で角田喜久雄、十一月号の第三回で山下利三郎、第十一回にあたる二三年八月号で甲賀三郎が入選した。山下は『二銭銅貨』が載った「新青年」二三年四月号に『頭の悪い男』を書いた作家だ。

しかし関東大震災で配下の印刷所が焼失したこともあり、博文館はこの機に不採算雑誌を整理することとし、「新趣味」は十一月号を最後に「新青年」に吸収された。

一方、野間清治の大日本雄辯会と講談社は、団子坂にあった本社と音羽の野間邸が被害を受けたが、大きなものではなかった。野間も月刊誌の一か月の休刊を決めたが、震災の様子を全国に報せる書籍を緊急出版すると決め、『大正大震災大火災』と題した三〇〇ページ（内口絵写真八〇ページ）・一円五〇銭の本を、十月一日に大日本雄辯会と講談社の二社を併記した発行元として出すと、四〇万部のベストセラーとなった。

震災直後は東京とその周辺の人びとは本を読むどころではなかったが、生活が再建されると、震災で本を喪った人びとが、新たに本を求めるようになり、出版界は景気がよくなる。その波にうまく乗るのは、博文館ではなく、大日本雄辯会と講談社だった。新雑誌の創刊は続き、一九二二年十二月、「少女倶楽部」が翌二三年一月号で大日本雄辯会から創刊され、六万七〇〇〇部を売った。

さらに、野間清治は一〇〇万部の雑誌を作ろうと考え、海外の雑誌を含め研究しているところだった。それが実現するのは、一九二四年十二月のことで、その日本初のミリオン・マガジンこそが「キング」だった。

## †乱歩、作家専業を決意――一九二四年

一九二四年（大正十三）、三月で横溝正史は大阪薬学専門学校を卒業し、生家の生薬屋の若旦那となった。五月には二十二歳になる。

この年は「新青年」一月号の次に出た「新春増刊探偵小説傑作集」に久しぶりに横溝正史の名が載った。ビーストンを翻訳した『過去の影』である。この号には二十七篇もの翻訳探偵小説が載り、西田政治も二篇、訳していた。

専門学校も卒業したので創作や翻訳のための時間が作れそうなものだが、この年、横溝正史の名が「新青年」に載るのは新春増刊号だけだった。

江戸川乱歩も半年の沈黙があった。前年十一月号の『恐ろしき錯誤』の次の乱歩作品は『二癈人』で六月号に掲載された。この号には甲賀三郎、水谷準、山下利三郎も書いている。八月には夏の「増刊探偵小説傑作集」が出たが、これには横溝も西田も訳していない。

乱歩が半年間何も発表しなかったのは、新聞社の広告の仕事が忙しかったからだった。ようやく十月の「秋季増大探偵名作集」に、乱歩の『双生児』が掲載された。これで二年間に五作が「新青年」に掲載されたことになる。

このころ父が咽頭癌と判明し、家計の関係で再び妻子を連れて守口の父の家に同居することになるが、すぐにその隣の空き家を借りてそこに住んだ。この借家で書いたのが、『D坂の殺人事件』で、雨村に送ると好評だったので、気を良くして『心理試験』『黒手組』も一気に書いた。この三篇が「新青年」に掲載されるのは翌年のことだが、乱歩は自分が書いたものに手応えを感じていた。

その一方で、一年近くになる広告の仕事がそろそろ例によって厭になっていた。そこで『心理試験』を小酒井不木へ送り、専業作家としてやっていけるかどうかの判断を求めた。小酒井不木からは〈双手をあげて賛成する、大丈夫という激励の手紙〉が届いた。

小酒井は「大衆文藝」一九二七年六月号掲載の随筆「江戸川氏と私」でこう回想する。〈関東の大震災の後、私は田舎から名古屋に移り住んだ。その翌年（引用者註・一九二四年）中、同氏はやはりポツリポツリ発表した。い

ずれも傑作ばかりである。私は、江戸川氏にむかって、探偵小説家として立ってはどうかということをすすめた。すると、森下氏あたりからも、その話があったと見え、同氏は「心理試験」の原稿を私に送り、これで探偵小説家として立ち得るかどうかを判断してくれというような意味の手紙を寄せた。／「心理試験」を読んで、私は、何というか、すっかりまいってしまった。頭が下った。もうはや、探偵小説家として立てるも立てぬもないのだ。海外の有名な探偵小説家だってこれくらい書ける人はまずないのだ。〉

小酒井からの手紙で自信を得た乱歩は、森下雨村に『心理試験』を送るとともに作家専業でやっていきたいと伝えた。雨村は〈小酒井さんほど飛びつくような返事をくれなかったが、不賛成ではなく、先ず私に「新青年」に六回の連続短篇を書かせることとし〉た。小酒井不木は責任をとる立場にはないが、雨村は専業作家になれると言ったからには、書く場を与えなければならない。そしてその責任をとる覚悟をしたのだ。

最初に書いた『D坂の殺人事件』は十二月に出る新年増刊号「探偵小説傑作集」に載せ、二月号から六回連続で短篇を載せることになった。雨村は原稿料も上げてくれた。将来のことは、乱歩の才能が枯渇せず、その作品が時流に乗るか次第で、雨村には保証はできないが、当面半年間の生活だけは保証したのだ。

平井太郎は十一月三十日をもって大阪毎日新聞を退社した。早稲田を出て加藤洋行に入社以来の壮絶な転職時代はこうして終わった。

平井太郎はさまざまな仕事をしてきたが、機関誌や雑誌の編集という広義の出版・編集関係の仕事がほとんどだった。戦後の江戸川乱歩が雑誌の創刊を考え、さらには「宝石」の編集を引き受けるのは、こういう下地があったからともいえるし、もともとこの人は雑誌を作りたい人だったのだともいえる。

Chapter—❷
1925〜1926
†

# 第二章 飛躍——『心理試験』『広告人形』 一九二五〜二六年

横溝正史は乱歩がデビューすると、投稿作家生活をリタイヤしてしまう。

二人が出会うまでには、もう少し歳月が必要だった。

## †明智小五郎登場

『二銭銅貨』でのデビューから三年目、江戸川乱歩は「新青年」一九二五年（大正十四）新年増刊号に『D坂の殺人事件』を発表し、ここに名探偵明智小五郎が誕生した。

D坂はかつて乱歩が弟たちと経営していた古書店のある団子坂のことである。小説の舞台も古書店だが、実在した三人書房には小説に出てくるような美しい人妻はいなかった。

探偵小説の歴史はポーの『モルグ街の殺人』に始まるというのが定説で、同時にこの小説に登場するオーギュスト・デュパンこそが史上初の「名探偵」となる。以後、ルコック、ホームズ、ソーンダイク、そしてルパンも含めれば、名探偵は数多く日本にも紹介されている。だが、日本独自の探偵小説がなかなか生まれなかったように、日本には活劇の主人公としての探偵はいても、理智的に謎を解く探偵はいなかった。それが、ついに登場したのである。

もっとも、たいがいの名探偵は、作者が最初からその探偵を主人公にしたシリーズにしようと考えて創案するわけではない。登場させてみたところ好評だったので、次の作品にも登場させ、二作、三作と出るうちに人気キャラクターとなっていく。したがって最初から探偵の生年や生い立ちをはっきりと考えるほうが珍しく、勢いその設定はいきあたりばったりとなり、その探偵の事件簿には矛盾が出てくる。こういうキャラクターの矛盾の元祖もまた明智小五郎である。

『D坂の殺人事件』で明智小五郎は、まず、このように紹介される。〈私が近頃この白梅軒で知合になった一人の妙な男があって、名前は明智小五郎というのだが、話をして見ると如何にも変り者で、それで頭がよさ相で、私の惚れ込んだことには、探偵小説好なのだが、その男の幼馴染の女が今ではこの古本屋の女房になっているという事を、この前、彼から聞いていたからだった。〉

「私」が古本屋の向かい側のカフェにいると、明智もやって来て、二人は谷崎潤一郎の『途上』についての話をしながら古本屋の様子を眺めている。すると、奇妙な出来事が起き、殺人事件と発覚する。明智が本格的に「探偵」として活躍するのは後半で、改めて「私」によってこう紹介される。

〈彼がどういう経歴の男で、何によって衣食し、何を目的にこの人世を送っているのか、という様なことは一切分らぬけれど、彼が、これという職業を持たぬ一種の遊民であることは確かだ。強いて云えば書生であろうか、だが、書生にしては余程風変りな書生だ。いつか彼が「僕は人間を研究しているんですよ」といったことがあるが、其時私には、それが何を意味するのかよく分らなかった。唯、分っているのは、彼が犯罪や探偵について、並々ならぬ興味と、恐るべく豊富な知識を持っていることだ。〉

この後の作品でも、明智がどんな家に生まれどんな親だったのか、どんな少年時代だったのかといった「過去」は何も明かされない。『D坂の殺人事件』以前の明智については、この小説に出てくる「古本屋の女房と幼馴染」という以外の情報はない。

明智小五郎の外見については〈年は私と同じ位で、二十五歳を越してはいまい。どちらかと云えば痩せた方で、先にも云った通り、歩く時に変に肩を振る癖がある、といっても、決して豪傑流のそれではなく〉とし、当時有名だった講釈師の神田伯龍のような歩き方だとある。そして〈好男子ではないが、どことなく愛嬌のある、そして最も天才的な顔を想像するがよい〉。さらに明智の癖や服装について、髪の毛は〈長く延びていて、モジャモジャともつれ合っている。そして、彼は人と話している間にもよく、指で、そのモジャモジャになっている髪の毛を、更らにモジャモジャにする為の様に引掻廻すのが癖だ。服装などは一向構わぬ方らしく、いつも木綿の着物に、よれよれの兵児帯を締めている。〉

後に横溝正史が生み出す「名探偵」金田一耕助は、外見や癖は若き日の明智小五郎に似ているのである。

『D坂の殺人事件』は一九二四年秋に書かれたが、文中には具体的に何年の出来事とは書かれていない。「九月初旬のある蒸し暑い晩」と冒頭にあるだけだ。乱歩研究家の平山雄一はこう推理する。まず、文中に出てくる谷崎の『途上』が発表されたのは一九二〇年一月なのでこの年以降。二三年九月に関東大震災が起きるので、この年は除外される。すると、二〇、二一、二二、あるいは二四年なのだが、二四年十一月、明智が登場する第二作『心理試験』に〈このお話は『D坂の殺人事件』から数年後〉とあり、『心理試験』も同じように調べると一九二二年から二三年と推定されるので、『D坂』はその数年前なので、二〇年であろうとしている（以後、明智が解決する事件が起きた年月日については、集英社文庫版「明智小五郎事件簿」全十二巻の平山雄一の解説による）。

また明智の生年については乱歩と同じ一八九四年と推定される。作中の「私」が〈私と同じくらいで、二十五歳を越してはいまい〉と書いているからだ。

一九二〇年は「新青年」創刊の年だ。乱歩が弟たちと団子坂に三人書房を開業した翌年、結婚を機に東京市の公務員となり、『二銭銅貨』と『一枚の切符』の原型となる話を考えた年にあたる。

後に乱歩は、明智は一作だけのつもりだったが好評だったので続けて登場させることにしたという趣旨のことを書いているが、『D坂の殺人事件』が「新青年」に発表される前、つまり読者が明智小五郎を知る前に、明智が登場する『心理試験』と『黒手組』は書かれている。つまり、『D坂』を読んだ読者のあいだで明智が好評だったので、次の『心理試験』にも登場させたということはありえない。『D坂』を読んだ雨村たち編集部のあいだで明智が好評だったので、『心理試験』『黒手組』にも登場させたのかもしれないが、デュパンやホームズが何作にも登場していることを知っている乱歩が、名探偵明智小五郎を『D坂』一作だけのつもりで生み出したとも考えにくい。

## †乱歩の飛躍

江戸川乱歩は年が明けて一九二五年（大正十四）一月半ば、まだ面識のない森下雨村に会うべく、上京した。その途中、名古屋市内に移転したばかりだった小酒井不木を訪ねるために名古屋で下車した。ところが、乱歩は駅の待合室で袴を直している間に、ベンチに置いた財布などを盗まれてしまった。探偵作家が置き引きにあったとなれば世間が笑うだろうと思い、恥ずかしくて交番へ届けることができない。仕方なくタクシーで小酒井不木邸へ向かい、事情を話して料金を立て替えてもらい、さらに旅費を借りるはめになった。

そんな醜態を演じた乱歩を、しかし、小酒井不木は歓迎し、二人は五時間か六時間、探偵小説について語り合った。この時点で乱歩は新聞社を辞めており、すでに作家専業を決意していたのだが、まだ迷っている様子でもあったようだ。前掲の小酒井の随筆によると、作家専業になることを〈更に大にすすめたのであるが間もなく、一度上京して、色々な人に逢って決したい。その序に立ち寄るという手紙が来た。〉とある。そして〈私は大に待った。十四年の一月、とうとうやって来た。初対面の挨拶に頭の毛のうすいのを気にした言葉があった。私たちは大に語った。江戸川氏は、これから書こうとする小説のプロットを語った。それが、後に「赤い部屋」として発表されたものである。／同氏はこのとき、頻りに私に、創作に筆をそめるようすすめた。私も、創作をして見ようかという心が、少しばかり動いて居たときであるから、とうとう、小説を書くようになったのである。「女性」四月号に出た「呪われの家」がいわば私の処女作であった。〉

小酒井不木とゆっくり歓談した乱歩は、その日のうちに東京へ向かった。

博文館は震災で焼けたため館主の大橋の私邸を事務所にしていたので、乱歩は小石川の大橋邸を訪ね、森下雨村と会った。これが初対面である。最初に『二銭銅貨』と『一枚の切符』を送ったのが一九二二年十一月なのだから、二年以上が過ぎていた。この間、手紙でのやりとりだけだったのだ。つもる話はありすぎた。

その翌日か翌々日には、森下が呼びかけて「新青年」の執筆陣が集まり、宴会となった。森下の他、田中早苗、延原謙、甲賀三郎、牧逸馬（林不忘、谷譲次）、松野一夫らがいた。甲賀と会うのは日本工人倶楽部に勤務していたとき以来で、甲賀はすでに乱歩がかつての平井太郎だと知っていたが、乱歩のほうはこのとき初めて、工人倶楽部に出入りしていた技術者の春田が甲賀三郎だと知った。この東京滞在時、乱歩は敬愛する作家、宇野浩二も訪ねた。

前述のように森下の気配りで、「新青年」二月号に『心理試験』、三月号に『黒手組』と前年のうちに書いた作品が相次いで掲載された。

さらに四月号に『赤い部屋』、五月号に『幽霊』が載った。この二作には明智小五郎は登場しない。『赤い部屋』は谷崎潤一郎の『途上』を〈もっと通俗に、もっと徹底的に書いてみようとした〉もので、次の『幽霊』は自らは〈愚作〉、この短篇の連続掲載のなかでは〈最もつまらない〉とし、自信をなくして六月号には書けなかった。雨村の好意で始まった二月号からの六か月連続掲載は、四か月しか続かなかったのだ。

『赤い部屋』が載った「新青年」四月号は、乱歩の他、大下宇陀児、水谷準、谷譲次、甲賀三郎といった名前が目次に並んでいる。翻訳に頼らずとも一冊の雑誌が組めるほど日本人作家が充実してきたのである。

この号で初めて登場したのが『金口の巻煙草』を書いた大下宇陀児だった。大下は一八九六年（明治二十九）長野県に生まれた。乱歩の二歳下になる。第一高等学校理科を経て九州帝国大学工学部応用化学科を卒業後、農商務省臨時窒素研究所に勤務し、ここで同僚だったのが甲賀三郎である。甲賀が探偵小説を書いているのを知ると刺戟され、自分も書いてみた。この研究所にいた岡崎という技師が森下雨村の友人だったので紹介してもらい送ったのが、デビュー作となる『金口の巻煙草』だった。大下は一九二九年（昭和四）に研究所が解散になるのを機に作家専業となる。

乱歩と甲賀、甲賀と大下の関係を思うと、世の中は実に狭い。

さらに八月の夏季増刊号では小酒井不木が『按摩』『虚実の証拠』の二作で「新青年」にデビューした。前年に少年探偵小説『紅色ダイヤ』を「子供の科学」に連載して探偵小説の創作を始め、プラトン社の「苦楽」三月号に『画家の罪?』、同じくプラトン社の「女性」四月号に

『呪はれの家』を発表していた。小酒井不木自身によると後者が処女作だという。

この日本探偵小説黎明期の巨匠たちは、甲賀三郎、大下宇陀児、小酒井不木とみな理系の大学を出ている。横溝正史も薬学専門学校卒業で理系だし、すぐ後に登場する海野十三も理系である。乱歩も早稲田大学では文学部ではなく政治経済学部で経済を学んだ。これらは日本の探偵小説の特殊性を象徴しているのかもしれない。

この時期、乱歩に初めて「新青年」以外からも原稿依頼が来た。報知新聞が出していた月に三回の旬刊誌「写真報知」である。当時の報知新聞は現在のようにスポーツ新聞でもなければ讀賣新聞とも関係なく、東京五大新聞のひとつの大新聞社だった。同誌に森下雨村が紹介したとも、報知新聞の顧問をしていた野村胡堂が「新青年」で乱歩作品を読み、編集部に推薦したとも言われる。乱歩は三月に、『算盤が恋を語る話』『日記帳』の二篇を発表し、五月に『盗難』、七月に『百面相役者』、九月に『疑惑』を発表した。いずれも短いもので、本格探偵小説とはいえない。

さらに川口松太郎（一八九九〜一八九五）が編集していた「苦楽」からも小説の依頼があった。川口は職業を転転とした後に劇作家・久保田万太郎に師事し、関東大震災後、大阪のプラトン社に勤めていた。この出版社は大阪の化粧品会社・中山太陽堂の関連会社で、女性を対象にした文藝誌「女性」を一九二二年に、高級文藝誌「苦楽」を二三年に創刊していた。「女性」は小山内薫が編集を担い、「苦楽」は川口と後の直木三十五が編集していた。川口は「新青年」に載った乱歩作品を読んで注目していたころ、宇野浩二が乱歩と会ったと聞いて連絡先を教えてもらい、訪ねて来たのだ。

「苦楽」七月号に乱歩は『夢遊病者の死』（掲載時は「夢遊病者彦太郎の死」）を書いた。

## †乱歩と横溝、面談

一方、『D坂の殺人事件』が掲載された新年増刊号と、その直前に発売された新年増大号に、横溝正史は一年ぶりに翻訳作品を発表している。増大号にはホッヂスの『狐と狸』とトーマスの『弱点に乗ぜよ』、増刊号にはハーストの『残りの一枚』である。

乱歩は精力的に作品を書く一方、ついこの前まで勤務していた大阪毎日新聞社社会部副部長の星野龍猪（一八九二～一九七二、「春日野緑」という筆名で知られる）から手紙をもらい、探偵趣味について話したいとあったので面談した。その結果、作家だけでなく、法医学者、弁護士、新聞記者などの同好の士にも呼びかけて「探偵趣味の会」を作ろうという話になった。乱歩は森下に頼み、京阪神在住の探偵小説愛好家の連絡先を教えてもらった。森下がまず誰よりも先に会うべきだと紹介したのが、西田政治だった。

西田は乱歩から「会いたい」との連絡を受けると、横溝正史を誘った。この日のことを西田は一九五五年に書いた随筆（春陽堂「探偵通信」十三号）にこう書いている。

〈私は父の死後、自分の好みにまかせて家の中を改造して、二階の表の間を簡単な洋室にして長椅子などをおいていたが、その部室で三人が初めて話し合った。いたって、はずかしがり屋で初対面の人との座談などには自信が持てなかった私は、その頃、弟のようにしていた横溝君の応援を求めて立ち合って貰った。その時の乱歩さんの印象は頭髪は薄いがどことなく俳優らしい風貌で、随分凝った和服を着ていた。横溝君も私も和服だったと思う。会談後、三人で連れだって元町通りを歩いた。〉

三人が会ったのは四月十一日だった。横溝から乱歩への四月十二日付のハガキに「昨日は失礼しました」とあるので、この歴史的な日がいつか確定できる。乱歩は『四十年』にこう書いている。

〈西田君は今でもそうだが、余り喋らない方。横溝君も決してお喋りではなかったけれど、どちらかといえば横溝君の方がよく話した。私も続けて纏った話の出来ないたちなので、三人がポツリポツリと話したわけだが、話題は無論探偵小説であった。話の内容は殆んど覚えていない。しかし、嬉しかったことは三十年近くたっても忘れないもので、横溝君が私の「二銭銅貨」を読んだとき、宇野浩二が変名で書いたのではないかと思ったと語ったことである。〉

横溝は『昔話』収録の『初対面の乱歩さん』にこの日のことをこう書いている。

〈このとき私の運命は決定したのである。もし、このことがなかったら、引っ込み思案の私のこと、いまでも神戸で売れない薬局を経営しながら、しがない生涯を送っていたにちがいない。ときに、当時のかぞえかたで、乱歩さん三十二歳、私は二十四歳であった。／初対面の乱歩さんは、当時すでにおツムこそ薄くなっておられたが、それが少しも苦にならないくらい、申し分なくハンサムでいられたばかりか、お人柄のよさが抜群で、それが私を魅了したらしい。〉

そして翌日、横溝は乱歩へハガキを出した（これのみ原文の仮名遣いとする）

〈昨日は失礼致しました。おかげで大変参考になる事が数々ムいました。何よりも刺戟になるのが一番嬉しく、此の勢で一つ何か書き上げたいものと思つてゐます。だが、それにしてもあの「赤い部屋」は何とよく書けてゐる事でせう。ラストにやゝマンネリズムの嫌ひはあるが、読み返へす度に、いゝ作だと感心さゝれて居ります。〉

こうして――江戸川乱歩と横溝正史は出会ったのである。

## †横溝、再稼働――一九二五年

横溝正史は一九二五年四月十一日に江戸川乱歩と会い、探偵小説の話を存分にしたことで、しばらく意欲を失っていた創作への情熱が再燃した。

さっそく書いたのが『画室（アトリエ）の犯罪』で、「新青年」七月号に掲載された。角川文庫版で三十ページと、これまでのものより長い。七月号は六月に発売なので、逆算すると乱歩と出会ってすぐに書いたのであろうか。あるいは会う前に書いていたのかもしれない。

この小説の主人公の探偵の名は最後になって「西野健二」と分かるのだが、その西野を「私」とする一人称で書かれている。二十年前、彼が二十五歳のときの初陣、つまり探偵として初めて解決した事件という設定で、ある画家がその画室で殺された事件が描かれる。西野は失業中で大阪で刑事をしている従兄の家に居候をしており、その関係で、この事件に関わるようになったのである。西野の一人称のあと、別の人物による三人称となり、さらに沖野という医師が彼の知り合いの人物から聞いた話をして、どんでん返しがあって終わる。

投稿小説を書いていた時期から二年が過ぎ、当然、江戸川乱歩を熟読したであろう横溝正史の変化が窺える。結局これ一作だけしか登場しないが、西野健二という名探偵を登場させたのは、時期からしても明智小五郎を意識してのことだろう。

しかし、この『画室の犯罪』は西田政治には不評だった――と乱歩への七月二十三日付の手紙に横溝は記している。「西野健二」という名が「西田政治」に似ているから嫌がったのかもしれない。そこで横溝が奮起して次に書いたのが『丘の三軒家』で、西田に見せると絶賛し、「これが出なければ編集者の鑑識眼を疑う」とまで言ってくれた。横溝は「苦楽」へ送った。乱歩が「苦楽」に紹介してくれたのだ。『丘の三軒家』は乱歩へ手紙を書いた七月二十三日の時点では「苦楽」から何の返事もなかったが、十月号に掲載された。

乱歩へ横溝が手紙を書いたのは「新青年」夏季増刊号掲載の『屋根裏の散歩者』を読んだ直後だった。この作品について〈新青年のぎこちない（失礼だけど）翻訳ばかりの中に、あんなのがあると、実際たすかります。むしろ、勿体ないくらいですね。こんなのを読まされると、たしかに自分で創作するのがいやになります。〉と絶賛する。

しかし一方で〈「明智」はもうそろそろお止めになってはどうでしょう〉とも書く。〈今度のでも、明智が出て来て活躍する頁を、もっと前の方へさいて、主人公の変てこな性格、趣味の描写に力を入れてくださったら……。〉

横溝の助言に従ったのか、乱歩自身も明智はもう不要だと思ったのか、『屋根裏の散歩者』が明智小五郎の登場する、とりあえず最後の短篇となる。

この一九二五年一月、国民雑誌「キング」が創刊された（発売は二四年十二月）。野間清治が大型雑誌はどうあるべきか、五年の歳月をかけて研究し、彼の出版人としての総決算として創刊した雑誌だ。「キング」創刊にともない二つの会社を合併させ「大日本雄辯会講談社」とした（戦後「講談社」となるので、以後「講談社」と記す）。キャッチフレーズは「日本一面白い！　日本一為になる！　日本一安い！」で、四三四ページもあるのに破格の五〇銭だった。「キング」創刊号は五〇万部を刷った。野間は一〇〇万部のつもりだったが、取次が二〇万部からと言うので、交渉の結果、五〇万となった。全国の新聞に広告を出し、封書三二万五千通、ハガキ一八三万六千枚を、官公庁・学校・団体・著名人たちへ送った。発売日には書店にチンドン屋が立ち、花火も上げられたという。この宣伝費は三八万円だった。創刊号五〇万部の全てが売れても一部五〇銭なので二五万円の売上にしかならない。しかもそれは書店での総額なので、版元に入るのはその三分の一前後であろう。完全に赤字だが、創刊号だけで終わるわけではない。それにこの大宣伝のおかげで、創刊号は増刷し七四万部を売った。そして二年後の二七年新年号で日本出版史上初の、一〇〇万部雑誌となる。創刊時の「キング」の柱となったのが吉川英治だった。

すべての点でスケールが大きい「キング」は懸賞小説でも破格の賞金を出した。原稿用紙五十枚から百枚の長さで、現代物でも時代物でも探偵物でもよく、一等の賞金は一千円だった。「新青年」の賞金が、枚数が違うとはいえ十円で、他の雑誌も似たようなものだったのに、その一〇〇倍なのだ。

横溝は西田にも乱歩にも内緒で、七十五枚の時代小説『三年睡(ねむ)った鈴之助』を書いて応募すると、二等に選ばれた。東京へ行ったこともないのに、江戸を舞台にした駆け落ちものを書いて二等になったのだから、横溝の文才たるや恐ろしい。この作家は後に、一冊の参考資料だけで捕物帖を書いて人気を得るのだが、天性の才能がある。

この小説は「キング」には掲載されなかったが、五百円の賞金が送られてきたので、横溝は乱歩と東京へ旅行することにした。

この年の横溝は翻訳にも精力的だ。「新青年」一月号に二作を訳した後、新春増刊号にも一作、六月号にはハーコート作『マハトマの魔術』、十月の秋季特別増大号の「ビーストン短篇集」には『一月(ひとつき)二百磅(ポンド)』『決闘家倶楽部』『浮沈(うきしずみ)』『廃屋の一夜』の四作を訳出している。

この他、乱歩たちと作った探偵趣味の会の機関誌「探偵趣味」には随筆を載せ、大阪の毎日新聞社が編集・発行していた「サンデー毎日」に『キャン・シャック酒場(バー)』という掌篇も書いた。

探偵作家・横溝正史は乱歩との出会いによって再稼働したのだ。

## †初出版

七月十八日を発行日として、江戸川乱歩の「最初の本」として『心理試験』が春陽堂から刊行された。『二銭銅貨』『D坂の殺人事件』『黒手組』『心理試験』『一枚の切符』『二癈人』『双生児』『日記帳』『算盤が恋を語る話』『恐ろしき錯誤』『赤い部屋』と、この年の四月までに発表された全短篇が収録された。小酒井不木が序文を書き、四六判で三一一ページ、定価二円だった。

乱歩を春陽堂に紹介したのは小酒井不木だった。高名な医学者でもある小酒井は春陽堂から『科学探偵』『近代犯罪研究』を出し、懇意にしていたのだ。小酒井は一九二五年（大正十四）四月十一日付の乱歩への手紙で、〈私の希望ですが、あなたの今迄発表されたものはもう相当の分量に達しましたから、集めて一冊の書物としてはどうでしょうか。森下さんと相談するなり他の書肆と交渉するなりして産婆役をつとめますから〉と勧めた。乱歩は森下に相談し、小酒井に全てを任せた。小酒井が春陽堂に打診すると、快諾を得た。かくして五月半ばには乱歩の処女出版が決まった。

さらに春陽堂は乱歩の本一冊だけでは売りにくいので、「創作探偵小説集」の刊行を決め、『心理試験』はその第一巻にあたる。一九二七年（昭和二）までに第二巻として乱歩の『屋根裏の散歩者』、第三巻が甲賀三郎『琥珀のパイプ』、第四巻が乱歩の『湖畔亭事件』、第五巻が小酒井不木の『恋愛曲線』、第六巻が甲賀三郎の『恐ろしき凝視』、第七巻が乱歩の『一寸法師』と続く。

現在も江戸川乱歩作品を刊行している春陽堂は、一八七八年（明治十一）三月に和田篤太郎（一八五七〜一八九九）が創業した、約百四十年の歴史を持つ老舗出版社である。和田は岐阜県出身で、維新の動乱の時期に東京へ出て、商売に失敗して苦労した後に西南戦争に従軍し、戦後、神田和泉町に本の小売店を開いた。出版へと乗り出したのは、一八八二年（明治十五）頃で、当初は翻訳ものが主流だった。一八八九年（明治二十二）に文藝誌「新小説」を創刊するも一年で廃刊としたが、一八九六年（明治二十九）に第二期「新小説」を創刊した。このときの編集長・幸田成行こそが、後の文豪・幸田露伴であった。露伴は翌年に辞任するが関係は続いた。

春陽堂は美術出版の先駆者でもあり、木版彩色奉書摺という画期的な印刷技法による豪華な美術雑誌も出していた。文藝書出版としても明治二十年代から、露伴を始め、尾崎紅葉、巖谷小波、坪内逍遥、森鷗外、夏目漱石、泉鏡花、二葉亭四迷、国木田独歩、田山花袋などほとんどの大作家が春陽堂から本を出し、なかでも夏目漱石は岩波書店が『こゝろ』を出すまでは春陽堂がほとんどの作品を出していた。

　博文館の歴史が雑誌で始まり、それを土台にして出版王国を築いたのとは異なり、春陽堂は「新小説」など雑誌もあったが書籍が主軸だった。その分野は文藝書だけでなく、経済、思想、音楽、園藝、医学、相場と多岐にわたった。

　春陽堂と探偵小説との密接な関係が始まっていた。「探偵趣味の会」が出す雑誌「探偵趣味」は九月に創刊され、翌年の第四号からは春陽堂が発売元を引き受ける。『心理試験』が出ると、乱歩は横溝と会い、「サンデー毎日」に春日野が書評を書いてくれと言っているので、代わりに書くようにと言った。春日野のゴーストライターを命じられたのだ。横溝が書いた書評は春日野名義で載ったらしく、それを読んだ乱歩は「褒め過ぎだ」と叱った。八歳差の二人の、兄弟のような関係はこの頃に始まっていた。横溝は乱歩の言うことに常に従う。乱歩は、横溝を虐げているようでいて見守っている。

　九月に乱歩の父・平井繁男が亡くなった。咽喉癌といわれてから一年の闘病だった。父がいよいよ危ないという時期に書いたのが『屋根裏の散歩者』で「新青年」夏季増刊号に掲載された。小酒井不木がデビューした号である。

　さらに春陽堂の「新小説」九月号に『一人二役』、「写真報知」九月の号に『疑惑』、「苦楽」十月号には『人間椅子』、「映画と探偵」という大阪の三好なる人物が出していた同人誌と思われる雑誌に『接吻』が掲載された。

「新青年」に載せた『屋根裏の散歩者』を読んだ川口松太郎から、「苦楽」にもああいうものを書いてくれと頼まれた乱歩は、引き受けたはいいがアイデアが浮かばず、籐椅子にもたれていたら、目の前にあるもうひとつの籐椅子が視界に入った。椅子の形と人間がしゃがんだ形とが似ていると気づき、大きな肘掛け椅子ならば人間が入れるのではないかと考えた。しかし、乱歩の家には大きな肘掛け椅子がない。横溝正史から神戸では洋家具のせり市があるという話を聞いていたのを思い出し、さっそく、横溝を訪ねた。乱歩は気になりだすと、すぐに行動に移すのである。

　せり市はそのときはどこでもやっておらず、乱歩は横溝と神戸市内を歩いて家具店を探すと、ある家具店の店頭に大きな肘掛け椅子があった。乱歩はいきなり、店の人に「この椅子の中へ人間が入れるでしょうか」と訊いた。かくして『人間椅子』は生まれた。この名作は、間接的にだが、横溝が協力しているのである。

乱歩は長谷川伸、白井喬二ら新興大衆文藝作家が結成した「二十一日会」の同人となった。いわゆる文壇活動の始まりである。

## †上京——乱歩、横溝、一九二五年

四月以来、乱歩と横溝との交流は続き、横溝が「キング」の賞金五百円を得ると、十一月に二人は一緒に東京へ向かった。乱歩によれば、横溝が東京へ行きたいというので、同行したのだという。十一月の出版界は十二月発売の新年号で忙しい時期だ。乱歩も「新青年」新年号のために『踊る一寸法師』を執筆中で、大阪で前半を書いて、後半は東京滞在中に書いた。

二人は十月三十一日朝に出発し、名古屋で下車して小酒井不木邸を訪ね、夕方からは名古屋ホテルで食事をすることになり、そこへは国枝史郎もやってきた。

国枝史郎は一八八七年生まれなので、乱歩の七歳上になる。長野県出身で早稲田大学英文科に入り、詩や演劇に熱中して俳優座に参加した時期もあったが、大学を中退して大阪朝日新聞に入るも辞めて、松竹座の座付き作家となった。だがバセドー病となり、松竹座を辞めて療養生活に入り、一九二一年に木曾福島町に移住してから「講談倶楽部」「講談雑誌」「少年倶楽部」などにいくつもの筆名で執筆を始めた。一九二二年（大正十一）に「講談雑誌」九月号から『蔦葛木曾桟』の連載を開始し、この一九二五年には「苦楽」一月号から『神州纐纈城』の連載が始まり、名古屋に引っ越していた。国枝史郎は「まだ探偵小説は書いていないが、これから書きたい」と語った。

夜行列車で二人は東京へ向かった。東京では一足先に川口松太郎が着いていて、同じ丸ノ内ホテルへ泊まった。ここで乱歩は鳥羽造船所のときの同僚だった本位田準一と再会し、さらに城昌幸と初めて会った。

城昌幸は本名が稲並昌幸で、城左門という筆名の詩人でもあった。一九〇四年に東京市神田で生まれたので、乱歩の十歳下、横溝の二歳下になる。大学、専門学校を転転として、松本泰の主宰する「探偵文藝」に加わり、

「新青年」にはこの年の九月号に『その暴風雨（あらし）』『怪奇の創造』の二作が掲載されたところだった。戦後、「宝石」の編集長、宝石社の社長となり、乱歩と横溝を支える。本位田もこの前後に博文館に入り「文藝倶楽部」の編集者となっている。

横溝には、とくに仕事の用件はないようだが、乱歩は東京の出版社との打ち合わせがあった。実はこの時点で乱歩は東京に移住することを考えており、出版社をまわり、今後も仕事があるかを打診するための上京だったと、横溝は指摘している。乱歩は春陽堂と次の本となる『屋根裏の散歩者』の相談をし、報知新聞では野村胡堂と会い、講談社の「キング」の編集者とも会った。これも小酒井不木からの紹介だった。

しかし当代一の発行部数の雑誌である「キング」からの執筆依頼なのに、乱歩はなかなか応じない。

森下雨村は、乱歩が横溝と上京したことを「新青年」の執筆陣に報せ、歓迎の宴会を開いてくれた。

横溝正史が森下雨村と会うのはこれが二度目だった。雨村は毎年一回は郷里の土佐へ家族を連れて帰省しており、四国へは神戸港から乗船していたので、ある年の帰省の際に神戸での宿に西田と横溝が呼ばれ、面会していたのだ。森下の追悼文（一九六五年）で横溝は〈大正十二、三年のころであったと思う〉と書き、このとき雨村が〈城昌幸という若い有望な新進作家〉を話題にし、城の書いた短篇の内容を語ってきかせ、その語り口が、四十年後の〈いまもなお記憶に残っている〉と記している。しかし城が「新青年」にデビューするのは、横溝が東京へ行く大正十四年の九月号である。一年前に原稿を読んでいたということなのだろうか。

乱歩は翌年一月号、つまり十二月発売号から三つの雑誌に長篇を連載することになっており、そのひとつ「苦楽」の『闇に蠢く』の校正が旅先に届いている。

ホテルでは乱歩と横溝は同室で、乱歩は『闇に蠢く』の校正をし、『踊る一寸法師』の続きを書いた。後者を横溝に読んで聞かせると、「前半は面白いが後半は急いで書いただけ聞き劣りする」と鋭く批評した。

横溝は数日で帰ったが、乱歩は月末まで東京にいた。扁桃腺炎になり、寝込んでいたのだ。

一九二五年、江戸川乱歩の作品は十七篇が雑誌に掲載された（発行日ベース）。

また春陽堂は短篇集『心理試験』に続いて、一九二六年一月一日発行で、第二短篇集『屋根裏の散歩者』を刊行し、そこには表題作の他、『白昼夢』『百面相役者』『夢遊病者の死』『幽霊』『一人二役』『疑惑』『映画の恐怖』『踊る一寸法師』『指環』『盗難』『毒草』『接吻』『人間椅子』が収録された。

一般論として、「乱歩作品で真に名作と呼ばれるのは初期の短篇だけ」というときは、これらを指す。

## †三つの連載

一九二六年は大正最後の年だった。この年の十二月二十五日に大正天皇が亡くなり、一週間だけ昭和元年となる。

江戸川乱歩は、一月に東京へ引っ越した。牛込区（現・新宿区）筑土八幡町に妻子と母、そして歳の離れた妹を連れての転居だった。

前年暮れに発売の一月号から三誌で長篇の連載が始まっていた。「苦楽」に『闇に蠢く』、「サンデー毎日」に『湖畔亭事件』、「写真報知」に『空気男』である。

これまで長篇を連載したことがない作家が、いきなり三本も同時に始めたのだ。東京移転を決めていたので資金が必要だったとしても、大胆というか無謀だった。そして見事に破綻した。

「苦楽」の『闇に蠢く』は〈エロティックなオドロオドロしきものを〉を書こうと考えた。〈純探偵小説よりも、そういう怪奇濃艶の小説〉のほうが世間では歓迎されるだろうという、ジャーナリスト的な感覚が働いたからだった。もともと乱歩には、純粋理論の探偵小説だけでなく、怪奇濃艶小説への志向があったのだ。「苦楽」は「新青年」とは異なり探偵小説専門誌ではなく一般誌だったので、編集長の川口松太郎も世間に受けそうな題材を喜んだという。

こうして乱歩の新境地というべき怪奇濃艶路線が始まった。「苦楽」の新聞広告では、真山青果、菊池寛、里見弴、田山花袋、吉井勇、長田幹彦、国枝史郎、小酒井不木、伊藤痴遊といった人気作家の名が並ぶなかで、乱歩と真山青果の二人が特別に大きな扱いとなっている。デビューから四年目にして江戸川乱歩は大作家となっていた。

新聞広告でのこの大きな扱いは乱歩にとって初めての経験だったので、〈大いにまごつかせ、勇気づけ、同時にまた神経質にもした〉という。

　新年号は十二月発売なので、発売されたとき、乱歩はまだ大阪にいたため、横溝正史と会う機会があった。「広告を見たときに、いくら探しても、あなたの名がないのでこの号には載らなかったのかと思ったら、大きく載っていた。あまりに大きいので気づかなかった」というようなことを横溝は言って、ポーの小説の中に「地図の中に地名の字の大きいものほど探しにくい」という話があったが、それと同じだと二人で笑った。

　その広告には〈天下一品の探偵小説を、斯界の唯一人たる作家が思いを凝らし想を練って書き続けている、世上には探偵小説も数多い事は無論だが、この「闇に蠢く」を読まずして、探偵小説を読んだというのは、まだ真の探偵小説というものの本当の味いを知らぬ人だ、今や怪奇の世界が闇の中に深く開け、そこに又新い怪奇が生れ出た！〉とある。川口松太郎が書いたのだろう。本誌の扉には、しかし「探偵小説」ではなく「長篇怪奇小説」と謳われている。

　乱歩は『闇に蠢く』の構想を練るとき、黒岩涙香の『怪の物（あやしのもの）』を読み、この筋を使えないだろうかと漠然と考えた。そのストーリーをそのまま使ったのではないのだが、第一回を読んだ横溝正史は「涙香の『怪の物（あやしのもの）』みたいだね」と指摘した。〈由来横溝正史君は私にとって恐ろしき存在である。彼を知ってから今日まで、よきにつけ悪しきにつけ、彼は無言の内に私の創作活動を左右している様な所がある。誰の批評よりも彼の批評が、私には一番ギクンとこたえるのだ。如何なる前世の因縁にや。〉と、六年後の一九三二年（昭和七）に書いている。

「苦楽」の『闇に蠢く』第一回は十月末までに書いて、それから乱歩は横溝と東京へ行ったわけだが、そのあとで「サンデー毎日」と「写真報知」からも連載の依頼があった。

「サンデー毎日」の話は大阪毎日新聞の春日野緑を通しての依頼だった。連載の話だけでなく、春日野は「サンデー毎日」編集部で働かないかと就職も持ちかけた。給与面では優遇するし他誌に小説を書いてもいいという、好条件だった。当時、同誌は大阪に編集部があり、乱歩が東京へ移転するときいて、引き止めにきたのである。

条件はよかったが、「サンデー毎日」専属作家にさせられる危惧と、たとえ編集者であってももう勤め人は懲り懲りだと思い、就職は断わり、連載だけを引き受けた。

こうして「サンデー毎日」には『湖畔亭事件』を書くことになった。週刊誌への長篇の連載は最初で最後となる。探偵小説としての要素が強く、死体切断のトランク詰め、死体焼却の話だ。これを敬愛する宇野浩二風の文体で書くという試みだった。一月三日号から五月二日号まで四か月にわたり連載されたが、七回休載があるので十一回で完結した。

「写真報知」は前年に短篇を載せたので、今度は長篇をと依頼されたもので、「二人の探偵小説家」という題で連載された。これが平凡社版全集に未完のまま収録された際に『空気男』と改題される。

『空気男』は光文社文庫版では四十ページしかなく、とても長篇とは言えない。当初の構想では長くなるはずが、書いているうちに行き詰まってしまい、連載を休み、そのままになったものだ。団子坂での困窮時代の自分と友人・井上勝喜との関係をモデルにした私小説風の作品だ。貧乏な青年二人が、退屈しのぎに探偵ごっこや、探偵小説を書いて雑誌に送るなどして遊んでいるうちに、実際の犯罪事件が起きるという、完成していればメタフィクション的な作品になったであろう。モデルがあれば楽に書けるだろうと思いこの題材にしたのだろうが、一月五日号で始まり、十五日号、二十五日号と続き、二月五日号は休み、十五日号の第四回が載ったところで、「写真報知」が廃刊になったので途絶した――乱歩はこう記すが、光文社文庫版の解説によると、そうではない。実際は同誌の刊行は続いており、乱歩が書けなくなり休載しているうちに、誌面刷新で小説を載せない方針となったので編集部も途絶を受け入れたのだろうとのことだ。

三作を同時並行して書いていたのは、したがって二月に出る号までで、五月には『湖畔亭事件』も終わり、『闇に蠢く』だけとなる。

『闇に蠢く』の連載は十一月号まで続いたが、四月号と七月号は書けなくなり休載した。さらに十一月号で連載は終わるが、物語は終わらなかった。未完で途絶したのだ。翌年十月に平凡社から本になるときに結末を加筆して完成させた。

どの連載も、最後までストーリーを決めてから書いたのではなく、思い付くままに第一回を書き、その後も、行き当たりばったりに書いていったため、苦しむことになる。乱歩は自らのそういう書き方を反省し、連載を始めるたびに今度こそは最後まで決めてから書こうとするのだが、結局のところ、緻密に構想を練って書くことができない。そんな自分が厭になり、自己嫌悪に陥ってしまい、休筆を繰り返すのである。

『二銭銅貨』でデビューし、『D坂の殺人事件』『心理試験』で明智小五郎を登場させ、探偵小説の世界では一気に第一人者となって、一般誌への連載も始まり、順風満帆だった江戸川乱歩の作家生活が危機に瀕していた。

それを救ってくれたのが、横溝正史であった。

## †横溝、博文館へ

〈大正十五年六月のある日、気がついてみたら私は博文館に入社しており、森下編集長のもとで『新青年』編集に従事していた。〉『五十年』に横溝はこう記し、ほとんど主体性がなく、成り行きに任せているようだが、実際、それに近い。

横溝は一九二六年（大正十五）は、六月まで神戸で薬局を営みながら探偵小説を書き、翻訳をしていた。「新青年」一月号に『広告人形』、二月号に『裏切る時計』、三月発行の新春増刊に翻訳が四作（バレンタイン作『虚実の二人』、ラインハート作『真珠騒動』、ホッヂス作『いさかい』、コンネル作『痴者の犯罪』）、六月増大号に翻訳でビアーズの『夏の一夜』、七月号に『悲しき郵便屋』が載った。「新青年」以外にも「ポケット」二月号に時代小説『お時の預かった密書』、「探偵趣味」四月号に『災難』、「サンデー毎日」の七月の特別号に『飾窓の中の恋人』が載った。「探偵趣味」にも随筆を書いている。

この間、乱歩は前述のように三本の連載に悪戦苦闘し、それ以外にも「新青年」には新年増大号に『踊る一寸法師』、四月号に『火星の運河』、五月号に他の作家との連作『五階の窓』の第一回を書き、「婦人の国」一月号と二月号に『覆面の舞踏者』、「大衆文藝」三月号に『灰神楽』、「新小説」六月号に『モノグラム』、「大衆文藝」七月号に『お勢登場』と発表していた。

五月三十一日、乱歩は大阪放送局（現・NHK大阪放送局）の番組に出演することになり、その仕事を終えると、神戸へ行き横溝と会った。乱歩は四日か五日滞在し、帰京した。

このころ東京の乱歩の周辺では映画作りの話が持ち上がっていた。『五十年』に横溝はこう書いている（一九七〇年、『途切れ途切れの記』）。

〈この仕事の中心には、乱歩さんの旧友の本位田準一君が当たっていた。本位田君とはその前年、乱歩さんにつれられて上京したとき会っているが、映画の話で本位田君がたびたび神戸へ手紙をくれ、私もそれに返事をかいていた。

引っ込み思案で臆病な性格ということは、いいかえればものごとに大事をとるという性質である。だから乱歩さんがいかに人気作家といえども、映画つくりはどうであろうかと思ったが、さりとてひと様がせっかく乗り気になっているものを、水をさすこともあるまいと、私も大いに乗り気になって、シナリオらしきものを書いて送ったりしていた。〉

そんなときに乱歩自身がやって来て、映画の話も出たのだろう。翌一九二七年に横溝は「週刊朝日」に「散歩の事から」という随筆を書き、一年前の出来事についてかなりリアルに書いている。

〈去年の七月のことである、その年の始めに、大阪を引払って東京へ移った江戸川乱歩が、大阪へラジオの放送にやって来たのであるが、その時彼は映画製作ということになみなみならず、熱を持っていた。その時の彼の話によると、今すぐにも出来そうだしおまけに、これは無論冗談だが、／「一万円儲かるんだよ、一万円——。」／と彼はいうのである。／私は少からず乗気になってしまった。といって当時私は、一つの商売、それも筆なんかに一向関係のない商売で、おまけに、私がいなくては、どうにも仕様のない商ないを持っていた身だったので、おいそれと、直ぐに東京へ飛出して行く訳にも行かなかった。でも丁度その時分、一寸した金の入るあてもあったし、一度遊びに行ってもいいと思っていたので、四五日彼が神戸に滞在していて、帰京する時、一ケ月ほどの間にはきっと行きますといって、一緒に行こうというのを断ったのである。〉

ここにある〈一寸した金の入るあて〉は、おそらく六月に、横溝の初の作品集『広告人形』が発行になるので、その印税だろう。

『広告人形』の版元は牛込区横寺町にあった聚英閣という。この本は「探偵名作叢書」の一冊として出た。このシリーズは巻数順に、小酒井不木『死の接吻』、コナン・ドイル（延原謙訳）『運命の塔』、横溝正史『広告人形』、牧逸馬『都会冒険』、国枝史郎『沙漠の古都』、ステエシ・オウモニヤ（妹尾韶夫訳）『暗い廊下』、角田喜久雄『発狂』などが出た。

『広告人形』には表題作の他、『画室の犯罪』『裏切る時計』『キャン・シャック酒場』『災難』『丘の三軒家』『赤屋敷の記録』『路傍の人』が収録され、最後の二作はこの本のための書き下ろしだ。

『散歩の事から』からの引用を続けると、〈ところが、それから二週間の間に、彼を取巻いている種(いろ)んな友人から、どんなにその仕事が進捗しているか、も早着手するのも二三日のうちだというような手紙を、三度も四度も貰ったのであるが、その揚句には到頭電報で兎も角来いと呼びたてられたのである。〉

その電報は「トモカクスグ　コイ」だったので、驚いた横溝は、翌日の夜行で東京へ向かった。『散歩の事から』には、〈ところが来てみると、それ等の事は全然出鱈目ではなかったけれど、といって、そううまく運んでいるわけでもなかった、おまけに、私が来てからというものは、きっと私の、表面の冷淡さ、内心ではなかなかどうして、大いに乗気だったのであるが、そうみえる事がきっと恥かしかったのに違いない。私は勉めて冷淡さを粧っていたのであるが、そういう気持ちが、誰の上にも少しずつ影響したのに違いない、相当の点までうまく運んでいた事まで、遂におじゃんになってしまったのである。〉

だが一九七〇年の『途切れ途切れの記』だと話は微妙に変わっている。

〈ある日、とつぜん乱歩さんから、／「トモカクスグ　コイ」／と、いう電報が舞いこんだので、私は大いにおどろいたのである。アリャリャ、そんならいくらかでも実現性のある話かいなと、半信半疑ながらノコノコ上京してきたら、やっぱりダメだったのである。／「なあに、あんたの顔を見たくなったんだよ」／と、いう乱歩さんの殺し文句に怒りもならず、どうせ上京してきたからには、しばらく遊んでかえろうと、旅館は高くつくというので、乱歩さんのお世話で神楽館という下宿へ宿をとり、夜具などいっさい、江戸川家のものを借用に及んだ。いや、乱歩さんがそうしろというので、私はただ唯々諾々、ただ命これ従うのみであった。〉

乱歩は『四十年』にこう記す。〈本位田準一君が、探偵映画のプロダクションを作ることを計画し、色々その方面に働きかけたことがあり、その計画に威勢をつけるために、横溝君に来てもらおうじゃないかと、私の名で神戸の同君に、「スグコイ」という電報を打ったものである。横溝君は本当にプロダクションが出来ることと思って、早速上京して来たが、そんな話がうまく行くはずもなく、結局無意味な上京に終った。〉

横溝が内心を隠さずに映画に乗り気なところを見せれば、状況は変わっていたのだろうか。ともあれ、横溝は薬局の仕事を放り出して上京し、乱歩の家の近く、牛込の神楽館に落ち着いていた。数日したある晩、遅くに戻ると、〈下宿の女中さんの口上に、森下さんというかたがお見えになりました。あした五時ごろ、小日向台町のお宅のほうへ晩ご飯をたべるつもりでくるようにとの、おことづけでした。云々……／　私はなにごとならんとその翌日、小日向台町のお宅へ伺候すると、森下先生のおっしゃるのに、／「ゆうべ乱歩君とこへちょっと寄ったら君の話がでた。神戸の家もあまり面白くないそうだが、ひとつ博文館へ入って、新青年を一緒にやらんか」〉（『五十年』）

乱歩は『四十年』に〈横溝君も薬剤師よりも、文学の方に引きつけられていたので、東京に留まりたい気持もあり、私が間に立って、森下さんから「新青年」に入ることを勧め、遂に東京に落ちつくことになったのである。〉と記す。

横溝は博文館に入らないかと言われ、唖然としたものの、二つ返事で入りますと言った。翌日、神戸の両親へ「もう神戸へは帰らないから薬局は適当に処分してほしい、ついては夜具をこちらへ送ってほしい」という趣旨の手紙を書いた。実に早い決断である。

これらの随筆、回想は作家の手によるものなので、脚色があると思って読んだほうがいい。映画の話がどこまで実現性があったのか、それを口実に横溝を東京へ呼んだだけだったのか、最初から乱歩と雨村の間で、横溝を博文館に入れようという話があったのか——考え出すと謎は多い。

乱歩は横溝を「新青年」に入れれば同誌に好きなものが書けるとの思いがあったろうし、当時の森下は博文館社内に子飼いの部下を必要としていたことが後に分かる。そんな思惑を、横溝は知っていたのかどうか。

映画の話は、乱歩の『屋根裏の散歩者』を、衣笠貞之助が横光利一や川端康成らの新感覚派の作家と結成した新感覚派映画連盟が映画化するとの記事が新聞にあり、乱歩が主演し、横溝も出演者のひとりとして記されているので、まったくのフィクションだったわけではない。

ともかく、横溝正史は博文館に入社した。二十四歳である。父はショックで〈アル中になってしまった〉という。初任給は六十円だったが、「婚約者がいて翌年結婚するつもりだ」と言うと十円上げてくれ、七十円になった。当時の大卒初任給が四十円だったというから、かなりの厚遇だ。さらに責任を感じた乱歩と雨村が、ゴーストライターの仕事をくれた。講談社の「現代」十月号に掲載された乱歩の『犯罪を猟る男』は実際は横溝が書き、その原稿料三百六十円を全額もらった。森下名義でも何か書いて百六十円をもらった。

これについて横溝は『五十年』に〈よき先輩にめぐまれて、あまりにも幸運なスタートを切ったのはよかったが、ますますもって、人生を甘く見るくせがついたようである。〉と書いている。

たしかに、横溝正史は他人の好意で、あまり努力せずに成功していく。類まれな才能があったからこそではあるが、幸運でもあり、他人が好意を寄せたくなる愛される人柄だったのだろう。

博文館で横溝正史は「新青年」に配属された。社内の規則で、自分が編集する雑誌の通常号に書く場合は原稿料はもらえないが、増刊号や他の雑誌に書く場合は原稿料がもらえることになっていた。そのため以後、横溝正史名義で「新青年」に小説を書くことは稀となる。翻訳や随筆のみで、小説は他誌に書くか、他の名義で書いていたようだ。したがって「新青年」編集者時代の作家・横溝正史については、不明瞭な部分が多い。しばらくは編集者・横溝正史の軌跡を追いたい。

この編集者なくして、江戸川乱歩の傑作は誕生しなかったからだ。

Chapter—❸
1926〜1931
†

# 第三章 盟友——「江戸川乱歩全集」一九二六〜三一年

「新青年」編集者となった横溝正史は、江戸川乱歩に名作『パノラマ島綺譚』と『陰獣』を書かせ、見事な産婆役となった。

乱歩は「新青年」には本格探偵小説を書き、他の雑誌や新聞には通俗長篇を書くという棲み分けをして、流行作家への階段をすさまじいスピードで駆け上がっていく。

## †『パノラマ島綺譚』

博文館に入社した横溝正史が「新青年」の編集に携わるのは一九二六年十月号からだった。九月発売なので、七月から八月が編集・制作の時期になる。なお横溝や乱歩はこの仕事を「編集者」ではなく「記者」と書くことが多い。雑誌編集者は当時「記者」と呼ばれていたのだ。

横溝の下で水谷準も「博文館院外団」として横溝を手伝うことになった。横溝が水谷と初めて会ったのはまだ乱歩が大阪にいるときで、「探偵趣味の会」の例会が大阪毎日新聞の地下で開かれたときだった。水谷は早稲田の学生だったが、「新青年」に投稿し、掲載されていた。関西へ旅行した際、守口にいた乱歩を訪ねると、例会があるからと連れて行ってくれ、そこに横溝もいたのだ。

横溝と水谷はこの後、半世紀以上にわたり親友であり続けるが、その第一印象はお互いによくない。横溝は水谷を「変に無愛想なヤツ」だと思い、水谷は横溝が視線をすばやく動かすのが気になった。だが、会合が終わり、並んで歩いたとき、水谷がポケットから手帖を出して、「思いついたトリックを書き留めておくんだ」と言ったら、横溝もポケットから手帖を出して「おれもだ」と返したことで意気投合し、長い長い友情が始まるのだった。

その十月号から乱歩の『パノラマ島綺譚』の連載が始まった。『四十年』には横溝が〈「新青年」入りをして間もなく、私に長篇連載を書かせることを考え、しきりにおだててくれたので、私もその気になり〉書き始めたとある。だが横溝に言わせれば、そんな簡単なものではなかった。『昔話』所収の『「パノラマ島奇譚」と「陰獣」が出来る話』（以下『出来る話』）にはこうある。

〈「新青年」へ入ると私がさっそくやりはじめたのは、乱歩に原稿をねだることであった。／「あんたがぼくを『新青年』に入れてしもたんやないか。その餞としてなにか書いてくださいよ。長篇ならいちばんええのんやけんど、それが無理なら短篇でも結構ですわ。そやないと森下さんに顔向けがならしまヘンやないか」〉

横溝は神楽坂の下宿屋、神楽館におり、乱歩の家のある筑土八幡町はそこから歩いて十分とかからない。横溝は毎晩のように押しかけて、口説いた。しかし乱歩はなかなか書くと言わない。三本の長篇がどれもうまくいかず落ち込んでいたのだ。上京し、これから書くというときになって〈早くも私の創作力は枯渇するという惨状を呈していた〉〈沈黙してしまったのは昭和二年に入ってからだが、この大正十五年のはじめごろから、私はしきりに沈黙を望んでいた〉という状況にあった。映画作りに進もうとしたのは、作家の余技としてではなく、小説を書くのを止める口実だったのかもしれないし、本当に小説が厭になり映画に向かおうとしたのかもしれない。

横溝が博文館に入ったのは七月からで、乱歩はすでに「苦楽」九月号の『闇に蠢く』は書き上げていた。だが、次の十月号の分が書けない、そんなところに、横溝が毎日のようにやって来ては長篇をねだっていたのだ。

乱歩は「苦楽」の締め切りと横溝から逃れるため家出をした。

そうとも知らず横溝はいつものように乱歩邸を訪ねると、乱歩は不在で、妻の隆子によると、どこへ行くとも言わずに旅に出たという。〈がっかりするやらいまいましいやらで、／「あん畜生、とうとう逃げてしまいくさった」／と、心中大いに呪いながら、十月号の企画を変更しなければならないだろうと思い惑うた。〉

そんな八月のある日、乱歩が神楽館にやって来た。旅から帰って来たばかりで、浴衣がけだった。乱歩は横溝を外へ連れ出し小説の構想を語り始めた。それが『パノラマ島綺譚』だった。びっくりした横溝は、「小説の構想を練るために旅に出たのか」と訊いた。乱歩はそれに対しては何も返事をしなかった。

数日後に届いた原稿を読み、横溝は満足した。こうして「新青年」十月号から『パノラマ島綺譚』の連載が始まったのだ。十二月号と翌年三月号は休載したので、四月号までの全五回となる。

この小説は「新青年」連載時は『パノラマ島奇譚』で、本になる際に「パノラマ島奇談」と表記されたこともある。乱歩は「長篇」としているが、光文社文庫版全集で一三〇ページほどなので、現在の感覚では中篇である。そっくりの他人と入れ替わるという一人二役のトリックがベースにはあるが、小島に作った人工的な「理想郷」の描写が中心の話だ。島があるのは作中で「M県S郡の南端にある島」とあるが、三重県志摩郡のことで、鳥羽造船所勤務時代の乱歩が御伽噺を子供に聞かせる活動をしていた際に行った、どこかの島のイメージがベースにあるのかもしれない。妻・隆子がいたのもそういう島のひとつだ。となれば、ヒロイン「千代子」は隆子がモデルなのか。

一方で「苦楽」の『闇に蠢く』は十一月号に第九回が載ったものの、それで中絶した。

ところが長篇は懲りているはずなのに、乱歩は十二月から初の新聞連載を始めた。東京と大阪それぞれの朝日新聞に連載された『一寸法師』である。

## †『一寸法師』

十一月下旬か十二月の初め、乱歩のもとへ朝日新聞の学藝部長が訪ねてきて、「連載中の山本有三の『生きとし生けるもの』が山本の病気で中絶することになり、その次には武者小路実篤が連載する予定だが、三か月後からという約束なので、その間、紙面に穴があいてしまう、助けてくれないか」と依頼した。山本の原稿のストックはあと五日分くらいしかないという。

当時の乱歩はまだ国民的作家と呼ぶには程遠い。探偵小説が一般紙に連載される前例もない。こういう緊急時でなければ来ない仕事だった。〈筋がまとまらぬことはわかりきっていながら〉承諾しかけたが、「一晩考えさせてくれ」と言った。翌日に断ろうとしたが、先方も熱心だったので引き受けてしまった。

かくして東西合わせて二〇〇万部という朝日新聞に、十二月八日から江戸川乱歩の『一寸法師』の連載が始まった。この連載によって、乱歩の名が広く知られるようになったのは間違いない。「新青年」や「苦楽」がいくら売れる雑誌だったとしても数万部でしかない。もちろん二〇〇万部の発行部数といっても、その購読者の全てが連載小説を読むわけではないが、探偵作家江戸川乱歩は、これまでの数倍、数十倍の読者を得たのである。

もっとも、「朝日新聞」は当時は東京と大阪という大都市圏でしか読まれていなかったので、乱歩の名が全国に知れわたるのは、後に講談社の雑誌「キング」に連載してからと考えられる。

構想を練る時間などないので、乱歩はまたもいきあたりばったりでストーリーを作っていくしかなかった。論理的な本格探偵小説になるはずがない。しかし、新聞の読者が望んでいるのは、前後で多少の矛盾があってもかまわないから、毎回毎回が面白ければいいという読み物だった。何日も前の回を読み返す人もいないので、その場しのぎの連続でも、読ませる文章さえ書け、毎回毎回見せ場を作れればいい。これは、乱歩に向いていると言えば向いていた。

『一寸法師』は乱歩自身が呼ぶところの「通俗長篇」の第一作だった。この形式の長篇を書くには読者が親しみやすいヒーローが必要だ。しかし、引き受けてから連載開始まで数日しかなく、乱歩はゼロから新しいヒーローを創り出すことができない。そこで、明智小五郎を復活させることにした。

かくして『D坂の殺人事件』で〈服装などは一向構わぬ方らしく、いつも木綿の着物に、よれよれの兵児帯を締めている〉と描かれた青年素人探偵は、長く伸ばした髪の毛に指をつっこんで掻きまわす癖は相変わらずだが、「白い支那服」という姿で再登場した。

明智は『屋根裏の散歩者』の事件を解決した後、上海へ渡り、帰国してから半年が過ぎていた。赤坂の菊水旅館に滞在して、私立探偵として開業している。

東京・浅草の公園で「小林紋三」が切断された腕を持ち歩く、〈十歳位の子供の胴体の上に、借物の様な立派やかな大人の顔がのっかっていた〉〈可哀相な一寸法師〉を見かけたところから物語は始まり、山野家の令嬢・三千子が行方不明になっている事件と関係あるらしいとなって……というストーリーだ。理智的で論理的な本格探偵小説とはまったく別のもので、第二の処女作と言ってもよく、一般に処女作にはその作家の全てが凝縮されていると言われるが、たしかに『一寸法師』には、猟奇、怪奇、エロティシズム、グロテスク、フリークといった乱歩の通俗長篇の要素の全てが詰まっている。

『一寸法師』は連載開始とともに人気が出て、完結前に松竹と聯合映画藝術家協会（直木三十五が代表）の二社から映画化の申し出もあった。松竹は一寸法師の役者が見つけられず断念し、直木三十五の聯合映画藝術家協会が映画化した。明智小五郎を演じたのは石井漠、監督は志波西果である。

『一寸法師』は翌一九二七年二月二十日、六十七回をもって完結した（大阪では二十一日までで六十六回）。この間に、大正天皇が亡くなり昭和天皇が即位し、大喪の礼があった。その関係で特別紙面になり、東京と大阪で掲載日が異なる。大事にはならなかったが、乱歩が行き詰まり何回か休載したこともあった。原稿が遅いので挿絵画家も苦労した。そのため、読者からの人気はあったが、以後、朝日新聞は乱歩への連載依頼を躊躇うのだった。

一方、「新青年」の『パノラマ島綺譚』も続いていた。前述のように十二月号と三月号は休載となり、横溝を困らせていた。横溝としては、毎回原稿をもらうたびに感心し、面白いと感じ、映画にできないかと映画会社に売り込むほどだった。しかし乱歩に「面白い」と伝えなかった。そのため、乱歩はこの小説は編集部では不評なのだろうと勝手に思い込んだ。男同士の付き合いは、ときに、お互いに言葉が足りないためにこういう誤解を生む。

『パノラマ島綺譚』連載中、横溝は一月にいったん神戸へ帰り、義母・浅恵の遠縁にあたる中島孝子と結婚した。

孝子が後に語るには、中島家は岡山の静かな村にあり、彼女の叔母（母の妹）が、浅恵の実家に嫁ぎ、浅恵の姪（姉の娘）が孝子の次兄に嫁いでいたという二重の親戚関係にある。浅恵は世話好きだったというから、継子である正史の嫁に親戚のなかで年頃の孝子を紹介したのだろう。孝子の父ははやくに亡くなっており、長兄が医者をしていたので、横溝が薬局の跡取りなのも何かの縁だとなって婚約した。それなのに横溝は薬局を放り出して東京の出版社に勤務してしまったわけだが、破談にはならず、正月に横溝が帰郷すると、神戸の横溝家の薬局の二階で式を挙げた。孝子の長兄が「正月で病院が休みの間のほうが患者に迷惑をかけないからいい」と言って、急遽、決まったらしい。仲人は浅恵の姉夫婦のはずだったが、そこの長男が東京で結婚式を挙げることになっていたので重なってしまい、水谷準が東京の探偵小説仲間を代表して列席するために妻と一緒に来たので、急遽、仲人も頼むことにした。

こうして横溝は慌ただしく結婚し、孝子を連れて東京へ戻った。当初は横溝が下宿していた神楽館での新婚生活だった。

横溝が神戸へ行っている間に森下雨村が新居を探してくれた。雨村が住む小石川小日向台町のすぐ近くで、翻訳家で後に「新青年」に入る延原謙、画家の松野一夫、後に「太陽」編集長となる評論家の平林初之輔らも近くに住んでいた。横溝はこの新居に父・宜一郎と弟の武夫も迎えて同居した。義母はもうしばらく神戸にいる。

神楽館は乱歩邸のすぐ近くだったが、横溝が雨村邸の近くに引っ越したことは、乱歩との精神的な距離まで生じてしまった。乱歩は横溝を弟のように思っていたのに、自分に相談もなく、歩いて十分のところから出て行ってしまったことに淋しさを感じたのではないか。横溝が『パノラマ島綺譚』への感想を乱歩へ言わなかったことで生じた隙間は、横溝が小石川で暮らすようになりさらに大きくなった。

この後の二人の人生をみれば、二人が距離的にすぐ近くで暮らしたのは、横溝の神楽館時代しかない。横溝の結婚と転居によって、それが終わり、二人は物理的にも精神的にも距離は離れてしまうのだ。

『一寸法師』が二月で終わり、『パノラマ島綺譚』も三月発売の四月号で終わったので、乱歩は三月からは仕事がなくなった。そして、次の仕事を引き受けようとしなかった。最初の「休筆」状態に入ったのだ。

この二作の連載のおかげで二千円の蓄えもできていた。そこで乱歩は早稲田大学正門前にある筑陽館という下宿屋の権利を買い取り、妻に営ませることにした。作家として何も書けなくなっても生計が立てられるようにしたのだ。妻・隆子は下宿屋など厭だったようだが、当時は夫の命令は絶対だった。

乱歩は当時の自分を〈小説家として非常にうぶで、小心で、ある意味で純粋であった〉と回想する。〈心にもないものを書く気になれなかった。放浪の旅にのぼって、なにか新らしい情熱が湧いて来るまでは、売文を中止する決意を固めていた。〉

最初期の純粋理論の探偵小説の完璧さと小説への純粋な思いと、量産していった通俗長篇との間の矛盾は、この作家の最大の謎であり、そこが魅力でもある。

## †代作事件

博文館に入社して三か月もたたないころ、横溝は森下雨村から、近く社内で大改革があると打ち明けられた。雨村が入社したときは、長谷川天渓が編集局長となりリストラが敢行されたが、今度はその天渓が退任し、森下が編集局長になる改革が練られていたのだ。これはまだ極秘だった。雨村は自分が局長になった後は「新青年」を横溝に任せようと考え、内示したのだ。

この大改革は大橋家の一族の骨肉の血の争いが関係していた。博文館の二代目館主大橋新太郎は財界活動に忙しく、長男の進一に博文館を委ねていたが、一九二六年(大正十五)、新太郎は進一を解任した。女性関係が派手で、いろいろ悪い噂があり、それでも社長としてうまくやっていれば問題はなかったが、経営手腕にも疑問が持たれていたのだ。

進一の女性関係の一因は、しかし父・新太郎にもあった。大橋新太郎は進一が十二歳のときに妻と離婚し、元藝妓の須磨子と結婚した。進一とは七歳しか歳が離れていない継母だった。進一は継母・須磨子と彼女が産んだ弟や妹たちとは馴染めず、同じ母から生まれた弟が病死したので、一族のなかで孤立した。さらに山梨県の財閥の娘と結婚し二人の男子が生まれたが、その妻が若くして亡くなり、ますます孤独になり、女遊びを始めたのだ。

このように進一にも同情の余地はあるのだが、新太郎は進一を解任し、後妻の須磨子が産んだ第一子である勇吉を次の社長にし、アメリカに留学させていた第二子の武雄も帰国させて専務にした。勇吉は身体が弱く、社長の激務には耐えられないと思われていたのだ。横溝によれば、実質的には武雄が革命を起こそうとしたという。

大橋勇吉・武雄兄弟による革命は三月に実行に移され

たが、中途半端なものとなった。「太陽」「文藝倶楽部」「講談」「ポケット」などほとんどの雑誌の編集長が退任したが、肝心の長谷川天溪は編集局長に留任したのである。そのため雨村の編集局長就任は遅れ、「文藝倶楽部」編集長に横滑りしたが、「新青年」は予定通り横溝正史が三月号から編集長となった。水谷も手伝っていたがまだ学生なので、横溝は、新たに渡辺温を入社させた。

渡辺温は一九〇二年に北海道で生まれた。横溝と同年になる。一歳上の兄・渡辺啓助(一九〇一～二〇〇二)も探偵作家となる。温は父の仕事の都合で東京、茨城と移り、旧制水戸中学校を卒業して慶應義塾高等部へ進んだ。在学中の一九二四年、プラトン社の「苦楽」「女性」両誌が一〇〇〇円の懸賞で映画の「筋」(シナリオでも小説でもない)を募集すると、『影』と題した作品で応募し、一等当選を果たした。選考にあたったのが小山内薫と谷崎潤一郎で、とくに谷崎が強く推して渡辺温の受賞となった。『影』は当時の流行であるドイツ表現主義映画を思わせるものだった。受賞をきっかけに渡辺温は小山内薫の築地小劇場に出入りするようになり、小山内に師事し演劇の道へ進もうとしていた。

『影』が「苦楽」「女性」に掲載されると探偵小説愛好家のあいだでも話題になり、横溝も読んでいた。渡辺温はさらに「主婦倶楽部」「三田文藝陣」「雄辯」などに作品を発表していた。二六年三月に慶應義塾高等部を卒業すると、就職はせず小説を書いていたが、九月に大日本雄辯会講談社へ入社するも半日で辞めてしまった。

横溝が乱歩たちに騙されるようにして東京に出て来たとき、最初に泊まっていた神楽館には、宮田新八郎という、後に「週刊朝日」の編集長になる慶應義塾の学生がいて、横溝が最初に東京でつくった友人となる。横溝は渡辺温も慶應なので宮田に、「知っているか」と尋ねると「よく知っている」と言う。渡辺は慶應のなかでかなり有名だったらしい。

渡辺の『影』を読んだだけで、横溝は何か自分と合うものを感じた。そこで宮田に、渡辺を紹介してくれと頼み、神楽館の宮田の部屋で会うことになった。横溝は、渡辺温に〈ひと眼惚れをした〉と『五十年』に書いている。そっさく博文館へ入らないかと誘い、宮田からだいたいの話は聞いていたので、渡辺は「僕のようなものでも勤まるでしょうか」と謙遜したが、横溝が重ねて奨めると「なにぶんよろしく」と頭を下げた。その拍子に、〈バサリと垂れた長髪を、掻きあげる手付きが印象的だった。〉と、横溝は書いている。

こうして、一九二七年一月に渡辺は博文館に入社した。横溝は〈七十年になんなんとする私の長い生涯をふりかえってみて、温ちゃんとふたりで『新青年』をやっていたあの時代が、私にとっていちばん楽しい時期であったように思う〉と回想している。

博文館ではまだ和服が多かったが、渡辺はモーニングを着てシルクハットを被った、モダニストだった。

この渡辺を得て、横溝は「新青年」を風刺とユーモアのあるモダニズムの雑誌へと誌面刷新した。横溝としてはモダニズムと探偵趣味は両立すると考えていた。探偵小説とは近代的な捜査方法を前提とし、都市での事件を扱うものなのだ。モダニズムそのもののはずだった。

横溝が編集長となって最初の増大号である四月号は『パノラマ島綺譚』最終回の掲載号で、甲賀三郎、平林初之輔、大下宇陀児らの名が並び、さらに城昌幸、水谷準、渡辺温、横溝正史も書いた。増大号だと横溝も原稿料がもらえるのだ。五月は「なんせんす号」と銘打たれ、六月は「世界見世物号」、七月は「涙香短篇集号」、八月は「なんせんす銷夏号」、次に恒例の「夏期増刊探偵傑作集」だがすべて翻訳もので、九月は「劇と映画号」、十月は「創作翻訳傑作集」、十一月が「ユーモア短篇集」、十二月が「クリスマス・ナンバー」と特集のタイトルだけみても、誌面刷新は明らかだった。

乱歩は横溝が進めたモダニズム路線が気に入らなかった。自分が否定された気がしたのだろう。この時期、休筆し、横溝から執筆を何度も頼まれても断った理由を、乱歩はこう説明する。〈実は私を駄目にしたものは「新青年」なのである。横溝君の主張したところのモダン主義という怪物が、旧来の味の探偵小説を、まことに恥しい立場に追い出してしまった。もはやルブランか、然らざればリーコック、ウッドハウス、乃至はカミ、上品なところでフランス式コントにあらざれば、「新青年」に顔出しが出来ない空気が醸されてしまった。〉

乱歩は横溝と会うたびに、「いまの『新青年』みたいなモダンな雑誌には自分は不向きだ」と言っていた。横溝は執筆を断る口実だと思ったのか、それほど真剣に受け止めていなかったが、そうではなかったのだ。

秋も深まり、乱歩が書いてくれないまま、一九二八年の新年号を編集する時期となった。横溝は新年号には内外の探偵小説をズラリと並べたいと考えていた。それには何としても乱歩の作品が必要だ。しかし口説きに行こうにも乱歩は旅に出ていて京都にいる。水谷と飲みながらそんなことを話したら、水谷が「すぐに京都まで追っかけていったら」と言った。京都まで横溝が行けば、さすがの乱歩も厭だとは言わないだろう。水谷は旅費まで貸してくれたので、横溝はそのまま京都へ向かった。

横溝の顔を見て乱歩は驚いた。それでもすぐには「書こう」とは言わない。三日ほど横溝が粘ると、ようやく「このあとまだ一か月ほど京都にいるが、帰路に名古屋で小酒井さんと会う予定だから、そこで落ち合おう。それまでには書いておくから」と言ってくれた。横溝は安堵して東京へ戻った。

約束の日、横溝が名古屋の小酒井邸へ行くと、乱歩もいた。しかし「とうとう書けなかった」と言うではないか。横溝は落胆した。そしてこのまま手ぶらでは帰れないと思った。いくら相手が乱歩とはいえ、編集長が二回も長距離の出張をすることに社内で批判の声があがっていたのだ。横溝は覚悟を決めた。「僕も今度の号のために小説を書いている。自分で言うのも何だが、愚作とは思わないので、それをあなたが書いたことにして載せさせてくれないか」と頼んだ。同席していた小酒井も横溝に同情し、乱歩を説得してくれた。

乱歩は承諾した。横溝は小酒井邸から長距離電話をかけて留守を守っている渡辺にその旨を伝え、自分の小説を乱歩の名にするよう命じた。

その晩、横溝と乱歩は名古屋で同じ宿に同室となった。眠っていたはずの乱歩は起きると、鞄をあけて何かを探し、見つけると部屋を出て行った。横溝は目が覚めていたので待っていると、乱歩は「本当は書いていたんだよ。しかしあんまり自信がないから小酒井さんの前では出しかねたのだ」と告白した。驚いた横溝は布団から跳ね起きて、「それをください。さっきの話は電話をかけて取り消すから」と言った。だが乱歩の答えは、「今便所の中へ破って捨ててきた」だった。

このとき乱歩が捨てた小説こそが、のちに『押絵と旅する男』として世に出る作品の原型だったのだ。

横溝はやむなく、自作『あ・てる・てえる・ふいるむ』を乱歩作として新年増大号に載せ、編集後記には〈江戸川乱歩氏は八ケ月ぶりの御執筆である。これ一つを以ってしても、この増大号は充分増大号の意義を持ち得ると信じる。暫く筆から遠ざかっていたこの偉大な作家が、これを機会に再び探偵文壇に馬を進めれば本誌ばかりではない、一般読書界の欣び、これに増すものはあるまいと信ずる。〉と記している。そこまでしなければ読者を欺くことはできない。

代作は乱歩と横溝と小酒井、そして編集部の渡辺温しか知らないことだった。この代作を横溝が世間に明かすのは戦後、一九四九年のことである。

## †全集ブーム

一九二八年（昭和三）になっても乱歩は複数の作家との合作以外は、「新青年」以外の雑誌にも書こうとしなかった。

一九二七年春に『一寸法師』『パノラマ島綺譚』が終了した後、乱歩が小説を書かなくても生活に困らなかったのは、二七年に平凡社が「現代大衆文学全集」を刊行し、その第三巻として「江戸川乱歩集」が出て、十六万部を超えるベストセラーとなったからだった。

この全集こそ、「円本」ブームの最中に出たものだった。関東大震災では印刷会社も被災したので、出版界全体に一時的な生産停止という甚大な被害をもたらし、倒産した版元もあれば、その寸前となった版元も多かった。

改造社も経営危機に陥り、社長・山本実彦は大きな賭けに出た。一九二六年十一月、全巻予約制、月一冊配本の「現代日本文学全集」全六十三巻である。一冊六〇〇ページ前後で、一円と廉価にし、薄利多売を狙ったものだった。当時の全集ものは多くても一千部程度しか予約が集まらなかったが、この全集は二十三万人が予約したので、二十三万円が前金で入った。これにより改造社は倒産を免れた。そうなれば他社が黙って見ているわけがなく、当然のように追随した。

改造社が「日本文学」ならと新潮社は「世界文学全集」全五十七巻を二七年三月に刊行し、四十万部の予約、春陽堂も「明治大正文学全集」全六十巻を二七年六月に刊行し、これは十五万部の予約を得た。平凡社も「現代大衆文学全集」全四十巻（好評につき続刊が出て全六十三巻）を二七年五月に刊行し、二十五万部の予約を得た。この全集によって「大衆文学」という言葉が広く認知された。

この「大衆文学」という言葉の提唱者は白井喬二だった。一八八九年（明治二十二）生まれなので、乱歩の五歳上になる。博文館の「講談雑誌」で作家デビューし、この頃は「報知新聞」に大長篇となる『富士に立つ影』を連載中だ。一九二五年（大正十四）に大衆作家の親睦機関として長谷川伸、国枝史郎、江戸川乱歩、小酒井不木、直木三十三（後の直木三十五）らと「二十一日会」を結成し、翌年同会の機関誌として「大衆文藝」を創刊した。文藝誌に掲載される純文学とは異なる、大部数の雑誌や新聞に載る小説は、娯楽小説、通俗小説、読物文藝など、さまざまな呼び方があったが、白井は、「ひろく一般民衆へ解放された文学」として、「大衆文学」を提唱したのだ。この平凡社の「現代大衆文学全集」に白井は企画段階から関わった。

「現代大衆文学全集」の版元である平凡社は、一九一四年（大正三）に下中彌三郎（一八七八〜一九六一）が創立した。下中は一八七八年（明治十一）に兵庫県で陶器作りをしている家に生まれた。だが三歳で父を失くし、小学校には三年生までしか行けず、家業の陶器作りをしながら勉強して、教員の資格を得た。自分が小学校を三年生までしか行けなかったことから教育行政への関心を抱き、農本主義の影響も受けて、学習権、教育委員会制度、教員組合結成などの教育制度改革を求める運動もした。

下中が出版業へ転じたのは、人びとの啓蒙には学校教育も重要だが、本を作り知識を広めることも大事だと考えたからで、一九一四年に「下中芳岳」の名で『ポケット顧問　や、此は便利だ』という新語や流行語、故事から熟語、文字の書き方・読み方などを解説する、タイトルにあるようにポケットに入るような小型の事典を作り、成蹊社という版元から出した。だがこの版元が倒産したため、自分で平凡社を起こし、当初は通信販売で売った。『や、此は便利だ』が成功し、平凡社の基礎が固まると、円本ブーム到来を見て、「現代大衆文学全集」を刊行した。

前述したそれぞれの全集の予約部数は、本来は全巻予約者の数のはずだった。予約した人は一冊分の一円を予約金として払い、最初の巻が配本されるとその代金一円を払って買う。これを繰り返し、最後の巻は最初に払った予約金が充当され、一円も払わずに買えるという仕組みである。だが、刊行されている間に、次の巻を買いに来ない客が増えていく。そういう人びとには予約金の一円は返金されないのだが、今後さらに数十円を払って読まないものを買うよりはいいと、止めてしまうのだ。その結果、大量の売れ残りが出て、それを処分するために古書市場が飛躍的に発展した。全集ものの宿命として、発行部数は配本が後になるほど減っていく。したがって作家としては、初回配本に採用してもらえれば一番売れることになる。乱歩は当初第三回と優遇されていたのだが、六月から日本海沿岸から千葉海岸などを放浪していたので、版元が連絡できず、第五回か第六回の配本となり、発行部数は一六万部だった。第三回だったら二〇万部くらいだったのではないだろうか。

「現代大衆文学全集」の第一回配本は白井喬二で、彼が平凡社と作家たちの仲介役でもあった。時代小説が大半だが、乱歩の他にも探偵作家では捕物帖を含めると、小酒井不木、岡本綺堂、甲賀三郎、松本泰が一巻ずつ、「新進作家集」の巻には林不忘、山下利三郎、川田功、大下宇陀児、久山秀子、角田喜久雄、城昌幸、山本禾太郎、水谷準、橋本五郎の作品が収録された。

乱歩作品の書籍で最初に一〇万部以上を売ったのが、この平凡社版「現代大衆文学全集」だった。乱歩の知名度が上がり、さらにまとまった収入ももたらした。乱歩はこの全集の印税で、早稲田に、より大きな下宿屋の権利を買い、以前の下宿は処分した。下宿屋をやめるのではなく、事業拡大をしたのは、まだ作家として続けるのに不安があったからなのか。

## †海野十三

「新青年」編集長時代の横溝正史がデビューさせた作家のひとりが海野十三(一八九七〜一九四九)だった。乱歩と横溝の間の世代だ。徳島県徳島市の御典医だった家に生まれ、神戸に引っ越した。早稲田大学へ進み、理工科で電気工学を専攻し、逓信省電務局電気試験所で無線の研究をしていた。本名は佐野昌一といい、この名義で科学読み物やノンフィクションも書いている。海野が勤務していた電気試験所にいたのが、翻訳家で後に「新青年」編集長になる延原謙(一八九二〜一九七七)だった。早稲田でも職場でも、延原が先輩になる。

海野は「新青年」に何度も小説を投稿したが一度も入賞しなかった。そこで電気試験所で出している機関誌のような雑誌に探偵小説を書いた。この小説は横溝の記憶のなかにしかないもので、現物が確認できないのだが、『しゃっくりをする蝙蝠』という題のものだった。その機関誌を延原が読み、横溝に「後輩が書いたんだが面白いと思うので読んでみてくれ」と頼んだ。横溝は気に入った。横溝と延原は同じ小石川小日向台に住み、通りをはさんで向かい側同士だったので、延原は海野が家に来たときに、横溝に声をかけて、紹介した。

海野の回想だと、『三角形の恐怖』という小説が科学雑誌に載ったので、批評してもらおうと延原を訪ねると「探偵小説を書きたいとはよいことだ、ぜひ書け、ちょうど『新青年』の記者が向かい側に住んでいるから呼ぼう」と言われ、横溝を紹介されたという。

出会いの経緯の回想は双方で異なるが、ともあれ、横溝は海野に執筆を依頼し、『電気風呂の怪死事件』が届き、「新青年」一九二八年四月号に掲載され、海野十三はデビューした。またも理系作家の登場である。

このとき、横溝は多忙で、博文館の他誌の編集者に入稿の作業を頼むと、その編集者が海野の原稿にかなり手を入れてしまった。さらに、横溝のミスで、本文では作者名が海野十三なのに、目次では本名の「佐野昌一」となってしまい、海野が小説を書いたことが職場の逓信省電務局電気試験所に発覚するなど面倒なことが起きた。海野が怒っても無理はないのだが、温厚な性格なのか、彼は横溝には何も文句を言わなかったという。

デビューすると、海野十三は次次と探偵小説を書くが、空想科学小説も手がけ、後に「日本ＳＦの先駆者」と称される。

横溝が編集長だった時代に「新青年」にデビューした作家には、他に夢野久作、浜尾四郎らもいる。しかしほとんど交流はなかった。

夢野久作（一八八九〜一九三六）は国家主義運動の大物、福岡の玄洋社の杉山茂丸の子として生まれ、慶應義塾大学を中退し、福岡で杉山農園を営んだり、出家したり、ルポルタージュや童話を書くようになった。「新青年」の懸賞に応募し、『あやかしの鼓』が二等に入選し、一九二六年（大正十五）十月号に掲載された。これは横溝が「新青年」に入る前に決まっていたもので、横溝が掲載したのは一九二八年（昭和三）三月号の『人の顔』だけだ。夢野が頻繁に「新青年」に書くようになるのは延原謙が編集長になってからだ。

浜尾四郎（一八九六〜一九三五）は、加藤男爵家の四男に生まれ、東京帝国大学法学部を卒業後、子爵の浜尾家の娘と結婚して養子となった。検事となり、演劇と犯罪心理を分析した本を出すなど著述活動もしており、横溝は小酒井不木から「ひじょうな秀才で、かつて帝大の総長だった浜尾新の養嗣子で、子爵にして検事で、しかも探偵小説について深い造詣と関心をもっている」ので、「何か書いていただいたらどうか」と紹介されたので会いに行き、執筆を依頼した。探偵小説が低俗なものと見られていたので、子爵で検事という肩書の人が書いてくれれば、箔がつくとの思いもあった。こうして浜尾はまず「落語と犯罪」という随筆を「新青年」に書き、その後に探偵小説も次次と書くのだが、そのときにはもう横溝は「新青年」から異動していたので、最初のきっかけを作っただけで付き合いはない。

## †『陰獣』

横溝はこの間も、乱歩への執筆依頼を続けていたが、色好い返事はない。だが五月五日に「新青年」臨時増大号が発売されると、風向きが変わってきた。この号に横溝は「坂井三郎」名義で、ヒュームの『二輪馬車の秘密』という長篇を訳して一挙に掲載した。するとすぐに乱歩から『二輪馬車の秘密』についての感想が書かれた手紙が届いたのだ。横溝はあえて黒岩涙香調に訳したので、読むなり乱歩は横溝が訳したと見破ったのだろう。

乱歩から雑誌掲載の作品についての感想の手紙が来るのは珍しいことだったので、横溝は、「書いてもいいぞ」という兆候だと受け取った。

乱歩からの手紙を受け取った横溝は脈があると感じ、さっそく乱歩邸を訪ねた。五月七日か八日のことだった。そして「増刊号に一〇〇枚くらい書いてください。原稿料は一枚八円払う」と言った。『パノラマ島綺譚』が一枚四円だったというから倍である。乱歩もこの申し出には驚き、本当かと念を押した。だがこのときは書くとの約束はしてもらえなかった。

横溝は増大号の編集を進めたが、どうにも貧弱な内容となりそうだった。そこで改めて乱歩に懇願の手紙を書いた。するとすぐに返事が来て、他の雑誌に頼まれて一〇〇枚くらいのものを書いているが、それを「新青年」にまわしてもいいとあった。横溝は喜び勇んで取りに行った。だが原稿はまだ完成していなかった。乱歩は五〇枚か六〇枚の原稿を見せ、「改造」から頼まれて書いたが、この三倍の二〇〇枚くらい書きたくなった。しかし「改造」はそれでは困ると言っている——と事情を説明し、どういう内容でどういうトリックなのかも説明した。横溝はその内容に惹かれ、なんとしても欲しいと思ったので、その内容ならば「改造」よりも「新青年」がふさわしいと説得した。

乱歩としても横溝に手紙を出した時点で「新青年」にまわそうと決めていたのだろう。そこで原稿料について改めて確認した。横溝は八円払うと約束した。乱歩はさらに、二〇〇枚を一挙に掲載してほしいとも言った。これについては横溝は言葉を濁した。ページはどうにか調整できたとしても、増刊号の原稿料の予算は二〇〇〇円だったので、乱歩ひとりに一六〇〇円も払ったのでは、他の作家に払えなくなってしまうのだ。

一挙掲載の件は乱歩も強くは言わなかったのであとでどうにかするとして、問題がもうひとつあった。乱歩が付けていたタイトルが、宣伝のしようがないほど平凡で、つまらないものだったのだ。これは乱歩も自覚しており、タイトルは他のものを考えてみることになった。横溝は『出来る話』ではこの最初のタイトルを失念したと書いているが、乱歩によれば「恐ろしき勝利」という題だった。この最初のタイトルは後の横溝の作品に関係する。

こうして——横溝編集長は乱歩から二〇〇枚の中篇を獲得した。これが『陰獣』である。これは乱歩の造語で、猫のように〈おとなしくて陰気だけれど、どこやらに秘密的な怖さ不気味さを持っているけだもの〉のつもりだった。だが内容から読者は「陰」ではなく「淫」のイメージを抱き、「淫獣」と誤解している人も多い。

『陰獣』は、この小説の作家である「江戸川乱歩」そのものがトリックになっているという、前代未聞の小説だった。これは、作家が人気作家でなければ成り立たない。探偵小説作家「寒川」の一人称「私」で書かれる小説で、最初、私＝乱歩かと思わせておいて、読み進めていくと、「大江春泥」なる別の探偵小説作家の話題となり、この大江こそが乱歩をモデルにしているようだ。大江の本名は「平田一郎」という。乱歩の本名が「平井太郎」であることを一般読者がどの程度知っていたのかは微妙だが、探偵小説好きには、これで「大江春泥」＝「平田一郎」＝「平井太郎」＝「江戸川乱歩」とイメージされる。後に横溝はこの設定を使って初の書き下ろし長篇『呪いの塔』を書くので、横溝が乱歩の影響をどう受けているかを考える上でも重要な作品となる。

横溝は『陰獣』を八月の夏季増刊号に一挙掲載する気はなかった。原稿料の予算の問題もあったが、内容としても三回に分載したほうが読者も興味を持続できると判断したのだ。そこで、増刊号、九月号、十月号と分けて載せることにした。

第一回が載った増刊号の編集後記に横溝は、〈『陰獣』百七十五枚を一息に読み終えて僕は思った。探偵小説壇はこの一篇によって、第二期の活動期に入るだろうと。それ程この一篇は刺戟的である。見ようによっては、これこそ乱歩氏の今までの仕事の総決算とも見られる。しかもこの小説背後に隠されている驚くべき秘密は、恐らく探偵小説始まって以来の素晴らしいトリックだと言っても過言ではあるまい。〉

増刊号が発売されると、『陰獣』は大評判となった。乱歩は『四十年』にこの増刊号は三版まで重版したと書いているが、それは乱歩の勘違いで、重版したのは最後の十月増大号だったという。

その「新青年」十月号の編集長は横溝ではなかった。「文藝倶楽部」編集長に抜擢されたのだ。横溝は「新青年」編集部に二年いて、そのうち一年半が編集長だったことになる。「新青年」は、延原謙が編集長となり、水谷準がその下につく体制となった。延原は翻訳家としてやっていくつもりだったが、森下雨村に命じられるようにして博文館に入社し、いきなり編集長になったのだ。

横溝は最後の号の編集後記に〈少くとも雑誌というものに一味の清新さを与えたのは、確かに我々の「新青年」の仕事であった筈だ〉と記した。充足感があったのだろう。

この時点での博文館は看板雑誌「太陽」が一九二八年二月号をもって廃刊となっていた。「中央公論」「改造」

といった社会主義的論調の総合誌と、「キング」という大衆総合誌の間で存在感を示せず、一八九五年の創刊以来、三十有余年の歴史を閉じたのだ。これにともない、長谷川天溪が編集局長を辞任し、森下雨村が第三代編集局長となった。長谷川天溪の下で「太陽」編集主幹となっていた平林初之輔も辞任した。雨村の役目は、「太陽」に代わる、そして「キング」を抜く総合誌の創刊だった。

この人事で森下雨村が「文藝倶楽部」を離れることになったので、後任に横溝が起用されたのである。

『陰獣』の最後の回が載った十月号は横溝の手を離れていたが、売れ行きがよく重版したのは、誰の眼にも『陰獣』のおかげであった。この同じ月、横溝は「文藝倶楽部」十月号を作ったが、これも売れ行きがよかった。この雑誌は博文館の看板雑誌だったが赤字が続いていた。横溝は最初の号を怪談特集にしようと考えた。だが集まった怪談だけではどうにも誌面が薄いので、売り出し中の大佛次郎に頼み、乱歩と同じ一枚八円の原稿料で口説き、『簪』という時代小説を書いてもらった。そのおかげでこの号も売れに売れたのである。

博文館の営業部は二誌とも重版することに慎重で、結局「新青年」だけが重版された。この件は横溝正史が編集者としていかに腕がよかったかを示している。

横溝正史が編集者として関わった「新青年」は乱歩の『パノラマ島綺譚』に始まり『陰獣』に終わったのである。

この間の一九二七年一月に横溝は結婚し、その一年後の二八年二月には長女・宜子が生まれた。「文藝倶楽部」へ異動してからは、二九年一月に父が亡くなり、三一年一月に長男・亮一が生まれ、また義母・浅恵と弟・博と同居するというように、家族構成は変化した。

妻・孝子によれば、横溝は毎晩、飲み歩いている生活で、午前様で帰って、博文館へ行くのは夕方からだった。食糧はツケで買っていたが月末には現金が必要だ。すると別のペンネームで小説や翻訳を一気に書いて、それが生活費になる。そんな生活だった。孝子はどうしようもなくなり、自分の姉に電報を打って年越しの費用を借りたこともあった。

長女の生まれた二八年、それまでの家は手狭となったので、二階のある家へ引っ越したが、その夏、横溝は鎌倉に避暑に行くと言い出し、材木座に家を借りて、一家は移動した。ところが〈ひと夏のつもりが、東京へ帰るおカネがなかなか出来なくて、ずるずる長居してしまいました〉という事態になり、鎌倉から博文館へ通っていた。〈父が亡くなるのはこの材木座の家だった。

長男・亮一が生まれると、横溝は孝子に「千葉の北条（現・館山市）に友人が家を見つけてくれているから、子供を連れて少し休んでこい」と言った。孝子は宣子と生まれたばかりの亮一を連れて、その家へ行った。横溝は何日か後に電車でやって来た。その時点で、何か漠然とした不安を抱き、とても怖くなった。それでも家族と会うと、子供を連れて海岸へ遊びに行った。孝子は幼い亮一と家にいた。その海岸で、横溝は喀血した。しかし、それほど多いものではなかったので、孝子には何も言わなかった。このときすでに胸の病を得ていたのである。

電車に乗って恐怖を感じたこととその直後の喀血とが結びつき、以後、横溝は電車をはじめとする乗り物に乗るのが怖くなる、乗り物恐怖症になってしまう。

「文藝倶楽部」へ異動する際、横溝は「新青年」を一緒に作っていた渡辺温は連れて行かず、渡辺は博文館を退社した。横溝は『五十年』に〈クビを申し渡したのは私である。〉と記している。だが、その後も渡辺は横溝の自宅へしょっちゅう来ていたし、ついには鎌倉の横溝の近所に引っ越してくるほど親しかった。

横溝は『五十年』に渡辺をクビにした理由は何も記していないが、その記述の前後から、渡辺に作家専業となってほしいからだったと思われる。つまりはその才能を認めていたのである。実際「新青年」編集者だった時期に渡辺は十数篇の短篇を書き「新青年」に掲載され、好評だった。だが彼はなかなか書こうとしない。それは博文館から給与をもらい生活が安定していたからで、それがなくなれば本気を出して書くのではないかと思い、横溝は渡辺に博文館を辞めるように言ったらしい。それは友情からの助言だった。横溝は遊びに来る渡辺に何度も、小説を書くように言った。

しかし渡辺温はなかなか書かなかった。

## †相次ぐ全集

日本文学、世界文学、大衆文学の全集を各社が出した後、さらに全集を出そうとなると、その企画はよりジャンルを絞ったものになっていく。当初は「古今の名作を網羅」というコンセプトだった「全集」の性質も、「巻数を決めたシリーズもの」という程度のものになり、「全てを集める」という言葉からも、「名作を選ぶ」からも変質していく。

一九二九年（昭和四）になると、平凡社が「ルパン全集」「世界探偵小説全集」、改造社が「小酒井不木全集」「日本探偵小説全集」、博文館が「世界探偵小説全集」、春陽堂が「探偵小説全集」の刊行を決めた。

「小酒井不木全集」はこの年の四月一日に不木が三十八歳の若さで急死したので、恩人に報いるために乱歩が尽力して刊行された。肺結核のところ、風邪をひいて寝込み、数日後の急死だった。春陽堂と改造社の二社から、小酒井不木の全集を出したいと相談された乱歩は、「これまで小酒井の本を出してきた春陽堂にすべきだが、この版元は地味で大宣伝をして大部数を売ることはしない。改造社は、その逆で派手に宣伝し大部数が望める」と、どちらで出すべきか悩み、最終的には遺族の意向で改造社に決めた。そのため、乱歩と春陽堂との関係が少し悪くなった。編集の実務は、乱歩が大阪時事新報にいたときの同僚だった岡戸武平が引き受けた。

岡戸武平（一八九七〜一九八六）は小酒井不木の門下生でもあった。この仕事がきっかけで乱歩と親しくなり、この年の七月から博文館に入り、「文藝倶楽部」編集部で横溝編集長の下で働く。

「小酒井不木全集」以外の各社の探偵小説関係の全集にも乱歩は何らかのかたちで関わっていた。

一九二九年（昭和四）一月号を創刊号として、博文館は森下雨村編集局長のもと、「キング」に対抗して「朝日」を創刊した（発売は前年十二月）。「太陽」廃刊から一年近くが過ぎており、雨村はその間に「キング」を研究し、新雑誌を模索していたのだ。

### †『芋虫』での伏せ字

博文館では、「新青年」などの雑誌が編集長を含めて二人か三人しかいないのに対し、新雑誌「朝日」は九人の編集部とし、巨額の制作費と宣伝費をかけることになり、まさに社運をかけた雑誌となった。題字は東郷平八郎元帥、巻頭に内閣総理大臣田中義一の所論、菊池寛、長谷川伸、山中峯太郎らの小説もあれば講談、落語、学術記事もという、総合雑誌だった。定価五〇銭で五〇万部を刷り、宣伝費には二五万円をかけた。

この新雑誌「朝日」に乱歩は連載を頼まれた。大恩人たる森下の頼みなので引き受け、創刊号（一九二九年一月号）から『孤島の鬼』を連載した。完結は翌三〇年二月号で全十四回、休載は一度もなく、三〇年五月に改造社が単行本として刊行した。

だが「朝日」は苦戦した。巨額の宣伝費をかけた創刊号が赤字となるのは仕方がないとして、以後も赤字が続く。ちょうど昭和大恐慌と重なったのも不運だった。

乱歩は、「新青年」二九年一月号に『悪夢』を書いた。後に『芋虫』と改題される作品だが、もともとのタイトルは「芋虫」で、「新青年」編集長の延原が「虫の話みたいだから」と『悪夢』に改題させた。

戦争で負傷し、左右の手足を失い、耳も聞こえず言葉も喋れなくなった青年とその妻を描いたもので、当初「改造」のために書いたが、〈反軍国主義の上に金鵄勲章を軽蔑するような文章があったので、当時左翼的な評論などで政府から特別に睨まれていた改造社は、いくら伏せ字にしても、これではどうにも危くてのせられないというので〉「新青年」にまわされたものだった。これで「改造」は『陰獣』に続いて乱歩の傑作を二度も掲載しなかったという不名誉な記録を持つことになった。

もっとも「新青年」もその事情を知ると、伏せ字だらけにした。それでも〈左翼方面から激励の手紙が幾通か来た。反戦小説としてなかなか効果的である。今後もあいうイディオロギーのあるものを書けというのである。〉という反響があった。乱歩としては、戦争は嫌いだが、それを小説で主張するつもりはなく、〈ただ怪奇と戦慄の興味のみで書いた。〉という。〈私の思いついた一種の恐怖を現わす為の手段として、便宜上軍人を使ったまでで、軍人以外に適当なものがあれば、無論それでも差支なかった。〉と、戦後に述べている。

乱歩の『悪夢』（芋虫）が載ったのは「新青年」新春増大号で、次の二月号と三月号の間に「新春増刊探偵小説傑作集」が出て、そこに横溝の短篇『双生児（ふたご）』が掲載された。これは横溝の乱歩への挑戦であった。冒頭に、英文で「A sequel to the story of same subject by Mr. Rampo Edogawa.」とある。

乱歩にも『双生児』という短篇がある。第五作で、一九二四年に「新青年」に掲載された。瓜二つの双子の兄弟の話で、兄は家督を継ぎ、弟が好きだった女を妻とするなど、すべてに恵まれている。嫉妬した弟は兄を殺して、なりすまし、財産も妻も手に入れる。どのように弟の犯罪が発覚するかに主眼が置かれているが、瓜二つの双子とはいえ、妻が夫が他人と入れ替わったことに気づかないのは不自然だ――横溝はそう思い、同じ「瓜二つの双子の兄弟」がいて、片方が片方を殺して入れ替わるという設定で、よりリアルな小説を書いたのだ。

乱歩は「新青年」六月号に、かつて名古屋で捨ててしまったという『押絵と旅する男』を書き、「改造」六月号と七月号に『蟲』を書いた。ようやく「改造」に掲載されたが、異常性格者を主人公とし、恋人の死体が蝕まれていく様子を描き、これも伏せ字だらけとなった。

## †乱歩、博文館と講談社に同時連載

乱歩の講談社の雑誌での初の連載は、「講談倶楽部」一九二九年八月号から始まった『蜘蛛男』で、明智小五郎が登場する通俗長篇第二作である。三〇年六月号まで十一回にわたり連載され、完結後、講談社から刊行された。『蜘蛛男』を皮切りに、『一寸法師』で始まった明智小五郎をヒーローとする長篇が次次と書かれることになった。乱歩はこれらの作品を「通俗長篇」と呼んで卑下しているが、探偵小説を広く認知させた点での功績は大きい。

これまでも乱歩のもとには講談社の雑誌から何度も依頼があったが断っていた。理由のひとつは博文館への義理立てである。次に、講談社があまりにも通俗的なものを求めるので、作家たちの間で〈講談社の雑誌に書くことを潔しとしない風潮〉があったという。そのうえ、老若男女あらゆる人びとに分かるようにと書き直しを命じられるとの噂もあり、乱歩は敬遠していたのだ。

だがそのうちに講談社を見直す気分になってきた。何度断っても、編集者がやって来て、熱心に頼むのだ。上司に命じられて来てはいるのだろうが、乱歩にはそうは思えなくなってくる。講談社の社員は全員が、会社のために面白い雑誌、売れる雑誌を作ろうという情熱を持っていると感じられた。乱歩にはそれが珍しく、好感が持てた。それと、当時の乱歩は自暴自棄になっており、講談社に書いたと批判されてもかまわないという気分になっていた。「万人に好かれるものは書けない、嫌う人もいると思うがいいか」と言うと、かまわないと言われた。

かくして時機を得て『蜘蛛男』は始まった。博文館と講談社というライバル関係にある二社に乱歩は同時並行して連載することになったのだ。流行作家として絶頂にあることを意味する。

「朝日」の『孤島の鬼』と「講談倶楽部」の『蜘蛛男』の二作は一九三〇年二月号まで並行し、さらに『孤島の鬼』が二月号で終わるのを待たず、博文館の横溝編集長の「文藝倶楽部」一月号から『猟奇の果』の連載も始まった。つまり一月号と二月号は三作が並行していたのだ。

この時期、久しぶりに本格探偵小説として書いたのが、「時事新報」一九二九年十一月二十七日から十二月二十九日まで一か月にわたり連載された『何者』だった。明智小五郎が最後の最後に登場する。

さらに、北海道の「北海タイムス」や九州の「九州日報」紙に、乱歩と横溝の合作として『覆面の佳人』が連載された。「九州日報」では『女妖』というタイトルで、アメリカのA・K・グリーンという、黒岩涙香も翻案していた作家の小説が原作で、それを二人で翻案したものだ。原作があるとはいえ創作に近い。乱歩と横溝が相談しながら、あるいは競いながら書いたのかと思うと、その創作過程が気になるが、実際は乱歩は名義を貸しただけで、横溝がひとりで書いたと思われる。

## 江戸川乱歩の長篇連載 1

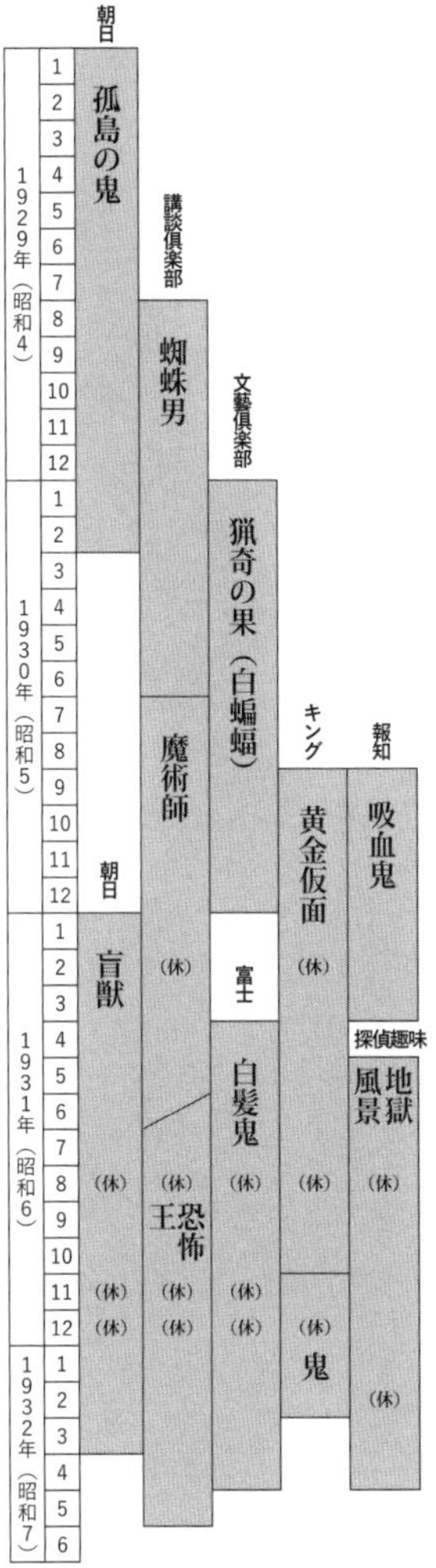

当時の横溝は博文館の給料がすべて飲み代に消えていたので、生活のため原稿料稼ぎの仕事をしなければならなかった。しかし「横溝正史」の名は探偵小説ファンのあいだでは知られていても、一般的知名度が低かったので、新聞連載にあたっては乱歩の名を必要としたのだろう。

乱歩名義の短篇のいくつかが横溝の代作だったことを二人とも戦後に認めるのに、この作品については二人とも存在すら語っていない。『覆面の佳人』は横溝の没後の一九九七年に春陽堂の春陽文庫から刊行された。文庫判で五〇〇ページ以上のかなり長い小説だ。

「文藝倶楽部」への『猟奇の果』の連載は、編集長の横溝が強く望んだもので、当初は『闇に蠢く』『湖畔亭事件』のようなタッチのもので書いていたが、半分の六月号で行き詰まった。横溝もこのままでは駄目だと認め、これまでのは前半として、後半は明智小五郎の出る『蜘蛛男』のようなものにしたらどうかと提案し、七月号からは、『白蝙蝠』と改題して続けることになった。

『孤島の鬼』は二月号で連載が終わると、翌一九三〇年五月に改造社から単行本として刊行された。

「講談倶楽部」では『蜘蛛男』が六月号で終わると、七月号からは『魔術師』が始まる。『蜘蛛男』は十月に講談社から単行本として刊行される。

さらについに「キング」でも連載が始まった。『黄金仮面』で九月号からである。同じ講談社の「講談倶楽部」での『魔術師』も続いている。そのうえ九月からは報知新聞夕刊で『吸血鬼』が始まった。この時期の報知新聞は、講談社の野間清治が経営を任されていた。「文藝倶楽部」の『猟奇の果』も『白蝙蝠』と改題されたが連載が続いているので、九月からは四本が同時並行していた。

『猟奇の果（白蝙蝠）』は十二月号（十一月発売）で終わると、翌三一年一月に博文館から刊行される。

一九三一年一月号からは再び博文館の「朝日」に連載することになり、『盲獣』が始まる。博文館の雑誌だがこれは通俗長篇だった。やはり乱歩は横溝が担当しないと通俗になってしまうようで、失敗作と自ら認める。

報知新聞の『吸血鬼』は三月で終わり、同月に博文館から刊行された。

四月からは講談社の「富士」に黒岩涙香が翻案した『白髪鬼』をさらに翻案して連載した。四月は『黄金仮面』『魔術師』『盲獣』『白髪鬼』と並行していることになる。五月発売の六月号で「講談倶楽部」の『魔術師』が終わると、六月号からは『恐怖王』が始まった。

さらに、後述する「江戸川乱歩全集」には附録として毎巻「探偵趣味」と題した小冊子が添えられ、乱歩の新作『地獄風景』が連載された。

一九二九年から三一年までの三年間に、乱歩は『孤島の鬼』『蜘蛛男』『猟奇の果』『魔術師』『黄金仮面』『吸血鬼』『盲獣』『白髪鬼』『恐怖王』『地獄風景』と十の長篇を常時三作か四作、同時並行して連載していたのだ。

このうち、『孤島の鬼』『蜘蛛男』『猟奇の果』『吸血鬼』の四作は連載が終わると単行本として刊行されたが、残りの五作は、一九三一年五月から刊行が始まる平凡社の「江戸川乱歩全集」として初めて書籍化される。

五月に全集が刊行された時点では『魔術師』が終了し、『黄金仮面』『盲獣』『白髪鬼』『恐怖王』『地獄風景』の五作が連載中だったが、これらの連載と並行して全集が毎月一冊ずつ配本され、完結するとその月か翌月に全集の一冊として刊行されるというスケジュールが組まれることになったのだ。逆にいえば、全十三巻として構成された全集は、そのうちの五巻は作品が完成していない状態で、スタートしたのである。

二九年から三一年までに書かれた通俗長篇で、明智小五郎が活躍するのは『蜘蛛男』『猟奇の果』『魔術師』『黄金仮面』『吸血鬼』の五作だ。

乱歩が忙しくなればなるほど、明智小五郎も忙しい。

## †最初の「江戸川乱歩全集」

平凡社の下中彌三郎社長が乱歩に「全集を出せないだろうか」と打診したのは一九三一年の一月か二月だったと『四十年』にある。平凡社は「現代大衆文学全集」が成功し、続いて「世界美術全集」も成功したので、博文館同様に「キング」に対抗する総合雑誌を作ろうと、一九二八年に雑誌「平凡」を創刊したものの、博文館同様に失敗に終わった。全集で得た利益を全て喪い、五号まで出したところで「平凡」は行き詰まった。

下中が乱歩に相談に行った頃の三一年一月には一〇〇万円の不渡り手形を出し、倒産の危機に瀕していた。当時の平凡社は月商が三五万円前後だったというからその三か月分だ。ここで下中は起死回生の大博打に出た。印刷会社、製本会社、洋紙店、執筆者などに説明をして協力を仰ぎ、全二十八巻の『大百科事典』の刊行を決め、同年十一月に刊行を始める。この百科事典は、大大的に宣伝したので二万五千の予約を得て成功する。

現在の出版史では、この『大百科事典』の成功と、それによって「百科事典の平凡社というイメージが定着した」ことはよく知られているが、その半年前に平凡社再建の切り札として、乱歩全集が刊行されて成功したことは忘れられている。現在の平凡社のホームページにある会社沿革にも乱歩全集のことは記されていない。

全集の内容見本の宣伝文は横溝が書いた。全十三巻の編成は乱歩自身が行なった。「編集者」江戸川乱歩の初の大仕事は自分の全集だったのだ。小説だけではとても足りないことが分かり、翻訳と随筆、さらに評論家、作家による乱歩論もすべて入れることにした。自作への批評を乱歩は保存していたのだ。一九二三年にデビューしているので、九年目での、とりあえずの集大成となった。この最初の乱歩全集の構成はこうなっていた。小説だけを記す。

第一巻　陰獣／パノラマ島綺譚／二銭銅貨／夢遊病者の死／人でなしの恋
第二巻　一寸法師／屋根裏の散歩者／二癈人／一枚の切符／百面相役者／覆面の舞踏者
第三巻　闇に蠢く／何者／D坂の殺人事件／押絵と旅する男／盗難
第四巻　虫／湖畔亭事件／黒手組／木馬は廻る／火星の運河／モノグラム／江川蘭子／映画の恐怖／空気男
第五巻　孤島の鬼／人間椅子／白昼夢／目羅博士の不思議な犯罪
第六巻　蜘蛛男／鏡地獄／一人二役／五階の窓
第七巻　猟奇の果／赤い部屋／お勢登場／幽霊
第八巻　魔術師／心理試験／芋虫／毒草／恐ろしき錯誤
第九巻　盲獣／鬼／双生児／日記帳／指環
第十巻　黄金仮面／踊る一寸法師／灰神楽／算盤が恋を語る話／疑惑／接吻
第十一巻　白髪鬼／地獄風景／火縄銃
第十二巻　吸血鬼

第十三巻　恐怖王／ポオ傑作集（翻訳）

全集の発売と並行して連載は続き、終了するとすぐに全集として刊行されていく。

一九三一年十月号で「キング」の『黄金仮面』が完結し、これは九月発売の号で、同月に全集の第五回配本第十巻して刊行された。「キング」では続いて十一月号から『鬼』が連載されるが、これは翌二月号までの三回の連載だった。

『盲獣』が三二年二月発売の三月号で完結すると、三月に全集の第十一回配本第九巻として出て、この巻には『鬼』も収録される。

『白髪鬼』は三二年三月発売の四月号で完結し、四月に全集の第十二回配本第十一巻として刊行された。

この間に新しい連載も始まり、「講談倶楽部」三一年六月号は『魔術師』最終回と『恐怖王』の二作が掲載された。この『恐怖王』が三二年五月号で終わり、五月に全集の最後の第十三巻として刊行されると、乱歩は再び休筆期間に入った。

この全集は第一回配本は三万部で、印税が最初の頃は毎月三〇〇〇円以上、加えて雑誌連載の原稿料が一二〇〇円から一三〇〇円はあり、多い月は月収五〇〇〇円を超えるという、〈生涯を通じて最も収入の多い年〉となった。ただ、そういう場合の常として支出も多くなった。乱歩の乱費の始まりだった。

## †博文館の政変

乱歩が多作しているあいだ、博文館はまたも危機に瀕していた。社運を賭した「朝日」は、平凡社の「平凡」ほどではなかったが苦戦していた。一九二九年夏、森下雨村は、「朝日」編集部を強化するために「新青年」の延原謙を異動させ十月号からは延原が編集長となった。「新青年」の編集長には水谷準が昇格した。水谷は横溝が切り拓いたモダニズム路線を継承し、フランス風のユーモア、エスプリを加味していく。

編集長になった水谷は横溝に「誰かいい編集助手はいないか」と相談した。横溝は自分がクビにした渡辺温を採用してくれと懇願した。横溝は、渡辺温に作家専業になってもらいたくて博文館を辞めさせたのだが、そのあとになって、渡辺はある程度生活が安定していなければ書けないタイプだと思い直し、辞めさせたことを後悔していたのだ。その頃の渡辺温は兄・啓助とともに乱歩に依頼されエドガー・アラン・ポーの翻訳をしていた。平凡社の乱歩全集に収録されたものだ。

　こうして一九二九年十一月に渡辺温は博文館に復帰した。同じ月に、改造社が出していた「日本探偵小説全集」の第十八篇として『国枝史郎・渡辺温集』が刊行された。この全集は全二十巻で第十三篇までは一人一巻、第十四篇から第二十篇までの七巻は二人で一巻、合計二十七人の作家で編成されている。渡辺温は当時のトップ27のひとりだったのだ。一人一巻の作家のなかには森下雨村、横溝正史、水谷準もおり、当時の博文館の編集者がトップクラスの実作者でもあったことを示している。

　復帰した渡辺は、憧れの谷崎潤一郎に書いてもらおうと、知り合いだった辻潤に紹介してもらった。年がかわり一九三〇年二月、谷崎に会うため、渡辺は友人の長谷川修二（後、探偵小説の翻訳家となる）とともに神戸へ行った。谷崎は映画の「筋」の懸賞で渡辺が受賞した『影』を覚えていたので、その作者なら会ってみようと思ったのだ。

　谷崎邸からの帰路、渡辺と長谷川を乗せたタクシーが、西宮市夙川（しゅくがわ）の踏切で貨物列車と衝突した。長谷川は助かったが、渡辺は病院へ搬送されるも脳挫傷で亡くなった。

　博文館へ報せたのは谷崎で、横溝と水谷、そして渡辺の妻の三人は関西へ向かった。その死に顔は、生前そのままだったのがせめてもの慰みだった。即死に近く、何の恐怖も苦しみもなかっただろうとも言われた。渡辺と横溝は同年の一九〇二年生まれで、誕生日の前だから満二十七歳、数え年では二十九歳だった。横溝は〈まことに温ちゃんの遺した珠玉の短篇のような生涯だった。〉と『五十年』に記し、さらに、〈温ちゃんの死は同時に私の青春の日の終焉を意味していた。〉とも書く。

　横溝正史にとって、西田徳重に続いて、同年の親友とも呼べる探偵小説仲間の死だった。東京での渡辺の葬儀は横溝の自宅で営まれ、横溝は初めて彼の兄、渡辺啓助（圭介、啓介という筆名もある）と会い、〈相擁して泣いた〉。乱歩は渡辺とはそれほど親交はなかったが、『四十年』では彼のために二ページを割いている。

　渡辺の死後、「新青年」には乾（いぬい）信一郎（一九〇六〜二〇〇〇、本名・上塚貞雄）が加わった。乾は青山学院の学生時代、横溝が編集長だった時期に翻訳原稿を送ると採用され、以後、編集部に出入りするようになっていた。三〇年春に青山学院を卒業すると正式に博文館に入社した。

一方、博文館の大橋家の一族の間で、またも何事かが起きていた。三〇年三月に社長の勇吉が父・新太郎によって解任され、武雄も専務から平の取締役に降格されて、進一が社長に返り咲いたのである。その背景には「朝日」の不振があったとされる。

一九三〇年十月、進一は森下雨村を引き立てていた専務の星野準一郎を解任し、十一月には雨村も解雇した。「朝日」の売れ行き不振の責任を取らせるかたちだったが、社長になって一年半が過ぎても、進一の方針が社内に徹底されないのは、編集者たちがみな雨村を慕い、雨村の言うことしかきかない雰囲気があったからでもあった。

そんなとき、雨村は社内で部下たちとの雑談で、「これからは博文館も社員持株制度を導入すべきだ」と言ったのを、たまたま大橋進一が聞いていた。進一は「森下、お前はアカ（共産主義者）なのか」と言って解雇した――晩年の森下は息子に、退社の真相をこう語った。

共産主義が好きな経営者はいないだろうが、大橋進一は異常なまでに嫌いで、警戒心を抱く。この性格が、戦後、博文館の命を縮めてしまうのだった。

こうして森下雨村は十三年勤めた博文館を辞めた。息子・進一に任せると決めたからには、大橋新太郎もこの人事を覆すことはできなかったが、雨村の功労に報いて、東京・武蔵野の吉祥寺に新築の家を建てて退職金として与えた。雨村は以後、作家として生きていく。

『四十年』で乱歩は、森下雨村が退社すると、横溝正史、延原謙、岡戸武平なども一緒に辞めたと書いているが、一度にみんなが辞めたわけではない。少なくとも、横溝はもう一年、博文館に留まっているので、これは記憶の混乱であろう。

雨村は辞める直前に、新雑誌「探偵小説」を創刊させ、「朝日」の延原謙が編集長となった。この創刊に横溝はタッチしていないが、『五十年』では、雨村は「新青年」が探偵小説色が薄くなっていたので残念がり、また子飼いの翻訳者たちの仕事も少なくなっていたので、探偵小説の専門誌の創刊を思いついたのだろうと推測している。

延原は「朝日」八月号までを担当した後、「探偵小説」九月創刊号に着手した。日本人作家、海外作家のあわせて二十篇ほどの長篇、短篇が掲載され、乱歩も随筆を書いている。十二月発売の翌年一月号にはクロフツの『樽』が森下雨村の訳で一挙に掲載され（実際に翻訳したのは名古屋に住む井上良夫）、西田政治がホームズについて研究した随筆を書くなど、かつての「新青年」の同窓会的な内容になっている。雨村が退社するのが十一月なので、この新年号と、翌年一月発売の二月号までは、雨村も編集に関与していたと思われる。

　そして、その二月号の編集を終えると、延原は博文館を退社した。その退社の時期ははっきりしないが、二月号までは責任を負っているので、十二月まではいたのではないだろうか。だとすると、雨村の後を追って辞めたという乱歩の記述と一致する。「探偵小説」二月号には延原の退任の挨拶があり、「一身上の都合」としか理由は書かれていない。そして、〈編輯は辞しても、相変わらず誌上では諸君と見ゆる事も多かろうと存じます〉ともある。

　横溝正史は、もう少し博文館にいた。「探偵小説」一九三二年三月号から延原の後を継いで編集長になったのだ。「新青年」編集長は横溝から延原へ交代したが、今度は延原から横溝へ交代したのである。

　この年、横溝の異母弟・武夫が博文館に入社した。武夫は水谷準のもと、「新青年」の編集部で働き、戦争中もずっと勤め、戦後、編集長となる。

　横溝が「文藝倶楽部」編集長だったのは三年間に及び「新青年」よりも長いのだが、この雑誌についてはほとんど語られることはない。『読本』での小林信彦との対談がその数少ないもので、「講談倶楽部」と同じような雑誌で、〈長編が八編ぐらい並ぶでしょう。そしたら白井喬二さん、大佛次郎だとか、そういう大家がズラッと並ぶ。それで短編が四、五編程度、ほかに随筆みたいなものがある、そういう雑誌ですね。〉と語るだけだ。

「文藝倶楽部」は一八九五年（明治二十八）に創刊された雑誌なので、横溝が引き継いだ時点で三十年以上の歴史がある。フォーマットががっちり固められているので、編集長になったからと、新機軸を打ち出せるわけもなく、またそれを求められてもいなかった。横溝は毎月必ず雑誌が発行されるための進行管理が主要な仕事だったのだろう。

「文藝倶楽部」編集長時代に横溝自身の小説が載ったことはない。分かっている範囲では、二八年十一月号に

『空家の怪死体』を「河原三十郎」という筆名で書いている。したがって、他の筆名で書いている可能性もある。

「文藝倶楽部」時代の横溝正史は、自分の雑誌では探偵小説を自分で書くことも、積極的に載せることもしていないが、他誌には一定数の創作と翻訳をしている。

「新青年」三〇年五月号から八月号にかけて横溝は『芙蓉屋敷の秘密』を連載した。角川文庫版で一四〇ページほどで、いまの感覚だと長篇とは呼べないが、当時は横溝正史の初の本格探偵小説と謳われた。白鳥芙蓉という女優が、彼女が暮らす屋敷で殺害された事件の物語だ。犯人は誰かという本格探偵小説で大学総長でもあった子爵（これは浜尾四郎がモデルだろう）の次男の青年・都筑欣哉が解決し、それを「私」という作家がワトソン役として手伝い、記録したというスタイルだ。

冒頭に〈七人の嫌疑者が警察へ挙げられ〉、それぞれの持つ動機は〈嫉妬、痴情、物盗り、怨恨、復讐、友情、子供への愛〉と〈およそ殺人事件の動機として考えられるあらゆる感情が〉検討されたと宣言して、事件が語られる。

『芙蓉屋敷の秘密』が八月号で終わると横溝は、二か月あいて、講談社の「講談倶楽部」十一月号から翌三一年五月号までの半年間、『殺人暦』を連載した。同時期、同誌には乱歩が『魔術師』を連載している。

『殺人暦』は掲載誌が娯楽小説雑誌のため、乱歩の『魔術師』のようなスリルとサスペンスの小説で、本格探偵小説ではない。大新聞の広告面に、五人の有名人の死亡広告が載った。しかし全員、まだ生きている。悪質な悪戯としか思えないが、誰が何の目的でこんなことをしているのか。やがてそのひとりである女優が実際に殺される。警視庁の結城三郎がこの事件を担当するが、犯人探しの謎解きではなく、活劇調の復讐物語となる。

後に横溝正史は金田一耕助が登場する本格探偵小説と並行して「通俗スリラー」も多く書くが、その原点とも言える。

「文藝倶楽部」を編集しながらも、横溝の創作活動は続いていた。そんなとき、博文館の社内政変で森下雨村が去ることになった。横溝も博文館を辞めることを一度は考えた。どうしてこのとき横溝は辞めなかったのか。『読本』では、「探偵小説」を引き継ぐことになったのは、〈延原謙さんがよすことになったのよ、社内の複雑な事情で。〉としか語っていない。

乱歩が音頭をとって森下雨村を激励する会が盛大に開かれたのは一九三二年二月六日だった。

## †横溝、博文館を去る

平凡社の「現代大衆文学全集」は一九二七年五月に配本が始まり、一九三二年になっても第二期の刊行をまだ続けていた。この全集の、一月五日発行の第二期第十八巻「新選探偵小説集」は、保篠龍緒、横溝正史、浜尾四郎の三人の作品だった。横溝の作品は『殺人暦』『髑髏鬼』『腕環』『丹夫人の化粧台』『カリオストロ夫人』『三本の毛髪』『死の部屋』と、「横溝正史小伝」が収録されている。いずれも、一九三〇、三一年に発表された新しい作品ばかりだ。そして全集最後となる第二期第二十巻は、江戸川乱歩の第二集だった。

この一九三二年の時点で、乱歩は全集に二巻が与えられるほどの大作家なのに、横溝は一巻を三人で分け合うというポジションだ。早熟だった横溝はデビューは早かったが、乱歩に追い抜かれ、編集者だった間に、大きく水をあけられていたのである。

横溝の著書は、最初の短篇集『広告人形』が一九二六年六月に聚英閣から出た後は、一九二九年九月に改造社版「日本探偵小説全集」第十巻「横溝正史集」に短篇が十六作収録され、同じ年の十二月に春陽堂版「探偵小説全集」第五巻「横溝正史・水谷準集」に十作が収録された。その次に乱歩、甲賀三郎、大下宇陀児、夢野久作、森下雨村との連作『江川蘭子』が博文館から三十一年五月に出ていた。「現代大衆文学全集」はその次で、著者として名が出た本として五冊目になる。単著では二冊しかなく、全十三巻の全集が出ている乱歩とは雲泥の差だ。

横溝が編集長となって二号目の「探偵小説」四月号から、エラリー・クイーンの『阿蘭陀靴の秘密』の翻訳連載が始まった。訳者は伴大矩という。横溝によれば、この前後から博文館の上層部は「探偵小説」を廃刊にして「新青年」に吸収させようと考え、横溝にも伝えていた。

横溝は「探偵小説」がそれほど売れていないことも、「新青年」と競合することも分かっていたので、むしろ、なぜ出しているのかが不思議だった。博文館は日記で儲けているし、他の事業もあるので、ひとつや二つ、赤字雑誌があっても、屋台骨が揺らぐことはなかった。「朝日」のような大規模な雑誌が赤字だと目立つので、森下雨村は責任を取らされたが、その「朝日」にしてもまだ刊行は続いていた。

そこで横溝は「廃刊は仕方ないが、もうしばらく待ってください」と頼み、『阿蘭陀靴の秘密』を完結させると、翻訳して出したいと思っていたものを一挙に載せてしまうことにした。こうして、八月号で廃刊にすることにして、K・D・ウィップルの『鍾乳洞殺人事件』を五月号に川端悟郎名義で横溝自身が訳し、A・E・W・メーソンの『矢の家』を六月号に、E・C・ベントレーの『生ける死美人(「トレント最後の事件」)』を七月号に、最後の八月号にA・A・ミルンの『赤屋敷殺人事件』をそれぞれ一挙に掲載した。『生ける死美人』は延原謙の訳で、『赤屋敷殺人事件』の訳者は浅沼健治となっているが横溝だった。

これらが載ってしばらくして、横溝は乱歩から「あんな面白いものがあるなら、なぜもっとはやく紹介しなかった」と叱られた。

ここで海外の作家の動きを確認しておこう。

F・W・クロフツは一八七九年生まれで、『樽』は一九二〇年の作。

ヴァン・ダインは一八八八年生まれで、『グリーン家殺人事件』は一九二八年、『僧正殺人事件』は二九年の作。

アガサ・クリスティーは一八九〇年生まれで、『アクロイド殺し』は一九二六年の作。

エラリー・クイーンは二人とも一九〇五年生まれで、『Yの悲劇』と『エジプト十字架の謎』が一九三二年の作。

ディクスン・カーは一九〇六年生まれで、『帽子収集狂事件』は一九三三年の作。

乱歩は一八九四年生まれ、横溝は一九〇二年生まれなので、彼らと同時代を生きている。英米で本格長篇探偵小説が書かれるようになったのは、まさにこの時代だ。「探偵小説」廃刊までの計画を立てた時点で、横溝は「探偵小説」の最後の号を作り終えたら博文館を退社すると決めていたはずだ。その理由を横溝はこう説明している(『五十年』)。

〈「新青年」「文藝倶楽部」「探偵小説」と歴任しているうちに、私はすっかり倦み疲れてしまったのである。〉そして、〈世の中を甘くみる癖がついてしまった私は、「新青年」には水谷準君がいてくれるし、ほかの雑誌編集長にも親しい友人が大勢いるし、それに私はいたって小器用にうまれついているのである。定収入を失っても、なんとか食っていけるだろうくらいにタカをくくっていたのである。作家として立っていこうという決心もなくはなかったが、売文業で食っていけるはずだと思っていた。〉

水谷も森下雨村派だったので、当然、退社を考えた。だが、彼までいなくなってしまうと横溝たちの書く場がなくなる恐れがあったし、探偵小説の灯火を博文館で守るためにも、誰かが残らなければならなかった。

水谷はその役目を果たした。横溝は退社すると同時に「新青年」に長篇の連載を始めたのだ。六月発売七月号からの『塙侯爵一家』で、当初は三回の予定だったが読者からの反響がよく、十二月号まで六回にわたる連載となった。角川文庫版では一五〇ページなので現在の感覚では中篇かもしれない。物語は霧のロンドンで始まるが、人物は日本人ばかりだ。英国に留学している侯爵家の七男と売れない画家が入れ替わる。そして舞台は日本へ移り、塙侯爵一家の後継をめぐる陰謀と愛と復讐のドラマとなり、これに国粋主義団体の国家転覆計画も絡む、スケールの大きな物語だ。

『塙侯爵一家』は大富豪一族の物語で、さらに主人公が偽物と疑われると手形を取り、その指紋で鑑定するという、後の『犬神家の一族』のプロトタイプとも言える。

## †『呪いの塔』

博文館退社直前、横溝の『呪いの塔』が、新潮社の「新作探偵小説全集」の一冊として八月に刊行された。

文藝書出版社としていまも続く新潮社は一八九六年（明治二十九）に創業された。この一九三二年は創業三十六年にあたる。創業者の佐藤義亮（一八七八〜一九五一）は、秋田県仙北郡角館町（現・仙北市）に荒物屋を経営する家に生まれた。文学が好きで、高等小学校卒業後は奉公に出るはずだったが、親に頼み進学させてもらい、秋田の積善学舎に入学した。そのころには博文館が出していた「筆戦場」という投稿雑誌に投稿を繰り返す文学青年となっていた。一八九五年に積善学舎をやめて東京へ出て、印刷会社・秀英舎（現・大日本印刷）の職工をしながら勉強した。

佐藤は文学者としての才能がないと自覚したが、文学に関係のある仕事をしたいと思い、出版事業を起こすことを目標に、耐久生活をして貯金していると、それを知った秀英舎印刷会社の部長の妻が資金を出してくれ、一八九六年七月に「新声」を創刊した。四一ページ、定価五銭で、八〇〇部を売り切った。しかし、この雑誌は失敗に終わり、一九〇四年に「新潮」を改めて創刊し、現在まで続いている。

新潮社も円本ブームのときはいち早く「世界文学全集」全五十七巻を出して成功していた。

一九二九年五月に新潮社は「新潮」にくわえて「文学時代」を創刊した。乱歩は〈青年文学雑誌という感じ〉と説明し、「新青年」と相通ずるところのある雑誌だったという。編集長の佐左木俊郎は、農民文学の専門家だったが探偵小説も好きで、自分も「新青年」に短篇を発表していたが、「文学時代」を創刊すると、創刊三号目の七月号を「特輯探偵小説号」とした。その号の座談会には、乱歩、森下、甲賀三郎、大下宇陀児、浜尾四郎、加藤武雄（新潮社の顧問）が出ている。佐左木はとくに甲賀三郎と親しかった。

「文学時代」は一九三二年七月号で廃刊となったが、その間に横溝も『舜吉の綱渡り』を書いた。「文学時代」編集長の佐左木が企画したのが「新作探偵小説全集」だった。佐左木なくして、この全集はないわけだが、刊行中の翌一九三三年三月に佐左木は、乱歩によると〈胸を患って〉亡くなった。新潮社では「文学時代」の座談会にも出ていた顧問の加藤武雄と、社長の佐藤義亮の次男（後に専務）の佐藤俊夫が探偵小説好きだったので、この後に創刊する「日の出」には乱歩をはじめ探偵小説が多く載ることになる。

日本初の試みとなる全作書下しの「新作探偵小説全集」は、刊行時期としては「文学時代」と入れ替わるので、同誌廃刊に代わるものだったのか、あるいはこの全集を出すために同誌は廃刊になったのかであろう。全集は甲賀が提案し、佐左木が乗って、佐藤俊夫も後押しして、新潮社の社内を説得して生まれた。

これまでの日本の探偵小説は短篇が主流であり、長篇は冒険活劇、スリラー、スパイものがほとんどで、本格探偵小説の長篇は少ない。一方、前述のように、英米では、ヴァン・ダイン、クリスティー、クロフツ、クイーンらによる長篇探偵小説の黄金時代が到来しており、その様子がようやく日本にも伝わり、翻訳されるようになっていた。新潮社は一九三一年にヴァン・ダインの『甲虫殺人事件』を森下雨村と山村不二の訳で出している。

「新作探偵小説全集」は各巻原稿用紙六百から八百枚で、四百五十ページ前後、函入りで一円五〇銭と豪華な造本で以下の十巻が十一月から翌年四月にかけて刊行された。

| | |
|---|---|
| 蠢く触手 | 江戸川乱歩 |
| 奇蹟の扉 | 大下宇陀児 |
| 姿なき怪盗 | 甲賀三郎 |
| 狼群 | 佐左木俊郎 |
| 疑問の三 | 橋本五郎 |
| 鉄鎖殺人事件 | 浜尾四郎 |
| 獣人の獄 | 水谷準 |
| 白骨の処女 | 森下雨村 |
| 暗黒公使 | 夢野久作 |
| 呪いの塔 | 横溝正史（当時の表記は「呪ひの塔」） |

企画者の佐左木俊郎自身も入っており、彼の巻が最後の配本だった。乱歩は実際には書かず、岡戸武平が代作したことが明らかになっている。他の作家のなかにも自分では書けなかった者がいると乱歩は記している。

横溝の『呪いの塔』は自分で書いており、角川文庫版で約三九〇ページの堂堂たる長篇である。「第一部　霧の高原」は軽井沢が舞台で、「第二部　魔の都」で東京に移る。第一部での主人公は探偵雑誌の編集者であり、作家でもあるという、横溝正史自身をモデルにした人物「由比耕作」。彼が人気作家「大江黒潮」から、軽井沢の別荘へ避暑に来いと誘われて訪ねるところから始まる。この大江黒潮なる作家は、明らかに江戸川乱歩をモデルとしている。乱歩の『陰獣』では乱歩自身をモデルにしたと思われる作家の名は「大江春泥」だ。

『呪いの塔』にはさらに乱歩の本名「平井太郎」を模した「白井三郎」という探偵小説マニアで大江春泥の分身のような人物も出てくる。『陰獣』を読んでいなくても楽しめるのではあるが『陰獣』を読んでいなければ分からない仕掛けがあちこちに施されており、この小説の賛否の分かれるところになる。

軽井沢の大江春泥の周囲にいる七人が、「バベルの塔」と呼ばれている建造物で探偵ゲームをしていると、本当に大江黒潮が殺される。犯人は七人のなかの誰かとしか考えられず、しかもその全員に大江を殺す動機があった。

まだ「孤島もの」「閉ざされた山荘もの」というジャンル名は生まれていないが、その先駆となる作品だ。また「四本指の男」が登場し、『本陣殺人事件』での「三本指の男」にもつながる。前述のように乱歩の『陰獣』との関連そのものが、この小説のトリックともなっており、二重三重の仕掛けがある。作中で大江春泥が書いた小説は「恐ろしき復讐」というが、『陰獣』の最初のタイトルは「恐ろしき勝利」であり、これを知っているのは乱歩と横溝しかいない。横溝は後に書く随筆では『陰獣』の元の題を失念したとしているが、はたして本当にそうなのだろうか。

乱歩は『四十年』で新潮社のこの「新作探偵小説全集」全体については、初めての試みとしての意義は認めるが、〈代作は私一人だけでもなかったようだし、たとえ自分で書いても、締切に追われたやっつけ仕事が多く、折角の画期的な企ても、結果としては、大した成果をあげ得なかったようである。〉としているが、甲賀三郎の『姿なき怪盗』は通俗的だがプロットがよく考えられ、浜尾四郎の『鉄鎖殺人事件』は力作、大下宇陀児の『奇蹟の扉』と横溝の『呪いの塔』は「悪い出来ではなかった」としている。

『呪いの塔』は八月に発行されているので、逆算すれば四月から五月には脱稿しているはずで、横溝はこれで長篇を書く自信を得たのだろう。作中、自分をモデルにした「由井耕作」についてこう書いている。

〈探偵雑誌の編集をしているばかりでなく、自分でもときどき探偵小説を書いていた。彼はこの両天秤式な生活にひどく不愉快を感じながら、それでいてそのどちらをもよすことができなかった。なぜならば、彼のこの二つの仕事から得る収入は、ほとんど同じくらいであって、そのどちらをよしてもたちまち収入が半分に減るわけだった。生活に対してひどく臆病なこの雑誌記者兼探偵小説家は、長いあいだ、だからどちらともつかぬ生活態度をとってきていた。そしてその過剰な仕事の負担のために、近ごろではだんだん生活に対して無気力になりつつあった。

最近いろんな機会にそれを意識してくると、さすがに臆病なこの男も、急に今までの両棲的な生活が不愉快になってきた。すると、この男のくせで、一時に何もかもさっぱりかたがつけたくなったのであった。この男は今も言ったとおり、大変臆病であるくせに、物事が行きづまりになると、妙に図々しく、肚の据わってくるところがあった。それは度胸というのではなくてたかをくくるのだった。

「なあに、どうにでもなるさ」

それが行きづまったときのこの男のモットーだった。そして、最近とうとうそういう心境にまで行きついていた。〉

フィクションという衣をかぶっているがゆえに、かえって、本音が綴られているとも思われる。

この年の五月で、横溝は満三十歳となった。

十一月に赤坂の料亭「幸楽」にて激励会「横溝正史君の会」が催され、当時の在京探偵作家のほぼ全員が出席した。『貼雑年譜』には、讀賣新聞の一九三二年十一月十五日付の切り抜きがあり、そこには〈去る十二日赤坂「幸楽」に開かれた「横溝正史君の会」は森下雨村氏の開会の辞に始まり江戸川氏、辰野氏その他数氏の激励の辞があり当夜は探偵小説家オンパレードの盛況で集まる者六十九人、宴たけなわなる頃津田画伯は突如素ッ裸になり本位田君の歌に合せてエログロダンスをやり流石の猛者連を驚かした一同横溝君の「万歳」を三唱して散会したのは九時過ぎであった。／正面席の大家連のうち江戸川氏、浜尾氏と光彩陸離たる頭が列ぶ、悪い奴が「おしい事に三光そろわないね」と言った途端その隣に居た森下氏が頭をあげるとオデコがぴかぴか〉と書かれている。

宴会はかなり盛り上がったようで、横溝が仲間たちに愛されていることが窺われる。

Chapter—❹
1932〜1945
†

# 第四章 危機——『怪人二十面相』『真珠郎』 一九三二〜四五年

江戸川乱歩と横溝正史——二人を太陽と月に喩えることができるかもしれない。乱歩が旺盛に書いている間、横溝は書かない。横溝が旺盛に書いていると、乱歩は沈黙する。

天に太陽と月の両方が見える時間が短いのと同様に、二人がともに旺盛に探偵小説を書いている時期は、ごくごく短いのだ。

## †二度目の休筆と大喀血——一九三三年

平凡社の全集で当分の生活費を得た乱歩は、まだ横溝が博文館にいる一九三二年三月に二度目の休筆をした。『盲獣』は三月号で、『白髪鬼』は四月号で、『恐怖王』は五月号でそれぞれ完結していた。それらを書き終えると、乱歩は「休筆する」と書いたハガキを印刷して出版社や知人、友人に送り、まさに「休筆宣言」をした。当時、猟奇的な事件が起きると乱歩の影響だと批判されていたので、それに嫌気がさしたのだろうと、新聞各紙は勝手に書いた。

乱歩の二度目の休筆は、一九三三年十一月まで一年半にわたり続いた。その間に書いたのは、十人の作家による連作『殺人迷路』の五回目を請け負ったのと、新潮社の『蠢く触手』だけで、これは前述のように代作だったから、ほとんど何も書かないでいた。

一九三三年四月に、乱歩は淀橋区戸塚町から芝区車町八番地へ転居した。それまでやっていた下宿は売却した。下宿人たちとの間で争議が起き、厭になったのである。

この四月に、新潮社は「新潮文庫」を創刊した。この名称は一九一四年（大正三）の小型で廉価な翻訳文学のシリーズが最初で、四十三点が刊行された。岩波書店の岩波文庫の創刊は一九二七年（昭和二）なので、十三年早かった。このときは四六半截（四六判の半分の大きさ）というサイズで、その後、一九二八年（昭和三）に日本文学中心のシリーズとして十九点を刊行し、それらを統合するかたちで、一九三三年四月に新たに創刊されたのだ。当初は現在の文庫判よりもひとまわり大きい菊半截というサイズだった。

この新潮文庫の最初の配本のなかに、乱歩の『パノラマ島奇談』があった。一四三ページ、定価二〇銭で、一九三七年まで二十七版を重ねる。新潮社は戦後はあまり乱歩作品は出さず、新潮文庫にも「名作選」があるだけだったが、この時期は関係が深い。この後、『黄金仮面』『吸血鬼』『黒蜥蜴』『蠢く触手』『孤島の鬼』と、合計六点を刊行し、乱歩はその印税で生活ができた。

文庫では、春陽堂も一九三一年に「日本小説文庫」を創刊し、三九年までに十九点の乱歩作品を出す。最初の『孤島の鬼』は三二年一月発行で、通し番号2となっている。1は菊池寛『有憂華』、3は直木三十五『鬬ヶ原』、4は里見弴『闇に開く窓』なので、乱歩がいかに息の長い作家かこれだけでも分かる。

一九三三年一月、横溝も引っ越した。森下が大橋社長に建ててもらった家がある、東京府北多摩郡武蔵野町（現・武蔵野市）吉祥寺へ移ったのだ。

横溝はいまでいうフリーランスになってからも、仕事は順調だった。「新青年」の『塙侯爵一家』が好評で、連載期間が延長されて三二年十二月号で連載が終わると、翌三三年一月号には『面影双紙』を発表した。『芙蓉屋敷の秘密』『呪いの塔』『塙侯爵一家』と本格探偵小説路線が続いたが、『面影双紙』で横溝正史は妖艶優美、耽美路線を開拓した。この他、「オール讀物」五月号に『九時の女』、「探偵クラブ」五月号に『建築家の死』を書いた。

だが順風満帆と思われた矢先、横溝は悲劇に見舞われた。五月七日、大量の喀血をしたのである。結核で、医師からは「絶対安静」と言われてしまった。

原稿を書く仕事は、じっと座っている作業であるが、頭はフル回転しており、腕も動かしているので、見た目ほど「安静」な仕事ではない。当然、執筆も禁じられた。

このとき横溝は「新青年」に一〇〇枚の中篇を書くことになっていた。以下、水谷が戦後「宝石」に書いた随筆『「完全犯罪」危機打者物語』と、横溝の『昔話』をもとに書く。

水谷は「新青年」での探偵小説の扱い方に行き詰まりを感じ、打開策として、毎号巻頭に一〇〇枚の読み切りを載せることを思いつき、作家たちに依頼していた。六月発売の七月号が横溝の番で、「死婚者」という題で予告も出した。横溝は張り切って、構想を練っていた。そしていざ書き始めようとした矢先での喀血だった。書けなくなり悔しいとの思いもさることながら、横溝は編集者だったので、一〇〇枚の原稿が落ちてしまうことが、編集部にとってどんなに大変な事態かよく分かっていたので、水谷への「すまない」との思いでいっぱいだった。

実際、水谷は頭を抱えていた。〈一〇〇枚物をおいそれと引受けてくれる人もいない。あっても、六月号までに書いてしまった人では具合が悪い。ぼくは万事窮したのである。〉

水谷はこんな時でもなければ読まない、持ち込み原稿を読んでみることにした。そのなかに、甲賀三郎の推薦状を携えた青年が持って来たものがあった。水谷は、その青年がとても無愛想だったのを記憶していた。自分を売り込む宣伝めいたことも言わず、探偵小説への思いを熱弁するでもない。そういう意味では変わっていて印象に残ったが、売り込みとしては失敗だった。水谷は無愛想な青年が置いていった原稿を、すぐに読もうとは思わず、抽斗（ひきだし）に入れると、そのまま忘れていたのだ。

その原稿のタイトルは〈独自性がなくて副題的〉だったという。それでも読んでみると、〈文字もチカチカと、とんがった感じで、それに煩わしい漢字が多く、第一印象はあまりよくなかった。〉だが枚数がちょうど一〇〇枚前後だったこともあり、水谷は我慢して読んでみた。そのうちに〈この作者が独自な境地と視野を持つ不思議な力を具えていることを認めざるをえなくなった。〉読み終えた時、水谷は決心していた。「よし、こいつで一つ、冒険をやってみよう」

水谷は横溝からの謝りの手紙に、「こちらに手頃な長さの作品があるので原稿のことは心配しないで、ゆっくり静養してくれ」という趣旨の返事を書いた。

横溝は喀血から一か月が過ぎると、「絶対安静」の状態から、寝床の上に起きなおる練習をするまでに快復していた。そんなころ、「新青年」七月号が届いた。そこには新人作家の作品が載っていた。〈私は一読驚嘆せずにはいられなかった〉と、横溝は『昔話』で衝撃を隠さない。

その作品こそが、小栗虫太郎のデビュー作『完全犯罪』だった。

小栗虫太郎は一九〇一年（明治三十四）に東京市神田旅籠町で、代代の酒問屋の分家の子として生まれた。本名は栄次郎で、横溝の一歳上になる。十歳の年に父が亡くなったが、家賃収入や本家からの仕送りで生活には困らず、中学校を卒業すると、樋口電気商会に入社し、その後、一九二二年に父の遺産を元手にして印刷会社「四海堂印刷所」を設立した。この時期に探偵小説に目覚めて、発表のあてもなく書いていった。二六年に印刷所を閉鎖し、父の遺した骨董を売って生活しながら、探偵小説を書いていた。一九二七年に「探偵趣味」に『或る検事の遺書』が掲載されたが、これは織田清七名義だった。しかし、どこかの雑誌から声がかかるでもなく、無名時代は続く。

この一九三三年の春、小栗は『完全犯罪』を書き上げると、甲賀三郎のもとに送った。面識はなかったが、中学の先輩だと知っていたので、送ってみたのだ。甲賀は一読後、面白いと返事をくれた。小栗が頼むと、甲賀は推薦状も書いてくれたので、小栗はそれを携えて「新青年」編集部を訪ねたのだった。

かくして小栗虫太郎は探偵文壇に登場し、たちまち人気作家となり、「新青年」十月増大号に書いた『後光殺人事件』では名探偵法水麟太郎をデビューさせ、翌三四年四月増大号からは『黒死館殺人事件』の連載を始めるのである。

横溝は〈私が健康であったとしても、「完全犯罪」ほど魅力ある傑作を書く自信はなかった。〉と『昔話』に書く。このとき、横溝が書こうと思っていた「死婚者」は想を改め『真珠郎』となる。

## †乱歩、再開

書きたくても書けなくなってしまった作家を、書けるのに書かない作家が見舞ったのは、六月の終わりか七月の初めだった。乱歩は横溝に、長野県諏訪郡の富士見高原療養所への転地を勧めるとともに、見舞いとして現金一〇〇〇円を置いていった。横溝は助言に従い、八月の初めに富士見高原療養所に入所した。

乱歩が富士見高原療養所を勧めたのは、ここの所長が正木不如丘（一八八七〜一九六二）という筆名をもつ探偵作家であり、交流があったからだった。横溝も、当然のことながら正木と親しくなる。

乱歩は療養所にも見舞いに行った。そのついでなのか、長野善光寺、上諏訪、箱根、熱海、伊香保などを旅し、その旅先から、「新青年」の水谷準に書いたハガキに、「小説の筋を考えている」と書いたため、水谷は編集後記に〈江戸川乱歩氏の長篇を今年の新年号から首を長くして待っているが、いよいよ氏も重かったお尻を上げた〉と書いた。

この後も、水谷は毎号、編集後記で乱歩が書くと予告した。これは読者への予告というよりも、乱歩へプレッシャーをかけていたのだろう。その甲斐あって、十月になると、ついに乱歩も書き始めた。

執筆再開を決断すると、乱歩は一気に大量の仕事を引き受ける。このときも「新青年」に書くと決める前後から、他に三つの連載を決めた。そのひとつが新潮社が当時出していた「日の出」だった。この雑誌もまた講談社の「キング」を意識した総合雑誌で、講談社から「キング」の編集者を引き抜いて、一九三二年八月号で創刊した。三〇万部でスタートしたものの半分が返品となり苦戦し、乱歩の連載がどうしても欲しかった。

乱歩は「日の出」から依頼がくると最初は断った。だが、四回、五回と、何度断っても熱心にやってくる。十数回目の訪問となったとき、乱歩は編集者に「君たちの熱意は分かった」と言い、「書いてもいいが、療養中の横溝の本を新潮社から出してやってくれないか」と交換条件を提示した。編集者は社へ帰り、単行本の編集部と話すと、出していいという。そう乱歩に返事をすると、「ありがとう。もうひとつお願いがある。君の方から横溝のところへ交渉に行く時、僕のことなどは絶対に伏せておいてもらいたい」と頼んだ。この話は、「文藝通信」一九三五年四月号に文壇の裏話のひとつとして書かれ、それを切り抜いた『貼雑年譜』に乱歩は「事実ニ近イ」と書き込んでいる。そんな話を乱歩と新潮社がしているとは、横溝は夢にも思わなかったであろう。

こうして「日の出」の三四年一月号（十二月発売）から乱歩の連載が始まることになった。

さらに乱歩のもとに「キング」もやって来て、三三年十二月号からの連載が決まった。

「キング」「日の出」に先駆け、「新青年」で江戸川乱歩の一年七か月ぶりの新作『悪霊』の連載が始まったのは、十月発売の十一月号からだった。

休筆も一年半が過ぎ、そろそろ書きたくなったのかもしれないし、雑誌からの依頼が強くなっていたというのもあるだろうが、横溝が病気で書きたくても書けなくなったことが、乱歩をして執筆再開へと向かわしめたのではないだろうか。親友の分まで俺が書いてやろう、と。

水谷は乱歩が連載を始めるまでは「新青年」の編集後記に毎号、乱歩との交渉の現状を報告し、もうすぐ始まると予告していた。しかし、連載開始の十一月号の編集後記には何も書かなかった。これが乱歩には不満だったようで、『四十年』に十一月号について〈この号の巻頭に「悪霊」第一回がのったのだが、編集後記では一言もそれに触れていない。〉とある。

十月下旬に横溝は富士見高原療養所を退所し、武蔵野町吉祥寺の自宅へ戻った。富士見高原で書いたものなのか、「大衆倶楽部」十月号から十二月号にかけて『憑かれた女』が連載され、これが喀血後第一作と思われる。この中篇は、戦後大幅に加筆されて由利麟太郎シリーズとなるが、雑誌掲載時には由利は登場していない。

横溝が東京へ戻ったとき、『悪霊』第一回が載った十一月号が発売された。

十一月発売の「キング」十二月号では乱歩の『妖虫』の連載が始まった。

そして十二月発売の「日の出」一九三四年一月号から『黒蜥蜴』の連載が始まったのである。それだけではない。「キング」に書くと聞きつけた「講談倶楽部」も乱歩を口説き、一月号から『人間豹』が始まった。

こうしてまたも四作が同時に進行することになった。一九二九年から三一年にかけて三作から四作を同時に書いていたときもそうだが、乱歩は通俗長篇の場合はストーリーを決めずに毎回毎回行き当たりばったりに書く。その場しのぎのストーリー展開となり、ときに矛盾も生じるので卑下しているが、これは天才ストーリーテラーにしかなしえない技だった。

依頼を限界まで引き受けるので、常にいくつもの作品が同時並行するが、逆に言えば、それくらい極限状態になければこれらの作品は書けなかったのかもしれない。「じっくり考えないで書く」状況だからこそ、これらの通俗長篇は生まれたのである。作家には、いくつもの連載を抱えたその時期にこそ傑作が集中するタイプのひとがいるが、乱歩はその典型であり、多作の作家は概ね、そういう傾向がある。

『黒蜥蜴』などはその書き方で成功するが、『悪霊』はその書き方では無理があった。

この年の五月、共生閣という左翼系出版社が廃業に追い込まれた。出版法では、書籍や雑誌は発行後三日以内に当局に納本し検閲を受けなければならないのだが、共生閣はそれを怠り、七十五点もの書籍を納本せずに販売していたことが発覚したのだ。納本すれば、発売禁止になりそうなものばかりだった。

この共生閣の創業者は藤岡淳吉（一九〇二〜一九七五）という。黒岩涙香、馬場孤蝶、森下雨村と、探偵小説黎明期には高知県出身者が多く、藤岡もそのひとりだが、彼は乱歩とも横溝とも直接の関係はない。しかし、以後も本書には何度か登場するので、記憶に留めていただきたい。

藤岡は横溝と同年の一九〇二年に高知県安芸郡安田村（現・安田町）で、それなりに大きな網元の家に生まれた。しかし小学校二年のときに父が急死し、一気に極貧となり、小学校を出ると丁稚奉公に出され、不憫に思った親戚の紹介で鈴木商店に入り、大連支店の見習いとなった。しかし、米騒動で同社が焼き討ちにあったのをきっかけに社会主義に目覚め、同社を辞めて、社会主義運動家の堺利彦の門を叩いて書生となり、日本共産党結党にも参加した。だが党内抗争に疲れて離党し、一九二六年（大正十五）、出版社共生閣を起こすと、社会主義関連の書籍を出版し、成功していたのだ。

一九三三年になって未納本が発覚し、窮地に陥った藤岡は「これまでに出した本を全て焚く」と検事に言って、実際に焚いてみせたことで、不起訴となった。しかし、在庫をすべて喪ったので出版社としては廃業せざるを得ない。

藤岡が焚書を思いついたのは、この一九三三年、ドイツでヒトラー政権が生まれ、焚書をしたと大大的に報じられたからだった。

日本でも軍靴の響きがだんだん大きくなっていた。

## †『悪霊』中絶事件――一九三四年

乱歩としては、怪事件が起きて名探偵が解決するというスタイルではあるが、とても本格探偵小説とは呼べない類の小説を他の雑誌には書いても、「新青年」にだけは本格探偵小説を書きたいとの思いがあった。『悪霊』を始めるにあたり、〈われわれの本拠である「新青年」にのせるのだから、大体のプロットはあらかじめ考えてあった〉。しかし三回まではどうにか書いたが、〈登場人物の性格や、それらの人びとの関係や、真理などの矛盾百出、どうにも書きつづけられなくなった〉。

新年に出る二月号は休載となり、年が明けて一九三四年（昭和九）になると三月号の締め切りだが、『悪霊』はまだ書けない。芝区車町の自宅にいたのでは道路や鉄道の騒音が気になってしまい書けないので、麻布区の「張ホテル」に泊まることにした。半月ほど、誰にも報せずに滞在していたが、それでも書けず、三月号も休載となった。

二月に新潮社は、乱歩と約束した横溝正史の本を出した。「新青年」に連載した『塙侯爵一家』をまとめたのである。これだけでは短いので、『女王蜂』（戦後の金田一耕助が登場する作品とは別）『芙蓉屋敷の秘密』『幽霊騎手』も収録されていた。はたして横溝はこの出版が乱歩の友情の産物と知っていたのだろうか。

何月の話かはっきりしないが、乱歩は横溝を見舞い、「水谷君はちっともおれの『悪霊』のことを編集後記に書いてくれねェ」と愚痴をこぼしたという。前述のように第一回が載った十一月号にはたしかに何も書かれていないが、十二月号には〈「悪霊」一たび出ずるや、文字通りの大旋風捲き起り、黄塵万丈日本全国を蔽い、ために再版をしなくてはならないような騒ぎ。いや近頃の快事であった。〉と書いた。しかし第三回の一月号では、乱歩が各雑誌の新年号で活躍していると書いただけで、たしかに、『悪霊』については触れていない。

横溝が「乱歩が編集後記に書いてくれないと言っている」と水谷に伝えると、「書こうにも書きようがないじゃないか。はたして原稿がくるかどうかわからないじゃないか」という返事なので、そのことを乱歩に伝えると、「何とか書きようがありそうなもんだ」という返事が届いた。これに横溝はカチンときたらしく、「やめちまえ」と書いて送った。この逸話は乱歩の死後、雑誌「月刊噂」一九七一年九月号の乱歩特集での座談会で横溝が明かしたものだ。横溝としては、自分は安静にしていなければならず書きたくても書けない状況にあるのに、乱歩が「編集後記に書いてくれない」とダダをこねているのが腹立たしかったのだろう。

さらに横溝は、一九七六年一月発行の「別冊問題小説冬季特別号」での都筑道夫との対談では、〈あれは惜しいことしたな。乱歩の「悪霊」がそうですよ。ぼくが毒づいたばっかりに、よしてしまったけどね。〉と語っている。この発言の前後を読むと、『悪霊』は書簡形式の小説なのだが、横溝は乱歩と会った際にその記述トリックをあっさりと見抜いて指摘し、乱歩はそれを認めたのだという。横溝は、自分がトリックを見破ったので乱歩は書く気を失くしたと言っているようにも読み取れるが、そう断言しているわけでもない。

『悪霊』が中絶したのにはいくつもの要因があるだろうが、横溝に手紙で「やめちまえ」といわれたのと、トリックを見破られたのも、影響しているのかもしれない。

二月発売の三月号は『悪霊』だけでなく、『妖虫』『人間豹』『黒蜥蜴』も休んでしまった。原因はすべて『悪霊』にあった。これが解決しない限り、他の連載も書けなくなっていたのだ。

『探偵小説十五年』によれば、乱歩は『悪霊』の〈それまで書いた部分を読み返して見ると、我ながら少しも面白く感じられないので、私の癖の熱病のような劣等感に襲われ、どうにも書きつづけられなくなってしまったのである。〉〈同じ恥辱なれば、こんなどうにもならないものを、ダラダラと書きつづけるよりは、中止してしまっ

**江戸川乱歩の長篇連載2**

| 年 | 月 | 新青年 | キング | 講談倶楽部 | 日の出 |
|---|---|---|---|---|---|
| 1933年（昭和8） | 8 | | | | |
| | 9 | | | | |
| | 10 | | | | |
| | 11 | 悪霊 | | | |
| | 12 | 悪霊 | 妖虫 | | |
| 1934年（昭和9） | 1 | 悪霊 | 妖虫 | 人間豹 | 黒蜥蜴 |
| | 2 | | 妖虫 | 人間豹 | 黒蜥蜴 |
| | 3 | | （休） | （休） | （休） |
| | 4 | | 妖虫 | （休） | 黒蜥蜴 |
| | 5 | | 妖虫 | 人間豹 | 黒蜥蜴 |
| | 6 | | 妖虫 | 人間豹 | 黒蜥蜴 |
| | 7 | | 妖虫 | 人間豹 | 黒蜥蜴 |
| | 8 | | 妖虫 | 人間豹 | 黒蜥蜴 |
| | 9 | | 妖虫 | 人間豹 | 黒蜥蜴 |
| | 10 | | 妖虫 | 人間豹 | 黒蜥蜴 |
| | 11 | | | 人間豹 | 黒蜥蜴 |
| | 12 | | | 人間豹 | |
| 1935年（昭和10） | 1 | | | 人間豹 | |
| | 2 | | | 人間豹 | |
| | 3 | | | 人間豹 | |
| | 4 | | | 人間豹 | |
| | 5 | | | 人間豹 | |
| | 6 | | | | |

た方が遙かにましだという考え方が〉心を占めるようになり、四月号の締め切りギリギリの日に、水谷に来てもらうと、〈自首して出た罪人〉のような気持ちで頭を下げ、中絶の言い訳を書いた紙を渡した。

「新青年」四月増大号には、その乱歩自身による『「悪霊」についてお詫び』と題する文章が掲載され、〈作者としての無力を告白して、「悪霊」の執筆を一先ず中絶することに致しました。〉と告知された。しかし、探偵小説への執心がなくなったわけではないので、気力快復を待って、〈ふたたびこの雑誌の読者諸君に見える時の来るのを祈って居ります。〉とし、『悪霊』についても、〈いつか稿を改めて発表したいとも考えて居ります。〉と結んだ。

この「お詫び」が載った四月号の編集後記には、〈御期待の愛読者諸君には御詫びの言葉もない次第だ〉とあり、〈これですっぱり諦める。いずれ月をあらためて、この償いをさせて貰う決心である。〉と無念さが滲み出ている。

そしてこの号の「マイクロフォン」コラム欄には、横溝正史による『江戸川乱歩へ』と題した短文が載った。〈復活以後の江戸川乱歩こそ悲劇のほかの何者でもない。〉と衝撃的な一文で始まる。〈僕は一昨年彼が休養を宣言する迄に書いたあらゆる作品に対して多大の同感と尊敬とを持っているものである。彼が唯大向うを覘って書いた「黄金仮面」や「魔術師」のような作品に対してすら、僕は又それはそれとして立派なものだと思っていた。ところが二年間の休養を経て書き出した近頃の作品は一体なんというざまだ。何んのために二年間も休養していたのだといいたくなる。全集で今迄の仕事のしめくくりをつけたのを機会に、ゆっくり休養をとって、もっと自由に良心的な仕事に精進するのかと思ったら、反対に一先ず仕事のしめくくりはついたから、後はどんな仕事をしてもよかろうというのじゃお話にならない。それも、図々しく肚をきめて世間をのんでかかっての仕事なら、それは又それで見直すというものだが、中風病みのような無気力で、今月も来月も休載というんじゃ見ている方で切なくなる〉

『悪霊』だけでなく、他の三つの連載に対しても、横溝は批判しているのだ。そして、〈江戸川乱歩はよろしく、今書きかけている四つの長篇を、全部あやまってもう一度休養に入るべきだ。それで食うに困るなら昔の生活にかえるがいい。それより他に救われる途はないと思う。〉

と結ぶ。かなり厳しい。

乱歩は当然、横溝の怒りの随筆を読んだ。一九三八年から三九年にかけて書かれた『探偵小説十五年』にはこうある。〈横溝君は私を買い被っていた読者の一人として、それらの読者の代弁をするような意味で、この一文を投じたものと想像されるが、同君は一方に於ては同業者であり、個人的にも相当親しかるべき友達であったのだから、直接私に何も云ってくれないで、いきなりこういうものを書いた彼のやり方は、無論私を少なからず不快にした。云っていることは、厳正には尤も至極なのだけれど、衆人の前で鞭うたないで、先ず私を直接責めてくれるべきではなかったかと、今でもそう考えている。〉

一九五四年には『四十年』の連載で〈これは恐らく酔余の一筆であったのかと思うが、親友のように考えている人から、面と向っては何もいわず、手紙もくれないで、突然この文章に出会ったので、びっくりし、大いに癪にさわった。〉と書いている。

乱歩と横溝の友情に亀裂が走っていた。

この件で横溝が乱歩と話したのは戦後になってからで、〈横溝君の機嫌のいいとき、彼の方からこの罵倒文についての謝意の表明があり、私も水に流した〉と『四十年』にはある。実際にはこの一件があった後も二人は会っているので、絶縁したわけではなかった。

横溝は寝たり起きたりしながらも、頼まれれば原稿を書くという生活に戻っていた。だが、少しでも仕事をすると、ひどく疲れた。そんな様子を知った水谷準、森下雨村、大下宇陀児が心配して話し合い、「向こう一年間、絶対に筆を執らぬこと、家族を連れてどこかへ転地し療養すること、この二つの条件を呑むのなら、一年間、毎月二百円を彼ら友人たちが出し合い、保証する」ことを決め、水谷が横溝へ伝えた。横溝はこの好意をありがたく受け入れ、七月に信州の上諏訪の療養所へ転地し、本格的な闘病生活に入った。上諏訪を選んだのは、富士見高原療養所の正木不如丘がそばにいるからだ。

この転地療養を世話した人びとについて横溝や水谷の随筆には、乱歩の名はないが、横溝の妻・孝子は、「森下雨村さんや江戸川乱歩さんなどが」強くすすめたと語っている。

横溝は妻と、数え年七歳の長女と四歳の長男との四人で、吉祥寺の家を出て上諏訪へ向かった。家は義母と弟たちに任せることにした。乱歩を真似したのか、家を建てた際――まだ博文館在職中だったが、クビになってもいいようにと、下宿屋ができる構造にしておいた。それが役に立ち、義母は横溝たちがいない間、下宿屋とした。

『悪霊』の余波で、「講談倶楽部」四月号の『人間豹』も休載となったが、「キング」の『妖虫』と「日の出」の『黒蜥蜴』は掲載された。以後、『妖虫』が十月号で、『黒蜥蜴』も十一月号で完結すると、十二月に『黒蜥蜴・妖虫』として二篇を収録した本が新潮社から刊行された。

この間に乱歩は短篇『柘榴』を書いて「中央公論」九月号に掲載し、これは自信があったのに反響がなく、一部で悪評も立ったのでまたも自信喪失となってしまった。

七月に乱歩は芝区から豊島区池袋へ転居した。この地が、転職と引っ越しの多かったこの人物の終の棲家(ついのすみか)となる。

一九三五年(昭和十)になると乱歩の連載は「講談倶楽部」の『人間豹』だけとなり、五月号まで続き、六月に松柏館書店から刊行された。

この松柏館書店は春秋社の関連会社のようだ。春秋社は一九一八年(大正七)に創業した、宗教書、楽譜・音楽書、心理学・医療の三つの柱を持つ版元である。神田豊穂(一八八四~一九四一)、加藤一夫(一八八七~一九五一)、植村宗一(一八九一~一九三四)の三人が中心となった。植村は筆名の直木三十五のほうが有名な作家、加藤は詩人・評論家、神田は能楽研究家で「能楽雑誌」の編集をしていたが、一九一八年に独立し、春秋社を三人で起こした。最初に刊行したのは「トルストイ全集」で三千部の予約を集めて注目された。加藤は中里介山とも親しく、彼の大長篇『大菩薩峠』も出している。この一九三五年に夢野久作の『ドグラ・マグラ』を関連の松柏館書店が出したのが、探偵小説出版の最初のようで、乱歩の『人間豹』もほぼ同時期である。翌一九三六年には雑誌「探偵春秋」を創刊する。日本人作家のもの、翻訳ものを問わず、この数年間に五十点近くを出し、〈一時は春秋社は探偵小説専門書肆の観さえあったほどである〉と乱歩は記している。

この後、乱歩はしばらく小説は何も書いていない。

乱歩と横溝がそれぞれの事情で書けなくなっていた間に、探偵小説文壇には新しい波が生まれていた。

木々高太郎(たかたろう)である。

## †木々高太郎登場

木々高太郎は一八九七年に山梨県西山梨郡山城村下鍛冶屋（現・甲府市下鍛冶屋町）で生まれた。乱歩と横溝の間の世代だ。本名は林髞（たかし）という。慶應義塾大学医学部に入学し、欧米とソ連に留学した。ソ連では「パブロフの犬」で知られるイワン・パブロフのもとで条件反射学を研究した。また金子光晴やサトウ・ハチローらとも親交があり、同人誌へ詩を発表してもいた。

木々は科学知識普及会評議員となると海野十三と知り合いになり、海野の勧めで書いたのが短篇探偵小説『網膜脈視症』で、「新青年」一九三四年十一月号に掲載されてデビューした。翌一九三五年には、「新青年」に連続短篇として『睡り人形』『青色鞏膜』『恋慕』を発表した。

木々もまた理系作家なのだが、探偵小説藝術論を唱え、甲賀三郎と論争になった。

甲賀三郎は雑誌「ぷろふいる」に一九三五年、一年をかけて『探偵小説講話』を連載し、「本格探偵小説」は文学性よりも探偵的要素を重視すべきという、パズル性を重視した立場を表明し、謎の解決を根幹に置いた探偵小説を「本格探偵小説」と呼び、それ以外の冒険小説、怪奇小説、幻想小説、犯罪小説、空想科学小説、諜報（スパイ）小説などを「変格探偵小説」と呼んだ。これは優劣を論じるものではなく区別せよということのようだった。

この甲賀の主張に対し、木々高太郎は「ぷろふいる」一九三六年三月号で反論し、「探偵小説は、本格的に、純正に、探偵小説としての精髄に至れば至るほど、益々藝術となり、益々藝術小説となると考える」と主張した。

そう宣言した以上、木々高太郎は藝術小説となる探偵小説を書かなければならない。

## †『鬼火』──一九三五年

横溝は『昔話』収録の『淋しさの極みに立ちて』では、上諏訪での〈一年の歳月はまたたくまに過ぎた。水谷準は援助期間をもう少し延長してやろうかといってくれたが、そうそうは好意に甘えるのは面映いし〉、健康にも自信を持ち始めていたので、少しずつ執筆を始めたという。単純に考えると、上諏訪へ行って一年後だと一九三五年七月以降のはずだ。

　だが、すでに一九三五年一月に『鬼火』が発表されており、同じ随筆には〈昭和九年（一九三四）の秋から冬へかけて私は「鬼火」百六十枚をかいた。〉とある。『鬼火』執筆がこの時期なのは発表の時期からして間違いない。何も書かない約束で、水谷たちからの援助を受けていた時期に『鬼火』は書かれたはずだ。

〈それはまことに辛気臭い仕事で、一日に三枚か四枚しか書けなかった。しかも机にむかっている時間以外はベッドに仰臥して、ひたすら安静を心掛けているのだから、気分転換のはかりようがなく、明けても暮れても明日書くべき文章のすみずみにまで思いを走らせているのだから、これでは心悸亢進を起こすのもむりはない。こうして三ヵ月ほどかけて「鬼火」を完成したとき私は疲労困憊の極に達していた。〉

　さらに「新青年」の三四年十二月号と三五年一月号には「蓼科三」の名義での翻訳が合計三篇掲載されているので「一年間、絶対に筆を執らぬこと」という約束は数か月にして破られ、横溝はペンを執っていたのである。『続・途切れ途切れの記』では〈「鬼火」を書いているあいだじゅう、私が焦りに焦ったというのも、当時はこの題にひどく執着心があり、だれかに先を越されはしないかということを懼れたからである。〉と当時の心境を綴っている。

　こうして完成した『鬼火』は「新青年」の一九三五年二月号、つまり一月発売号に前篇が掲載された。水谷は編集後記に〈横溝正史氏久し振りの出陣、一九三五年はかくの如く明朗な出発を約束する。だが、本号の作品「鬼火」は題名通り陰々として一読背筋が寒くなるような物語である。江戸川乱歩本誌に姿を見せず、徒らにファンの嘆聲を聞く際、この一篇の出現は諸君の渇を醫すものに足ると思う。後篇一〇〇枚の力篇を心待ちに願いたい。〉とある。そう――『悪霊』中絶後、乱歩は「新青年」へは評論は何篇か寄せるが、小説はついに一篇も書かないのである。水谷が書いたこの編集後記は、病魔と闘いながら書いた横溝を讃える一方で、書こうとしない乱歩を暗に批判している。

　読者待望の横溝の新作だったが、「新青年」を手に取った人びとは驚いた。『鬼火』は一八ページから始まり五一ページで終わるのだが、三六ページの次は四七ページになっていたのだ。落丁ではなかった。横溝は〈当時の検閲当局の忌諱にふれ、一部削除の厄にあった〉と『五十年』で説明している。当初、出版物で検閲に引っかかるのは社会主義関係のものだったが、この時点では横溝が書くような耽美的な描写までが好ましくないものとされていたのである。検閲は印刷・製本が終わり本ができてからなので、編集後記には何も記されていない。できた雑誌の当該ページを切り取って配本したのである。そのページに書かれた全ての文章に問題があるのではないから、かなり荒っぽい。

図書（書籍、雑誌等）を発行した時は発行三日以内に内務省に二部を納本しなければならず、当局は「皇室の尊厳を冒瀆し、政体を変改しその他公安風俗を害するものは発売頒布を禁止」できた。つまり、検閲の段階では本や雑誌は出来上がっているので「事前検閲」ではない。ただ、このときの「新青年」のように出来上がってから削除命令が出てしまうと、そのページを切り抜いて出荷するか、当該箇所を削除して印刷し直さなければ発売できない。

切り抜くのも印刷し直すのも経済的負担が大きいので、出版社は危なそうな箇所は自主規制して伏せ字にしていた。横溝も水谷も、まさか『鬼火』が引っかかるとは思いもしなかったということだ。

三月号にはこのような説明が載った。〈二月号が発売以前その筋の命令によって削除を行い、愛読者諸君には大分御迷惑をかけた。本欄を通じて御詫びを申上げたい。削除個所は三十七頁から四十五頁まで九頁、並びに一一一頁、一一三頁の合計十一頁という事になっているが、裏面もあることとて、結果は十四頁となる。災難の「鬼火」は作者一年有半雌伏の作でもあり、また御らんの如き大力作だから、実に残念、併し幸いあれでも全然筋が通らぬという程でもなかったので、本号の梗概と併せ読まれたならば、「鬼火」全篇は光輝燦然珠玉の如きは疑いを容れまい。御熱読を望むものである。〉

ではどういう文章に削除命令が出たのか。『鬼火』は一九三五年九月に春秋社から刊行される際に、「新青年」で削除命令が出た前後を中心に書き換えられた。その後、戦後になって「新青年」の当該号の削除前のものが発見されるなど、紆余曲折があり、『鬼火』のテキストは数種類あるが、削除箇所が分かりやすいのは創元推理文庫版

「日本探偵小説全集」の『横溝正史集』と、出版芸術社の「ふしぎ文学館」版の『鬼火』なので、それを見てみよう。横溝正史は社会主義者ではないので、その作中で社会主義を訴えたわけではない。問題となったのは男女の情欲シーンで、それも現在読めばどうということもない。たとえば、

〈――あら、狡(こす)いわ。それを見ちゃいけないのよ。早く此方(こっち)へ来て頂戴てば。よう。よう。〉

〈軽羅(うすもの)を通して、お銀のむっちりとした肉置(ししおき)が、絡みつくように万造の体を圧迫します。〉

〈万造の方へパチパチと瞬きをして見せておいて〉

などだ。唯一、〈――実は今、警視庁からの帰途(かえり)なんだがね、どうもいけないらしいよ。代さんはほら、例の頑固さで、警官の訊問に対して卒直に答える事を拒むらしいんだね。〉というようなあたりは、警察批判と受け取られたのかもしれず、その前後、創元推理文庫版で三ページほどが削除された。

横溝の妻・孝子は創元推理文庫版「日本探偵小説全集」の『横溝正史集』に寄せた随筆にこう綴っている。

〈このようにして書かれた「鬼火」は、新青年に掲載されたのでしたが、雑誌が全部配本されてから、「鬼火」の一部削除が当局から命ぜられ、たいへん困った事態になりました。表現の自由が認められている今日と違って、当時は官憲の眼のうるさい時代なのでした。主人はその知らせをきいて気も狂わんばかりに歎き、悩み、夜眠れぬ日が続いたのでした。〉

横溝自身は『続・途切れ途切れの記』でこう書いている。〈「鬼火」の前篇が、当時の検閲当局の忌諱にふれ、一部削除の厄にあった。私はひじょうなショックをうけ、また病気がぶりかえしそうになったが、友人たちの励ましや慰めの手紙で、やっとショックから立ち直ると、さいわい「鬼火」を書いたことによって、筆を持つ体力にはだいぶ自信を恢復していた。〉

こうして次に書いたのが『蔵の中』で、「新青年」八月号に掲載された。耽美路線の頂点ともいうべき作品だ。謎や秘密はあるにしても、探偵小説の要素は希薄である。「新青年」には「阿部鞠哉」というふざけたような筆名で翻訳も載せている。

## †『真珠郎』──一九三六年

一九三五年、横溝正史は『鬼火』『蔵の中』という耽美路線で新境地を開くが、もうひとつの変化が明智小五郎のような「名探偵」を生み出したことだ。五つの長篇と二十八の短篇、さらには三十篇前後の少年ものに登場する、由利麟太郎である。

その第一作は博友社の「講談雑誌」三五年九月号に掲載された『獣人』だった。〈由利麟太郎という学生あがりのまだ年若い青年〉として読者の前に登場し、〈後年私立探偵という風変わりな職業で身を建てるようになった〉と、前歴ならぬ「後歴」が説明される。作中、何年の事件なのかという記述はない。角川文庫版では「麟太郎」だが、初出時は「燐太郎」だった。

さて「麟太郎」で思い出すのは小栗虫太郎の法水麟太郎だ。一九三三年七月号の『完全犯罪』でデビューした小栗は十月号の『後光殺人事件』で法水麟太郎を登場させ、翌三四年に『黒死館殺人事件』を書いているので、横溝が知らないはずがない。

この時点で由利麟太郎をシリーズにする意思があったのかどうか、横溝は明言していない。それどころか、この作品を忘れてしまったのか、次に書いた『石膏美人』が由利麟太郎シリーズの第一作だと、戦後出た『黒猫亭事件』のあとがきには書いている。

その『石膏美人』は『獣人』の翌年、一九三六年（昭和十一）に講談社の「講談倶楽部」五月増刊号から八月号まで連載された（「妖魂」という題で、その後「呪いの痣」と改題され、最終的に「石膏美人」となる）。

だがその前に「講談雑誌」四月号からやはり由利麟太郎が登場する『白蠟変化』が始まり、これは十二月号まで続く。完結したのは『石膏美人』が先なので、横溝としては第一作は『石膏美人』だという認識なのだろう。

まず『白蠟変化』から見ると、角川文庫版で二〇六ページあり、由利が登場するのは一〇〇ページ目になる。つまり、前半には登場せず、後半になって登場する。最初に登場するのは新聞社、新日報社の〈花形記者〉三津木俊助で「青年」と書かれている。三津木が当時世間を騒がせている事件について意見を聞きに行った専門家が、由利麟太郎だった。この作品では警視庁にいた〈往年の名捜査課長〉で、いまは警察とはいっさい関係を断っている、〈五十にはかなり間のありそうな〉〈見るからに精力的な人物であったが、不思議なことに頭には雪のような白髪をいただいている〉と紹介される。

三津木のネーミングは、少年時代に愛読した三津木春影に由来するのは明らかだ。いわゆるワトソン役だが、彼が一人称で書くという設定ではなく、また三津木は単独で行動することも多い。シリーズのなかには三津木が登場しないものもあれば、由利が登場しないものもある。

由利麟太郎が登場するのは全八回の連載の五回目と思われるので、八月号だろう。いっぽう、『石膏美人』は角川文庫版で一五〇ページ前後だが、最初から三津木俊介が登場し、彼を視点人物として展開していく。ここでも由利麟太郎が登場すのは三分の二ほど進んだところだ。三津木と由利が出会うシーンでは、二人がすでに知り合いだと分かるが、読者には唐突に登場し、三津木が「由利先生」と呼ぶこの人物が何者かは分からないまま二〇ページほど進み、おそらく、連載では次の回になって、ようやく〈いったい由利麟太郎とは何者か。〉となって、そのプロフィールが記されていく。『白蠟変化』よりは詳しく、〈四、五年以前、警視庁にその人ありと知られていた名探偵〉で、〈当時の由利捜査課長といえば、飛ぶ鳥も落とすほどの勢いだったが〉〈突如その輝かしい地位から失脚すると、一介の浪人となってしまった〉とある。その理由については、警視庁内の政治的軋轢の犠牲になったとされているが詳しいことは分からない。退職後、三年ほど行方も知れず、〈発狂の果て、どこかで人知れず自殺〉との噂もあった。三津木は由利が捜査課長時代から新聞記者として接していた。

『石膏美人』には、〈三度の飯よりも探偵小説が好きという変わった少年〉磯岡今朝治が登場し、〈外国の探偵小説は申すに及ばず、江戸川乱歩の作品なども全部読んでしまってひとかどの探偵気取り〉と説明される。この少年はこの一作だけしか出てこないが、横溝正史は乱歩が生み出した新しいキャラクターを意識して登場させたのではないだろうか。

横溝が、由利麟太郎という「名探偵」をシリーズ・キャラクターにした一九三六年こそが、乱歩が『怪人二十面相』を連載した年、つまり小林少年が登場した年なのである。

『獣人』『白蠟変化』『石膏美人』に続くのが、『蜘蛛と百合』でモダン社の「モダン日本」七月号と八月号に掲載された。ここでは三津木は「S新聞の探訪記者」という設定になっている。「キング」八月号に掲載された『猫と蠟人形』には由利は登場せず三津木のみと、まだ相棒として続けるか決まらない。

だが九月発売の十月号から横溝はかつて乱歩が明智小五郎の出る短篇を一気に書いたごとくに、由利麟太郎と三津木俊介の出る長短篇を量産していく。

十月号では「新青年」で『真珠郎』が始まり、翌年二月号まで連載された。「富士」十月号と十一月号には『首吊り船』、「日の出」十一月号から翌年六月号には『夜光虫』、「週刊朝日」の十一月の号に『薔薇と鬱金香』が載った。

重要な作品は、「新青年」の『真珠郎』である。

これこそが大喀血したときに「新青年」のために準備していた一〇〇枚の予定の「死婚者」だった。構想を改め、耽美小説と本格探偵小説とを融合させた長篇として世に問うたのである。

『真珠郎』は大学講師・椎名耕助が書いた記録という設定で書かれている。前半の舞台は信州の山奥にある古風な元娼館という屋敷で、後半は東京に移る。前半はともかく後半は東京が舞台なので三津木が登場しないのは不自然なのだが、この時点ではまだ、由利と三津木のコンビは読者のあいだでは定着していなかったのだろう。『真珠郎』は一月発売の二月号で完結したので、書き上げたのは三六年十一月か十二月の初めである。

以後、由利と三津木の出る作品は講談社や新潮社などの総合誌に娯楽小説として書かれていく。「新青年」に書いたのは『真珠郎』のみだった。この点においては、横溝もまた乱歩と同様に、本格と変格（通俗もの）とを媒体によって書き分けていた。戦後もそれは続き、横溝は「宝石」とそれ以外の雑誌とでは同じ金田一耕助が出るものでもまったく異なるタイプの作品を書いていく。

乱歩を批判しつつも、結局、専業作家として生きていくには横溝もまた大部数の雑誌に通俗物を書かなければならない。やってみて初めて横溝はそれを理解しただろう。そして通俗物を書くには、キャラクターを設定し、シリーズ化していくほうが楽だということも。

一九三六年の十二月、横溝の短篇集『薔薇と鬱金香』

が春秋社から刊行された。すべてこの年に雑誌に掲載された作品で、そのあとがきに横溝は〈いろいろな理由によって、『鬼火』以前の自分と、それ以後の自分に劃然たる一線を引いておきたいと思っている〉と記す。この本に収めた小説を書いていた時期は〈まことに侘しい、遣瀬ない、鬼界ヶ島の俊寛のような日々を送っていたものである。〉とし、〈活発なる社会の動きと歩調を合わせることを厳禁されていた〉と療養中のことを表現している。

そのため〈興味の対象が妙に陰気な、古めかしいものとなった〉とする。そして、〈批評家諸賢の憫笑の的となっている私の美少年趣味、蔵の中趣味、蠟人形趣味〉は、〈必ずしもこの時期に於て突如として発生したもの〉ではなく、もとからあり、それは『面影双紙』でも明らかだが、この境遇に置かれて、〈猛烈に助長され、それが持って生まれた私の線の細さと結合して、救い難い不健康なものとなった〉と自己分析している。

最後に、「草双紙趣味」路線はいささかうんざりしてきたので、これからは〈線の太い赤本式探偵小説〉を書きたいと宣言している。「赤本」は現在では大学入試問題集のことをいうが、当時は廉価な読み捨ての大衆読み物のことをいった。横溝は例として〈ファントマ・シリーズとか、ロキャンボール・シリーズみたいなもの〉をあげ、〈あそこにこそ探偵小説本来の面目がありそうな気が〉するとし、〈ああいう赤本を制作するのにも並々ならぬ努力と情熱を要することだろう。実際、赤本に情熱がなくなったらそれこそおしまいである。〉と書いた上で、〈情熱と誇りをもって赤本にのぞむ。〉と宣言する。

これはつまり、乱歩の「通俗長篇」への挑戦である。『悪霊』中絶を批判したときも、横溝は乱歩の通俗長篇を評価し、期待していたと書き、それなのにまじめに取り組んでいないと怒っていた。そこで、自分が「赤本」すなわち「通俗長篇」を情熱と誇りをもって書けば、もっと面白いものができると挑戦しているのだ。

ここで留意すべきは、横溝が赤本について「執筆」とか「書く」とか「創作」ではなく「制作」という単語を用いていることだ。おさらく、本当に書きたいものとしての「創作」と区別し、まさに読者を楽しませるため、つまりは「売る」ために書くものだという認識なのだ。

実際、この後、横溝は由利麟太郎というキャラクターで多くの通俗探偵小説を量産していく。

乱歩が絶頂にあるとき横溝は、療養中に命を削る思いで書いた『鬼火』が検閲にひっかかる悲運に見舞われ、明暗は分かれた。しかし横溝は『真珠郎』でさらに高みへと登り、一方、シリーズ・キャラクターの創造にも成功したのだ。

だがこの一九三六年も、より大きな成功を得たのは江戸川乱歩だった。最大のヒット作『怪人二十面相』が誕生したのだ。

## †少年倶楽部

講談社の「少年倶楽部」編集部は毎年六月中に翌年の新年号の企画原案を作り、七月に社内数十人による「中会議」で審議し、さらに八月下旬から九月初旬にかけて社長邸での「大会議」で最終決定することになっていた。

一九三五年も五月から六月にかけて、翌一九三六年の新年号のための企画を編集部員たちは考えていた。編集部内では探偵小説の企画が検討された。これまでも掲載していたが、どれも少年が探偵として活躍する話ばかりで、いまひとつ迫力に欠ける。そこで、いくつもの特殊能力のある名探偵を主人公にした少年向きの探偵小説がいいのではないかとなった。編集部ではすぐに、その条件にあうのは明智小五郎だとの声が出て、乱歩の連載が検討された。

だが中会議にかけると、乱歩のこれまでの作品が「良風美俗」から外れるのではないか、乱歩と少年物という取り合わせはそぐわない、という反対意見も出た。編集部の須藤健三が、明智小五郎がいかに闊達な少年向きの英雄であるかを力説すると、会議の出席者から、「少年倶楽部」はこれまでも佐藤紅緑など畑違いの作家に書いてもらい傑作を生んできたので、その実績を信頼しようという意見も出て、乱歩を起用する案は中会議を通った。

中会議通過後、乱歩は講談社の野間清治社長を囲む有力作家の懇親会に呼ばれ、その席で須藤と初めて会い、「少年倶楽部」への執筆を依頼された。

「え、ぼくに少年物を書けというんですか」と乱歩は驚いた様子だったが、数日後に須藤が改めて乱歩邸を訪れると、すでに書く気になっていた。

一九三五年の乱歩は前年からの『人間豹』が「講談倶楽部」五月号で完結すると、以後、何も小説は書いていなかった。それでも生活に困らなかったのは、蓄えもあったし、平凡社が「全集」の紙型（版のこと）を使って「乱歩傑作選集」全十二巻を一月から毎月一冊出していたからでもあろう。

『人間豹』の最終回を書いたのは二月から三月にかけてだろうから、半年近く創作していない時期に、「少年倶楽部」から依頼があったのだ。

　乱歩は『四十年』では、当時どうして少年物を引き受ける気になったのか思い出せないとしている。〈どうせ大人の雑誌に子供っぽいものを書いているんだから、少年雑誌に書いたって同じことじゃないかという気になったのであろう〉と自分の当時の心境を推測しているありさまである。大成功した作品ではあるが、どうしても書きたかったものではないので、印象に残っていないのかもしれない。以前から依頼は受けていたが、〈それほど熱烈な依頼でもなかったので、私も本気になれないでいた〉とも書いており、このあたりは編集部の須藤健三の回想と食い違う。引き受けた理由としては、他誌からの執筆依頼が少なくなっていたところ、「少年倶楽部」が強く頼んできたからとも書いており、これが最大の理由ではなかろうか。

「少年倶楽部」の話が進んでいるはずの九月には、乱歩の編纂による「日本探偵小説傑作集」が春秋社から刊行された。

　十二月に乱歩は九州一周旅行に出ているが、この時点では「少年倶楽部」新年号は発売になっているから、第二回まで書き上げてからの旅行であり、原稿が書けずに逃げたわけではない。

## †『怪人二十面相』――一九三六年

「少年倶楽部」一九三六年新年特大号、つまりは三五年十二月発売の号から『怪人二十面相』が始まった。当初は「怪盗ルパン」にあやかり「怪盗二十面相」としたのだが、少年雑誌の倫理規定で「盗」をタイトルには使えないというので、「怪人」となった。結果的に、このほうがルパンとも差別化ができ、プラスになっただろう。

〈その頃、東京中の町という町、家という家では、二人以上の人が顔を合わせさえすれば、まるでお天気の挨拶でもするように、怪人「二十面相」の噂をしていました。〉

最終的には二十六の長篇が書かれ、日本の児童書史上最大のヒット作となる大シリーズはこうして始まった。

やがて小説の中と同じように、日本中の子供たちは、二人以上が顔を合わせさえすれば、まるで天気の挨拶をするかのように、乱歩の『怪人二十面相』の話をする。

二十面相の名は誰も知らない。変装の天才で本人ですら自分の本当の顔が分からないらしい。金持ちの財宝しか狙わない盗賊で、人を殺さないことでも知られている。

二十面相は盗みに入るときは相手に予告状を出す。それを受けた大富豪が頼みの綱とするのが名探偵明智小五郎で、彼を助けるのが、小林少年を団長とする少年探偵団だ。これまでの子供向け探偵小説は、子供を主人公にすると日常的な事件しか扱えず、大人の探偵を主人公にすると子供からの人気が得られないという矛盾を抱えていたが、大人の名探偵と、それを助ける少年探偵という師弟を考えだしたことで、乱歩は空前の成功を得る。

この少年探偵シリーズは、深読みをすれば、反警察、反軍の小説だ。登場する警察は必ず失態を演じる。成功するのは民間人である明智小五郎だ。ここに乱歩なりの警察への思いが見え隠れする。二十面相が人を殺傷しないのは、人を殺傷する組織である軍に対する批判が込められているとの解釈も可能だ。乱歩は、自分の『悪夢』（芋虫）や横溝の『鬼火』が官憲によってズタズタにされたことを忘れてはいないはずだ。

最近は小説もドラマも警察官を主人公としたものが大半だが、ポーやドイルの昔から、クリスティーやクイーンの時代でも、警察は常に無能で民間人の名探偵が見事に解決するのが探偵小説の「型」だ。『怪人二十面相』もその型を踏襲しているだけかもしれない。だが、軍靴の響きが大きくなりつつあるなかで、乱歩が警察を馬鹿にして非暴力を貫くダーティー・ヒーローを描き続けたのには、それなりの反骨精神があったのではないだろうか。

「少年倶楽部」での明智小五郎と小林少年と怪人二十面相の闘いが続く間、それと並行して「講談倶楽部」「キング」でも乱歩の長篇が連載された。この二作には明智は登場しない。

一九三六年は『怪人二十面相』と、「講談倶楽部」の『緑衣の鬼』の二本でスタートし、十二月号から「キング」でも『大暗室』が始まった。

二月二十六日、陸軍の皇道派青年将校によるクーデターが発生、世にいう「二・二六事件」である。乱歩は、自由主義、個人主義が没落し、唯美主義が消えてなくなる時代が始まったことを実感し、意気阻喪した。

この年は三月に夢野久作が亡くなったので、乱歩は全集刊行に尽力した。また五月には初の評論集となる『鬼の言葉』が春秋社から刊行された。この頃から探偵小説の評論の仕事も増えてくる。

## †和解──一九三七年

一九三七年の江戸川乱歩の長篇連載は「少年倶楽部」一月号から十二月号まで『少年探偵団』、「キング」の前年十二月号から『大暗室』が翌年まで続き、「講談倶楽部」の『緑衣の鬼』が二月号で終わると、三月号からは黒岩涙香の翻案小説をさらにリライトした『幽霊塔』が始まり、「日の出」九月号から『悪魔の紋章』が始まった。

二月に第四回直木賞に木々高太郎の『人生の阿呆』が選ばれた。探偵小説が藝術作品となりうることを作品で証明してみせたのだ。探偵小説作家としては初の受賞である。乱歩はこれを〈探偵小説第二次興隆期の峠となった〉と讃えた。

横溝正史は「講談雑誌」四月号から『不知火捕物双紙』の連載を始めた。本格的な時代小説としては初めてのものだ。探偵小説への検閲が厳しくなるなか、捕物帖に活路を見出す作家は多く、それにならったものだった。

横溝に捕物帖を奨めたのは「新青年」編集部から「講談雑誌」へ異動になった乾信一郎だった。横溝が「新青年」編集長だった時期に学生で、翻訳のユーモア小説を編集部に送ったところ、気に入られて、出入りしているうちに博文館の社員となった青年である。乾は森下雨村が退社したときの博文館社内の政変のあおりで、一九三五年に「新青年」から「講談雑誌」へ異動していたのだ。「講談雑誌」も部数が低迷していたので、乾には誌面刷新が求められた。試行錯誤を繰り返したが、うまくいかない。あるとき捕物帖を載せようと思いついた。

乾の回想『「新青年」の頃』によると、当時は岡本綺堂の『半七捕物帳』、佐々木味津三の『右門捕物帖』、野村胡堂の『銭形平次捕物控』しか捕物帖はなく、需要はありそうなのに供給できる作家が他にいなかった。乾は、事件が起きて解決するわけだから捕物帖も探偵小説の一種だと考えた。

〈すると探偵小説家ならわけなく書けるはずということになるのだが、同時に、時代小説も書ける人でなければならない。〉そうなると適任者がなかなかいなかった。

そんなとき横溝の顔が浮かび、上諏訪へ『半七』『右門』『銭形平次』の既刊分と、江戸研究の第一人者・三田村鳶魚（えんぎょ）の『捕物の話』を手紙を添えて送り、捕物帖を書いてくれないかと打診すると、乗り気な様子だった。

こうして「講談雑誌」四月号から『不知火捕物双紙』が始まるのだった。

それにしてもたった一冊の参考図書と、他の作家の作品を読んだだけで書けてしまうのだから、横溝正史の天才は驚異である。

一方、四月に、横溝正史の『真珠郎』が六人社から函入りの豪華な装幀で刊行された。

この六人社は横溝武夫・戸田謙介・本位田準一・野村和三郎ら雑誌編集者が作った出版社だった。同書には『私の探偵小説論』という二九ページの随筆とも評論ともつかぬものが収録されているが、そこに〈今私の親切な友人の数人が出版社を興して、その最初の計画のひとつとして、私の拙い小説を出版してやろうという〉と経緯が書かれている。横溝武夫は博文館に在籍しながら、この出版社にも関わっていたのだ。史料によっては創立は一九三三年となっており、『真珠郎』が最初の本ではないのかもしれない。

**江戸川乱歩の長篇連載3**

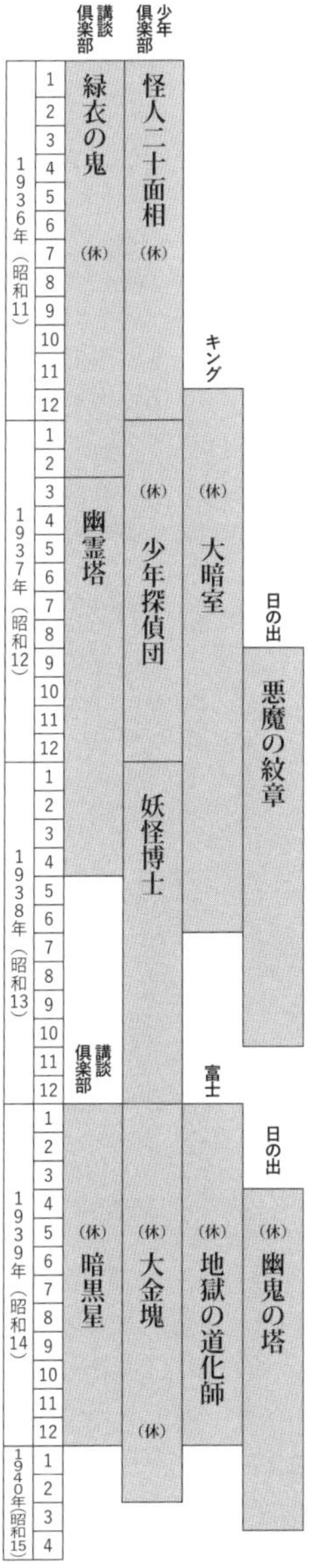

| 年 | 講談倶楽部 | 少年倶楽部 | キング／富士 | 日の出 |
| --- | --- | --- | --- | --- |
| 1936年（昭和11） | 緑衣の鬼（休） | 怪人二十面相（休） | 大暗室（キング） | |
| 1937年（昭和12） | 幽霊塔 | 少年探偵団（休） | 大暗室（休） | 悪魔の紋章 |
| 1938年（昭和13） | 幽霊塔 | 妖怪博士 | 大暗室 | 悪魔の紋章 |
| 1939年（昭和14） | 暗黒星（休） | 大金塊（休） | 地獄の道化師（富士）（休）（休） | 幽鬼の塔（休） |
| 1940年（昭和15） | | 大金塊 | | 幽鬼の塔 |

単行本『真珠郎』の題字は谷崎潤一郎で、乱歩が序文を、水谷準も文章を寄せた。『悪霊』中絶をめぐり不和となっていた三人が、横溝の本の出版を契機に和解したのである。

乱歩の序文はこう始まる。〈この小説をお読みになる読者諸君に真先に申上げたいことがあります。それはこの小説には、作者の従来の名作『鬼火』『蔵の中』古くは『面影双紙』などには全く見られなかった一つの重大な魅力が附加わって、その完璧さに於て、横溝探偵小説の一つの頂点を為すものかも知れないということです。〉そして横溝は探偵作家でありながら、初期のわずかの例外を除いて、本格探偵小説を書いてこなかったが、『真珠郎』は探偵小説であるとし、フィルポッツの『赤毛のレドメイン』を思い出すとしている。さらに、横溝はかつて乱歩の『闇に蠢く』の書き出しを読んで黒岩涙香の『怪の物』の匂いがすると言ったが、『真珠郎』にも『怪の物』の匂いがすると指摘する。〈美少年真珠郎の何ともえたいの知れない妖気は、叢を這い廻る蛇性の『怪の物』なのです。〉

そして作中での怪奇と恐怖の描写を説明し、〈それらは又、横溝君と僕との怪奇美への嗜好の共通点を示すもので、往年京阪沿線守口町の僕の家の二階で、見せ物について、残虐奇術について、八幡の藪知らず（ママ）について、飽かず語り会った当時を懐しく思い出させる種類のものなのです。〉と明かしている。

乱歩は七月に高野山へ旅し、連載ものを執筆した後、本位田準一と上諏訪に療養中の横溝正史を訪ねて、数日滞在した。『悪霊』をめぐる筆禍事件以来、二人が会うのは初めてのはずだ。しかし、横溝が謝るのは戦後だったというから、この時点でもまだわだかまりは残っていたのかもしれない。乱歩は九月にも信州中房温泉へ滞在して連載ものの執筆をした。

乱歩と横溝が再会している頃、中国大陸では盧溝橋事件が起きた。いわゆる「シナ事変」であり、事実上の日中戦争が始まった。

この年の五月二十七日——東京では歌手の藤本章二が殺される事件が起きていた。この事件が秋に大阪で起きた歌手の原さくらの殺害事件につながると、この時誰が知ろう。その原さくらの遺体が公演先の大阪で発見されたのは、十月二十日だった。コントラバスのケースに入れられていたという、奇怪な事件だった。

それから一か月後の十一月二十五日、岡山県の農村で、その土地の本陣の末裔である一柳家で殺人事件が起きた。地元の人が後に「妖琴殺人事件」と呼ぶ怪事件である。

この、同じ時期にまったく離れた土地で発生した二つの殺人事件の物語を、横溝正史が書くのは九年後のことだ。

横溝が戦後第一作となる『本陣殺人事件』と『蝶々殺人事件』の時代設定をこの一九三七年にしたのは、この後だと軍国主義、国家主義が強くなり、警察官ではない探偵が活躍するのにリアリティがなくなるからだと説明するが、乱歩と久しぶりに会って話した年へのノスタルジーだったのかもしれない。

## †探偵小説停滞へ――一九三八年

一九三八年（昭和十三）が始まった時点での乱歩の連載は、「少年倶楽部」での第三作『妖怪博士』が一月号から始まり、『幽霊塔』が四月号まで、『大暗室』が六月号まで、『悪魔の紋章』が十月号まで続く。だんだん少なくなり、十一月号からは『妖怪博士』のみとなる。

三月に出た四月号で探偵小説誌「シュピオ」が廃刊となり、数年前、にわかに活況を呈した探偵小説専門誌は全滅した。「新青年」も探偵小説雑誌の色彩が薄くなっていく。

この年の十一月に内務省は「講談倶楽部」「オール讀物」「日の出」「富士」「モダン日本」「キング」「現代」「雄辯」「新青年」「講談雑誌」「話」「実話雑誌」「実話読物」の編集担当者を呼び出し、「恋愛小説」「股旅小説」「その他社会風教上悪影響ある事項を興味本位に取扱たる記事」に対して改善指導をした。

そんな探偵小説が退潮しそうな時期に、乱歩のもとに新潮社の佐藤俊夫から、平凡社版全集以降の作品を中心にした全十巻の選集を出したいとの申し出があった。乱歩は〈新潮社という老舗が、十巻の選集を出そうというのだから、意外でもあり、有難くもあった〉と思い、快諾し、またも自分で編纂すると申し出て、九月から配本が始まる。

乱歩は各雑誌での連載が終わっても、次の作品をという依頼が来ないので、自分の人気がなくなっていると思っていたが、少年物のおかげで新たに乱歩を知った若い層が、乱歩の本を買うようになっていたので、単行本の売れ行きはよかった。とくに新潮社から出した『黒蜥蜴』『幽霊塔』がよく売れていたので、新潮社は選集を出そうと考えたのだった。だが、選集配本のなかばごろから検閲が厳しくなり、書き換えを命じられることが多くなっていった。

乱歩は『四十年』に「この選集は単行本で出たものばかり」と書いているが、『大暗室』と『悪魔の紋章』はこの選集で初めて本になった。第一回配本の『大暗室』は四刷まで刷ったが、それでも九〇〇〇部で、最後の『石榴』は三二〇〇部しか刷れず、合計で五万〇七〇〇部と、かつての平凡社版全集とは比べ物にならない数字だった。もっとも乱歩が、廉価にして大量に売るのではなく、少し高くして大量に売らなくても採算が合うようにするほうを望み、一円五〇銭の定価で装幀も函入りで凝ったからでもある。

## †検閲

乱歩が新潮社版選集で苦労したのは、内務省の検閲による書き換えだった。〈昭和十四年にはいってからだが、戦時統制による出版物検閲が実にきびしくなり、毎巻むやみに書き替えを命ぜられた。当時は事前検閲の制度があって、内務省だったか警視庁だったかに、原稿又はゲラ刷りを提出すると、風紀上面白くない個所に赤線を引いて返される。出版者はそれを作者に届けて、その個所の書き替えを頼むという慣わしであった。〉と乱歩は『四十年』で説明する。

検閲官は書き換えを「命令」するのではない。あくまで「忠告」である。そして、版元がその忠告に従わずにそのまま本にすれば、「発売禁止」とする。「発禁」になっては困るので、版元は作家に書き直しを「依頼」する。作家も本が出なくては困るので従わざるをえない。

〈ところが、私の場合は一行や二行ではない。一頁二頁にわたって、全文書き替えを命じられる。その検閲は既に組版を終ったゲラ刷りで受けていたものだから、赤線の個所を削除すると、そのあとを全部組み替えなければならないので、赤線の行数に合わせて、別の文章を書かなければならない。それで、一応は元の意味と似た穏やかな文章を書いて渡すのだが、二三日すると、又戻って来る。同じ意味では困る、全く別の意味のさしさわりのない文章にしてくれ。「今日はお天気がいい」というような無意味な文章にしてくれというのである。それでは前後が続かないので、そんな無茶なことを注文されるのなら、選集の続刊をよしてしまおうと、私も怒ったが、新潮社が、「まあまあ」というので、仕方なく、まるで前後のつづかない文章を書いて、やっと検閲を通過したことが、殆んど毎巻であった。〉

もとより乱歩は天皇制廃止や戦争反対、社会主義革命を起こそうといった、思想的なことは書いていない。横溝の『鬼火』がそうだったように、乱歩作品でも問題となるのは男女の濡れ場のシーンなど、エロチックなシーンである。だがエロなくして乱歩の通俗長篇は成り立たないので、書き換え箇所は多くなった。

もともと『陰獣』など危ないものは選集に入れていなかったが、ほとんどの作品に校正段階でチェックが入り、削除したり書き換えたりしなければならなくなった。

探偵小説冬の時代が到来しつつあったのだ。

前年から捕物帖を書くようになっていた横溝は、この年、新しいキャラクター、人形佐七を生み出した。以後、膨大な数の短篇を書き、何人もの捕物帖のヒーローを生むが、その多くは、本にする際には人形佐七へと書き換えられていく。横溝の捕物帖の全貌の把握はかなり困難なようだ。この本では最低限のことしか触れられない。

横溝は探偵小説ではこの年、『双仮面』『仮面劇場』の二つの長篇を連載した。

十月に乱歩は横溝に誘われ、上諏訪の大祭を見物に行った。しかしこれは口実だった。乱歩は横溝から、「自分はある少年を追いかけている」と打ち明けられていた。そこでどんな少年なのか見に行こうというのが、旅行の真の理由だった。二人はともに少年愛趣味があるのだ。

この後、横溝は上京し、「新青年」の関係者が歓迎会を開いた。乱歩が、「この戦争はボクの生きているうちに終わるかなあ」と言ったのを、横溝は鮮明に記憶している。

†戦争へ

一九三九年一月号で乱歩の新連載が三誌で同時にスタートした。

「少年倶楽部」で『大金塊』、「講談倶楽部」で『暗黒星』、「富士」で『地獄の道化師』の三作で、いずれも明智が登場する。四月からは「日の出」でベルギー出身の作家ジョルジュ・シムノンのメグレ警部シリーズを翻案した『幽鬼の塔』が加わり四作となり、これが戦前の通俗長篇多作時代の最後となる。

『暗黒星』と『地獄の道化師』は十二月号で終わり、『幽鬼の塔』は翌一九四〇年三月号で完結した。

『大金塊』は少年探偵団シリーズで、明智小五郎と小林少年と探偵団は登場するが、子供向きの小説では犯罪を描くことが望ましくないとされたので、二十面相は登場させられなくなっていた。そのため、暗号を解いて一億円の金塊を探すという冒険ものにシフトした。

これまでの少年探偵団シリーズ四作は、「少年倶楽部」での連載が終わるとすぐに講談社から単行本として刊行された。

一九三七年九月、博文館で「講談雑誌」を再建させた乾信一郎は大橋社長に呼ばれ、「新青年」の編集長になるように内示された。水谷は新しく作る企画部へ異動するという。

この頃すでに「新青年」の誌面も軍事色が強くなっていた。〈探偵小説も、時局から殺人事件のシーンなど控え目にしなければならない雰囲気である〉と乾は回想する。そうなると従来の読者は離れていく。といって、従来路線では当局から睨まれる。〈軍部のやることをそれなりに肯定し、戦争を謳歌し、この時代を乗り切ってくれるかも〉と社長は乾に期待しているようなのだが、彼はそう簡単にはいかないだろうと思った。

しかし「新青年」編集長という仕事は魅力的だった。学生時代から憧れていた雑誌なのだ。そこで一九三八年一月号から乾信一郎が、森下雨村、横溝正史、延原謙、水谷準に継ぐ第五代「新青年」編集長となった。乾は、大橋が口には出さないが、戦争推進の誌面にすることを期待しているのを感じていたが、それを無視して一年間、作り続けた。しかし大橋に呼ばれ、「出版界ではどこもみな、戦争推進の誌面にして、自衛を図っている」と言われた。そうしろと命じないのが、大橋の巧妙なところだった。

結局、悩んだ末に乾は一九三八年十二月号をもって編集長を辞め、博文館も退職した。

博文館を辞めると、乾は同人誌「文学建設」の編集を引き受けることになった。同人誌といっても、海音寺潮五郎や丹羽文雄、村雨退二郎、黒沼健、菊田一夫、岡戸武平、蘭郁二郎、北町一郎らが参加した、なかなか豪華な雑誌である。

この一九三八年に海音寺が「サンデー毎日」に連載していた『柳沢騒動』が「時節柄、不謹慎」とみなされ、連載中止に追い込まれる事件が起きた。元禄時代の爛熟した風俗の描写がいけなかったらしい。そこで海音寺らは自由に作品を発表する場として、同人誌の発行を決めた。乾は北町一郎と親しくしていたので、博文館を辞めたと知った北町から編集してくれと頼まれたのだ。

「新青年」編集長には水谷が復帰し、戦争推進、戦意高揚雑誌のなかで、横溝に少しでも書かせようと奮闘する。しかし水谷はこれによって戦後、戦争協力者のリストに載せられてしまう。

横溝正史が長い療養生活を終えて、東京へ戻ったのは一九三九年十二月のことだった。

この後、一九四五年まで乱歩も横溝も東京で暮らす。三九年の横溝の仕事としては、時代小説の代表作となる『髑髏検校』『薔薇王』がある。また次女の瑠美がこの年の六月、まだ上諏訪にいるときに生まれた。

一九四〇年六月二十二日に馬場孤蝶、同年八月三十日に長谷川天渓と、森下雨村の恩師、恩人たちが相次いで亡くなった。

森下は博文館退社後は作家として活躍していたが、東京が厭になったのと、書くのにも飽き、翌一九四一年一月、故郷の土佐へ帰った。森下の帰郷を誰もが悲しんだ。三月十六日に、乱歩、横溝ら十八人による送別の宴が開かれ、さらに博文館関係者だけの送別会もあった。酔った横溝は「雨村ナゼ返ルノダ」と墨書した。

帰郷した森下雨村は鮎釣りと、野菜作りの隠居生活に入る。日本探偵小説黎明期に活躍した人物たちが、姿を消そうとしていた。

Interval
1940〜1945
†

# 幕間——一九四〇〜四五年

戦争中でも、江戸川乱歩と横溝正史は「書く」ことで生計を立てているので、この間も、作品は書いている。しかし、見るべき作品は少ない。この期間については簡略に記すことにする。

一九四〇年の「少年倶楽部」での江戸川乱歩の連載『新宝島』は、二十面相はもちろん明智小五郎も小林少年も登場しない冒険小説となり、四一年三月号まで続いたが、講談社からは書籍化されず、四二年七月に大元社から刊行された。

『新宝島』が三月号で終わっても、乱歩の次の連載はなかった。この年の十二月に太平洋戦争が始まるが、まさにその直前に発売となった「少年倶楽部」一九四二年一月号から始まった『智恵の一太郎ものがたり』は乱歩が書いたのだが、「小松龍之介」名義となった。「少年倶楽部」では二十面相が最初に消え、次に明智小五郎と小林少年が消え、ついには「江戸川乱歩」まで消えることになったのだ。通俗長篇も、一九四〇年三月号で『幽鬼の塔』が終わると、どこからも注文が来なくなった。小説もだが、随筆、評論も激減していく。

出版界で「乱歩パージ」が起きるきっかけとなったのは、一九三九年（昭和十四）三月三十一日に警視庁検閲課によって、春陽堂の日本小説文庫版『鏡地獄』に収録されていた『悪夢』（「芋虫」）が全篇削除を命じられた事件である。

これによって「乱歩」は危ないと感じた各出版社は、版を重ねていた乱歩作品の重版をやめてしまった。一九四〇年の終わりまでは新潮文庫で六点、春陽堂の文庫で十九点、講談社から少年もの五点が流通していたが、四一年になるとどこも重版しなくなったという。

言論統制機関となる内閣情報局が設置されたのは一九四〇年十二月六日のことで、各省庁間の情報に関する連絡機関であった内閣情報部が改組されたものだが、所管する仕事は拡大した。従来の情報収集・宣伝のほか、言論報道の指導・検閲・取締りをするようになったのだ。

出版界は検閲にひっかかりそうなものをいままで以上に警戒し、自主規制していく。乱歩の場合、全篇削除となったのは『悪夢』一篇だけなのに、この作家は危ないという出版社側のブラックリストに載ってしまったのだ。乱歩は探偵小説の代名詞的な大作家なので、探偵小説全般へも出版界の自主規制が働き、作家たちには「探偵小説ではないものを」という依頼になっていく。内閣情報局が「探偵小説は禁止」と公の場で発表したことはない。それなのに、探偵小説は消えてしまう。

乱歩は、筆名が「エドガー・アラン・ポー」をもじったものなので「アメリカかぶれ」だと内閣情報局に睨まれ、目の敵にされていたと、自分では思っていた。

一九四二年、乱歩と海野十三、水谷準、城昌幸、大下宇陀児らが内閣情報局へ行き、〈帝大出の若い官吏諸君〉と話し合ったことがある。

〈情報官の並んでいる方が検事席で、こちらは被告席みたいな感じがしたものだが、この会合では海野君がいちばん自由に物をいった。そして、書いてよいことと、悪いことの境界線は、どこに引いたらいいのかということが、論題となった。

誰かが、それでは、若しかりにドストエフスキーの「罪と罰」のような作品が、今書かれたとすれば、あなた方はこれを発行禁止にしますかと、皮肉な質問をした。木々君だったかも知れない。木々君が出席していなかったとすれば、水谷君であったかも知れない。若い情報官たちは、純文学には敬意を表している人々であったから、この質問には困ったような顔をして、「それは、ドストエフスキーほどの文学なれば、発表してもさしつかえない。通俗娯楽小説の犯罪ものは困るのだ」という意味の答えをした。そして、それで終って、更らにこちらから突っこむ者もなかったようである。〉

基準など、もともとない。危ないものは全部やめてしまおう、というのが出版界の「空気」となったのだ。

その一方で、内閣情報局や警察とは別に、陸海軍では戦地での兵士の娯楽として探偵小説や時代小説が求められ、専門出版社が作られて、乱歩の作品も発行されている。

さらに創価学会の戸田城聖が経営する出版社も乱歩に接触し、探偵小説叢書を出す計画があった。

乱歩の戦中最後の小説となるのが、「日の出」に一九四三年（昭和十八）十一月号から四四年十二月号まで連載された愛国的スパイ小説『偉大なる夢』だった。こういうものなら雑誌も掲載した。

一九四五年、乱歩の執筆記録にあるのは「日の出」一月号（前年十二月発売）の随筆『たのもしい隣組防空陣』のみだ。

乱歩は一九四一年十二月に太平洋戦争が開戦になると、自宅のある池袋丸山町会第十六組の第三部長を務めるなど、地元の名士としての活動を始めた。その一方で、一九四三年からは名古屋在住の探偵小説研究家・井上良夫と探偵小説について頻繁に文通するようになった。

一九四三年は「婦人倶楽部」「少年倶楽部」の特派員として亀有の日立精機工場、蒲原及び清水市の日本軽金属工場、足尾銅山などを見学し、さらに八月からは翼賛壮年団豊島区副団長となった。これらの活動が戦後は批判され、公職追放の憂き目に遭う。

この一九四三年、乱歩の長男・隆太郎が入隊することになった。乱歩は横溝と大下宇陀児、海野十三、角田喜久雄、水谷準の五人に、〈拙宅に於て極めて簡素なる別宴相申催し候〉と案内を送った。その宴は十二月七日午後五時から開かれた。

一九四五年になると戦況はますます悪化した。東京も空襲を受けるようになり、安全ではなかった。乱歩は、四月に家族を先に福島県保原町（現・伊達市）へ疎開させた。その直後の四月十三日夜の空襲では池袋一帯が焼け野原となったが、乱歩邸だけが奇跡的に焼け残った。

乱歩は体調も思わしくなくなってきたので、六月八日に病気療養のため福島へ疎開した。

その直前、同じ池袋に住んでいた大下宇陀児の半地下壕の住居で、水谷準と三人で別れの宴会を開いた。三人が揃うことは二度とないだろうと思われた。

横溝正史の執筆記録は戦争が始まってもぎっしりと埋まっている。もっとも、そのほとんどが捕物帖だった。戦中の横溝のホームグラウンドはこの雑誌だった。「講談雑誌」には毎年、時代小説を連載した。

一九四〇年は、探偵小説としては「サンデー毎日」の一月の特別号に『X夫人の肖像』、「新青年」二月号に『孔雀屏風』、「モダン日本」七月号に『湖畔』があるだけで、捕物帳は二十篇近い。人形佐七だけでなく、朝顔金太、鷺十郎というシリーズ・キャラクターも持っていた。翻訳ではバロネス・オルツィの『紅はこべ』を博文館の『世界伝奇叢書』の一冊として出している。

一九四一年は、「新青年」二月号にスパイ小説『木馬に乗る令嬢』、「キング」三月号の『八百八十番の護謨の木』だけが探偵小説で、「講談雑誌」に時代小説『菊水兵談』を一年間連載した。

一九四二年は、「譚海」一月号に『菊花大会事件』を載せた。これには由利と三津木ではなく、「兵頭鱗太郎」と「宇津木俊助」が登場する。戦時色が強い作品なので、愛着のある由利と三津木はそのまま登場させたくなかったからなのだろうか。

この年、横溝はディクスン・カーを読むようになった。存在は知っていたが翻訳事情のせいもあり、その真価に気づかなかったのだ。

杉山書店から『人形佐七捕物百話』が全五巻の予定で刊行し、書き下ろしも多く含まれたが、三巻までしか出なかった。この杉山書店は軍の最前線で兵士が読む本を専門に出していたようだが、詳細は分からない。時代小説は「講談雑誌」に『菊水江戸日記』を一年間連載した。

一九四三年は、「満州良男」八月号にスパイ小説『三行広告事件』を書いた。これが戦中最後の由利・三津木ものとなる。「講談雑誌」には『矢柄頓兵衛戦場噺』を一年間連載した。

一九四四年は「講談雑誌」に『朝顔金太捕物噺』を連載し、「新青年」十二月号に現代小説『竹槍』を載せた。「講談雑誌」一九四五年二月号の『金太捕物聞書帳』の『雪の夜話』が戦中最後に発表された作品となる。

横溝は四月に、岡山の親戚・原田光枝（継母・浅恵の娘）の世話で岡山県吉備郡岡田村字桜に疎開した。

探偵作家のなかには戦争中、従軍作家となったものもいる。小栗虫太郎は陸軍報道班員として一九四一年にマレーへ赴き、海野十三は海軍に徴用され四二年に南方ラバウルで重巡洋艦「青葉」に乗った。角田喜久雄も四二年に海軍報道班員として南洋諸島へ行った。

博文館を退社した乾信一郎が関わった「文学建設」は一九三九年一月号が創刊号だ。しかし一九四二年になると、一般の出版社も印刷用紙の確保に苦労するようになっていた。そこでメンバーのひとりの村雨退二郎が、出版社に勤めていた友人の佐和慶太郎に発行元となってもらえないかと相談した。その出版社は聖紀書房という。

かつて社会主義関連の本を出す左翼出版社・共生閣の社長だった藤岡淳吉が、同社廃業の後、民族学の本を出すために起こしたのが聖紀書房だった。この版元は石原莞爾（かんじ）の本も出していた。

「文学建設」の発行元となった縁で、聖紀書房はそれまでに出していた雑誌「国民の友」や民族学関係の本の他、海音寺潮五郎『大風の歌』、武者小路実篤『日蓮』、村雨退二郎『南奇兵隊』などを「名作歴史文学」のシリーズで出した。しかし一九四三年に、当時約一七〇〇社あった出版社が一七〇に統合された際になくなってしまう。藤岡の回想では四三年十月に「育生社、電子社、聖紀書房他三社、計六社が合併して彰考書院が社員五十名ほどで設立」され、藤岡は専務取締役となった。

一九四四年も後半になると、どの出版社も社員の多くが出征し、印刷会社が空襲に遭うなど、出版活動は継続できなくなり、彰考書院も開店休業状態となった。四五年になって藤岡は、佐和慶太郎のアイデアで、空襲の際の避難地図を作った。避難地図といっても、ハガキの半分の大きさの関東地方の地図で、避難場所が記されているわけでもない。どこが空襲に遭うかなど予想できず、風向きによってどの方向へ逃げたらいいかも変わってくる。藤岡自身、「お守りみたいなもので、何の役にも立たないものだった」と後に語っているが、「お守りみたいなもの」だからこそ、人びとは争うようにして求めたのだ。藤岡は三〇万円の利益を得ると、佐和と分けた。

この濡れ手で粟で得た資金をもとに、藤岡と佐和は敗戦後の出版界でいち早く、出版事業を再開し、博文館や講談社を相手に大騒動を巻き起こすのである。

Chapter—❺
1945〜1946
†

# 第五章 再起——「黄金虫」「ロック」「宝石」 一九四五〜四六年

一九四五年（昭和二十）八月十五日、昭和天皇はポツダム宣言を受諾すること、すなわち「敗戦」を国民に向けてラジオで伝えた。

江戸川乱歩は日記を付ける習慣がなかったが、例外的に一九四五年十二月十四日から四六年十一月六日まで日記を書いた。それが『探偵小説四十年』に収載されているわけだが、全文がそのまま載っているわけではなく、乱歩自身が書き写した部分しか分からない。

一方、横溝正史の日記は一九四六年三月から始まり「桜日記」と名付けられて、『探偵小説昔話』に四六年十二月二十四日までが収載され、「幻影城」一九七六年五月増刊『横溝正史の世界』に、四七年一月一日から十二月三十一日まで収載されている。

つまり、戦後直後の一九四六年三月から同年十一月までのみ、双方の日記が遺されている。探偵小説界全体にとっても大きな転換期にあたるので、二つの日記をもとに細かくみていきたい。

## †乱歩と敗戦

江戸川乱歩は疎開先の福島県保原町で玉音放送を聞いた。この年、五十一歳。

乱歩がこの地へ疎開したのは六月なので、二か月後のことで、食糧営団福島県支部長への就職の準備をしようかと思っていた矢先だった。六月に決まっていたのに八月半ばまで就職していなかったのは、大腸カタルのせいで体調が思わしくなかったからだ。痩せこけて、〈骨と皮ばかりになって寝ていた〉という状況にあった。下腹部を手で押さえると何か固いものがあるので癌かと思い医者に診てもらうと、その固いものは背骨だったという。それほど痩せていたのだ。

そんな状態で乱歩は八月十五日を迎えた。ラジオでは天皇の声がよく聞き取れず、何を言っているのか分からず、そのあとの放送や新聞でようやく敗戦を認識したという。当時をこう振り返る。

〈それから数日間は、米軍が上陸してきて、どんな目にあわされるかわからないというので、老幼婦女は、東京から逃げ出しているという報道が、あわただしく伝わってきた。全くの混乱と国民放心の時期であった。〉

だが、そのうちに米軍による略奪、殺戮、暴行はなさそうだとも分かってくる。病床で乱歩は考えた。

〈探偵小説国のアメリカが占領したのだから、日本固有の大衆小説はだめでも、探偵小説の方は必ず盛んになる。〉

そこで乱歩は食糧営団への就職を断ってしまった。このあたり、楽天的である。探偵小説が盛んになる可能性はあったが、乱歩の本が売れ、新作の注文がくるかどうかは、まだ分からない。それなのに就職を断ってしまったのだ。だがたとえ就職していたとしても、食糧営団そのものが戦後の改革で解体されるので、どうなっていたか分からない。

乱歩の福島での疎開、というよりも療養生活は十一月まで続いた。その最後の日日、乱歩は三里ほど先の福島市の図書館まで通い、江ノ島の稚児ヶ淵伝説で知られる美少年・白菊丸について調べていた。鶴屋南北の『桜姫東文章』のモデルとなった伝説だ。白菊丸の聖地が福島市の近くで、彼をめぐる同性愛伝説がこの地にいろいろとあることが分かり、それを調べていたのだ。

たまたまその地が白菊丸に縁があったからではあろうが、敗戦で国民が打ちひしがれているときに、江戸川乱歩は、同性愛伝説の研究をしていたのである。

その研究も終わり、十一月七日、乱歩は家族と苦労して運んだ蔵書と家財道具を福島に残し、単身、東京・池袋の自宅へ戻った。

周囲はアメリカ軍の焼夷弾攻撃により壊滅していたが、乱歩邸は無事だった。門と塀、物置小屋は焼失していたのに、母屋が無事だったのは奇跡だった。

十一月下旬から乱歩のもとにさまざまな出版社が訪れるようになった。乱歩全集を出した平凡社、作家の久米正雄が主宰する新会社の鎌倉文庫、創業したばかりの雄鶏社などが、乱歩の旧作を復刊したいと申し出た。乱歩はこれを快諾し、翌一九四六年になると、毎月のように乱歩作品が刊行される。

十一月も終わろうとするある日、乱歩は疎開する前に宴をもった大下宇陀児と水谷準をそれぞれ夫婦で招き、帰京挨拶の宴を開いた。牛肉とビールという当時としては貴重なもので大下と水谷をもてなしたが、二人は元気がなかった。

「いよいよ探偵小説復興のときが来た。これから盛んになるぞ」と乱歩が言っても、二人はそれに同意するでも、調子を合わせるでもなかった。

その理由を乱歩はこう解説している――大下は、戦争に負けたら命がないものと覚悟し、夫婦で自殺する用意までしていた。どこかから青酸カリを入手していたという。水谷は、博文館が進駐軍によって潰されるとの噂を耳にし、「新青年」の責任者だった自分は追放されると不安にかられていたのだ。

乱歩だけが意気軒昂だったのは、自作の復刊がつぎつぎと決まっていたからであろう。大下や水谷は信じていなかったが、探偵小説ブームがすぐそこまで近づいていることを乱歩は確信していた。

## †横溝と敗戦

横溝正史は疎開先の岡山県岡田村で玉音放送を聞いた。この年、四十三歳。

横溝がこの地へ疎開したのは四月だったので、四か月後のことだった。横溝が落ち着いた桜部落は戸数三十ほどで、ラジオがあるのは横溝家ともう一軒だけだった。前日に、「明日正午からのラジオを聞くように」との通達があり、部落の人びとは横溝家ともう一軒に集まり全員で聞いた。

福島にいた乱歩と同じように、岡山の横溝も電波状況が悪くて天皇が何を言っているのか聞き取れなかった。そこに集まった農民たちも分からないので横溝に質問するが、彼にも答えられない。だが、「尚交戦を継続せんか……」というフレーズを横溝は聞き取った。そして、敗戦を認識した。

〈その刹那、私は心中おもわずたからかに絶叫していた。

／「さあ、これからだ！」〉

その場には戦争未亡人となった女性もいたので、声を出して喜ぶことはしなかった。だが、〈両手の掌に唾せんばかりの思いに奮い立ったのを、いまでもハッキリ憶えている。〉

といって横溝は、乱歩のようにアメリカは探偵小説が盛んだから日本もそうなると予測を立てたわけではなかった。

〈ここ数年つづいた軍と情報局の圧迫の時代が、その瞬間崩壊したであろうことについて、ふかい満足と安堵感をおぼえた〉から、「さあ、これからだ」と思ったのだ。横溝にとっての「敵」はアメリカ軍ではなく、日本軍と政府の情報局だったのである。

横溝も大下のように青酸カリを用意していた。何かのときは一家五人で無理心中する覚悟を抱いていたのだ。その理由も入手経路も横溝は明かしていない。敗戦によって青酸カリは不要になったが、アメリカ軍の占領政策がどのようなものなのか分からないので、すぐには捨てなかった。

敗戦後、横溝が最初にしたのは、東京から運んできた外国雑誌の整理だった。横溝も乱歩と同じように、家財道具だけでなく蔵書も疎開させていた。自分や家族の身を守るための疎開だが、本も一緒に運んだのだ。命が助かっても蔵書がなくなったのでは意味がない――乱歩も横溝もそう考える人だった。

横溝は外国雑誌の整理から始めた。自分のような〈三流作家〉には長篇の依頼などくるとは思えず、原稿依頼があったとしても短篇だろうから、短篇探偵小説の書き方を思い出すために、外国雑誌を読むことにしたのだ。

次の準備は原稿用紙だった。作家が主人公の映画やドラマでは、ほんの数文字書いただけで原稿用紙を丸めてゴミ箱に捨てるシーンがよく出てくるが、横溝はそんなことはできない人だった。彼はものを粗末にしない人で、書きつぶした原稿用紙もそのまま大事にしまい、それを疎開先にまで運んでいたのだ。紙の裏を使うのではない。書きつぶした部分をハサミで切り落とし、複数の原稿用紙をつなぎ合わせて使うのである。その手間のかかる作業を横溝は自分でしていた。

このことから、横溝正史は原稿用紙でなければ小説が書けないタイプの作家だと分かる。どんな紙にでも書けるタイプではないようだ。

秋になると、岡田村にも戦地から青年たちが復員してきた。そのなかに、〈バス歌手が志望で上野の音楽学校の声楽部に在席中、学徒動員で出陣〉した石川淳一がいた。横溝の妻・孝子によれば、石川が出たのは東洋音楽学校（現・東京音楽大学）だという。

石川は岡山出身ではなく、横溝が生まれ育った神戸の東川崎町のすぐ近くの出身だった。復員したら家族が岡田村の隣に疎開していたので、追いかけて来たのだ。石川は探偵小説のファンで、以前から横溝のことを知っており、同郷ということで親しみを感じていたらしい。

その横溝が隣の村にいると知った石川は、思い切って訪ね、すぐに親しくなった。そんなあるとき石川が、「乱歩の小説のなかに、ピアノに死体を隠す話がありますが、そんなことはできません」と言った。『一寸法師』のことだ。横溝が「それなら、死体を隠せるような楽器はあるのかい」と質問すると、「コントラバスのケースになら入ります、自分も入ってみたことがあります」と答えた――これが『蝶々殺人事件』の原点だった。

もうひとり、岡田村出身で岡山医科大学（後に岡山大学医学部に包括される）の学生で学徒動員された藤田嘉文という青年も復員してきた。彼は探偵小説については何も知らなかったが、作家が疎開していると知って訪ねてきたのだ。横溝が藤田にトリックとは何かという初歩から教えると興味を持ち、通ってくるようになった。生徒は二人しかいないが、横溝を師とする探偵小説塾のようなものができたのだ。横溝は石川や藤田がくると新しく考えたトリックを話し、その感想を求めた。

こうしてトリックのことばかりを考える日日が始まった。そんな自分を横溝は「トリックの鬼」と称す。何を見ても何を聞いても、すぐにそれがトリックにならないかと考えていた。

横溝の教育の甲斐があり、藤田は探偵小説を理解してきたようで、あるとき、彼が卒業した岡山一中（第一岡山中学校、後に岡山県立岡山朝日高等学校）に伝わる怪談を横溝に教えた。それは、岡山一中では何か変事があるたびに、琴の音が鳴りわたるという怪談だった。

横溝は姉の富重が琴を習っていたので、鳴らして遊んだことがあり、その構造や付随している道具の知識があった。藤田から「学校の怪談」を聞くと、トリックの鬼となっていた横溝の頭の中では、いつしか琴を使った密室トリックのアイデアが固まっていく――言うまでもなく、これが『本陣殺人事件』の原点だった。

こうして二つのトリックが横溝の脳裡で熟成していく。

さらに近隣に住んでいた加藤一(ひとし)という農民が、地域の昔からの事情に詳しく、民間伝承や因習、しきたりを横溝に教えてくれた。この知識が、岡山を舞台にした一連の金田一耕助の探偵物語のバックボーンとなる。

短篇探偵小説の書き方を思い出すために外国雑誌を読み、原稿用紙を作り、トリックを考える――作家としての再スタートの準備はできていた。

あとは、注文が来るのを待つだけだった。

## †出版界の敗戦

江戸川乱歩と横溝正史はすぐにでも探偵小説再興が実現すると思っていたようだが、いくら作家がそう思っても、出版社が動かないことには、何も実現しない。職業作家とは、出版社からの注文があって初めて成り立つ仕事だ。


その出版業界は戦争によって壊滅状態にあった。理由はいくつもある。ひとつは、出版に限らずどの業種にも言えることだが、アメリカ軍の空襲による物理的被害である。空襲によって約一一〇〇の書店と、約四八〇〇の印刷会社が焼失していた。印刷してくれるところと、売ってくれるところがなければ、本は作れず、売れない。とくに用紙の絶対量が不足していた。

出版社の数も、政府による統廃合で敗戦時に存続していたのは約三〇〇しかなかった。そのなかには社屋や事務所が焼失した会社もあった。社員の多くが戦地へ行き、人材も不足していた。

それでも出版界は他の業種に先駆けて復興に成功した。文字が印刷されていれば、何でも売れたのだ。敗戦直後の日本人は、食糧が不足し身体が餓(う)えていただけでなく、頭と心も餓えていた。教養と知識と娯楽を求めて人びとは本と雑誌に群がった。空襲で家が焼け、持っていた本を喪った人が多かったのも、本が売れた理由でもあった。

「戦後初のベストセラー」は、十月一日付で発行された『日米会話手帳』である。誠文堂新光社の傍系会社、科学教材社を名義上の発行元とし、四六判半裁（B7判）で三十二ページ、定価八十銭だった。日本の支配者となるアメリカ人と英語で話さなければならないと思い込んだ人びとが買い求め、初版の三〇万部は瞬く間に売れ、三六〇万部を売った。社長の小川菊松は〈注文殺到、ばかばかしい売れ方である〉と回想している。ついこの前まで英語は「敵性言語」として使用が禁じられていたのに、敗戦と同時に英語の本がベストセラーとなったのは、世の中がひっくり返ったことを象徴している。

ＧＨＱは九月二十四日に新聞の統制を撤廃し、二十九日には新聞・出版その他言論の自由を制限する法令を全廃するよう日本政府に命じた。それまでは、一九四三年二月交付の「出版事業令」により、出版業を営むには政府の許可が必要だったのだ。十月六日に出版事業令は廃止され、誰でも自由に出版社を設立できるようになった。

小川菊松の回想によれば、八月十五日以後は、『日米会話手帳』が出るまでは戦時中に用意されていたらしい本が二、三点出ただけだったが、この本の成功を受けてか、十月末からは、本が続続と出るようになった。小川は、〈とくに民主主義ものや、戦争反省もの〉が売れたと回想している。

十二月にはこれまで一度も公には出版されなかったマルクス、エンゲルスの『共産党宣言』の堺利彦・幸徳秋水訳が彰考書院から出された。『日米会話手帳』の三六〇万部には及ばないが、これもよく売れた。戦中は出版の自由が制限され、社会主義関係の本は発行できなくなり、マルクスの本の刊行など考えられなかったが、敗戦による民主化、自由化で、すべて解禁されたのだ。

堺利彦と幸徳秋水が一九〇四年に訳した『共産党宣言』は、彼らが出していた平民新聞に掲載されたが、すぐに発売禁止となった。その後、幸徳は大逆事件で刑死し、堺は社会主義運動を始め、日本共産党結党に尽力した。彰考書院は「文学建設」を発売していた聖紀書房を前身とする出版社で、社長の藤岡淳吉は堺利彦の書生だった。堺は生前、藤岡に「いつか出版してくれ」と『共産党宣言』の原稿を託し、ようやく日の目を見たのだ。それが資本主義の総本山たるアメリカ軍による民主化・自由化のおかげというのは皮肉だった。

占領軍であるアメリカ兵と会話をするための本が売れる一方で、ソ連の影響下にある社会主義運動のバイブルも売れていた。どちらも数か月前までは誰も「出版しよう」とすら思わない本だった。まさに価値観が一変したのだ。

となれば、乱歩や横溝が予感したように、探偵小説が復権する可能性は大いにあった。だが博文館や講談社はすぐには動けなかった。四五年暮れから出版界で戦犯追放運動が始まったのだ。その先頭に立って博文館や講談社を糾弾したのが、藤岡と佐和慶太郎だった。佐和は空襲避難地図の利益をもとに、人民社を起こし、暴露雑誌「真相」を創刊すると、一躍、ジャーナリズム界の寵児となっていた。

戦前から続く大出版社はどこもが戦争中は政府や軍に従っていた。それは作家たちも同じだった。それを「戦争に協力したから、お前も戦犯だ」と言い出したら、すべての出版社、すべての作家がそうなってしまう。はたしてＧＨＱはどこまで要求しているのか。

戦犯と名指しされた大手版元は、誠文堂新光社のようにいち早くベストセラーを出した社もあったが、博文館や講談社は出遅れていた。その間隙を縫うようにして、新興の版元がつぎつぎと名乗りをあげていった。

## †新興出版社

敗戦と同時に創業されたのが、後に海外ミステリ出版の最大手となる早川書房である。同社の創業日は八月十五日とされている。何をもって創業というかはそれぞれの会社によって異なるが、早川書房の場合、創業者・早川清が出版社を起こそうと決めた日が、玉音放送を聞いた日だったので、この日を創業の日としているようだ。

早川はそれまで出版とは縁がなかった。演劇好きで、「演劇新論」という同人誌に関わり、海音寺潮五郎らが作った同人誌「文学建設」にも加わっていたというので、演劇や文学への関心はあったが、読んだり書いたりするのと事業としての出版は別だ。

父が立川飛行機というメーカーの下請け工場を経営し、早川はその跡を継いでいたが、好きな仕事ではなかった。空襲で神田にあった本社も王子にあった工場も焼けてしまったので、早川は敗戦を機に、演劇雑誌と演劇書を刊行する出版社を作ろうと決意した。

だが、早川には出版界にも印刷業界にも人脈がなく、用紙の手配ができないなど失敗続きで、苦労した。岸田國士が持っていた雑誌「悲劇喜劇」の誌名を譲り受けて、早川書房の雑誌として創刊できたのは、一九四七年十一月のことだった。その少し前に、最初の単行本として徳川夢声の自伝『夢声漫筆』を出した。

以後、早川書房は演劇専門書版元として評価を高めていく。

一九四五年十一月、後に横溝正史の運命を変えることになる角川書店が誕生した。

創業者の角川源義は一九一七年（大正六）十月九日に、富山県中新川郡東水橋町で生まれた。生家は米穀商だった。小売商ではなく、農家や地主から米を買い付け、精米して他県に移出するビジネスである。角川は中学時代から俳句に関心を持ち、また同級生たちと文藝同人誌を作るなど、文学を志向していた。四高（後の金沢大学）を受験するが不合格で、浪人した後、一九三七年（昭和十二）に國學院大學に入り、折口信夫に師事した。

一九四一年（昭和十六）十二月に米英との戦争が始まると、角川は臨時徴兵制度によって繰り上げ卒業となり、四二年（昭和十七）一月、在日中国人留学生に日本精神と日本文化を教える目的で作られた東亜学校の教授となった。同校には国語学者の金田一京助の息子、金田一春彦（一九一三〜二〇〇四）もいた。角川の四歳上になり、年齢が近かったので二人はすぐに親しくなった。四二年一月八日に生まれた角川の長男は「春樹」、翌四三年九月一日に生まれた次男は「歴彦」と名付けられるが、この兄弟の名は、金田一「春彦」に因むのかもしれない。「角川と金田一」はこの頃から縁があるのだ。

一九四二年五月、角川が在学中に書いた『悲劇文学の発生』が青磁社から出版された。無名の青年が出版社から本を出すのは、当時としても珍しい。角川の師の折口は、出版はまだ早いと考えていたようで反対した。それを押し切って出版にこぎつけるには、相当の後ろ楯が必要だ。『角川源義の時代』（鎗田清太郎著）には、角川を青磁社に紹介したのは国語学者の金田一京助であろうとある。金田一は青磁社から本を出しているのだ。息子の春彦を通じて角川のことを知った金田一京助が、青磁社を紹介した可能性は高い。

『悲劇文学の発生』は一部の批評家からは「天才的な閃

きのある論文集」と評価され、角川は東亜学校での教職のかたわら、青磁社の編集を手伝うようになった。これが出版界への第一歩となる。その青磁社だが、現在も京都に同名の歌集を専門とする出版社があるが、直接の関係はない。角川が関係した最初の青磁社は一九四〇年終わりか四一年初めに設立されたらしい（それ以前に同社から刊行された本はない）。社長は米岡来福といい、偶然にも角川と同じ富山県出身だった。最初期の本は四一年三月発行の、ゲッベルスの『宣伝の偉力』とボードレールの『散文詩』である。角川は同社が出した三好達治詩集『朝菜集』（一九四三年六月）と『花筺』（一九四四年六月）、金田一京助の随筆集『北の人』の編集に関わった。

一九四三年一月、角川は召集され、金沢の輜重連隊に入隊する。だがこのときは一か月半で除隊し、東亜学校に復職した。

角川は一九四四年九月から私立城北中学（後の城北高校）の教諭に転職した。この学校は國學院大學とつながりが深く、その関係での転職だった。当時の理事長が凸版印刷の社長で、角川も面識を得た。これが後に出版社を起こす際に重要な人脈となる。

敗色濃厚となった一九四五年四月、角川に二度目の召集令状が来て、出身地の富山の師範学校を本部とする新設部隊に入隊した。そしてこの部隊で敗戦を迎えたのである。

角川は復員すると城北中学に戻ったが、〈学校の教師として教壇に立つよりも、出版人として、出版を通して美しい日本、なつかしい日本というものを人々に語りかけたいと、そう思い〉、角川書店を創業した。その資金は父が出してくれた。

角川は当初は飛鳥書院という社名にするつもりだった。外国文化を輸入しながらも日本独自の文化も見失わなかった飛鳥時代を理想としていたのだ。師である折口信夫の影響もあるだろう。だが、すでに飛鳥書院という現代作家の小説を出している出版社があったので（飛鳥書店というエロ本の出版社があったとする史料もある）、その社名は断念し、角川書店とした。

こうして角川書店は敗戦の年の秋に創業し、翌一九四六年二月に、佐藤佐太郎詩集『歩道』と野溝七生子短篇集『南天屋敷』の二冊を刊行し、新興出版社として名乗りを上げた。

後に横溝正史を復活させる角川春樹は、敗戦時はまだ三歳である。

戦後の江戸川乱歩にとって最も重要な出版社となる光文社も、敗戦の年に生まれた。

もっとも光文社はゼロからの出発ではない。一九四四年七月に講談社が陸軍報道部の要請もあって設立した日本報道社を前身とし、玉音放送から二十日後の九月四日に同社の定款を変更し、社名変更して光文社としたものだった。ＧＨＱの出版に対する方針がまだ分からなかったが、戦争中最も軍部に協力していた講談社は解体される危険があったので、万一に備えて別会社を作っておいたのである。

講談社創業者の野間清治は一九三八年十月十六日に五十九歳で急性狭心症で急死した。長男の恒が第二代社長に就任したが、すでに直腸癌に冒されており、十一月七日に二十九歳の若さで亡くなった。恒はこの年の二月に結婚したばかりで、子供はいない。野間清治には他に子がなかったので、清治の妻・左衛が第三代社長となった。

結婚して九か月ほどで夫をなくした恒の妻・登喜子は野間家に留まり、四一年に、講談社監査役の高木三吉の弟で、南満州鉄道に勤務していた省一と再婚した。左衛の姪が高木三吉と結婚していたという関係だったのだ。省一は結婚と同時に野間家の養子となった。

敗戦後の四五年十一月、左衛が社長を退任すると、野間省一が第四代社長となる。結局、一代で出版王国を築いた稀代の出版人である野間清治の血統は絶えたが、野間家は続き、いまもなお講談社の経営を担っている。

光文社は役員六名、十五名の社員で再スタートし、一九四六年十一月に「少年」を創刊する。

乱歩と横溝が最も深い関係を持つ雑誌「宝石」の版元、岩谷書店の創業者、岩谷満が朝鮮から引き揚げてきたのは、敗戦から三か月が過ぎた十一月だった。岩谷の父が朝鮮火薬鉄砲という会社を営んでいたので、朝鮮にいたのだ。

岩谷満は、典型的な明治の立身出世の人、岩谷松平の孫である。祖父・松平は幕末の一八四九年に鹿児島で生まれた。両親を幼い頃に失くし、酒造業や質屋を営む親戚（本家）の養子となった。一八七七年（明治十）に東京の銀座に薩摩物産の販売店「薩摩屋」を開業し、一八八〇年（明治十三）にはタバコ販売業「天狗屋」を開業して巨万の富を得て「タバコ王」と呼ばれた。さらに事業を拡大し、長者番付のトップになるほど儲けた。政界へも進出し、衆議院議員になった。だが、タバコの販売が政府の専売となったことから事業が傾き、私生活では、脳卒中で半身不随になるなど晩年は不遇だった。これも明治の人ならではだが、多くの妾がいて、五十三人の子がいた。

この破天荒な岩谷松平の次男・二郎は朝鮮で事業を展開し、その息子の満もそれを手伝っていたが、敗戦により全てを喪った。引き揚げてきた岩谷満は、親戚で裕福な者の家に身を寄せていたが、出版ブームを目にして、出版社創業を決意したのである。岩谷は詩を書いており、文学への関心があったのだ。だからこの時点では探偵小説雑誌のための出版社を考えていたわけではない。好きな詩の本でも出そうかと思っていた。

岩谷が城昌幸と出会ったのは大井町の岩佐東一郎という詩人の家だった。一九四五年暮れから四六年初頭にかけて、岩佐邸で本の交換会が行なわれていた。不要になった本や雑誌を持ち寄り、落札していくのである。生活費に困っている人はそれでカネを作れ、本を求めている人は入手できた。その交換会に岩谷は通っており、そこで作家の城昌幸と、若い詩人の武田武彦と知り合った。岩谷も詩を書いており三人は意気投合した。

城昌幸は探偵小説作家で、「若さま侍捕物手帖」でも知られるが、「城左門」という詩人としてのペンネームを持っていた。詩と探偵小説とはまったく異なる文藝ジャンルのようだが、両分野で活躍した人がけっこういる。早川書房の編集者となり、多くの翻訳もした田村隆一も詩人だし、その仲間の詩人・鮎川信夫もエラリー・クイーン作品などの翻訳をした。日本探偵小説史の重要なシーンに、けっこう詩人が登場しているのだ。詩と探偵小説はともに「形式のある文学」という点で似ているのかもしれない。詩には定型詩ではない自由詩があるが、それでも詩というものは、自由奔放に書いているようでいて、緻密に計算され、一字一句にこだわって作る文学だ。伏線を張り巡らせる探偵小説も、緻密な設計が必要だ。

岩谷、城、武田の三人は探偵小説が好きな点でも一致していた。岩谷が詩の雑誌を作りたいから編集長になってくれと言うと、城は引き受けたが、詩だけでは売れないので、詩と探偵小説の雑誌を創刊しようとなった。若い武田は古川緑波(ろっぱ)の一座の文藝部へ入ることが決まっていたが、それを断わり、城の下で働くことになる。

新雑誌の名は城が提案し「宝石」と決まった（当初は正字の「寶石」だったが本書では「宝石」とする）。

手藝や編み物の本で知られる雄鶏社（二〇〇九年に倒産）も敗戦直後の一九四五年十月が創業である。同社は「雄鶏通信」という、乱歩が言うところの〈インテリ向き文藝科学ニュース雑誌〉を出す。さらに雄鶏社は、十一月末までに木々高太郎と話をつけ、木々の監修で「推理小説叢書」の刊行を決めた。「探偵小説」ではなく「推理小説」にしようと提唱したのは木々高太郎だった。

しかし「推理小説」という言葉は、すでに戦時中の一九四二年（昭和十七）に甲賀三郎が生み出している。この年の一月に刊行された短篇集『音と幻想』で、甲賀が自作を「推理小説」「犯罪小説」「諧謔小説」「海洋小説」「外地小説」と分類したときに生まれたものだ。甲賀は「推理小説」を「本格探偵小説」の意味で使っていた。しかし木々が戦後に唱えた「推理小説」とは「推理と思索とを基調とした小説」で、そのなかに「探偵小説」も含まれるとした。乱歩はその逆に、探偵小説のなかの、「謎と論理の興味を主眼とするもの」を推理小説と定義する。

以後、一九六〇年前後まで、「探偵小説」と「推理小説」はほぼ同義語として併用されていくが、本書では、しばらくは探偵小説を用いていく。

この叢書の打ち合わせで乱歩も雄鶏社に出向き、「雄鶏通信」の編集長となる春山行夫と知り合い、やがて乱歩は「雄鶏通信」に海外探偵小説の最新情報を伝える記事を書くことになる。

## †新雑誌「黄金虫」

城昌幸が編集することになった「宝石」とは別に、同時期、乱歩も新雑誌の創刊を模索していた。

一九四五年十一月から乱歩邸には何社もの出版社が訪れていたが、新興の前田出版社もそのひとつだった。この版元は、日本経国社という教育関係の版元に勤めていた前田豊秀が独立したものだった。乱歩は『一寸法師』

『何者』『幽霊』の三作の復刊の権利を前田に渡した。前田はさらに、新雑誌を創刊したいので編集主幹になってくれと頼んだ。

乱歩は「探偵小説雑誌ならばやってもいい」と答えたものの、前田出版社にどの程度の資金力があるのか、不安でもあった。

乱歩は出版界の事情を調べようと、十二月十二日に、旧友の本位田準一が勤めていた御茶の水の日本出版協会の事務所へ行った。本位田は博文館を辞め、協会で用紙割当の仕事をしていた。このとき北海道へ出張中で会えなかったが、他の者と話し、それまでは外国の作品を自由に、つまり原著者に無断でなおかつ無料で翻訳出版できたが、今後どうなるのかと質問し、情報を得た。

その足で乱歩は牛込の大橋邸内にあった博文館を訪ねた。「新青年」は二月号まで出したところで休刊し、敗戦を迎えたが、十月号から復刊していた。しかしまだページも薄く、小説は三篇しか載っていない。そのうちのひとつは大下宇陀児の『蕃茄(トマト)』という短篇だ。

乱歩が博文館へ行くと水谷準と横溝武夫がいたので、「新青年」を探偵小説雑誌に戻すよう話したが、二人ともそれどころではないという雰囲気だった。いよいよ博文館が戦犯企業として営業停止になるという噂が流れていたのだ。乱歩は『四十年』にはこの噂を「デマ」だと記しているが、そうではない。前述したようにこの頃から、博文館、講談社をはじめとする大手出版社は戦犯追及問題に見舞われていた。

乱歩としては新しい探偵小説雑誌に関わる前に、「新青年」が昔のように探偵小説を多く載せる気があるのかどうか確認したかったのだろう。だが水谷にも横溝武夫にもその気はなさそうだった。となれば、乱歩が新雑誌を作っても「新青年」と競合しない。

その二日後の十四日、乱歩は最近知り合ったばかりの探偵小説ファンだという青年、渡辺健治を呼んだ。息子・隆太郎の友人の紹介で知り合った青年で、化学工場の重役の息子である。渡辺は同人誌に小説を書いた経験もあり、後に「渡辺剣次」のペンネームで作家となる。

乱歩はこの青年に新雑誌の編集を手伝ってもらおうと考えたのである。十六日に乱歩と渡辺は小石川原町にあった前田出版社を訪ねた。しかしその結果、乱歩としてはもう少し様子を見ることにした。前田出版社への経営面での不安が払拭できなかったのだ。翌日も渡辺と話し、本位田と相談するまでは結論は出さないことを確認した。

　本位田は十二月二十二日に乱歩邸へやってきた。どのような話となったのかは分からないが、乱歩と前田出版社との間で交わすべき契約書の内容や、編集企画案について話し合ったようだ。この頃には、渡辺の発案で雑誌名は「黄金虫」と決まっていた。エドガー・アラン・ポーの暗号探偵小説のタイトルである。乱歩の雑誌なので誌名はポーの作品から拝借しようというアイデアだろう。

　乱歩は新しい探偵小説雑誌を、自分の新作を発表する場ではなく、内外の過去の名作を再録するものにしたいと考えていた。探偵小説の時代が来ると宣言しておきながら、乱歩は創作に向かおうとしていない。戦争で読めなくなっていた英米の最新の探偵小説を読み、その動向を踏まえた上でなければ書けないとの思いがあった。

　新雑誌の話が持ち上がった頃から、乱歩は都内の露店や古書店をまわり、アメリカ兵が読み捨てた探偵小説を買い求め、さらにはアメリカ軍が内幸町の放送会館の一階に開いた図書館へ通った。そして〈私はそれほど餓えていたのである〉と認めるほど、探偵小説を読み漁った。

　こうして乱歩の一九四五年は終わる。福島にいた家族は十二月十四日に帰京した。

## †横溝正史、再出発

　岡山県岡田村にいる横溝正史のもとに、海野十三からの手紙が来たのは終戦後間もなくだった。

　海野十三は横溝が「新青年」編集長だったときに同誌にデビューしたが、そのすぐ後に横溝が「文藝倶楽部」へ異動になったので、深いつきあいはなかった。それなのに、海野から手紙が来たので驚いたが、海野は「新青年」にいる横溝の弟・武夫から、岡山の疎開先の住所を教えてもらったのだった。以後二人は、頻繁に手紙を出し合うようになる。横溝は東京の出版事情や原稿料の相場などの情報は、海野経由で知っていた。

　横溝に戦後初の探偵小説の執筆依頼が来たのは秋も深まった頃のようだ。何の縁もない、仙台にある河北新報社が出している「週刊河北」からの依頼だった。

　横溝は、はるか東北の仙台からの依頼にとまどったが、〈とにかく私は書きたかったのである〉という状態だったので、さっそく書いた。それが『探偵小説』というタイトルの探偵小説である。しかし注文は原稿用紙三十枚前後だったのに倍以上の七十六枚になってしまったので、それとは別に、三十四枚の『神楽太夫』を書いて送った。岡山が舞台で、「探偵作家」の「私」が主人公となる。「顔のない死体」トリックを逆手にとった、短いながらも凝ったつくりの作品だ。

『神楽太夫』は一九四六年三月に「週刊河北」に掲載され、戦後最初に発表された横溝の探偵小説となった。戦後初めて雑誌に掲載された作品は、博文館の「講談雑誌」十月号に掲載された「金太捕物聞書帳」シリーズの『孟宗竹』だが、これは敗戦前に書いて送ったものの、雑誌が休刊していたので、この時期の掲載となったものだ。この作品は後に人形佐七シリーズに書き換えられる。

さて、なぜ縁もゆかりもない仙台の新聞社の雑誌から探偵小説の注文があったのか――当初、横溝は「週刊河北」が「新青年」の水谷に問い合わせて疎開先を知ったのだろうと思っていた。だが、敗戦後に東北大学の図書館で最も多く借り出されたのが「エドガー・アラン・ポーの作品」だという記事（「週刊河北」に載っていたらしい）を読んで、横溝はこう推理した――ポーがそんなに読まれるとは思えないので、これは図書館員が「江戸川乱歩」と言ったのを、記者が「エドガー・アラン・ポー」と聞き間違えたのだろう。一方、図書館から乱歩作品が読まれているとの情報を得た「週刊河北」の編集者は、乱歩に新作を依頼した。しかし乱歩は断わり、自分の代わりとして横溝を推薦したのではないか。残念ながら横溝は、乱歩にこの件を確認する機会を逸してしまったので、あくまで推理に過ぎない。

たしかに横溝の疎開先の住所を知っている者は限られていただろうから、乱歩か他の探偵作家、あるいは編集者が紹介したと考えていい。

『神楽太夫』を書いたのは一九四五年秋だったが、横溝のもとに掲載誌が届いたのは翌年の三月十八日だった。当時の郵便事情や出版事情のせいで半年近くかかったのだ。

「週刊河北」の次には、弟の武夫から「新青年」に書いてくれとの依頼があった。横溝は短篇『靨（えくぼ）』を書いて送った。武夫からは「大変面白かった。三月号に掲載する」との返事が来た。だが、掲載は一号あとの四月号になる。これも岡山県の山奥が舞台で、ある一家の悲劇的な物語である。

横溝のもとへ城昌幸から「宝石」への執筆依頼があったのがいつかは、はっきりしない。この当時の手紙を横溝は紛失しているので、確定できないのだ。『モノローグ』では〈昭和二十年の暮れだったか、二十一年の春早々だったか不明〉としているが、その他のエッセイでは「昭和二十一年そうそう」としている。一九四五年（昭和二十）の年末はまだ「宝石」の創刊が固まっていないと思われるので、横溝への依頼は、おそらく年が明けてからと思われる。

横溝はすぐに快諾の返事を書いた。そのときの心境を『真説金田一耕助』でこう回想している。

〈在京作家諸氏のなかには家を焼かれた人物もあり、そうでないひとたちも食糧確保に狂奔していて、とても小説など書ける心境ではないので、かくは私みたいな三流探偵作家にお鉢がまわってきたのであろうと、わりに気易く引き受けられたのである。〉

城がどのような作品を期待していたのかは分からないが、横溝は依頼があった時点で、〈本格一本槍でいこうと決心〉していた。城の依頼は、「長篇」だった。もちろん、連載である。一回二十五枚で六回、合計百五十枚と提示された。横溝はそのつもりで構想を練り始めた。

「宝石」が横溝を起用したのには水谷の助言があった。横溝は『本陣殺人事件』が単行本になった際のあとがきに、〈城昌幸氏を説いて、私にこの小説を書く機会と舞台を与えて下すった〉と水谷の名を挙げて感謝している。

城は横溝が「新青年」の編集長だった時期に同誌に書いていたので、戦後は立場が逆になったのだ。

水谷はこの頃はまだ博文館にいるが、城にアドバイスしていたのだろう。

## †小栗虫太郎の東京滞在

一九四六年が明けて一月二日――乱歩のもとへ前田出版社の前田がやって来た。新年の挨拶に来たのだが、新雑誌についての話し合いもなされた。乱歩は暮れに作っておいた雑誌発刊にあたっての条件を提示した。前田出版社の財務状況が不安なので、一か月分の原稿料に当たる金額を保証金として預かりたい、利益の三分の一を主幹たる自分に納めてほしい、という内容だった。前田は十日頃までに回答すると約束して帰った。

前田出版社との交渉が進んでいる最中の一月九日、長野県に疎開していた小栗虫太郎が乱歩を訪ねて来て、二泊した。小栗が上京したのは四日で、乱歩邸へ行く前は海野十三の家に滞在していた。

小栗は長野県へ疎開すると、菊芋から果糖を採取する事業を始めた。この果糖から航空用高オクタン価の油を製造し、さらに果糖を発酵させて酒を作り、搾り粕からパンを作る——戦争が長期化しても耐えられるようにしようという雄大な構想の事業だった。そのためにかなりの額の借金をして、長野県の中野にある休業中の工場を借りて、試作していた。こうしてできた果糖は、砂糖ほどは甘くはなかったが、砂糖がほとんど手に入らないので、それなりの需要もあった。

そこへ敗戦である。それでも小栗は果糖作りを続け、それがヤミ米と交換できたことで一家は餓えなかった。十月には妻と東京の様子を見に行ったが、すぐに帰った。「ひでえ、ひでえ」と留守番をしていた子供たちに言うだけで、多くは語らなかった。

小栗のもとにも、雑誌や新聞から原稿依頼が来るようになった。昼は果糖作り、夜は小説の構想のために時間を充てることにした。そして「これからは長篇だけにする」と家族にも言い、「俺がやらなきゃ、誰がやる」「俺の時代が来る」と自信に溢れていた。

一九四六年が明けて一月四日、小栗は再び東京へ行き、海野十三を訪ねた。二人は親友といっていい。小栗は東京滞在中は海野邸から出版社や新聞社などへ出向き、執筆、連載の打ち合わせをしていたのだ。その海野邸で、小栗は雑誌「ロック」の編集長、山崎徹也と面談した。

山崎は文学青年で「新青年」の愛読者だったが、敗戦時は海軍で飛行機の設計をしていた。敗戦で茫然自失していると、知人から探偵小説雑誌を出すので編集してみないかと誘われ、深く考えずに引き受けた。山崎が当時について雑誌「幻影城」一九七五年十二月号に書いた『「ロック」創刊の頃』は記憶違いと思われる箇所もあるが、以下、主にこの回想記に基づいて記す。

一九四六年は探偵小説誌として「ロック」「宝石」「トップ」「ぷろふいる」「探偵よみもの」の五誌が創刊されたが、最初に創刊されたのが筑波書林（現在、茨城県にある同名の版元とは関係がない）から出た「ロック」（正式には「ＬＯＣＫ」）だった。三月一日発行の号が創刊号で、山崎が小栗と会った一月の時点ではまだ発売されてはいないが、すでに入稿は終わっていたと思われる。創刊号は用紙不足もあって、Ｂ６判で六十四ページしかない。翻訳もの、捕物帳、上田秋成の怪奇物語などが掲載され、有名な作家のものはなかった。

創刊号のひどさを山崎は自覚していた。彼としては「新青年」のような雑誌を作りたいのだが、編集の経験がなく、印刷や造本の知識もない。社にはそういうことが分かる先輩がいたわけでもなかったようだ。山崎は雑誌には核となる連載小説が必要だと気づいた。では、誰に頼むか。山崎はかつて「新青年」に載った小栗虫太郎の『完全犯罪』と『黒死館殺人事件』を読み、「探偵小説のバイブル」と思うほど小栗に心酔していたので、頼むなら小栗しかいないと思った。

山崎は小栗の住所を調べて、世田谷区のその地番を訪ねた。家は焼失していたものの、その焼け跡の中庭に木札があり、疎開先の長野の住所が記されていた。しかし長野ではすぐに行くわけにはいかない。すると通りかかった近所の人が、「小栗さんならいま、海野十三の家にいるらしい」と教えてくれた。

山崎は海野邸へ向かった。小栗はちょうど銀座の出版社へ行くと出かけたばかりだった。応対したのは大作家・海野十三その人なのだが、山崎はとにかく小栗に会いたくてやってきたので、海野へはろくに挨拶もしなかった。しかし海野はニコニコと応対し、追いかければ駅で会えるだろうと教えてくれた。こうして山崎は玉電若林駅（現・東急世田谷線の若林駅）で小栗と会えた。渋谷まで一緒に行き、翌日、改めて海野邸で会うことになった。

山崎は長篇探偵小説の連載を依頼したが、小栗は即答しなかった。依頼を〈聞くでもなく聞かぬでもなくといった表情であった〉と山崎は振り返っている。そして戦中に書いていた秘境もの、魔境ものはもう書きたくないと言い、〈傾向としてはただの謎ときに終らず、人生を深く掘り下げた社会主義的な骨格が不可欠であろう、などと語られた〉。

結局このときは連載について、考えておく、というだけで終わった。

おそらくこの時に山崎は海野にも短篇の執筆を依頼し

たと思われる。第二号に海野は「丘十郎」名義で『赤い豹』を書いているのだ、さらに山崎は岡山の横溝にも執筆依頼をした。横溝は山崎とは一面識もなかったが、この時期、とにかく何でもいいので探偵小説を書きたかったので引き受けて、短篇『刺青された男』を書く。

小栗には承諾してもらえなかったが、海野や横溝の原稿をもらえることになり、山崎としては、「ロック」の将来が開けてきた。

一方――小栗は海野邸を辞すと、一月九日、乱歩を訪ねた。二人は探偵小説について、夜を徹して語り合った。乱歩は、無愛想で知られる小栗と、こんなにも長時間にわたり親しく話したのはこのときが初めてだった。

小栗は乱歩に向かっても、「これからは本格長篇を書く」と宣言した。そして、「江戸川さん、結局ぼくはあなたにかなわなかったですよ」と言った。乱歩は「そんなことはない、君のほうが、ぼくより一枚上の作家じゃないか」と返した。

乱歩としては、たしかに一般的な知名度では自分のほうが上だろうが、作品では小栗に負けているという思いがあったのだ。

「いや、そうじゃない。結局ぼくは負けたのですよ」と小栗がなおも言うので、乱歩はそれ以上の反論はしなかった。小栗が「負けた」と言ったのは本音だったとしても、あくまで現時点でのことだろう。負けたままでいいわけではない。小栗は乱歩を追い抜こうとの作家的野心を抱いていたに違いない。

## †横溝と小栗の文通

小栗が長野に帰ったとき、その手にはフィルポッツの『赤毛のレドメイン家』があった。戻ると直ぐに、小栗は海野から教えてもらった横溝の疎開先へ手紙を送った。小栗は戦地へ行ってからは、横溝とは会ったことも手紙のやりとりもしていなかった。

その手紙の〈内容には意気軒昂たるものがあった〉と横溝は回想している。〈たぶん東京で江戸川乱歩に会って話しあった結果であろうが、今後の探偵小説は本格でなければならぬ、自分も今後本格一筋でいくつもりであると、その意気込みのほどもうかがわれるような文章であった。〉

横溝は、小栗の手紙の内容がまさに自分の考えと同じだったので、さっそく返事を書いた。『モノローグ』によれば、ちょうど「宝石」への連載の第一回を書きあげた頃だったというが、これは記憶違いだろう。書きあげるのは二月終わりのはずだ。

横溝への手紙では意気軒昂だったようだが、東京から戻ってからの小栗は体調に異変が生じていた。息子の小栗宣治が書いた『小伝・小栗虫太郎』によると、〈それまで元気であった父の容貌に憔悴のかげが濃く落ち始めた〉。宣治は〈必死に生きた戦争末期からの疲労のためかもしれない〉としている。具体的な原因はなさそうだ。

小栗は「社会主義探偵小説」と銘打った長篇『悪霊』に力を入れていた。探偵小説を書くのは実に六年ぶりだったこともあり、思うように書けず苛立っていたのかもしれない。小栗は長年やめていた酒を飲むようになった。

## †乱歩、名古屋へ

一方、乱歩と前田出版社との間で進んでいた新雑誌の計画は、条件面で合意できず、一月二十三日に取り止めが決まった。乱歩はこの新雑誌を、〈クィーン雑誌にならいて「江戸川乱歩・ミステリー・ブック」と題し、内外の名作再録雑誌にする〉構想だったが、潰えたのだ。しかし無理して創刊して「三号雑誌」に終わるよりはよかったと総括している。

その三日後の一月二十六日夜、乱歩は名古屋へ向かった。戦争末期の一九四五年四月に亡くなった井上良夫の遺族を訪ねるためだった。

乱歩は戦争中、井上と会うことはなかったが文通を続け、英米の探偵小説についての情報交換をし、読んだ作品について論じあっていた。

井上の家は空襲では焼けなかったが、彼は夜の空襲のたびに警戒にあたっていたため風邪をひいて、それがもとで肺炎となり亡くなったのだった。戦争末期から敗戦直後は誰もが自分のことに精一杯だったこともあり、乱歩が井上の死を知ったのは年が明けてからだった。

乱歩が井上の蔵書を買い取ったのは、読みたい本、手元に置いておきたい本があったからではあるが、それ以上に、遺族を経済的に援助するためでもあったろう。だが乱歩も旧作の復刊は決まったもののまだ収入は少なかったので、蔵書の全部は買えなかった。そこで残りは岩谷書店の岩谷満に買ってもらうことにした。乱歩は一日も早く読みたい本だけをリュックに詰め、残りは鉄道便の手続きをして、二十八日の始発で東京へ戻った。

この名古屋行きについては、名古屋で創刊された同人誌「新探偵小説」の一九四七年四月創刊号に書かれた随筆をもとに記したが、これを読むと、この時点ですでに乱歩は岩谷満を知っていたようなのだが、日記では、乱歩のもとに岩谷が城昌幸と武田武彦と一緒に来訪するのは二月十六日となっている。もちろん、岩谷がその前にも来訪している可能性はあるし、岩谷を知ってから井上の蔵書を買い取ってもらえないかと頼んだのかもしれない。

『四十年』収載の日記では、一月二十六日に名古屋へ行った話の後は、二月十日に飛んでおり、その間の約半月は空白となる。実際の日記にはそれぞれの日の出来事が書かれていたのかもしれないが、採録していないのだ。

二週間ぶりとなる二月十日には、こう書かれている。

〈午前、長野県小栗虫太郎君死去の電報来たる。〉

## †小栗の急死と『蝶々殺人事件』

小栗は一月に東京へ行き乱歩や海野と会ったときは元気だったが、前述のように、長野へ帰ると憔悴し酒を飲むようになった。息子の「小伝」によると、二月三日夜半に軽い脳溢血症状を起こし、翌日、医者を呼んだが、「しばらく寝ていれば治る」と言われ、安心した。だが、二日後に前頭の中ほどにゴルフボールくらいの瘤ができた。血の塊のようだったが、本人も気にせず、医者も何も処置しなかった。

そして二月九日、大雪の日の夜、小栗は夕食後に気分が悪いと床に就いた。しばらくして、〈鳥の叫びに似た奇声をあげた〉ので家族が駆け寄ると、いったん上半身を起こし、何かを言おうとするが声にならない。その後、昏睡状態となり、翌二月十日朝、九時十五分に亡くなった。四十五歳だった。

七十年前の、しかも敗戦直後で物資も不足しているなかでのことなので仕方がないのかもしれないが、もう少しまともな医者だったらと思わざるをえない。最初に倒れたときも、血の塊の瘤ができたときも、何の検査も治療もしていないのだ。息子は〈地獄へ堕ちろ藪医者奴!〉と「小伝」に書いているが、探偵小説ファンも同じ思いだろう。

乱歩のもとへはその日の午前中に電報が届いた。乱歩はすぐに弔電を打ち香典を送った。

横溝のもとにもその日のうちに「チチシスオグリ」と電報が届いた。横溝は最初、その電報の発信人を「小栗虫太郎」と勘違いした。なぜ小栗は父親が亡くなったことを自分に知らせてきたのだろうと思った。しばらくして、これは小栗虫太郎の息子が出した電報なのではないかと気付いた。〈私はいっそう啞然とし、茫然とし、惘然とせざるをえなかった。〉

横溝は亡くなったのが小栗その人なのか、その父なのか分からないので、どちらにでもとれる曖昧なお悔やみ状を書き、同時に、海野へ問い合わせの手紙を書いた。すると数日後、海野から手紙が届いた。どうも横溝の手紙と行き違ったらしい。手紙には小栗虫太郎が急死したとあった。横溝は改めて〈慄然たらざるをえなかった。〉

小栗の死の数日後、横溝は「ロック」の山崎から、小栗の代わりに長篇を連載してくれとの手紙を受け取った。一月に山崎が海野邸で会ったとき、小栗は、「ロック」への連載を承諾しなかったが、その後、手紙のやりとりで、承諾したのだと思われる。山崎はこれで雑誌に柱ができると喜んだ。だがその直後に小栗が死んでしまった。山崎は海野のもとへ行き、どうしたらいいのか相談した。とりあえず編集が進行していた第二号（四月号）は小栗追悼特集とすることになった。長篇小説の書きかけの原稿と、全体の腹案を書いたものがあることが分かり、「ロック」に載せることにした。原稿用紙にして二十二枚しかなかった『悪霊』である。探偵作家が主人公で、戦犯として軍国主義者、転向した左翼などが登場する。

「ロック」にある海野の紹介文によれば、『悪霊』は当初は実業之日本社の新雑誌「ホープ」に連載する予定だったという。「ホープ」は写真ページの多い大衆総合誌で四六年一月に創刊された。小栗は創刊号からの連載を依頼されたが、構想を練る時間が欲しいと、四月号か五月号からの連載にしてもらい、二十二枚を書いたところで、力尽きてしまったのだ。

その未完の『悪霊』の原稿を遺族と「ホープ」編集部

の承諾を得て「ロック」は載せた。「ホープ」は探偵小説専門誌ではないので、未完の小説を載せても読者の理解が得られないと判断し、譲ったのだろう。海野の説明では、〈恐らくは全篇にて四百枚前後の大長篇となるものであったろう〉という。

史料として「ロック」の目次だけを見れば、第二号に小栗の『悪霊』が載り、第三号から横溝の『蝶々殺人事件』が始まるので、『悪霊』こそが「ロック」に連載する予定の作品だったと思ってしまうが、そうではない。しかし横溝自身が、たとえば『モノローグ』で〈「ロック」には第何号かから小栗虫太郎君が長篇を書く予定になっており、事実その第一回は「ロック」に発表されたのが、そのあとで小栗君の急逝である。〉と記憶が混乱している。

第二号は小栗の追悼特集として体裁は整った。『悪霊』が載り、乱歩と海野の追悼文も載る。以前から頼んであった横溝の短篇『刺青された男』と海野が別名義・丘十郎で書いた『赤い豹』も載る。しかし第三号から小栗が書く予定だった長篇連載をどうしたらいいか、山崎は海野に相談した。すると海野は横溝に頼むといいと言った。

山崎は横溝に〈二、三回手紙で連絡したが、えい面倒なりと難行苦行して横溝氏宅をお訪ねしたことも懐かしい〉とし、〈故小栗氏の代打要員のような形の原稿依頼ではあったが、横溝氏は快諾して下さり、長旅のつかれを労わって頂き、一晩中探偵雑誌編集についての有益なお話を伺って、一泊させて頂いた〉と書いているが、これは勘違いだろう。

これが事実なら山崎は二月中旬に岡山へ行ったことになるが、横溝の「桜日記」をみると、六月三日に山崎が来て、四日に終日語り合い、五日に帰ったとある。「桜日記」は三月一日から始まるので、二月のことは正確には分からない。山崎が来た可能性もあるのだが、横溝の『蝶々殺人事件』を書くに至った経緯を説明する随筆のどこにも、山崎が岡山まで頼みに来たとはない。

山崎から手紙で連載を依頼されたが、横溝は「宝石」への連載を決めたばかりだったので、断ろうと思った。しかし、〈山崎君の手紙のなかに、私としてはどうしても見遁せぬ一句があった。／「ロック」の第三号からは小栗虫太郎君が長篇を書く予定になっていたのである。その小栗君が急逝したので、途方にくれている、その穴埋

めに是非私に書いてくれというのである。〉

その最後の一句が横溝の胸を突いたのだ。山崎が知っていたのかどうかは分からないが、横溝は小栗に借りがあった。十三年前の一九三三年（昭和八）、横溝が大喀血を起こし、「新青年」に約束していた原稿を書けなくなってしまったとき、その代役として当時は無名の新人だった小栗虫太郎の『完全犯罪』が掲載された。小栗は横溝の大喀血のおかげでデビューできたことになり、横溝に感謝していたが、横溝もまた小栗に感謝し、借りがあると感じていたのだ。

横溝はその借りを返すときがきたと思い、さらには弔い合戦のつもりで連載を引き受けることにした。そこで、音楽学校卒業生の石川から音楽界の話を聞いて、〈だいたい自信を得たので、私ははじめて山崎君に、長篇引受けたという返事を書いた。〉と、「あとがき」にある。

「桜日記」の最初の日である三月一日に〈昨夜、「蝶々殺人事件」の腹案を練る。大体纏まる〉とあるので、二月のうちに、「蝶々殺人事件」というタイトルも決まっていたことになる。コントラバスケースに人間の死体を入れるトリックを思いつき、それならばと音楽界を舞台にすることになり、殺されるのはオペラ歌手でプッチーニの『蝶々夫人』を得意とするという設定にして、「蝶々殺人事件」というタイトルも決まったのだ。

「桜日記」には三月二日に山崎へ手紙を書き、三日に速達で送ったとあるから、この手紙が連載を引き受けたという内容のものではないだろうか。

本格探偵小説を書きたいとの思いと、無念の死を遂げた小栗虫太郎への友情が、横溝正史をして、二作同時連載という難行へと向かわせたのである。

## †乱歩と「宝石」

横溝と同じように、敗戦を知ったその瞬間から、これからは探偵小説の時代だと意気軒昂だったはずの江戸川乱歩はその間、何をしていたのだろうか。

小栗の急死から六日後の二月十六日、乱歩のもとに、「宝石」の版元の岩谷満と城昌幸、武田武彦が訪れた。三人は「宝石」創刊の挨拶に来て、長篇の執筆を依頼したが、乱歩は断った。しかし小説以外なら何でも協力すると言った。

「宝石」編集長となった城は、横溝には年が明けた頃に手紙で原稿依頼をしているのに、なぜ乱歩には二月十六日まで「挨拶」もしなかったのだろう。この時点で横溝はすでに『本陣殺人事件』に取り組んでいる。乱歩が長篇の連載を引き受けたとしても、創刊号に間に合うかどうか微妙だ。もし引き受けていたら、どうなっていたのだろう。

乱歩が前田出版社で「黄金虫」なる雑誌を計画していることは探偵作家の間で周知の事実だったろうから、城たちは遠慮していたのだろうか。しかし、岩谷と城が探偵小説雑誌を出そうとしていることを、乱歩がこの日まで知らなかったとも考えにくい。乱歩は「宝石」の動きを知りながら、自分には「黄金虫」があると考えアプローチしなかったのか。そうだとしても「黄金虫」の計画が潰れたのは一月二十三日なので、城昌幸たちの訪問まで三週間以上が過ぎている。創刊が決まった話ならば乱歩もすぐに探偵作家仲間たちに報せただろうが、潰れた話なので自分からふれまわることはせず、そのため、城は二月半ばまで知らなかったのかもしれない。

ともあれ――「宝石」と最も深い関係を持つ作家である江戸川乱歩は、創刊には何も関与していないのである。それでも乱歩は「宝石」四月号に「アメリカ探偵小説の二人の新人」という評論を書いている。二人とは、ウィリアム・アイリッシュ（コーネル・ウールリッチ）とクレイグ・ライスのことだ。

乱歩がアイリッシュについて書いたのは、ちょうどこのころ『幻の女』をようやく読んだところだったからだ。『幻の女』は一九四二年の作品で、戦争中は洋書が入ってこなかったので、日本では存在も知られていなかった。乱歩は図書館通いを始めてすぐに、いろいろな作家の作品がまとめられた短篇小説集でコーネル・ウールリッチを知り、〈最も私の好きな作風〉だと思った。彼にはアイリッシュという別名があり、『幻の女』が有名だと知ると、ぜひとも読みたいと探しまわるが見つからない。だが二月半ばに神田の古書店・巌松堂を覗くと店頭にあった。

この巌松堂での『幻の女』をめぐるエピソードは有名だが、改めて記すと、こういう経緯である。乱歩は「雄鶏通信」の春山行夫編集長との間で、アメリカ探偵小説界の近況を書くよう依頼されていた。そんなある日、巌松堂へ行くとひと束に括ってある洋書があり、その一番上にアイリッシュの『幻の女』があった。乱歩としては探していた本を見つけたので、飛び上がらんばかりに喜び、買おうとした。すると店員が、それは春山に売却済みだと言う。だが諦めきれないので「春山君のならかまわない。春山君に頼まれた原稿の材料になるものだから、いいんだ」と言って、他の本と一緒に荷造りさせていたら、そこへ春山がやって来た。〈ちょっと『幻の女』に対する鞘当てのような場面があったのだが、私は有無をいわせず本の包を抱えて、一目散に逃げ出してしまった。〉

二十日朝に春山が来たとき、乱歩はまだ『幻の女』を読み終えていなかったが、あまりにも面白いので自分で翻訳しようと決めていた。春山には『幻の女』については「雄鶏通信」に優先的に書くことを約束したが、翻訳は他社でするかもしれないことの了解を取った。そしてその日のうちに読了している。

おそらくそれからの数日で乱歩は戦後初めての雑誌に掲載されるのを前提とした原稿をいくつか書いた。「雄鶏通信」の「最近のアメリカ探偵小説界」（連載となり、その第一回）、「ロック」の小栗の追悼文、「宝石」のアイリッシュの紹介記事である。これらが四月発売のそれぞれの雑誌に掲載される。「小説家・江戸川乱歩」はまだ復活しないが、「探偵小説研究家・評論家・江戸川乱歩」は活動を再開した。

二十四日は午後一時から小栗の納骨式があり、それに乱歩や海野が参列した。その前に乱歩は「ロック」のために小栗の追悼文を書いて速達で送った。翌二十五日、「宝石」の岩谷と武田が乱歩邸を訪れた。乱歩はアイリッシュについて書いた原稿を渡し、さらに「宝石」のために写真撮影もした。この時点でアイリッシュだけだったのだが、数日後にライスのことを知り、書き足して「二人の新人」としたのだ。

二十七日、乱歩は雄鶏社へ行き、推理小説叢書の打ち合わせをした。他に、木々高太郎、大下宇陀児、海野十三、小島政二郎が出席した。この会合で、全十五巻で、そのうち八巻を日本人作家とすることが決まった。そこに集まった五人の他、芥川龍之介、森鷗外、小栗虫太郎が加わる。芥川や鷗外までも「推理小説」とするのが木々高太郎なりの推理小説の定義だった。外国の作品を入れる七巻も訳者まで決まったが、翻訳権の問題が生じて出せなくなる。日本人八人のなかに横溝の名はない。

戦前戦中の横溝は、探偵作家トップテンに入るレベルとはみなされていなかったことが、この叢書のラインナップからも分かる。

第一巻は乱歩で、九月に発行される。乱歩の巻は『柘榴』他の短篇で編まれた。他に乱歩は『トレント最後の事件』の翻訳も担うことになったが、これは出なかった。

戦後最初に発行された乱歩の本は、平凡社から一月に発行されたコナン・ドイルのホームズものの翻訳『妖犬』で、発行日は一月二十日だった。一九三〇年に初版が出たので、「第二刷」とされた。『バスカービル家の犬』の翻訳である。六月には同じくドイルの『恐怖の谷』が出る。

乱歩自身の作品の最初の本は、三月二十五日発行の『D坂の殺人事件』で静書房から出された。四十九ページしかない本で、これ一篇しか載っていない。続いて三十日発行で『黒蜥蜴』がふじ書房から出て、四月十八日には前田出版社の「前田文庫」の1として、『一寸法師』が刊行される。

こうして乱歩の著作は次次と再び世に出ていった。

それなのに、敗戦直後に横溝と同じように「これからは本格探偵小説だ」と思った江戸川乱歩は、新雑誌創刊の話にのめりこんだせいなのか、創作に向かおうとしない。この時期の乱歩が最も熱心だったのは、英米の探偵小説を買うことと読むことだった。

かくして「宝石」創刊号には、乱歩と横溝とが目次に並んだ。二人は同じ船に乗っている旅人だった。目指すのは、本格探偵小説という王道である。だがアプローチが異なっていた。ひとりは評論で、ひとりは創作で、本格探偵小説を日本に根付かせることを目指したのだ。まるで二人が話し合って役割分担を決めたがごとくだが、そういう事実は確認できない。横溝が「宝石」に本格探偵小説を連載することは、本人から報せがあって乱歩も知っていたかもしれないし、そうでなくても、城と会った段階で話題に出ているだろう。

だが二月十六日の城と岩谷の乱歩邸訪問時、『本陣殺人事件』第一回の原稿はまだ城のもとに届いていない。横溝の頭の中にしかなかった。

## †同時進行する『本陣』と『蝶々』

以下、横溝の「桜日記」をもとに、『本陣殺人事件』と『蝶々殺人事件』の執筆の経緯をたどっていこう。同時期に人形佐七や短篇探偵小説も書いているが、煩雑になるので、この二大長篇のみの動きを記していく。

『本陣殺人事件』の執筆期間について、横溝は同書の一九四七年十二月発行の青珠社版「あとがき」で「昭和二十一年二月二十五日に起し」としている。

「宝石」からの長篇連載を引き受けた横溝は、戦争中に夢中になって読んだディクスン・カー作品のような、論理的トリックが中心にあるが、語り口は怪奇色に満ちたものを書いてみようと決めた。そのトリックとしては、藤田嘉文から聞いた岡山一中の琴の怪談が頭にあったので、琴を使った密室トリックを考えた。襖で部屋が仕切られる日本の家屋では密室殺人は不可能だとされていたが、それに挑むのだ。ではどういう屋敷にするか。疎開していた岡田村に本陣の末裔という大きな屋敷があったので、それをモデルとした。

横溝は神戸で生まれ育ち、その後は東京で暮らしていたので、田舎の因習には疎い。疎開してみて、地方では「家柄」とか「家の格」というものがまだまだ重視されていることを知り、逆に新鮮に感じていた。そこで、そういう「家柄」を動機の中心に置くことにした。

こうして完成させると、「妖琴殺人事件」と名付けて、城のもとへ原稿を送った。そのあとで、タイトルは「本陣殺人事件」がいいと思い付き、「題は本陣殺人事件に改められたし」という趣旨の電報を打った。

三月二日、城が二十八日に目黒で出した電報が届く（電報でも二日かかることもあった）。原稿についての問い合わせのようで、翌三日、横溝は「二十五日に大森へ送った」との電報を打った。あとがきの「二十五日に起し」というのは勘違いで、二十五日に第一回を完成させたのではないだろうか。三月五日、城から〈『本陣』気に入った由〉の手紙が届いた。

横溝は二月二十五日に『本陣』第一回を送って、三月二日には第二回に着手している。下書きを書き終えたのは三月七日で、八日から九日にかけて第二回（五十九枚）を清書して、城へ送った。この間に並行して『蝶々』の構想を練っていた。ここでの枚数は「半ペラ」、二百字詰め原稿用紙のことである。

城から第二回を受け取ったとのハガキが届いたのは三月二十一日で、これは何かの検閲にひっかかり、ハガキが届くのが遅れたからだった。『モノローグ』によれば、第二回を読んだ城は、〈いたく賞揚してくれたばかりか、回数も六回とは限定しない。いくらでも好きなだけ書いてほしい〉と書いてきたとある。

横溝は当初『本陣殺人事件』に名探偵を登場させることは考えていなかった。だが長くなってもいいと城が言ってくれたので〈いくらかでも小説にふくらみを持たせることが出来るのではないかと〉考え、次の第三回に「生涯の仇敵」「金田一」とだけ登場させた。ここでもまだどんな探偵にするかは何も決めていない。第四回を書く時に決めればいいと思っていたようだ。

三月は、十日以降はほとんど執筆していない。四月に入ると、まず人形佐七を書いて、十三日までに『本陣』の第三回を少し書いていたが、それを中断して『蝶々』第一回（八十六枚）を書き始め、十五日に書き上げた。

『本陣殺人事件』は名探偵なしで物語が始まったが、『蝶々殺人事件』は冒頭から、これが名探偵由利麟太郎の物語だとはっきりと分かる。物語は終戦後――つまり、書かれた時点の「現在」――、「私」こと新日報社記者・三津木俊助が東京郊外の国立（くにたち）に住む由利麟太郎を訪ねるところから始まる。三津木は新聞社の給料だけでは生活が厳しいので、探偵小説を書くことにし、出版社との話もつけ、ひとつアイデアが浮かんだので、由利に相談に来たのだ。それは二人がかかわった、昭和十二年十月に起きたソプラノ歌手・原さくらが殺された事件、いわゆる「蝶々殺人事件」を小説にしようというものだった。由利は快諾し、事件の関係者のひとりが当時つけていた日記を渡し、「これを見ると事件の詳細がよくわかる。なんならはじめの方はこの日記をそのまま借用したらどうだ」と提案した。

こうして以後、「おれ」こと土屋恭三――原さくらの歌劇団のマネージャー――の一人称で、昭和十二年十月に起きた事件が語られていく。この小説全体は、三津木が書いた「事実に基づくもの」で、そのなかに事件の関係者である土屋の日記が組み込まれているという二重構造にある。さらにいえば、「三津木が書いた小説」というのも、横溝正史が創ったフィクションなので、三重構造でもある。

　では『本陣殺人事件』はというと、「私」という「岡山へ疎開してきた探偵小説作家」が、敗戦後に書いているという設定だ。『蝶々』では「私」は三津木という架空の人物なのだが、『本陣』の「私」は文中では名はなく、読者の誰もが「私」イコール横溝と思うように仕掛けが施されている。その横溝らしき「私」は、「去年の五月」に疎開してきてから、〈村のいろんな人たちから〉何度も「一柳家の妖琴殺人事件」についての話を聞いていた。そしてこれは探偵小説の題材になると思ったとして、昭和十二年十一月に起きた一柳家の殺人事件が語られていく。過去に実際に起きた事件の話を、探偵作家の「私」が再現していくという構造だ。

　「私」が参考にしたのが「F氏」なる人物の「覚書」である。F氏はこの村の医師で事件当時、現場に一番先に駆けつけた人だった。もう亡くなっており、その息子の「F君」が「私」に事件のことを教えてくれ、父が事件について書き残した〈詳細な覚書〉を見せてくれた――という設定である。「F氏」は、実在する藤田嘉文がモデルだろう。ところどころ現在の視点での「私」による解説が入るが、基本的には三人称で書かれ、これが「私」が書いた一人称の小説だと忘れさせてしまう。この『本陣殺人事件』が一人称か三人称かは意見が分かれるだろう。それくらい巧妙なのだ。

　両作のメインのトリックは、『蝶々』はアリバイ崩し、『本陣』は密室ものと分類できるが、両作とも叙述トリックも用いられている。

　さて――『蝶々』第一回を書き終えたのが四月十五日で、『本陣』第三回に戻るのは二十二日だった。書き出すと早く、二十四日に第三回（五十七枚）を書き上げた。この第三回の第五章で「金田一」という人物が、名前だけ登場する。

　その翌日、横溝はアガサ・クリスティーの『そして誰もいなくなった』を原書で読み終え、「面白かった」と書いている。孤島での童謡の歌詞にしたがっての連続殺人を描いた小説で、これが『獄門島』につながる。

Chapter—❻
1946〜1948
†

# 第六章 奇跡——『本陣殺人事件』一九四六〜四八年

一篇の小説がその作家の人生を変えることは、よくある。一冊のベストセラーが出版社を成長させることも時にはある。だが、ひとつの小説がそのジャンルを変質させ、新たな歴史を切り拓くことはめったにない。

横溝正史の『本陣殺人事件』は、横溝の人生を変え、掲載誌「宝石」の売れ行きも左右し、そして日本探偵小説の歴史をも変える、奇跡的作品となる。

## †乱歩が封印した感想

「宝石」創刊号（四月号）は、山村正夫『推理文壇戦後史』や小林信彦『小説世界のロビンソン』では、三月二十五日に店頭に出ていたようなのだが、「乱歩日記」では、四月二十二日に〈「宝石」両人来訪。「宝石」第一号は出来上り月末にのびた由〉とある。横溝の「桜日記」には五月三日に届いたとあり、「乱歩日記」と矛盾しない。奥付は「三月二十五日」が発行日となっているが、印刷事情、流通事情の関係で、店頭に並んだのは四月下旬だったのではないか。

創刊号は当初は八千部分しか紙の手配ができなかったが、ヤミの紙を手に入れ五万部を刷った。これがたちまち売り切れてしまった。当時のことが九鬼紫郎著『探偵小説百科』にこうある。

〈「宝石」営業部に発売まえから申込の為替が山積みになり、発売日には露店で新本を売るカツギ屋が、岩谷書店のまえに行列をつくった光景など、現在からは想像もつかない。〉

「宝石」はこの最初期が最盛期と言え、瞬く間に十万部を超えた。

岡山の横溝のもとに五月三日に届いているのだから、池袋の乱歩のもとにはもっと早く届いているだろう。あるいは城が持参したとしてもおかしくない。だが、『四十年』収載の「乱歩日記」の四月末前後には、「宝石」創刊号発売時期についての記述はない。二月二十五日（「宝石」の岩谷が来て創刊号のための写真を撮影した日）のあとに「註」として、「宝石」の創刊の経緯と創刊号に載せた「探偵小説募集」のことが記されているだけだ。この「註」は雑誌「宝石」に『探偵小説三十年』を連載したときに書き加えたもので、さらに『四十年』として書籍化する段階での「昭和三十五年追記」として、「宝石」と『本陣殺人事件』についてこう書いている。

〈この創刊号から横溝正史君の「本陣殺人事件」の連載がはじまった。そしてこの一作が戦後の探偵小説界を動かす大きな力となったのである。本稿を印刷するために読み返していると、この大切なことが書きもらされていることがわかったので、一筆書き入れておく。しかし横溝君の本格転向のことは本書の随所に出ているのだし、「幻影城」の中に「本陣殺人事件を評す」という長い文章を収めてあるので、あれに譲って、ここにはこの事実を書き加えるにとどめておく。〉

確認すると、昭和二十一年四月末に、「宝石」創刊号を手にしたときのことは、「宝石」に掲載された「乱歩日記」には記述がない。オリジナルの「乱歩日記」には書かれていたのかもしれないが、「宝石」掲載時にはない。そのかわり「宝石」誌上では「二月二十五日」の「註」として、「宝石」創刊の経緯が書かれている。だが、そこでも『本陣殺人事件』については何も書かれていない。昭和三十六年に『探偵小説四十年』にする際に読み直し、連載時に『本陣殺人事件』について書いていなかったことに気づき、その段階で初めて事実関係だけを書いたのである。

すでに多くの乱歩研究家が指摘しているように、『探偵小説四十年』は自伝としても探偵小説史としても一級品の価値ある作品だが、古今東西の多くの自伝がそうであるように「書かれていないこと」が多くあり、また「書かれていること」についても乱歩が曖昧にしたり、ごまかしたりしていることもある。『本陣殺人事件』について読んだ直後の「感想」あるいは「思い」、さらには「衝撃」は、その「書かれていない」ことのそのひとつだ。

　オリジナルの「乱歩日記」には昭和二十一年四月下旬のある日に、『本陣殺人事件』第一回を最初に読んだときの感想が書かれていたと仮定して、以下を記す。その感想はしかし、他人には読ませられないほど激しい「何か」だった。そこで、昭和三十二年に「宝石」に掲載するときは、「『宝石』創刊号を受け取った日」を丸ごとカットしてしまった。「宝石」創刊号について書いてあれば、そこに『本陣』の感想がないのは不自然だからだ。

　だが、掲載誌「宝石」の創刊号について何も書かないのもおかしいので、創刊号を読んだ四月某日ではなく、岩谷が写真撮影に来た二月二十五日の「註」を書いた。

さらに時が過ぎて、昭和三十五年に単行本にする際に読み直すと、『本陣殺人事件』について何も書いていないのは、やはりおかしいと思い直し、「追記」を書いた——以上は、推論である。

　乱歩の『本陣殺人事件』への思いの一端は、「宝石」一九四六年七月号に書いた『新人翹望（ぎょうぼう）』（随筆集『わが夢と真実』に収録）を見れば分かる。これは雑誌掲載を前提として書かれているのだから、いわば、公式見解だ。


〈横溝君の「本陣殺人事件」はあちこちで話題にのぼっている。まだ第一回を読んだばかりだが、その意気込みは誰も認めている。我々の間で一番早く本腰になって書きはじめた作者に祝福あれ。〉

　どことなく『怪人二十面相』の冒頭〈その頃、東京中の町という町、家という家では、二人以上の人が顔を合わせさえすれば、まるでお天気の挨拶でもするように、怪人「二十面相」の噂をしていました。〉と似ているのは気のせいだろうか。

　後に横溝は、連載中『本陣殺人事件』がどういう反響だったのかは田舎にいたので分からなかったと語るが、「宝石」にこういう記事があり、乱歩と頻繁に手紙を出し合っているので、当然、東京の探偵文壇での反響は知っていただろう。

　横溝の「桜日記」は誰から手紙が来て、誰に手紙を出したかまで記され、乱歩との文通の様子が分かる。さらに現在、乱歩から横溝へ出した分について乱歩の遺品のなかにカーボンコピーがあるのが発見され、その一部が新保博久（ひろひさ）によって読解され公になっている（「文藝別冊　江戸川乱歩」に収載）。

五月三日付の乱歩の手紙は、横溝の「桜日記」によると七日に届いている。最初にウィリアム・アイリッシュの『幻の女』がいいとあり、海外ミステリの話が続いた後、〈「宝石」一号の御作拝見。どうもひどくサスペンスがありますね。楽しみにしています。密室殺人と取組むぞと宣言したからには〔／〕トリックは相当のものでしょうね。〉とある。そのあとは、海外ミステリについての話で、五月三十日付では、乱歩のもとに横溝から二冊のカーの原書と、四篇の原稿が届いたとの報告がある。この頃すでに乱歩は岡山にいる横溝のエージェントのようなことも、おそらくは無償でしており、雑誌や出版社との原稿の仲介をしていた。

前掲の乱歩の『新人翹望』には〈横溝君とは、二十数年前私達が探偵小説を書きはじめた頃のように、しきりに英米探偵小説読後感を取り交わしている。私達の好みは、期せずしてディクスン・カー（又の名カーター・ディクスン）の諸作に注がれた。〉ともある。「桜日記」の断片的な記述が二人の頻繁な文通を裏付けている。距離が離れていたからこそ、二人は手紙のやりとりをし、読んだ本を互いに紹介しあっていたのである。

乱歩は五月もさまざまな人と会い、海外の探偵小説を読み、評論を書いて忙しくしている。五月十四日は改造社の「西田君」が来たので、〈クイーン雑誌のような探偵雑誌を出すよう佐藤君に勧めてくれとたのむ。〉とある。「西田君」はフランソア・フォスカ著『探偵小説の歴史と技巧』の翻訳者でもあり、「佐藤君」は編集局長の佐藤績のことだ。乱歩はまだ探偵小説雑誌を自分の手で作ることを諦めていないようだ。

五月二十五日、大映のプロデューサーが来て『心理試験』を映画化したいと申し込まれた。当時の大映の社長は菊池寛で、その菊池の命名でこの映画は『パレットナイフの殺人』というタイトルで十月十五日に封切られる。乱歩作品の映画化は一九二七年の『一寸法師』（聯合映画藝術家協会製作、脚本は直木三十五）に次ぐ、二作目だった。戦中は映画でも探偵ものは製作できなかったので、この一作だけだった。ところが戦後はGHQが時代劇に規制をかけてきた。歌舞伎も同じ目にあったのだが、仇討ちや主君への忠義を題材にしたものは禁止されたのだ。そのため、映画会社は時代劇に代わるものとして探偵映画に目をつけた。

このころの乱歩の面倒見のよさを示す逸話としては、フィルポッツの『赤毛一族』(『赤毛のレドメイン家』)の翻訳出版がある。雄鶏社の推理小説叢書として小栗虫太郎の訳で出すはずだったが、小栗が急死したため、名古屋の井上良夫が以前に訳していたものを小栗名義で出し、印税は二人の遺族が折半するよう、乱歩が斡旋したのだった。小栗が東京から戻った時に手にしていたのがこの『赤毛のレドメイン家』の原書だが、小栗は乱歩に〈よくもこんな考え抜いたものだと、皮肉まじりに感嘆していた〉という。

著名人を「翻訳者」とし、実際は無名の者が訳している翻訳書はいまもあるが、当時はもっと多い。「井上良夫訳」とするよりは、「小栗虫太郎訳」としたほうが売れるからで、これを批判するのは簡単だが、これによって夫を突然に喪った二人の女性が助かるのだから美談としていいだろう。乱歩は雄鶏社からもらった金額をすべて二人に送り、一円も受け取っていない。

まだ日本探偵作家クラブはできていないが、乱歩はすでに探偵文壇のボス的存在となっていた。書斎に閉じこもり、暗闇の中、蠟燭の灯りだけで書いているという伝説まで生まれた作家は、戦中の町内会活動などを通じて、社交に目覚めていたのだ。

前述したが、雄鶏社の推理小説叢書は翻訳権の問題で外国作品は出版されなかった。それなのに印税が支払われている。乱歩や横溝の当時の日記を読むと、単行本の場合は出版の許諾をして原稿を渡した時点で印税が入り、雑誌に書いた場合も発売前に原稿料が入っている。したがって、この『赤毛一族』も、井上の妻から預かった原稿を乱歩が雄鶏社に渡したのと引き換えに、印税が支払われたようだ。

六月六日、角田喜久雄が乱歩を訪ね、『蜘蛛を飼う男』と題した三〇六枚の長篇探偵小説を見てくれと差し出した。乱歩は預かって読み、感心した。これが『高木家の惨劇』である。横溝の『本陣』『蝶々』と並ぶ戦後最初期の名作となる。乱歩の斡旋で翌一九四七年に「小説」誌に「銃口に笑ふ男」の題名で掲載され、淡路書房から『高木家の惨劇』として刊行された。

角田は探偵作家ではあったが、伝奇小説を得意としていた。乱歩はまさか角田が英米風の論理的な探偵小説を書くとは思わなかった。横溝だけでなく、角田にまで先を越されてしまったのだ。

この六月から、岩谷書店の一角を借りて、乱歩の主宰で「探偵小説を語る会」が開かれ、以後、毎月一回土曜日に開くことになり「土曜会」と命名される。これが日本探偵作家クラブの前身となる。乱歩はますます文壇活動が増える。

このころ、水谷準が博文館を辞めて作家専業になることを決めた。

出版界の戦犯追放運動は泥沼化していた。日本出版協会内の戦犯追及派（彰考書院の藤岡淳吉や人民社の佐和慶太郎）は民主主義出版同志会を結成した。二月になると協会内に出版界粛清委員会が設けられ、藤岡や佐和は、博文館、講談社、誠文堂新光社、主婦之友社、旺文社などの経営幹部を呼び出して糾弾した。大手版元はこの動きに抵抗し協会を脱退、四月十五日に新たに日本自由出版協会を設立し、博文館社長の大橋進一が初代会長となった。

この時点では大橋はまだ出版事業に意欲を持っていたと思われる。だが、この間の民主主義出版同志会による吊し上げのせいで、精神を少し病んでしまったようで、「日本はアメリカではなくソ連に占領された」と言い出し、私有財産が認められなくなるからと、所有していた土地を次次と売り始めた。

水谷は戦時中の編集責任者として追及される可能性があり、公職追放も考えられたので、この時点で退職したのかもしれない。

## †金田一耕助登場

岡山の横溝には社交など何もない。岡山まで訪ねてくる編集者もほとんどいない。東京の探偵文壇とは何人かの親しい人との文通のみでつながっていた。土地の人との付き合いもほとんどない。したがって横溝は二十四時間のすべてを自分の都合で使えた。書きたい時にいくらでも書く時間があった。横溝は自分で、こういう環境でもよかったと振り返っている。逆に言えば、戦後の乱歩が小説を書けなくなったのは、来客が多く出かけることも多く、創作に充（あ）てる時間がなかったからでもある。

五月十四日と十五日、横溝は『蝶々』第二回（八十四枚）を一気に書くと、十六日に「ロック」へ送った。四日後の二十日、横溝のもとへ東京から初めて編集者がやって来た（「ロック」の山崎が来訪したのが二月であれば、二人目となる）。「宝石」の城昌幸である。横溝にとって城は、「連載している雑誌の編集長」というよりは、旧友であり、作家仲間という感覚だっただろう。「桜日記」にもその後の随筆にも「城君」と記される。

城は和服しか着ないことで知られていたが、このときは洋装だった。鉄道での長旅なので、動きやすい洋装にしたのだ。横溝は、城の洋装姿を見た唯一の作家となる。

二十日の夕刻に着いた城は二十二日まで横溝の家に二泊した。彼は岡山まで何のためにわざわざやって来たのだろうか。敗戦直後で交通事情はけっしてよくない。「桜日記」には、二十一日に〈一日中城君と話し込む〉とあり、〈城君に渡した物〉として、四作の旧作のタイトルが挙げられているだけだ。「宝石」第三号（六月号）に、このときに城が撮った横溝の写真が載ったので、その撮影も目的だったとは思うが、岡山まで行って横溝の近況写真を撮って載せなければならない理由は分からない。原稿の催促でもない（一日中話し込んでいたのでは執筆が遅れてしまう）。あるいは原稿料など金銭的なことで話があったのか。いや、『本陣殺人事件』があまりにも面白いので語り明かしたくなった——という単純素朴な理由だったかもしれない。

二十二日に城が帰った後、「桜日記」に『本陣』が登場するのは五月三十日で、いきなり〈「本陣」書きつづける〉と出てきて、三十一日に第四回（五十七枚）を書き上げたようだ。この第四回で、金田一耕助が登場する（第八章）。前回は「金田一」という名前だけが出てきたが、いよいよ本人が登場したのだ。

金田一のモデルは何人もいる。その〈飄々乎たるその風貌〉がA・A・ミルンの『赤い館の殺人』に登場する素人探偵アントニー・ギリンガムに似ていると文中にある。戦前にミルンのこの小説を翻訳したのは他ならぬ横溝である。横溝は金田一を『本陣殺人事件』一作だけに登場させるつもりだったと公言している。ミルンのギリンガムも『赤い館の殺人』一作にしか登場しないが、ミルンが書いた探偵小説がこの一作しかないのだから、横溝とは事情が違う。やはり最初から、明智小五郎のように、何作にも登場する名探偵にしたいと考えていたのではないだろうか。

劇作家・菊田一夫の若い頃も金田一のモデルだった。

横溝は菊田に一度だけ会ったことがあり〈一見小柄で貧相だが、うちに大いなる才能を秘めた人物〉というイメージを抱いた。菊田は洋装なのだが、小島政二郎の『花咲く樹』に登場するレビュー劇場の座付き作家が、新聞連載時に岩田専太郎が描いた挿絵では和服に袴といういでたちで、それと菊田のイメージが重なっていた。

最初は「菊田一」という姓を考えたが、ゴロが悪いので、横溝が疎開前に住んでいた東京・吉祥寺の家のそばに金田一京助の弟が住んでおり、知りあいだったので、「金田一」という姓を借りることにした。

もうひとりのモデルが城昌幸だった。岡山へ来た時の城は洋装だったが普段は和服である。横溝は城と夜を徹して話した後に、金田一登場シーンを書くわけだから、城のイメージが残っていてもおかしくはない。

城が一九七六年十一月に亡くなった直後のエッセイで、横溝は、金田一は菊田一夫がモデルだが和服にしたのは〈城編集長をからかってやろうという私の気まぐれからだ〉と明かしている。届いた原稿を読んだ城だけがそれに気づいたであろう。

さて――『本陣殺人事件』の一柳家の事件が起きたのは昭和十二年（一九三七）十一月という設定である。並行して書くことになった『蝶々殺人事件』もまた昭和十二年の事件で、こちらは十月に発生している。

昭和十二年は七月に盧溝橋事件が起き、事実上の日中戦争が始まった年だ。本格的に戦時体制に突入した後の時代設定にすると、私立探偵が活躍する話は、たとえフィクションであっても無理があり、昭和十二年が金田一や由利が活躍できる最後の年だったと、横溝は説明している。

蝶々殺人事件こと原さくら歌劇団の殺人事件は、大阪と東京という大都会が舞台となる。一方の一柳家の事件は岡山の田舎で起きた。同じ年の、一か月の差しかない同時期の事件でありながらも、その様相はまるで異なり、うっかりすると同じ年だとは気づかない。

## †『本陣』と『蝶々』は同じ「世界」

『本陣殺人事件』での金田一耕助は、東京に事務所を持つ私立探偵として登場する。「青年」とあり、年齢は〈見たところ二十五、六〉としか記されていない。金田一という姓の〈有名なアイヌ学者がある。この人はたしか東北か北海道の出身だったと思うが、金田一耕助もその地方の出らしく〉と出身地も曖昧だ。十九の年に郷里の中学校を卒業し、東京へ出て某私立大学に籍を置いていたが、一年も経たぬうちに〈日本の大学なんかつまらんような気がして〉ふらりとアメリカへ渡った。サンフランシスコで起きた事件を解決したことから、同地の日本人のあいだで有名になり、久保銀造という岡山の実業家と知りあった。三年後に帰国した金田一は久保を訪ね、東京に探偵事務所を開く資金を出してもらった。

　こうやって金田一は私立探偵を開業したがほとんど仕事らしい仕事がない。だが半年ほど過ぎたある日、〈某重大事件を見事解決した殊勲者〉として新聞に載った。そして〈大阪の方にまたむつかしい事件が起こって、耕助はそれの調査のため下阪していたのだが、思いのほか事件が早く片づいたので〉、岡山の久保銀造のもとに骨休みに行った。だが久保は姪が一柳家の当主と結婚するので、その式に出るため岡――村へ行かなければならず、金田一がその留守宅にいたところ、事件が起きたので久保に呼ばれてやって来た――という設定だ。

　金田一の生年を逆算すると――本陣殺人事件の起きた昭和十二年（一九三七）の初めに開業し、その前は三年間アメリカにいた。アメリカに行くのは十九の年に東京の私大に入ってから一年以内だから、二十三歳か二十四歳となるだろう。ということは、一九一三年（大正二）か一四年生まれとなる。横溝は一九〇二年生まれなので、一九一三年生まれであれば金田一は十一歳若い。

　一方、『蝶々』を読んでいくと、第六章「流行歌手の死」で、十月の原さくら殺しと関係がありそうな事件として、五月二十七日に起きた歌手の藤本章二殺人事件について触れられ、この物語の書き手である新聞記者の三津木はこの事件には関係していなかったとある。なぜ三津木は関係していなかったかというと、同時期に起きた「某大官暗殺未遂事件」を記者として担当していたからだった。金田一が脚光を浴びた「某重大事件」とは、この事件のことではないだろうか。

　さらに、一柳家の事件は十一月二十五日に起き、大阪で原さくらの死体が発見されたのは十月二十日である。金田一が岡山の久保のもとへ来る直前に関わった「大阪の方」で起きた「またむつかしい事件」とは、蝶々殺人事件に他ならない——という説も成り立つ設定なのだ。
まったく別の世界で起きている二つの事件は、実はつながりがあり、大きなひとつの世界で起きていたのかもしれない。偶然なのか、横溝の遊び心というか、何人が気づくか試してみようとしたのか。

## †『本陣殺人事件』の単行本

横溝は『本陣』と『蝶々』を交互に書いていった。五月は前半に『蝶々』第二回（八十四枚）、後半に『本陣』第四回（五十七枚）、六月も前半に『蝶々』第三回（七十六枚）、後半に『本陣』第五回（五十七枚）を書く。七月は、どちらも書いていない。「宝石」は九月と十月が合併号、「ロック」は第四号が八月に出て、第五号は十月なので、七月は書かなくてもよかったのだ。

八月は六日までに『蝶々』第四回（八十六枚）を書き、この回が前述の第六章「流行歌手の死」にあたる。そのすぐ後に横溝は『本陣』第六回（七十一枚）に取り掛かり、九日に書き上げた。

九月は『蝶々』はなく、『本陣』第七回（七十四枚）を九月六日に書いた。

十月になり、『本陣』の最終回にあたる第八回（百三十九枚）を七日に書き上げた。この最終回はこれまでの倍の枚数で、十二月号に掲載される。『本陣』完成の余韻に浸る間もなく、十二日に『蝶々』第五回（七十一枚）を書き上げた。

『本陣』を書き終えた直後の十月十四日の「桜日記」に、〈稲木君より「本陣」出版の件〉とある。単行本にしたいと「稲木君」なる人物から申し出があったようだ。

この「稲木君」はドイツ文学者で翻訳もする稲木勝彦で、ミステリにも詳しかった。乱歩は横溝への手紙にこう書いている。〈「本陣」の出版をまだ「宝石」社から申出て居なかったとは意外でした。「宝石」は出版の方まで手が廻り兼ねている実情でしょうね。他社はどうせ「宝石」に約束ずみならんと察して遠慮していたのでしょう。稲木君の社は盲目蛇で大物を射当てたわけ。僕は「本陣」はどうせどこかへ約束ずみと考え、やや無責任に紹介状を書いたのですが、こうなって見るとチト心配です。青珠社は大体よさそうに思いますが、何といっても未知数の社ですからね。〉

つまり推測するに、乱歩は横溝に「稲木君という知人が青珠社という出版社を始めるらしいから何か旧作を出させてやってくれ」と頼んだらしい。稲木は横溝に、『本陣』の版元が決まっていないならぜひ出させてくれと、ダメでもともとで書いた。横溝は『本陣』については「宝石」の岩谷書店が本の話は何も言ってこないし、乱歩の紹介ならと、稲木に出してもいいと返事を出し、それを知った乱歩が驚いた——こういうことだろう。

「桜日記」には稲木から十月五日に出版の申し出があったとしか書かれていない。またこの同じ日には「日正書房の戸田」からも出版の申し出があったとあるが、これは創価学会の戸田城聖のことだ。戸田はこのころ乱歩と親しくしており、この一九四六年十二月に日正書房から『猟奇の果』が出て、翌四七年六月に横溝の『首吊船』も出る。

そして十一月二日、横溝は『獄門島』第一回（七十八枚）を書き上げた。「宝石」への連載である。『本陣』の最終回を書き上げたとき、横溝正史は数か月休んでから次の長篇を書こうと考え、構想も練っていたが、城からすぐ次の号から書いてくれと言われてしまったのだ。

『本陣』と『蝶々』とが同時に書かれたことはあまりにも有名だが、実は『獄門島』と『蝶々』も執筆期間は重なっているのだ。

『獄門島』の構想を練り始めたのは、早くても四月二十五日のことだった。神戸時代からの指南役である西田政治からアガサ・クリスティーの『そして誰もいなくなった』の原書を送ってもらい、読み終わったのがこの日で、「桜日記」には〈読了、面白かった〉とある。横溝は戦前にヴァン・ダインの『僧正殺人事件』を読み、イギリスの童謡マザーグースの歌詞にあわせた見立て殺人のアイデアに感心した。しかし、同じことを日本に置き換えてやっても真似したと批判されるだろうと、断念した。ところが、クリスティーもマザーグースの見立て殺人を書いたと知り、歌詞どおりに殺人事件が起きるというアイデアについては、誰が使ってもいいと知った。そこで、自分も書いてみようとなり、マザーグースに代わるものとして俳句を思いついた。

さらに舞台となるのは、岡山県でも山間部ではなく瀬戸内海の島がいいと考えた。横溝は島へ行ったことがないが、横溝家に出入りしていた岡田村の農民のひとり、加藤一が、かつて瀬戸内海の島のひとつで教員をしており、島の人間関係や風物について話してくれたので、その情報をもとに獄門島という架空の島が出来上がった。

登場人物の配置も終えたところで、他に話す相手もいないので妻の孝子に、今度の小説はこういう設定だと話すと、孝子が「犯人は○○なのね」と言った。それは横溝が思いもしない人物だったので驚き、最初は烈火の如く怒った。そんな犯人にしたら、どんな批判が来るか分かったものじゃない――それほど突飛な答えだったのだ。しかし横溝は思い直す。自分でも思いもしなかったということは、読者にも意外な犯人となるだろう。不自然ではあるが、書き方によってはどうにかなるのではないか。

こうして、犯人が決まり、さらに細部を練っていったのだ。

十一月は「ロック」の都合で『蝶々』は書かなくてよく、第六回（九十三枚）は十二月五日に書き上げた。「ロック」は最初の年は刊行が不規則で毎月出ていなかったからだ。

十二月七日、ようやく稲木が再び「桜日記」に登場する。内容は分からないが、稲木から手紙が届いた。そして翌月、つまり一九四七年一月六日に、横溝から稲木へ手紙を出した。

## †乱歩の『本陣殺人事件』評

稲木に何らかの返事をした五日後の一月十一日、乱歩から手紙が届いた。「桜日記」には〈江戸川氏より「本陣」の批評並びに「蝶々」映画化交渉。〉とある。この批評こそが、「宝石」一九四七年二月・三月合併号（発行日は二月二十五日）に掲載される、「『本陣殺人事件』を読む」であった。乱歩は「宝石」に掲載される前に、横溝に「こういうものを書いたよ」と原稿の控えを送ったのである。

この日の手紙では、同時に、『蝶々殺人事件』の映画化のオファーがあったことも伝えられた。乱歩の『心理試験』を『パレットナイフの殺人』と題して映画にした大映からの申し出で、乱歩は映画会社と横溝の仲介役を担っていた。

横溝はこの日の日記に、珍しく「感情」を吐露している。「桜日記」は何が届いたとか、何を何枚書いたという、

「記録」がほとんどで、その日何を思ったかの記述はほとんどないので、この日の記述は目立つ。横溝は、ただひとこと、こう書いた。

〈今日は嬉しき日なり〉

映画化の話が来たことが嬉しかったのではないだろう。乱歩の書いた『「本陣殺人事件」を読む』が嬉しかったに違いない。乱歩はこの評論をこう書き始めている。

〈横溝君の「本陣殺人事件」が完結したので、最初から通読して色々感想があった。これは戦後最初の推理長篇小説というだけではなく、横溝君としても処女作以来はじめての純推理ものであり、又日本探偵小説界でも二三の例外的作品を除いて、殆んど最初の英米風論理的小説であり、傑作か否かはしばらく別とするも、そういう意味で大いに問題とすべき劃期的作品である。そこで、私はこれを我々の間にはじめて提示せられた一つの標本として、従来のこういう場合に比べては稍や詳細に、「本陣」そのものの批判だけではなく多少探偵小説一般論にも触れながら、これを検討して見たいと思うのである。〉

「詳細に」と記しているように、この評論はかなり長い。光文社文庫版全集では第二十五巻に収録されているが、十六ページにも及ぶ。横溝がどういう作家かという紹介から、過去の英米の探偵小説のトリックとの比較を通じて、『本陣殺人事件』がいかに見事なできかを指摘していく。だが六ページ目の半ばで、〈以上はこの小説の長所について私の感じたところを列挙したのであるが〉として、〈この作風は私の唱道する所のポー、ドイル直系の本来の推理小説の典型的な形体を備えているにも拘らず、私はこの小説の読後、無条件に喝采を送ることが出来なかった。よく出来てはいるが、欧米の傑作に比べては何かしら大いに物足りない所があった。〉として、以下十一ページにわたり、その不満を述べていくのだ。

一九七五年八月、雑誌「野性時代」で横溝が小林信彦と対談（『横溝正史読本』に収録）したとき、小林は当時中学生で『本陣殺人事件』はもちろん、乱歩のこの評論も「宝石」で読み、〈あれがやっぱりぼくには、非常に印象が強かったですね。これでもう完全なものだという感じがありましたから。あの批評もぼくは、五、六回読んだと思うんですけどね。〉と言う。つまり小林は『本陣殺人事件』を読んで完全なものだと思っていたのに、乱歩があれこれと欠点を指摘したので、驚いたのだろう。

これを受けて横溝は〈乱歩、あれ発表する前に送ってくれましたよ、原稿を、「こういうものを書くんだが」って。もう、ぼくは異議はないわね。〉

乱歩が『本陣殺人事件』に対して抱く不満のひとつは密室トリックが機械的すぎ、本当にそんなことができるのかと思われてしまう点、もうひとつが犯人と、その犯人を助ける人物たちの動機が弱い点だった。横溝はその点は自覚していたと思われる。だから、「異議はない」なのだ。

この小林との対談について横溝は『読本』の巻頭で〈速記や録音に忠実であり、ふたりの一問一答の模様がかなり正確に伝えられている〉としている。だが、後年、小林が二つの随筆で明らかにするのだが、「ぼくは異議はないわね」の後で、横溝はこう言ったという。

「ぼくは、短刀を送りつけられたように感じて、ぞっとしたよ」

これは一九八九年刊行の小林信彦『小説世界のロビンソン』にある横溝の言葉で、小林が十年後の一九九九年に出した『人生は五十一から』では、

「異議もなにも、いきなり、ナイフかドスをつきつけられたように思ったね」

と言ったとなっている。意味は同じだが、ニュアンスは異なる。どちらが正しかったのかは録音が保存されていない限り分からない。本当にこのような趣旨のことを横溝が言ったのかも疑いだしたらきりがない。小林は『小説世界のロビンソン』ではこう解説する。

〈敗戦と同時に、乱歩は、探偵小説の理論家として、指導的立場に立ち、新風を求める。ところが、(乱歩理論の)実作第一号として登場したのは、ほかならぬ横溝正史だったのである。そして、第二幕の主役は、衆目のみるところ、横溝正史であり、乱歩には実作がなかった。その乱歩が、横溝作品を認めることの苦痛と喜びが、乱歩の性格を知り尽している正史にわからぬはずがない。短刀を送りつけられたように感じて、ぞっとした、という言葉には実感があった。〉

『人生は五十一から』では、〈戦時中にカーを読んで、戦争が終ったならば、と勢い込んでいた乱歩が、弟分でしかも結核を病む正史に先を越された無念、あえていえば嫉妬めいた感情さえ、「『本陣殺人事件』を評す」には感じられる。〈ドスをつきつけられた〉と正史が感じたのは

当然であった。〉

　しかし乱歩の評論を受け取った一九四七年一月十一日、横溝は日記に「今日は嬉しき日なり」と書いているのだ。「短刀を送りつけられた」あるいは「ナイフかドスをつきつけられた」と思ったとしても、なおも嬉しかったのか。

　もちろん乱歩が欠点を指摘し、それを「宝石」に掲載したことに、横溝は不満を抱き、あるいは苛立ちもしただろう。なぜ、私信で伝えるだけにしてくれなかったのか、と。横溝の妻・孝子は、没後の座談会（角川文庫版『風船魔人・黄金魔人』収録）で、横溝が乱歩をどう思っていたかという話題のなかでこう語っている。

〈あれは、「獄門島」を書いている時分でしたかね。「負けるもんか。負けるもんか」とよく言ってましたよ。髭を剃りながらでも顔を洗いながらでも、ご不浄いきながらでもね。しょっちゅう乱歩さん、乱歩さんでしたね。〉

　乱歩はこの時期、横溝を脅かすような小説を書いているわけではない。この「負けるもんか」は、乱歩の批評に負けるものか、という思いだったろう。横溝は、『本陣殺人事件』は「習作」だったといくつもの随筆に書いているが、それは、乱歩にあそこまで批判されてしまったからだろう。しかし、今度は違う。今度こそ乱歩がひとことも文句を言えないような本格探偵小説を書いてやる――その思いで、横溝は『獄門島』を書いていたに違いない。

　さて――戦後の乱歩と正史の間には確執があったとされ、その原点が乱歩による『本陣殺人事件』論ではないかと指摘されるわけだが、どうだろうか。これを読んだときの横溝の思いは、「今日は嬉しき日なり」の一言に尽きるのではないだろうか。自分の小説が、あの大乱歩をしてここまで長く熱い評論を書かしめたのだ。横溝は、乱歩が自分をヴァン・ダイン、エラリー・クイーン、アガサ・クリスティー、ディクスン・カーといった英米の一流作家と同列に論じてくれたことが嬉しかった。たとえそこで執拗なまでに欠点が指摘されたとしても。その一方で横溝は乱歩のダークサイドも感じ取った。それを三十年たっても忘れなかった。そのため対談相手の小林と打ち解けてしまったがために、ポロッと「短刀」「ナイフかドス」と言ってしまった。だが原稿あるいは校正刷りになったのを読んでみると、やはりこれは秘すべきことと削除した――横溝正史の真意はわからない。ミステリの巨匠が遺した永遠の謎である。

## †一人の芭蕉の問題

「ロック」は「宝石」よりも一か月先に創刊したが、内容において遅れをとっていた。編集長・山崎はテコ入れのために、誌上での論争を仕掛けることにした。初めからその意図があったかどうかは分からないが、一九四七年一月号から木々高太郎の随筆の連載を始め、その第一回で木々が「探偵小説藝術論」を展開したので、次の号で乱歩に反論を書かせたのである。

これが探偵小説論争史にのこる、「第二の探偵小説藝術論争」あるいは「一人の芭蕉論争」である。

木々高太郎は、探偵小説にはトリックと、論理的思索とサスペンスがなければならないが、小説としても藝術品でなければならないと主張した。これは別に新しい主張ではないので、「第二の」となるのだ。木々の主張は、トリックの独創性は大事だが、トリックとして新しいとかユニークなだけではダメで、そのトリックが犯人の〈生活、思想、心理、意図より完全に割り出されて来たものでなくてはならぬ〉という。たとえば、密室トリックがいくらすごくても、犯人が密室殺人を計画・実行した理由に説得力がなければダメだということだ。

〈探偵小説が成立するには、トリックがあって成立するのではない。その内容があって、而も、トリックはその内容から必然的に規定されることによって、はじめて成立するのである。そうなって、はじめて、その小説は探偵小説であり、而もそれは完全な藝術品でもあると言うことになるのである。〉

乱歩はこの評論を受けて、木々は〈謎や論理の興味が如何に優れていても、独創があっても、それが文学でなければ意味がない〉と言うが、自分は〈無論文学を排撃するものではないが、如何に文学として優れていても、謎と論理の興味に於て水準を抜いていなければ、探偵小説としてはつまらない〉とし、これは同じことを違った角度から言っているようではあるが、違うとする。

〈文学と探偵的興味とが両者の最高に於て渾然として一体となることが至難の道であるが故に、現実の問題としては、両者の考えに相当の距離を生じて来るのである。〉

つまり、木々は文学第一主義、乱歩は探偵小説第一主義で、これが渾然一体化するのが理想だが、そう簡単にはできない。〈文学味ある探偵小説〉はできるかもしれないが、それ以上の〈文学にまで抜け出す〉のは至難の業で、〈ただの文学となった時、探偵小説は最早かげをひそめてしまう〉。であれば、自分は〈探偵小説の探偵小説らしさを愛する。この「らしさ」を失ったただの文学を、私は探偵小説と呼称する必要を認めないのである。それは最早探偵小説というジャンルが消滅することである。〉

例として乱歩はドストエフスキーの『カラマーゾフの兄弟』を挙げる。この世界文学史上の名作は、殺人の場面もあるので、広義のミステリとされることがあるが、乱歩に言わせれば、〈探偵小説として評価する時、そんなに程度の高いものではない〉とする。文学を目指してこういう小説を書くのはいいが、探偵小説としてこういうものを書いてもダメだろうというわけだ。

探偵小説の書き方を、乱歩は実作者の立場からこう説明する。〈人間を創造し人間の必然を追って行って、ごく自然にトリックが生れて来るのではない。そうではなくて、先ずトリックを考案して、そのトリックにふさわしき（可能なる限りに於て必然性ある）人間関係を生み出すという順序を採っていると思う。文学上のリアルとは逆であるが、そこに探偵小説の宿命がある。この宿命を無視してリアリズム文学の常道を進むならば、そこから生れるものは探偵小説ではない。〉

この作り方は横溝も繰り返し述べている。トリックが先にあり、人物はあとから創るのだ。

乱歩は日本のこれまでの探偵小説は、〈探偵的興味よりも文学味に於て勝っている〉〈論理的興味は極めて稀薄〉とし、それは世界の主流とはひどくかけ離れていると感じていたとし、〈今一度本街道に立戻り、本来の形の探偵小説、殊に長篇探偵小説に於て、英米の傑作と肩を並べ或はそれを凌駕するが如き作品を生まなければならない。〉と持論を展開する。

そして、いままでのは〈現実当面〉の問題とし、〈遠き理想〉を語るのであれば、別の考えがあるとして、いよいよ「一人の芭蕉」論を持ち出す。

〈第一流の文学であってしかも探偵小説独自の興味をも失望させないもの。実に実に至難の道である。しかしながら私はそれの可能性を全く否定するものではない。革命的天才児の出現を絶望するものではない。若し探偵小説界に一人の芭蕉出でるあらんか、あらゆる文学をしりえに、探偵小説が最高至上の王座につくこと、必ずしも不可能ではないからである。〉

　乱歩は、芭蕉をこう位置づけている。〈もともと市井俗人の弄び〉に過ぎず、〈貴族歌人嘲笑のもとにあったこの俗談平語の俳諧を〉、〈悲壮なる気魄と全身全霊をかけての苦闘によって、遂に最高至上の藝術とし、哲学とした〉。

　この芭蕉による革命が歴史上の事実、つまり〈百年に一人の天才児が生涯の血と涙を以て切り開く人跡未到の国〉として存在するのだから、芭蕉のような天才が現れれば探偵小説の革命も可能だ。〈ああ、探偵小説の芭蕉たるものは誰ぞ〉と乱歩は訴える。

　これを書いていた時、乱歩が横溝を思い浮かべていたのかどうかは、分からない。

　送られてきた「ロック」を読んだ横溝がどう思ったか——それは、この年の秋に分かる。

## †単行本と映画

　さて——一月十一日に届いた乱歩からの手紙には『本陣殺人事件』の批評とともに、『蝶々殺人事件』の映画化の話も書かれていた。実は、大映は当初『本陣殺人事件』の映画化を申し出ていたという。それも乱歩を通じての申し込みで、映画界のことなど何も分からないので、横溝は乱歩に全権を委ねていた。乱歩は自分の経験から、原作者の注文は絶対に通らないこと、原作がめちゃめちゃに改竄（かいざん）されるかもしれないことを説明し、覚悟しておく必要があると伝えていた。横溝はそれを理解し、以後、角川映画に対しても、映画化にあたっては何の注文も付けなかった。

　大映が『本陣殺人事件』の映画化を申し出たのは「宝石」での連載中のことだった。つまり結末を横溝以外誰も知らない段階で、映画にしようと決めていたのだ。金田一耕助には岡譲二と決まっていた。だが最終回を読んで、あまりに機械的な密室トリックだったので映画化を断念し、『蝶々』に切り替え、改めて乱歩を通じて申し込んだという経緯があった。

　横溝は乱歩からの郵便物を受け取った十一日に「ロック」の山崎に電報を打っている。内容は分からないが、映画化の話があるから乱歩に連絡を取れという趣旨だったと思われる。

この時点ではまだ『蝶々』は完結していない。まさに第七回（百三十二枚）を書いているところで、十四日朝六時に完成し、山崎へ送った。そして十九日、山崎から「テフテフツイタランポシニレンラクスミ」との電報が来た。『蝶々』の原稿を受け取り、乱歩に見せたということだ。乱歩としても、『本陣殺人事件』のように、映画化が難しい内容にならないか心配なので、一刻も早く続きが読みたかったのだろう。

『蝶々殺人事件』の最終回（第八回）は二月十日に完成した。この回は二百八枚も書いた。そして同じ日に「『蝶々殺人事件』映画化について」という随筆まで書いている。だが四月二日に届いた乱歩からの速達には『蝶々殺人事件』の映画が暗礁に乗り上げたと書いてあったらしい。

一方、東横映画から『本陣殺人事件』の映画化の申し出もあった。これは横溝のもとへ直接来たのだが、横溝はこれも乱歩に託すことにした。このときは完結していたので、あの機械的な密室トリックを知った上での映画化の申し込みだった。GHQの方針で戦前のように時代劇を作れなくなっていたので、大映は時代劇スター片岡千恵蔵の主演で変装の名人の私立探偵が主人公の『多羅尾伴内』（監督・松田定次、脚本・比佐芳武）を作るとヒットした。そこで脚本を書いた比佐芳武が『本陣殺人事件』を片岡千恵蔵主演、松田定次監督で映画にしようと東横映画に売り込んだのだ。結果としてこれもヒットしたのでシリーズとなり、片岡千恵蔵主演の金田一耕助シリーズは六作作られる。

こうして──同時に雑誌連載していた二作は、同時に映画化が進んでいたのである。しかしGHQの方針で、小説のタイトルなら許されても、より大衆的な映画では「殺人」は不穏当なのでタイトルには使えない。『本陣殺人事件』は『三本指の男』、『蝶々殺人事件』は『蝶々失踪事件』というタイトルで十二月に封切られる。

映画化と同時に、二作は単行本化も進んでいった。稲木の名が、「桜日記」の二月一日に再び登場する。この間に、日記に記されていないだけで、何らかのやりとりがあったと思われるが、二月一日、稲木から印税の一部として五〇〇〇円が送られ、それを確認してから、〈稲木氏へ「本陣」の原稿ひとまとめにして送る〉となっている。

青珠社版『本陣殺人事件』には「二月一日」の日付の

入った「あとがき」が巻末に掲載されているので、この日までに書いたのだろう。そこでは乱歩の評論についても触れられている。

〈「宝石」誌上でこの小説が完結すると同時に、在京の探偵作家並びに探偵小説の同好者からなる集会、土曜会の席上で、この小説は詳しく吟味検討された。その席上で最初の発言をされた江戸川乱歩氏は、予め批評の原稿を私に見せてくださったが、それはこの小説を綿密に解剖し、長所短所をあますところなく指摘しているものであった。〉

また〈合評会の席上における諸氏の批評の大要は、江戸川氏や水谷準氏から手紙で報らせて下すった。それらの意見を一括すると、殺人の動機について、読者を納得させるところが不十分であるということにあったらしい。この事は作者自身においても、不満を感じていたところなので、終りのほうには大分筆を加えた。また、江戸川氏の批評を尊重して、はじめの方にもいくらか手を入れようと思ったのであるが、そうすることは大仕事となり、大体において、一度出来上ったものに、後から手を加えるという事は、折角まとまっている小説のテンポをこわす懼れが多分にあるので、このほうは断念して、そのままにしておくことにした。〉

つまり、十月に「宝石」連載版を完成させ、一月に乱歩の批評を原稿段階で読んで加筆したことになるが、その前から単行本の話があったはずなので、加筆していたのかもしれない。いずれにしろ、この加筆をいつしたのか「桜日記」には記載がない。

一般に、本の「あとがき」にはその版元から出るようになった経緯が書かれるが、この「あとがき」にはそういう情報は何もない。ここまでの「桜日記」には版元の「青珠社」の名も出てこない。青珠社版の奥付にある発行人は「久留哉治」だが、この人物の名は「桜日記」には一度も出てこない。

二月に印税の内金が払われ原稿を送っているのに、『本陣殺人事件』が本として発行されるのは十二月となる。「桜日記」で分かるその後の稲木との通信は、二月二十四日に稲木から、六月十三日に稲木へ、それぞれ何らかが送られ、七月十二日、〈稲木君より中間報告、大下氏の本（青珠社）〉とあり、ここでようやく「青珠社」の名が出て来る。「大下氏の本」というのは、青珠社刊行の大下宇陀児『不貞聖母』のことだろう。

　七月二十三日、稲木へ何かを送り、二十七日に〈稲木より作家届〉が届き、それを受けてか二十八日に〈稲木へ速達〉とある。「作家届」は他の出版社とのやりとりのなかでも出てくるが、当時はこういう作家の本を出しますとGHQに届け出る必要があり、その書類のようだ。八月は何もなく、九月六日に稲木から何か来て、翌七日に稲木へ出している。

　十月三日、稲木から「江戸川さんの序文」が届く。青珠社版には乱歩による序文が付いているのだ。この序文は乱歩の随筆・評論集で読むことができる（講談社の江戸川乱歩推理文庫第六十二巻）。乱歩がこの「序」を書いたのは九月で、横溝のもとに稲木を通して写しか校正刷りが届くのが十月三日だったのだ。

　本の序文、つまり推薦文として書かれるものなので、〈「本陣殺人事件」は日本推理小説界にあっては画期的の名作である。〉として始まる。二つ目のパラグラフは〈犯人の動機に説明不足が感じられ、トリックが機械的であって且つ手が込みすぎているという非難はあるが、それにも拘らず、謎の構成とその簡明の論理は、殆んど前例がないほど鮮かである〉と始まり、〈若しこの力作を読書界が大いに歓迎し得ないならば、我々はもはや日本に於ける本格推理小説の発達を絶望するほかないであろう。〉と結ぶ。

　そして最後にもう一度〈この作が戦後日本のベストセラーになることをひたすら願うのみである。〉と強調する。結果として、『本陣殺人事件』は戦後日本の大ベストセラーのひとつとなるが、それは三十年近く後のことだ。

　十月九日には稲木から「装幀」も届いた。装幀の校正刷りかデザイン案が届き、翌十日に、〈稲木へ装幀〉とあるから、その返事をしたのだろう。

　この間、『獄門島』第九回を十月三十日に書いている。新しい連載として『びっくり箱殺人事件』が讀賣新聞社の「月刊讀賣」で始まろうとしており、すでに第一回（六十枚）を十月二十三日に書いた。この戦後の長篇第四作は翌一九四八年一月号から掲載される。金田一も由利も登場せず、等々力警部が解決する。

　映画の話では、九月六日に『蝶々』の台本が届き、八日にプロデューサーの高岩肇へ手紙を書き、二十四日に高岩が来て、二人で『蝶々』の〈台本を練る。〉とある。

さらにこの日、原作料として二万五五〇〇円を受け取った。

『蝶々殺人事件』の映画では乱歩が「構成補導」としてクレジットされているので、乱歩も台本には関わっている。映画における乱歩と横溝の共同作業がなされた作品でもあるのだ。

## †再会

『本陣殺人事件』の乱歩の序文が届いてから一か月が過ぎた十一月十三日、「桜日記」には〈江戸川、西田両氏トヨペットにて来訪、記念撮影、暁の五時まで江戸川さんと話をする。〉とある。

乱歩は母校である名古屋の熱田中学から創立四十周年なので記念講演会をしてくれと頼まれた。わざわざ東京まで校長が来て頼むし、三十周年のときも講演しているので引き受け、この際だから岡山にまで行くことにした。行くからにはただ会いに行くだけではなく各地で講演もすることになり、十一月八日から二十二日までの十四日にわたる旅となり、事前に旅程をしっかりと決めた。

八日朝に東京を出た乱歩は夕方、名古屋へ着いた。その夜は旅館で「名古屋タイムズ」の座談会、翌九日が講演で、十日も名古屋に滞在し、十一日に神戸へ着いた。名古屋では多くの知人、友人と再会し、宴が開かれた。神戸には十一日から十二日まで滞在し、西田政治と会い、「神港夕刊」の座談会、神戸探偵小説クラブ主催の講演会や座談会があった。

十三日、乱歩は西田とともに神戸を出て、午後に岡山へ着いた。横溝のいる岡田村へは支線で行けるのだが時間がかかるので、名古屋のトヨタ本社にいる知人に頼み、岡山トヨタの専務に車の手配を頼んであった。かくしてトヨペットに乗って岡田村へ向かうのだが、乗用車が間に合わなかったとかで小型トラックに乗せられた。岡田村はそんなに自動車が頻繁に通る所ではない。トラックの音が聞こえると、横溝とその家族は外へ出て、乱歩を出迎えた。

この乱歩の旅行は大規模なもので準備をしっかりしていたので、出発前に探偵小説仲間たちの耳にも入っていた。海野十三と水谷準は、横溝へそれぞれ手紙を出して「警告」した。乱歩が行くようだが、戦後の乱歩は昔とはすっかり違っているから気をつけろ、という内容だった。

横溝は一九六五年に書いた随筆『「二重面相」江戸川乱歩』で、〈人間というものがそうむやみに突然変異を起すわけのものでない〉としながらも、敗戦直後の乱歩が〈変ったかのごとき印象を、旧くからつきあってきた友人たちに与えたのは事実であった〉としてこう書く。

〈乱歩はおそろしく戦闘的になり、強引になり、権柄ずくになり、昔から人を引っ張っていく力を持っていた人物なのだが、その引っ張りかたに以前のような当りの柔かさが欠け、強引一方になっていたらしい。〉

そして、トヨペットでやって来た乱歩を見た瞬間、〈たしかに変ったかなというような印象を私に与えた。西田政治をまるで秘書かなんぞのごとく扱って、恬として憚らぬ高飛車な態度は昔の乱歩にはなかったものである〉。だが、そんな印象はすぐに払拭された。〈席が落ち着いて一時間も話しこんでいるうちに、強引のメッキは剝げ、高飛車の附焼刃もどこへやら、いつか昔の乱歩にかえっていた。〉

同じことを座談会(「いんなあとりっぷ」一九八〇年三月号)では、もっとあからさまに語っている。

〈トヨタのジープで西田政治さんと来たんだが、西田政治なんかぜんぜん秘書だよ。「オイ君、それ持ってこい、これ持ってこい」って。目がとがってるわな。つまり終戦後の岡田ってところには公民館があって、岡山の浮浪者もやってきたの、その連中の目と同じだった。テレビでよく終戦後の映画やるでしょ。どんな名優でもあの目玉だけはやれんなあと思って。その目玉をもって乱歩がやって来た(笑)。〉

そして乱歩がやってきた理由について、〈(乱歩の)仮想敵国は大下宇陀児だよ。ぼくを抱き込みに来たんだよ、乱歩が。宇陀児は全盛でしょ、あの時分〉と解説する。

随筆『「二重面相」江戸川乱歩』に戻ると、海野や水野の前では「ひとが変わった」乱歩が、横溝の前では昔のままだったのはなぜかをこう解き明かす。

〈戦後の乱歩を変ったと指摘した東京の探偵作家たち自身が、やっぱり戦前と多少なりとも変っていたのではあるまいか。戦争末期から戦後へかけて東京に住んでいて、大なり小なり人間が変らなかったといえば嘘であるように思える。〉しかし岡山の岡田村で暮らしていた横溝は食糧にも困らず、〈いたってノンビリと小説を書いていた私は、人間が変る必要がなかったのである。〉だから、昔のままの横溝の前では乱歩も昔の乱歩に戻ったのではないか、と。

さらに、横溝が戦後書いていたものこそ、乱歩が戦前から目指していた〈イギリス流の論理的本格探偵小説の道〉をいくものだったので、乱歩にとって横溝は〈わが党の士〉だったので、〈戦闘的である必要がなかったのも当然であろう。〉

地理的に離れた所にいて、手紙のやりとりしかしていなかったが、自分だけが乱歩の同志だったのだという自負が感じられる。

こうして、二人は再会し、十一月十三日から十四日にかけての夜、乱歩と横溝は明け方まで語り合った。

横溝邸には乱歩が来るというので広島から鬼怒川浩も来ていて、西田と合わせて四人となった。鬼怒川は「宝石」の第一回懸賞小説で入賞した新進作家だ。乱歩たち三人の客がひとつの部屋に床を並べ、横溝は隣の部屋で寝たのだが、〈隣室の横溝君と頭のところだけ襖をあけて寝ながら話す。横溝君と私とは朝の五時まで話していた〉。横溝も〈暁の五時まで江戸川さんと話をする。〉と日記に書いている。他の二人は寝ていたのだろうか。

十四日は倉敷市で講演会が開かれ、横溝も出演した。毎日新聞岡山支局が主催で県の防犯協会が後援で、そのため進駐軍が倉敷警察署へ払い下げた大型トラックが迎えに来た。このころの探偵作家は「犯罪の権威」と認識され、警察とは親しいのだ。

十四日も乱歩たちは横溝邸へ泊まり、十五日の昼は「夕刊岡山」の座談会、夜は乱歩、横溝、西田の三人で連句を作って遊んだ。

十六日、乱歩たちは岡田村を発ち、鬼怒川は広島へ、西田と乱歩は東へ向かい、西田は神戸で下車し、乱歩は京都へ行った。十七日、乱歩は初めて谷崎潤一郎と会った。昼食をともにしたのである。翌十八日、乱歩は名古屋へ戻り旧友と会い、十九日は津へ行き墓参した後、松阪市へ行く。二十日は鳥羽港へ行き、二十一日は津に戻り、その夜の急行で翌朝、東京へ着いた。

乱歩はこの旅行の記録を「宝石」一九四八年一月号の「幻影城通信」に書き、自分としてはいろいろな人に会えたのが収穫で、探偵小説にとっては、乱歩が訪れた各地で同好の人たちに刺戟を与え、東海探偵クラブ、中部探偵小説同好会などができそうだと、喜んでいる。

乱歩が帰った後、横溝は、〈海野十三と水谷準とに手紙を書いたのを憶えている。ご注意ありがとう。乱歩がやってきたときには、たしかにこれはと思った。しかし、三晩泊って岡田を離れていったときには、やっぱり昔の乱歩さんでありました……と。〉

横溝は、朝五時まで語り合った夜のことをこう書く。

〈私は乱歩に探偵小説壇の芭蕉になりなさいとすすめたのを記憶している。〉

乱歩は、芭蕉のような天才でなければ探偵小説を文学にすることはできないと書いたが、乱歩こそがその芭蕉になるべきだ――横溝はそう言ったのだ。

これに乱歩がどう答えたのかは分からない。

## †『本陣殺人事件』刊行

横溝は、乱歩が滞在している間も細かい仕事をこなしていた。十一月は『獄門島』第十回、第十三・十四章を書いた月だ。三分の二ぐらいまで進んだ。

二月に原稿を渡し印税の内金ももらっているのに、『本陣殺人事件』はなかなか本にならなかったが、ようやく十二月に発行になる。

だが――この単行本『本陣殺人事件』は最後まですっきりしない。「桜日記」には、十二月三日に、〈稲木より金〉〈二万六〇二〇円「本陣」印税〉とも印税のことは記されているのだが、本そのものについては何も書かれていないのだ。

印税（二月に五〇〇〇円を内金でもらっているので、合計三万一〇二〇円）が支払われたのだから、本も出来ている。実際に現物があるのだから、発行されたことは間違いない。奥付には十一月三十日が印刷日、十二月五日が発行日で五十五円とある。だが、この年の十二月三十一日までの「桜日記」のどこにも、本が届いたとか出来上がったという記述がないのだ。他の本については、版元から届けばそのことだけの記載がある。あるいは「桜日記」は四七年十二月三十一日までしか公開されていないので、翌四八年一月に、青珠社版『本陣殺人事件』について何らかの記述があるのかもしれない。

本が届いたことは書かれていないが、十二月二十九日に、横溝は二六四〇円を〈「本陣」賠償〉として受け取っている。「賠償」というのは何のことなのだろう。さらに三十一日に出した郵便のなかに〈稲木君（四四〇円）〉がある。つまり稲木へ四四〇円送ったということだ。

　単行本の経緯が不明なのは『蝶々殺人事件』も同じだった。一九四八年一月十日を発行日として、月書房という版元から出ている。つまり発行日は『本陣殺人事件』と一か月しか違わない。『蝶々』もあとがきは四七年五月に書いているので、本になるまで半年以上かかっている。月書房も他の本が確認できない幻の版元だ。

　五月二十六日に「『蝶々殺人事件』覚書十五枚（半ペラ）」を書き、これが「新探偵小説」誌七月号に掲載される。乱歩が親しくしていた名古屋の井上良夫に師事していた人々が作った新探偵小説社から出ていた雑誌だ。六月十一日に山崎へ『蝶々殺人事件』の「単行本原稿」を送ったとある。そして七月四日、月書房からの印税の内金一万円を受け取っている。

　だが『本陣』同様、以後半年、何も記述がない。いきなり十二月三十一日に〈月書房へ検印五千〉とある。当時は単行本には奥付に著者が検印した紙を貼っていた。検印のない本は著者が認めていない本になる。著者は検印を押すことで印刷部数を確認できた。この記載は月書房の『蝶々殺人事件』の初版が五千部だったことを意味する。

　現在とは出版事情が異なるとはいえ、青珠社も月書房も零細版元と思われるので、印税を払ったのであれば、一日も早く本にしたいだろう。用紙が手に入らなかったという理由もあるのかもしれないが、この二冊が十二月と一月に相次いで刊行され、その同時期に映画が封切られたことから、もしかしたら、横溝あるいは乱歩から映画になると知った版元が、映画の封切りに合わせて発売したのではないか。

　そうだとしたら、後の角川映画に三十年先駆けて一九四七年の時点で本と映画のメディアミックスが行なわれていたことになる。

### †書籍での乱歩、横溝

『本陣殺人事件』『蝶々殺人事件』がこの次に本になるのは、まず一九四九年九月、『本陣殺人事件』が岩谷書店から「岩谷選書」の一冊として刊行された。「宝石」の版元が取り戻したことになる。続いて岩谷選書から一九五〇年一月に『蝶々殺人事件』が刊行された。岩谷選書からは、『獄門島』も一九四九年五月に刊行される。

一九五〇年には、五月に出た春陽堂の「現代大衆文学全集」第九巻に『本陣殺人事件』が『夜歩く』『真珠郎』他と収録され、同年九月に講談社が刊行した「長篇小説名作全集」の第十六巻には『本陣殺人事件』『蝶々殺人事件』『獄門島』が収録された。春陽堂は翌年、春陽文庫として『本陣殺人事件』を刊行する。

横溝正史は、青珠社版『本陣殺人事件』を出した一九四七年から三年にして、講談社、春陽堂という大手版元の出す全集に入るまでの人気作家になっていたのである。以後も、毎年のようにさまざまな版元のさまざまなシリーズとして、『本陣殺人事件』は刊行されていく。

乱歩が予想したように敗戦後、空前の探偵小説ブームとなり、雑誌の創刊が続いただけでなく単行本も続続と出されていた。乱歩も横溝もそのおかげで旧作の復刊が相次いでいる。

横溝の戦後の単行本は、捕物帖を除く探偵小説だけをみると、一九四六年五月の『悪魔の設計図』（金文堂出版部）が最初で、七月に『蠟人形事件』（岩谷書店）と『夜光虫』（自由出版社）、八月に『呪いの塔』（三伴社、上中下三巻と予告されたが、上だけしか出なかったようだ）、『真珠郎』（筑波書林）、『白蠟怪』（自由出版社）と、四六年だけで六点が出て、四七年は、三月に『双仮面』（蒼土社）、六月に『孔雀夫人』（松竹）と『首吊船』（日正書房）、七月に『殺人迷路』（探偵公論社、乱歩、夢野久作、浜尾四郎、甲賀三郎らとの連作）、八月に『鬼火』（美和書房）と『暗闇劇場』（一聯社）、九月に『双生児は踊る』（民書房）、十月に『幻の女』（自由出版社）と『蠱』（隆文堂、戦後書いた短篇をまとめた）と九点がすでに出ていた。これに『本陣殺人事件』が加わり、この年は十点となる。

戦前・戦中は連作、代作を合わせても二十二点しかなかったのだから、いかにすさまじい量か。そしてまた、横溝正史の名は七十年が過ぎた今も知られているが、ここに挙げた版元はどれも現存していない。いかに雨後の筍のごとく出版社が生まれて、消えていったか。

もっとも、乱歩はもっとすごい。翻訳も含め一九四六年は二十八点、四七年は三十七点も出ていた。いかに読者が乱歩の作品を求めていたかを物語るが、それなのに、乱歩は書こうとしない。十年後の一九五七年に出る随筆集『わが夢と真実』で、敗戦直後の探偵小説復興の様子を紹介した後に乱歩はこう書く。

〈しかし、私は小説は書けなかった。〉

そして〈ただ英米の探偵小説を次から次と読みあさり、その読後感をそれらの諸雑誌や一般雑誌や新聞に書きつづけた。〉

## †探偵作家クラブ発足

乱歩が一九四六年六月十五日に始めた探偵小説について語る会は毎月一回と定例化し「土曜会」と呼ばれるようになり、機関誌を出すようになった。

この会を前身として、一九四七年六月二十一日、日本探偵作家クラブが発足した。創設時の会員数は一〇三名で、初代会長には乱歩が就任した。クラブの事業として、「日本探偵作家クラブ賞」を選定することとなり、第一回の銓衡(せんこう)委員として、海野十三、江戸川乱歩、大下宇陀児、木々高太郎、城昌幸、角田喜久雄、西田政治、水谷準、横溝正史、森下雨村の十名が選ばれた。会員から推薦された候補作から委員が選ぶわけだが、自分の作品が候補にある場合はどうするか。乱歩によると、〈被推薦作を持つ委員が自分の採点表に自作を記さなかった場合は、その委員の被推薦作中最高点の作に与えられた総点数を推薦者数(票数)で割った平均点を、その総点数に加算し、且つ票数に於いても一票を加えることとした。〉と、公平性を保つためにかなり複雑な計算をした。横溝は短篇部門で『探偵小説』、長篇部門で『本陣殺人事件』『蝶々殺人事件』が候補作となった。

横溝は岡山にいるので一九四八年一月三十一日の銓衡会に出席せず、郵送で回答した。その結果、『本陣殺人事件』が長篇部門を受賞した。長篇部門の他の候補作は、横溝の『蝶々』と、角田喜久雄の『高木家の惨劇』、守友恒の『幻想殺人事件』だった。

探偵小説の専門家たちは『本陣殺人事件』を選んだが、一般の読者、作家たちの間では『本陣』はトリックや動機が不自然とされ、『蝶々殺人事件』のほうが評判はよかったともいう。なかでも坂口安吾は『蝶々殺人事件』を絶賛しており、戦後最初の直木賞を選ぶ際——このときは作家たちから推薦してもらって候補作を選んだ——に推薦した。このとき横溝が直木賞を受賞していたら、探偵小説の歴史はまた変わっていたかもしれない。

## †横溝正史、東京へ

一九四八年（昭和二十三）が明けると、横溝は東京へ戻ることを考えていた。

本人は岡田村にいても何不自由なく執筆できた。食糧にも困らず居心地がよかった。むしろ東京へ行けば、いろいろな付き合いも生じ、書くことに集中できないかもしれない。だが、長男・亮一が早稲田大学に合格したことから、そろそろ東京へ戻ることを考えだしたのだ。

ところが疎開前に住んでいた吉祥寺の家は、強制疎開にあった人に貸してあり、二家族か三家族が同居していて、横溝の性格として、明け渡せとは言えない。

亮一は早稲田大学を受験するために上京し、杉山書店の社長・杉山市三郎の家に泊まらせてもらっていた。この版元は捕物帳が専門で、横溝の人形佐七を数多く出版していた。戦後も月に一度か二か月に一度の割合で岡山まで来ており、早く東京へ戻ってくれと言っていた。横溝が冗談半分で「帰りたいのはヤマヤマだよ。だけどおれ吉祥寺の家はとりあげられたも同じこと。三界（さんがい）に家なしとはおれのこった。そんなにいうなら、どっか家を探してくださいよ」と言ったので、杉山は成城にこれはという物件を見つけていた。

杉山は亮一にその家を見せ、「お父さんに言って、買わせなさい。お金はなんとかなるだろう」と言った。その足で亮一は同じ世田谷区に住む海野十三を訪ね、家を見てきた話をした。海野が結核をぶり返しているのを横溝は知っていたので、東京へ行ったら見舞いに行くようにと亮一へ言っていたのだ。

横溝に原稿料と印税が入るようになってから丸二年が過ぎていた。それなりの収入があったはずだが、蓄えがほとんどなかった。浪費していたのではなかった。出版社からの送金はすべて隣村の郵便局か銀行へ入るのだが、小さな村なので、いくら入ったか村じゅうに知れわたっており、税金を逃れることができず、かなり取られた。当時の税制では作家には必要経費がほとんど認められなかったらしい。そんな厳しい台所事情を横溝は海野への手紙で冗談半分に書いていた。

海野は亮一から家の話を聞くと、いくらなのかと尋ね、亮一が五十万円だと答えると、札束を畳の上に積み上げて、「これを使ってくれ」と言った。

改めて海野から手紙で申し出があり、杉山も貸してくれるというので、横溝は海野から三十万、杉山から十万、自分で十万を出して、成城の家を買った。

だが前の持ち主が出て行くのに時間がかかりそうなのと次女がまだ小学校に通っていたので学期の途中で転校するのはよくないということから、妻だけが先に行き、長女・宣子と次女・瑠美と横溝は夏まで岡田村に残ることになった。

夏に東京へ行くと決めると、横溝はかつて徳川家康が江戸城へ入ったのが八月一日だったことを思い出し、なんとしてもその日に東京へ着くようにしようと計画を立てた。

山陽新聞の協力もあって希望通り、七月三十一日の切符が手に入り、その日の午後、横溝は岡田村字桜の家を後にした。清音（きよね）駅までの三キロの道のりを歩いたが、一家のあとに村の人びとが続く、見送りの行列ができた。

トリックのことを考えながら村のあちこちを歩きまわっていた「変人」ではあったが、横溝正史は人びとに愛されていたのだ。

考えてみれば、日本探偵小説史に永遠に刻まれる不朽の名作『本陣殺人事件』『蝶々殺人事件』『獄門島』の三作が、この岡田村で書かれたのだ。ミステリファンにとって聖地とも言える。東京から来た作家をこの村が温かく迎えてくれたから、名作が生まれたのだ。

横溝に岡山のこの地域に伝わる民間伝承や言い伝えを教え、『本陣殺人事件』や『獄門島』『八つ墓村』のヒントを与えた加藤一は、岡山へ用があるからと同行した。だが、岡山へ着いていよいよ別れの時がくると、加藤は号泣した。

〈こんなよい人をあとに残してなぜ自分は、東京みたいな殺風景なところへ帰らなければならないのだろうかと思うと、つい私も泣けてきて、滂沱（ぼうだ）として涙が溢れた。〉

夜を通して列車は走り、朝に東京へ着く。その日のことを横溝は探偵作家クラブの会報（一九四八年八月）へ寄せたエッセイに書いている。

〈八月一日の朝、汽車が品川から東京へ近づくにつれて、私は腹の底がつめたくなるようなかんじだった。なんの

因果で、こんなところへかえらねばならなかったのかと、臍をかむ気持だった。〉

沿線の風景が「浅間しい」としか感じられなかったのだという。東京へ着いて、歩いている人びとの顔を見ると、ますます浅ましく思えた。

〈これやァ助からん、とんだところへかえって来たものだ、いまに自分もあんな顔つきになるのだろうかと思うと、浅間しさがいよいよ心魂に徹した。〉

そんな絶望的な気分の横溝を、成城の新居で待ち受けている人がいた。その人の顔を見て、横溝は〈地獄で仏にあったようなかんじだった。少くとも異邦人の心細さからまぬがれることができたからである〉と記している。そして、その人に言った。

「当分、都心へは出ません。あんな浅間しい風景や表情を見るのはいやですから」

出迎えた人は、わかったよ、という顔をしたらしい。

その人は——江戸川乱歩である。

Chapter—7
1948〜1954
†

# 第七章 復活——『青銅の魔人』一九四八〜五四年

江戸川乱歩は敗戦後、雑誌、新聞に夥しい数の随筆と評論を書き、旧作がさまざまな出版社から刊行されていたので、その執筆記録や出版記録を眺めると大活躍している大人気作家に映る。しかし、横溝正史が東京へ戻った一九四八年夏まで——つまり敗戦から三年間、小説は一作も書いていなかった(書いていたのかもしれないが、公にはされていない)。

乱歩は戦争中に読むことのできなかった英米の探偵小説を読むことと、それを紹介するのに忙しい。さらには探偵小説文壇のリーダーとしての仕事も多くなっていた。乱歩が書けなかった理由として、このように「時間のなさ」をあげることができるが、それだけではなく、横溝の『本陣殺人事件』以後の作品を前にして、それ以上のものを書くことができるか自問自答しているうちに書けなくなってしまったのではないか——状況証拠から推理すれば、そうなる。

その乱歩が、再び小説を書こうと決意したのは、横溝が東京へ戻ってからのことだった。それは偶然なのだろうか。

## †「少年探偵」、光文社で復活

江戸川乱歩の戦後初めての小説は、光文社の雑誌「少年」一九四九年(昭和二十四)一月号から連載が始まった『青銅の魔人』である。発売が前年十二月なので逆算すれば、執筆は十月から十一月にかけて、連載が決まったのは九月か十月になる。

講談社が事業を継続できなくなった場合に備えて出発

した光文社は、敗戦直後の一九四五年十月に「光」という誌名の、民主主義を讃える雑誌を創刊し、経営学者・上野陽一の『新能率生活』で書籍の発行もスタートさせていた。講談社も同時期から雑誌の発行を再開し、書籍も出し始めていくが、まだGHQの方針がどうなるか分からないので、本格的に動き出さず、手探り状態だった。

講談社は一九四六年が明けると「現代」「講談倶楽部」の廃刊を決めた。軍国熱を煽った雑誌の代表となっていたので、継続を断念したのだ（後に、どちらも復刊する）。一方、講談社を象徴する雑誌「キング」は戦中は敵性語として誌名を「富士」に変更していたが、四六年一月号から「キング」へ戻った。「少年倶楽部」なども再出発していた。

どの雑誌も印刷用紙が不足していたのでページ数は少なく、内容も数か月前までの国家主義、軍国主義的なものはなくなった。新時代にふさわしいものに生まれ変わったことを示すため、四六年四月号から「少年倶楽部」は「少年クラブ」になった。誌名変更だけでなく、編集部のメンバーも一新した。そのため、講談社にいる場所のなくなった旧編集部員が光文社へ移り、同年十一月号を創刊号として「少年」が発行される。同じ人たちが作るのだから「少年」こそが「少年倶楽部」の後継雑誌といってよかった。光文社は四九年二月号を創刊号として「少女」も発行する。

「講談倶楽部」はGHQからワースト・マガジンと指定され復刊がままならず、それを引き継ぐ形で、光文社が四八年新年号（四七年十二月に発売）から「面白倶楽部」を創刊したが、その売れ行きを見て、「講談倶楽部」も四九年新年号（発行日は四八年十二月一日）で再開する。

こうして講談社と光文社は「講談倶楽部」と「面白倶楽部」、「少年クラブ」と「少年」、「少女クラブ」と「少女」で競合するが、競いあうことで部数を伸ばしていく。

一九四七年初めの光文社は「少年」が創刊された直後だった。乱歩に言わせると、〈小説類や学術書などを、あれこれと出版して、その日暮らしをしているにすぎなかった〉という状況である。そんなとき、光文社の神吉晴夫が乱歩を訪ねてきた。

神吉晴夫は一九〇一年（明治三十四）生まれで、東京大学仏文科を中退して、一九二七年（昭和二）に講談社へ入った。子会社のキングレコードに在籍したこともあり、「かもめの水兵さん」などの童謡のレコードをプロデュースしてヒットさせた実績はあったが、雑誌や書籍では、まだその才能を発揮していない。一九三九年には出版局児童課課長になったが、とくに目立つ業績はなく、敗戦直前の一九四四年に満州へ派遣された。新京（現・長春）市に講談社の満州支社をつくる目的だったが、すでに日本の敗色が色濃く、何もできなかった。命からがら帰り着き、敗戦を迎えた。そして光文社に創立時から常務取締役として加わった。

神吉は講談社で児童課にいたことがあるので、そこからの思いつきで光文社でも児童書を出してみようとなったようだ。一九四七年から光文社は「少年文庫」と「痛快文庫」というB６判の子供向けのシリーズを始めた。「少年文庫」は、『シンデレラ姫』『アラビヤンナイト　シンドバッドの冒険』『旧約聖書　ノアの箱舟』『西遊記』『トム・ソウヤーの冒険』といった、世界の名作を子供向けにリライトしたもので、そのなかにはポーの『黄金虫』の江戸川乱歩訳、といったものもある。

「痛快文庫」は少年小説のシリーズで、「少年倶楽部」や「少女倶楽部」に連載された小説が多い。その最初の配本が『怪人二十面相』だった。

神吉は「痛快文庫」を始めるにあたり、乱歩の少年探偵シリーズが不可欠であると思い、版権を持っているはずの講談社の児童書部門の責任者、中里辰男に相談した。中里は乱歩作品を光文社で出すことを承諾し、神吉が乱歩邸へ行くときは同行すると約束した。

その日、神吉と中里は一緒に乱歩邸へ行くはずだったが、中里が他の用件が入り、神吉ひとりで乱歩邸へ行き、玄関先で「光文社の神吉」と名乗り、「先生にお目にかかりたい」と言った。この時代は作家を訪問する場合でも、事前にアポイントメントを取ることは少ない。応対したのは乱歩の妻だったようで、「しばらくお待ち下さい」と言って奥へ入った。だが、それっきり、三十分待っても、一時間待っても、梨の礫（つぶて）で、神吉はずっと玄関で待たされた。一時間半が過ぎ、さすがの神吉も頭に来た。このまま帰ろうと思ったときに、中里がやってきた。

中里が改めて、「ごめんください」と言い、講談社の中里だと名乗ると、今度は一分も経たずして乱歩が現れた。神吉はますます頭にきたが、じっと堪えた。中里は神吉を紹介し、光文社と講談社の関係を説明し、少年探偵シリーズを光文社で出させてやってくれと頼んだ。

乱歩は了解した。〈講談社は当分動き出しそうもないのだから、その分身のような光文社から出してくれることには、少しも異議がなかった。〉と『四十年』では振り返っているが、神吉を一時間半も待たせたことは、忘れてしまったのか、何も書かれていない（この件は神吉の評伝、片柳忠男著『カッパ大将』に記されている）。〈たしか講談社の人と同道でこられたのだったと思う〉とあるのみだ。

乱歩と講談社の関係は深いようで浅く、浅いようで深い。講談社が戦前に出した乱歩の本は、少年探偵シリーズ四作以外では、『蜘蛛男』（一九三〇年）だけだった。他にも「キング」「講談倶楽部」に連載していたが、それらは講談社からは本になっていない。もっとも、雑誌に連載した作品が同じ出版社から単行本として出ることが出版界で常態化するのは一九七〇年代からなので、乱歩と講談社だけがそういう関係だったわけではない。

戦後も、乱歩名義で出た講談社の本は、四六年九月に「少国民名作文庫」として出されたボアゴベーの『鉄仮面』（江戸川乱歩・文となっており、黒岩涙香の翻訳のリライトとされるが、実際は他の者が書いて名義貸ししたようだ）だけだった。

神吉は乱歩の態度に腹が立ってはいたが、その時点での光文社のポジション、作家たちからどう見られているかを知った。同時期、舟橋聖一へも書き下ろしの依頼に行くと、光文社を見下して、印税二十パーセントなら書いてやると言われた。大作家は、たとえ講談社の関連会社だとしても、無名の新興出版社には冷淡だったのだ。快諾した乱歩は、ひとがいいほうだったのかもしれない。

かくして、光文社は講談社から乱歩の少年探偵シリーズを譲り受け、一九四七年七月に『怪人二十面相』と『少年探偵団』、翌四八年四月に『妖怪博士』が刊行された。文字が印刷してあれば何でも売れると言われた時代で、読みものに餓えていたのは大人だけではなかった。少年たちも乱歩の本に飛びついて、売れに売れた。

そこで神吉は「少年」の編集長に、乱歩に新作の連載を頼むよう勧めた。だが、そう簡単には実現しない。

### †「少年」からの依頼

「少年」から執筆を依頼された乱歩は、最初は断った。なにしろ、戦中に書いた最後の小説『偉大なる夢』から四年間、一行も小説を書いていないのだ。そう簡単には筆を執る気にはならない。その時点で——一九四八年夏の終わりか——、横溝は長篇探偵小説としては『本陣殺人事件』『蝶々殺人事件』『獄門島』『びっくり箱殺人事件』を完成させ、『夜歩く』が連載中だ。短篇探偵小説は戦後だけで三十作近く、捕物帳も三十作近く書いていた。

さらに、角田喜久雄の『高木家の惨劇』が「小説」誌一九四七年五月号に一挙掲載され、六月に乱歩の序文付きで淡路書房から出て、新人の高木彬光の『刺青殺人事件』が四八年五月に岩谷書店から乱歩の序文付きで出て、坂口安吾の『不連続殺人事件』が「日本小説」誌に四七年八月の初秋号から連載され四八年八月号で完結していた。

一九四八年秋までに、日本探偵小説界には、横溝の三作に加え、『高木家』『刺青』『不連続』の三作、合わせて六作ものオール・タイム・ベストテン級の名作が生まれていたのだ。乱歩は書くからには長篇本格探偵小説でなければ意味がないと考えて敗戦を迎えたが、英米作品を読みふけり、探偵作家のリーダーとして動きまわっているうちに、機会を逸してしまった。

『四十年』では、〈神吉君は「少年」の編集長に勧め、私の少年ものを同誌に連載することにしたのである。〉とここでも簡単にすませているが、四年も小説を書いていない作家に、再び筆を執らせるのに、「少年」の編集者は苦労した。

光文社の社員だった森彰英著『音羽の杜の遺伝子』にはこう書かれている。当時の編集長は丸尾文六、乱歩を担当したのは金井武志である。二人は明智小五郎と少年探偵の物語を「少年」へ連載してくれと頼むが、断られた。それでもと何度も足を運んでいるうちに、〈乱歩にも少しは腰を上げる気配が見えてきた。丸尾の意を受けて、金井は静養しながら構想を練っていただくという名目で乱歩を伊豆・湯ヶ島の温泉に連れ出した。〉

何日か滞在したが、乱歩が「ここは静かすぎて、川の音が耳に入って眠れない」と言いだし、明日からは別の宿へ移ろうとなった夜、乱歩は旅館の部屋の掛け軸をじっと見て、「あの文字を題名に使えないだろうか」と言った。その文字こそが「青銅」の二文字だった。それから「青銅の魔人」というタイトルが決まった。乱歩は「僕は題名が決まると、構想が立ちやすいんだ」と言い、宿を移すとさっそくストーリー作りに取り掛かった。

湯ヶ島へ行ったのが何月なのかは示されていないが、十一月発売の十二月号では次号から『青銅の魔人』が始まるとあるので、十月にはタイトルは決まっていたはずだ。逆算すると、九月か十月初めに湯ヶ島へ行き、連載の依頼は、もっと前からとなる。横溝正史が東京へ戻ったのは八月一日なので、その頃には最初の依頼、あるいは打診があったはずだ。

乱歩が成城で横溝を出迎えた八月一日、二人が何を語り合ったのかは分からないが、当然、話題のなかで、雑談であったとしても、横溝は「いつ小説を書き始めるのだ」と乱歩に質したただろう。それまで他の何人もの作家や編集者からも同じことを訊かれていただろうが、横溝の言葉は、乱歩に格別に重く響いたはずだ。

そうか、横溝も東京へ戻ってきたんだ、やはり自分も書かなければ——そんなふうに気持ちが傾いていたときに、光文社からの依頼があった。とすれば、時期的には辻褄が合うのである。

乱歩の背中を押したのは横溝正史だった——そう思えてならない。

## †「少年探偵」シリーズの連載、始まる

「少年」一九四八年十二月号（十一月発売）に、乱歩による「全国の愛読者諸君へ」という連載の予告ともいうべき挨拶文が掲載された。「青銅の魔人」というタイトルも示されている。

〈「青銅の魔人」とは何者でしょうか。銅像のような色の金属でできた大男です。〉と始まる。〈名探偵明智小五郎と、リンゴのような頬をしてリスのようにすばしっこい小林少年と、それから小林君を団長とする少年探偵団のかわいらしい少年たちが、この青銅の怪物をむこうにまわして、ちえの戦いをいどむのです。〉とシリーズの最新作であることを謳い上げる。さらに、今度の敵は〈あの怪人二十面相などよりも、幾層倍も不気味な恐ろしいあいてです〉と書き、読者を惑わせる。あるいはこの段階では、二十面相を登場させる気はなかったのだろうか。

戦前の「少年探偵」シリーズは四作あるが、最後の『大金塊』には二十面相は登場しない。第三作『少年探偵団』のラストで地下室もろとも爆発してしまった。ただ、

その最後は〈このようにして、二十面相はさいごをとげたのでした。〉としながらも、焼け跡を調べても、〈肉も骨もこっぱみじんにくだけ散ってしまったのか、ふしぎなことに怪盗の死がいはもちろん、三人の部下の死がいも、まったく、発見することができませんでした。〉とある。死んだとも、生きているとも解釈できるようにしてあるのだ。

次の『大金塊』での明智小五郎と少年探偵の相手は、二十面相ではなく、女性の盗賊だった。

その後、日本は戦争へと突入し、二十面相は次の事件を起こすことがなかった。やはり死んでしまったのだろうか。

予告が載った翌号、一九四九年一月号から、『青銅の魔人』が始まった。「少年倶楽部」での最後の作品『大金塊』から十年ぶりの再開である。

「少年倶楽部」誌上で、一九三六年（昭和十一）に十一歳で『怪人二十面相』に出会った少年は、三七年に十二歳で『少年探偵団』を読み、三八年に十三歳で『妖怪博士』を読み、三九年に十四歳で『大金塊』を読んだわけだが、その少年も、一九四九年には二十四歳になっており、もはや「少年」の読者ではなかったろう。

一方、一九四九年の「少年」の読書は、たとえば十歳だったとしたら、一九三九年生まれなので、『大金塊』連載時は生まれたばかりだ。

乱歩は説明なしに「名探偵明智小五郎」とか「あの怪人二十面相」と書いているが、それは光文社が出した本で、すでに主要キャラクターが戦後の読者にも「おなじみ」であるからだ。連載が始まって、初めて明智小五郎と小林少年を知った新しい読者は、親に頼んで『怪人二十面相』以下のこれまでの作品を買ってもらい、読んだことだろう。雑誌と書籍との相乗効果が生まれていく。出版社にとって理想的な展開だった。

『青銅の魔人』もこれまで同様に、何年に起きた事件なのか、文中には明示されない。だが、浮浪児が出て来ることなどから戦後すぐと考えていい。文中には「これは何年のお話です」と書かれていないので、読者の少年たちは、「いま（一九四九年）の話」と受け取っていたはずだ。

ここで年齢問題が生じる。明智はともかく、戦前の一九三〇年代に「少年」だった「小林君」が戦後も「少年」というのはおかしい。さらに小林は、戦後も一九六

○年代まで少年のまま活躍する。どうでもいいと言えばそれまでなのだが、ミステリファンはこういう設定上の矛盾をどうにかして合理的に解決するのが好きなので、絶好のネタとなる。合理的に——といっても、無理はあるが——考えれば、小林少年は、戦前の初代と、戦後初期の二代目と、一九五一年以降の三代目の三人いるとするしかない。

乱歩はどう考えていたのだろう。『青銅の魔人』の初刊に寄せた随筆「小林少年のこと」では、〈小林少年はまだ十六才の、リンゴのような頰をした、かわいらしい子供ですが、明智探偵の教育をうけて、高等学校を卒業したほどの学問があります。〉と紹介されている。そして『怪人二十面相』『妖怪博士』等での活躍も紹介されているので、『青銅の魔人』の小林少年は戦前の小林少年と同一人物ということになる。『青銅の魔人』が平山説にしたがい、一九四五年の事件だとすると、この年に十六歳なので、一九二九年生まれとなり、それでは一九三二年に起きたはずの『怪人二十面相』のときは二歳になってしまう。これはどう考えても無理がある。

乱歩は文中で年齢は示すが、何年の出来事だとは特定しない。このあたり、いい加減なようでいて、ある意味、巧妙で、あえてどうにでも解釈できる状況にしていたとも言える。はっきりと何年の出来事かを示さなかったので、たとえば筆者は一九七〇年前後にこのシリーズを読んだが、「ちょっと前」の話として読んでいた。作品としての寿命が永遠に近くなったのだ。少年読者は誰もが、小林少年を同世代と思いながら読めた。

小林少年だけでなく、二十面相も複数いると考えたほうが合理的である。明智小五郎も年齢ではどうにか整合性があるとしても、そもそも人間は年齢を重ねるにつれて性格が変わることも多いので、かえってリアリティがあるとも言える。

それに対し、横溝正史のキャラクターは、由利麟太郎も金田一耕助も、事件の発生時と彼らの年齢との間に大きな矛盾はない。二人とも、ちゃんと歳をとっていく名探偵なのだ。

## †その後の「少年探偵」シリーズ

『青銅の魔人』は「少年」一九四九年十二月号（十一月発

売）で完結すると、ほぼ同時に光文社から単行本が刊行された。

『青銅の魔人』最終回の翌月、一九五〇年一月号から『虎の牙』の連載が始まり、やはり十二月号で終わり、同時に単行本となった。以後、「少年」一月号から十二月号まで、ひとつの長篇を連載するサイクルが一九六二年まで続く。

書籍のほうは、『虎の牙』からは「痛快文庫」ではなく、「少年探偵全集」として刊行された。さらに一九五一年に出る『透明怪人』からは「少年探偵　江戸川乱歩全集」というシリーズ名となり、『怪人二十面相』にさかのぼり、このシリーズ名で刊行されていく。

なつかしい方もいるだろうから、戦後の作品のタイトルを挙げると、「少年」連載のものは以下となる。

『青銅の魔人』（一九四九年）
『虎の牙』（五〇年、後のポプラ社版では『地底の魔術王』）
『透明怪人』（五一年）
『怪奇四十面相』（五二年）
『宇宙怪人』（五三年）
『鉄塔の怪人』（五四年、ポプラ社版では『鉄塔王国の恐怖』）
『海底の魔術師』（五五年）
『魔法博士』（五六年）
『妖人ゴング』（五七年、ポプラ社版では『魔人ゴング』）
『夜光人間』（五八年）
『仮面の恐怖王』（五九年）
『電人Ｍ』（六〇年）
『妖星人Ｒ』（六一年、ポプラ社版『空飛ぶ二十面相』）
『超人ニコラ』（六二年、ポプラ社版『黄金の怪獣』）

このうち、五九年の『仮面の恐怖王』までは連載終了と同時に光文社の「少年探偵　江戸川乱歩全集」として刊行されたが、『電人Ｍ』以降の三作は、光文社では書籍化されなかった。

乱歩の全体の業績のなかでは、少年探偵シリーズは「余技」とみなされることがあるが、一九四八年秋から六二年秋までの十四年間、一か月も休むことなく連載を続け、とても「余技」とは言えない執筆量だ。戦後の乱歩にとってはこれがメインの仕事だった。さらに売上部数でも、初期の短篇はもとより、通俗長篇と比べても、圧倒的に多いはずだ。

「少年探偵」シリーズの読者数は、売上部数の数十倍だろう。乱歩没後、ポプラ社版が小中学校の図書室に置かれるようになるからだ。一冊の本を数十年の間に、数十人、数百人、学校によっては数千人が手にしただろう。

こうして――江戸川乱歩は日本史上、最も多くの読者を得た少年小説作家となった。それはどんな高名な児童文学者も敵わない。

一九四九年二月、光文社は乱歩の『大暗室』を「名作読物選」というシリーズで刊行した。以後、『白髪鬼』『吸血鬼』『緑衣の鬼』『黒蜥蜴』が五一年十二月までに出て、翌五二年に『黄金仮面』『幽霊塔』『魔術師』『幽鬼の塔』『蠢く触手』と合計十点の「通俗長篇」が刊行された。これについて乱歩は〈一応は売れたけれども、戦後くり返し、いろいろな本屋から出版されていたものばかりなので、少年ものほどには売れなかった。出せばまだ数冊あったわけだが、光文社はこれだけでうちきってしまった。大人ものは出したときには売れるけれども、少年もののように何年も増刷をつづけるというわけには行かなかった。〉としている。

戦後第一作『青銅の魔人』の連載が始まると、乱歩が再び書き始めたというので、新聞や雑誌から次次と依頼があったが、乱歩は断っていた。しかし、「少年」での第二作『虎の牙』の連載が始まっている一九五〇年の乱歩邸での新年会で、報知新聞編集局長・白石潔が短篇の執筆を依頼した。白石は乱歩を楽しませたらしく〈語るほどに酔うほどに、私はなんだかいい気持になって、つい「報知に短篇を書きましょう」といってしまったのである。短いものなら、なんとかなるだろうと、たかをくくっていたのである。〉

酒の席での約束だったが、乱歩は守った。戦後の小説第一作『断崖』、三十七枚を書き上げ、報知新聞一九五〇年三月一日から十二回にわたり連載された。この短篇は探偵作家クラブが会報の号外「大乱歩遂に起つ!」を出したほどの大事件と捉えられた。戦後初の大人向けの創作であるだけでなく、一九三四年（昭和九）に「中央公論」に載せた『柘榴』以来、十六年ぶりの短篇だったのだ。この作品は「宝石」六月号にも掲載された。

いよいよ乱歩が完全復活したと、さらにいくつもの雑誌から小説の連載依頼が来て断りきれなくなり、翻案でいいのならという条件で引き受けたのが、光文社の「面白倶楽部」に一九五一年（昭和二十六）一月号から十二月号まで連載される『三角館の恐怖』だ。同誌が最も熱心だったからと書いているが、「少年」に連載していることもあって、この時期、最も親しくしているのが光文社だったからだろう。

『三角館の恐怖』は、乱歩が戦争中に原書で読んで〈深く印象に残っていた〉というロジャー・スカーレットの『エンジェル家の殺人（Murder Among the Angells）』が原作で、〈著作権者に自由訳の承諾〉を得て、舞台を日本に、登場人物を日本人にしたものだ。

五〇年十二月号の予告では、この翻案について〈私としては始めての試みだが、しっくり好みにあった原作のことだから、大いに気のりがしていることはたしかである。〉と書いて、はりきっている様子だ。連載時には犯人当ての懸賞もあった。

しかし、ほとんど評判にならなかった。そのせいなのか光文社は書籍として出さず、一九五二年九月に文藝図書出版社から刊行された。

そしてまた、乱歩は少年もの以外は、小説を書かなくなってしまう。

## †出版危機

敗戦時三〇〇社あまりしかなかった出版社は空前の出版ブームのおかげで爆発的に増え、一九四六年に二四五九社となり、四九年一月には四五八一社となっていた。三年で十五倍になっていたのである。だが、このブームもついに終わる時がきた。といっても、本が売れなくなったわけではなく、流通機構改革の余波で倒産していく出版社が多かったのだ。

戦時中の統制政策は、出版社の統廃合だけでなく、一九四一年に全国の取次会社（問屋）を統合して日本出版配給株式会社（日配）とした。その体制が戦後も続いていたが、ＧＨＱの経済民主化政策の一環で、財閥解体、大企業の再編成として、独占禁止法、過度経済力集中排除法（集排法）が公布されると、日配は出版物の独占的支配力を持っている等の理由で集排法の対象に指定され、一九四九年三月に閉鎖命令が出された。

これをうけて、日本出版販売、東京出版販売（現・トーハン）などが相次いで創立される。だが日配が閉鎖されると決まると、同社への買掛金の支払いと相殺するために在庫を返品する書店が続出し、巨額の債権を持っていたはずの日配は、赤字になってしまう。日配は書店からの返品を出版社へ返し、出版社への買掛金を相殺した。資金的に余裕のない零細出版社は、返品を抱え、かつ日配からの支払いがなくなり、次次と倒産した。四九年一月には四五八一社あった出版社は、二年後の一九五〇年末には一八六九社と、半分以下になってしまう。数だけでいえば、六割の出版社が消え、戦後の出版ブームも、ここにあえなく終焉を迎えたのである。

出版社が消えると同時に、雑誌も消えていった。続続と創刊された探偵小説雑誌も例外でなく、「トップ」は四八年七月号、「新探偵小説」は四八年七月号、「Gメン」は四八年十一・十二月号、「X」は四九年十・十一月合併号、「マスコット」は四九年九月号、「ロック」は四九年九月号で、それぞれ休刊、終刊となった。探偵小説バブルも終わろうとしていたのだ。この状況は一九三五年（昭和十）前後と似ていた。

「ロック」などは戦後に生まれた雑誌だったが、「新青年」という大正九年以来、三十年の歴史を持つ雑誌までが終刊に追い込まれたのは、売れ行き不振が理由だが、背景には戦犯問題があった。

出版界の戦犯問題は、一九四八年五月三十日に占領軍の公職追放審査委員会が、出版関係では、七十八社、二百十七名を追放該当者と決定することで――追放処分となった人びとには不満があったものの――とりあえず決着した。「公職に就くことと政治的発言・行動を禁止する」令状がこれらの会社と人に出され、これを「公職追放」という。出版界に限らず、政治家、財界人、官僚など全国で約二十万人に追放令が出た。

作家では、尾崎士郎、徳富蘇峰、火野葦平、菊池寛、武者小路実篤、岩田豊雄、石川達三、山岡荘八ら合計三百三十一名が追放となった。従軍して記事を書いたことで軍国主義者と見做された者もいたので、小栗虫太郎も生きていたら追放処分になったかもしれない。石川達三などリベラルと思われる者まで対象となっている。この処分は、長い人でも一九五二年には解除される。政界・財界・官界においては、この公職追放があったから世代交代が進んだ面もあった。

探偵作家では、江戸川乱歩、海野十三、水谷準が公職追放となった。乱歩は一九四七年十月に指定された。戦争中に書いた国策小説『偉大なる夢』が問題となったのではなく、戦時中に大政翼賛会豊島区支部事務長だったというのが、その理由だ。乱歩は最初、小説家なのだから「公職」に就くつもりもないので、〈何の痛痒もないことだ〉と考えていたが、新聞・雑誌が追放された作家を敬遠する風潮にあることがわかったので、解除のための手続きをした。自分で申請し、弁明書のようなもの（直訳なのか「証言」と呼ばれた）を書き、身元調べ・履歴調べのための「調査表」を提出するなどして、翌四八年二月に解除された。乱歩によると、追放には内閣が処分を決定した重いものと、東京都知事が決定する軽いものとがあり、乱歩は後者だった。

しかし、戦時中、軍との関係が深かった海野と、軍国主義を煽った出版社の代表と目された博文館で編集長をしていた水谷の処分は内閣が決めたもので、なかなか解除されなかった。海野はそのため別のペンネーム丘十郎で作品を発表したこともあった。

海野は一九四九年五月十七日——乱歩が『青銅の魔人』の連載を始めて半年後、横溝が成城で暮らすようになって九か月が過ぎたころ——結核で亡くなった。五十三歳だった。このときにはすでに追放は解除されていた。

横溝が結核だったことは有名だが、海野もその病歴があった。そして戦後、何度も喀血していた。同じ病いを持っていたことで、海野と横溝は親近感を抱いてもいたのだ。

一九七二年に横溝は海野との交友を随筆に書くが（『昔話』収録）、それはこう結ばれる。〈十三の家は代々阿波徳島の御典医だったそうである。その縁で故人を追慕する人たちによって徳島公園にりっぱな碑が建てられている。碑文は江戸川乱歩がかいた。しかし、多磨霊園にある墓地にはいまだに石碑がなく、木柱が風雨にさらされてくろずんでいる。私に用達てる金はあっても、自分の石碑にまで手がまわらなかったのであろう。〉

別の随筆（『五十年』収録）には、〈ひとくちにいって海野さんは、誠実の人という言葉につきるだろう〉と書く。そして〈戦争中海野さんはその誠実さをあますところなく発揮し、自分をゴマ化すところなく生き抜いた。戦時の作家のなかでも、これほど自己に忠実だったひとはほ

かにいないのではないか。〉

出版人で追放処分となったなかには、講談社や博文館の戦争責任を追及していた側の彰考書院の藤岡淳吉もいた。左翼の急先鋒だった藤岡であるが、一九三三年にそれまでに出していた社会主義関係の本を焚いたことや、石原莞爾の著作を出したことが蒸し返されたのだ。藤岡は回想録に「まったく意外。出るくぎ打たれるを知る」と書く。出版界の戦犯追及問題は、そのリーダーの失脚により萎んでしまい、この問題はうやむやとなった。

藤岡は土地を売って追放解除の請願費用に充て、翌年、解除される。だが一年半にわたり社内に立ち入ることもできなかったため、そのあいだに経営が傾き、彰考書院は四八年に倒産した。藤岡は五十名近くいた社員を解雇し、再建を図った。

## †博文館の最期

博文館は公職追放令を恐れたあまり、自ら解体の道を選んだ。大橋進一は出版への情熱を失い、それよりも自分の資産が共産主義者によって奪われることを恐れ、一九四七年八月の時点で博文館の社長を辞任し、雑誌ごとに六つの会社（講談雑誌社、ストーリー社、農業世界社、野球界社、江古田書房など）に分け、それぞれ大橋一族の者を発行人として再出発させた。博文館の社員も全員が十月に辞めて新会社へ入ることになった。こうして十月に博文館は六十年の歴史をいったん閉じる。十一月に博文館は団体として、大橋進一も個人として公職追放となった。大橋は、博文館ビルと博文館という社名も売ってしまった。

六つの新会社は出版を続けていたが、これらは博文館の偽装だと疑われた。たしかに新会社はみな大橋家の関係者が社長であり、販売業務を行なう東海興業は、大橋本店を社名変更したにすぎない。

大橋は内偵をかけられると、今度こそ本当に出版から完全に手を引くことにし、社員三人に譲渡することにした。三人は名実ともに譲渡してくれるならと引き受け、一九四八年五月に、「野球界」「農業世界」「ストーリー」を出す博友社、「講談雑誌」「新青年」「家庭エホン」を出す文友館、辞典と書籍を出す好文館の三社が生まれた。「新青年」の発行元となった文友館の社長は高森栄次だった。横溝がまだ博文館にいた一九二八年に入社し、最初は「朝日」に配属された。以後、「新少年」「譚海」などの少年誌の編集部にいた。

だがこのような工作をしたことが禍(わざわい)して、大橋進一は一九四八年七月に公職追放令違反容疑で逮捕、留置された。不起訴になったが、大橋としてはもう懲り懲りとの思いだったろう。三社は名目上は分かれていたが、実際はひとつのままだったので、博友社として合併した。

一方、稼ぎ頭の日記の権利は譲渡されず、大橋一族が保有していたらしく、一九五〇年五月に、進一の娘が博文館新社を興して日記の発行を再開した。現在では博友社も大橋一族によって経営され、同一の事業所内にある。

「新青年」はこのような経緯で、一九四七年九月号までは博文館発行で、十月号から四八年三月号までは江古田書房発行だった。この時期――水谷準が四六年九月号まででで退職した後は横溝武夫が編集長だった。武夫は誌面をそれまでの科学小説・ユーモア小説・冒険小説・スパイ小説中心のものから、ユーモアものと現代もの中心へ刷新した。また武夫は山本周五郎と親しかったので、探偵小説『寝ぼけ署長』を匿名で連載させてもいる。

一九四八年四・五月合併号から四九年一月号までは文友館発行で、同社の社長でもあった高森栄次が編集長も担った。四九年二月号からは博友社発行となり、編集長は高森が続けた。

横溝正史は敗戦直後には「新青年」に短篇を書いていたが、実弟・武夫が編集長の間は同誌には何も書いていない。ようやく新体制が確立した四九年三月号から『八つ墓村』の連載を開始した。乱歩も四六年十月号に『魔術と探偵小説』という随筆を書いた以外、戦後は何も「新青年」には書いていなかったが、四九年十月号から自伝『探偵小説三十年』の連載を始めた。横溝武夫は兄とは異なり、探偵小説が嫌いだったので、乱歩や横溝への依頼がなかったようだ。あるいは乱歩と横溝は水谷が辞めてしまったので、「新青年」とは疎遠になったのかもしれない。

事情はともかく、「新青年」は一九四九年になってようやく乱歩と横溝という二大看板を得て、再び探偵小説を多く載せるようになる。だが、その寿命は僅かしか残っていなかった。翌一九五〇年七月号で終刊となるのだ。横溝の『八つ墓村』は三月号までで病気のため休載となっていた。乱歩の『探偵小説三十年』も未完で終わったので、両作とも、「宝石」で連載することになる。

日配閉鎖によって資金力のない版元が姿を消すなか、明治以来の歴史と大橋財閥という大資本があった博文館も、実質的には出版社としての歴史を閉じるのであった。

横溝武夫は博友社に移ったが一九六〇年に退社する。

この休刊・廃刊ラッシュで、横溝正史は連載していた九作のうち五作が中絶してしまった。『八つ墓村』以外では、「スタイル読物版」の『模造殺人事件』(五〇年四月号まで)、「ホープ」の『失われた影』(五〇年四月号まで)、「少年世界」の『皇帝の燭台』(五〇年六月号まで)、「少年少女王冠」の『深夜の魔術師』(五〇年八月号まで)だ。少年雑誌が苦戦していたことが分かる。もうひとつが、連作の『左門捕物帳』を連載していた「日光」で、この雑誌はどうなったか詳細は不明だが、この時期に姿を消したと思われる。このシリーズは後に「人形佐七」に書き換えられた。

この時期に横溝が連載していて、一九五一年になっても続いていた雑誌は最大手講談社の「キング」と「講談倶楽部」だけで、前者に『犬神家の一族』、後者に『迷路の花嫁(後に「カルメンの死」へ改題)』を連載した。

そんな荒波のなか、角川書店と早川書房は生き残っていた。

## †角川文庫発刊

角川書店が角川文庫を創刊するのは、日配閉鎖で出版業界が激動している最中の一九四九年五月だった。創業して四年目だ。最初の本として一九四六年二月に佐藤佐太郎詩集『歩道』と、野溝七生子短篇集『南天屋敷』を出し、その後も、金田一京助『定本石川啄木』、柳田國男『物語と語り物』、を「飛鳥新書」というシリーズ名で出し、堀辰雄作品集の刊行も始め『風立ちぬ』等を出した。

飛鳥新書はいわゆる新書判ではなくB6判並製で、その後も、谷川徹三、林達夫、石川淳、立原道造、三好達治、泉鏡花、神西清、海外作品の翻訳では、ゴーチェ、ホフマンスタール、ボードレール、ベルトランなどを出し、出発したばかりの版元としては豪華なラインナップで、角川源義はこれまでの人脈を使って、これらの作家たちの作品を出していた。

なかでも堀辰雄と神西清は角川書店の顧問のような存

在で（神西は正式に顧問になった）、角川に何を出したらいいか助言していた。神西が中心となり、一九四八年二月には雑誌「表現」を創刊した（前述のとおり当初は「飛鳥」という誌名を予定していたが変更になった）。「表現」は文学の評論誌で、林達夫、加藤周一、吉田健一らの名が創刊号にある。しかし一年後の四九年八月号をもって、十三号出したところで終刊となった。

「表現」創刊の一九四八年には、同誌の他、平均して月に四点くらいの新刊を出していたが、飛鳥新書に続いて、外国文学の翻訳シリーズとして「哲学選書」も出し始めていた。

それでも経営は厳しいままだった。角川に経理や営業の概念が乏しいのもそうなる原因だった。実家からの資金援助でどうにかやっていたようだ。一九四八年暮れ、角川は岩波書店編集部長の布川角左衛門（後に、倒産した筑摩書房の管財人兼代表取締役）を訪ね、相談した。「自分の目標は岩波書店であり、あやかりたいと望んでいるのは岩波茂雄さんです」と角川が言ったので、布川はその言葉に打たれ、知人の野田正を紹介し、角川書店の業務部長（営業部長）になってもらった。野田は経理の専門家だったので、これでようやく会社としての体裁が整った。

もしこの時点で布川に助けを求めず、野田を業務部長にしていなかったら、翌四九年春から始まる日配閉鎖の激動のなか、角川書店が存続できたかどうか。その意味では、角川はついていた。あるいはこのままでは危ないというカンが働く人だった。当時まだ岩波書店の編集部長だった布川角左衛門が同業他社の角川を助けたのは、自分の名前に「角川」の二文字があり、親近感を抱いていたからだったという。この点でも角川は運がよかった。

角川源義の後を継ぐ長男・角川春樹は打倒・岩波文化を公言していくが、源義は、岩波のようになることを目指していた。そこで一九四九年五月、角川文庫を創刊した。当時の社員は十五人しかいなかった。最初の角川文庫はドストエフスキーの『罪と罰』（米川正夫訳）だった。しかしこれが帯の赤インクがしっかり乾かないうちに納品したため、表紙にベトついてしまい、刷り直すなどの対応に迫られた。ようやく店頭に並んだが、しばらくすると、ほとんどが返品となって戻ってきた。

社内では記念すべき最初の本が「罪と罰」というタイトルでは縁起が悪いという声があったので、この結果を見て、まさに罰が当たったと言われた。角川源義は諦めず、文庫を強化するために戦前に岩波文庫の編集者だった長谷川覚を招いた。ここで文庫を諦めていたら、後の横溝ブームもなかったのである。だが名編集者を招き、名作を出しても、角川文庫は売れず、返品の山となり、赤字が累積されていった。

文庫は赤字でも、単行本ではヒットが出て来た。一九四九年八月に出した教育書『考える子供たち』（高森敏夫著）が毎日新聞社の毎日出版文化賞を受賞し、話題になった。一九五〇年には角川文庫で、幸田露伴が封印していた幻の作品『風流艶魔伝』を出すことになり、発行前に東京日日新聞が記事にしたので、初版一万部を取次各社に買い切りの条件で仕入れさせることができた。

こうやって、角川書店は歩み出していた。しかし、探偵小説とは無縁なままだった。

## †早川書房、探偵小説へ

演劇書の版元としてスタートした早川書房も、その本は評価されても多くは売れず、経営は厳しかった。他の分野へ手を広げようとしたが、早川清には文壇にもアカデミズムにも人脈がなく、新興の零細版元に書いてくれる著名な作家、学者はいなかった。

そこで早川書房は海外作品の翻訳に活路を見出すことにし、アーサー・ミラーの『セールスマンの死』、セオドア・ドライザーの『アメリカの悲劇』と、ヴィッキイ・バウムの『グランド・ホテル』などが一九五〇年に刊行された。『セールスマンの死』は演劇なので従来路線だが、『アメリカの悲劇』はこれまでの刊行物との関連性はない。一九二五年の作品なので、新作でもない。戦前に映画化されていたが、一九五一年公開を目指して二度目の映画化が進んでいる時期だった。『グランド・ホテル』は、グレタ・ガルボなどが出た戦前のハリウッド映画の原作だ。小説、映画などの「グランド・ホテル形式」の原型である。これも新作ではなく、戦前に牧逸馬の訳で出ていた。どちらも大長篇なので、上下二冊となった。にもかかわらず、初版が二万部だった。

そのときに上映されている映画の原作ならば売れるだろうが、戦前の映画の原作と、これから公開される映画の原作がそんなに売れるはずがない。実際『アメリカの悲劇』は大量に返品され、何年も倉庫に積まれていたという。

早川書房がこんなにも大部数を刷ったのは、翻訳出版の素人だったからだけではなく、東販（現・トーハン）に――悪く言えば――騙されたからだった。日配解体後、取次がいくつも生まれたが、いまも健在の日販と東販が当初から二大取次だった。しかし日販は書籍がメインの書店を取引先とし、東販は雑誌がメインの書店と取引していた。東販としては書籍部門を強くして、日販系の書店とも取引がしたかった。そこで早川書房が『アメリカの悲劇』を出すと相談に来たので、東販だけに扱わせてくれ――日販には卸すなということ――と言って、二万部を刷らせて引き受けたのだ。東販はこの大長篇小説を、雑誌を配本する感覚で全国の書店へ配本した。なかには雑誌をスタンドで売っている雑貨店にまで配本したので、ほとんどが売れ残り、返品されたのだ。東販では担当した常務が責任を取らされ、一時解任される騒ぎにまでなった。

東販は売れ残っても返品すればいいが、それを受け容れる早川書房は、経営が傾いた。ただでさえ行き詰まっていたのに、その打開策のはずの翻訳出版が最初から躓いたのだ。それでも早川書房は踏ん張った。それまでは個人商店のようなものだったが、これを機会に株式会社にし、早川は一時、社長の座を義弟の桜井光雄に譲る。この時期なのかどうかは分からないが、早川は田園調布にあった家をはじめ、かなりの資産を出版事業で喪ったという。

早川書房で『アメリカの悲劇』と『グランド・ホテル』を担当したのは、伊藤尚志だった。伊藤は詩人グループ「荒地」のメンバーで、『グランド・ホテル』は伊藤自身が訳した。「荒地」には鮎川信夫、岡田芳彦、加島祥造、田村隆一、西脇順三郎、堀田善衛ら、後にミステリの翻訳者になる人びとがいた。加島の兄が早川清の友人だったことで、加島が訳したフォークナーの『墓場への闖入者』を早川書房が出したのがきっかけで、加島の友人や知人が早川書房と関わるようになる。

「悲劇喜劇」の編集長の遠藤慎吾は書籍も作っていたが、戦前に新劇運動に関わっていた。この遠藤自身が翻訳したグレアム・グリーンの『第三の男』を1として、一九五一年、早川書房は「世界傑作探偵小説シリーズ」の刊行を始めた。これがハヤカワ・ポケット・ミステリの原型となる。ラインナップを挙げる。

『第三の男』グレアム・グリーン、遠藤慎吾訳
『白昼の悪魔』アガサ・クリスティー、堀田善衛訳
『三幕の殺人』アガサ・クリスティー、田村隆一訳
『オランダ靴の秘密』エラリー・クイーン、二宮佳景訳（鮎川信夫の別名）
『疑惑の影』ディクスン・カー、村崎敏郎訳
『木曜日の男』G・K・チェスタートン、橋本福夫訳
『オシリスの眼』オースティン・フリーマン、二宮佳景訳
『予告殺人』アガサ・クリスティー、田村隆一訳
『殺人準備完了』（『ゼロ時間へ』）アガサ・クリスティー、三宅正太郎訳
『山荘の秘密』（『シタフォードの秘密』）アガサ・クリスティー、田村隆一訳

堀田は小説家になる直前で、田村、鮎川とあわせて、六点が「荒地」人脈だ。演劇人と詩人が初期の早川書房の翻訳陣だった。作家ではクリスティーが半分を占めている。この時点から早川書房はクリスティーが主軸だったのである。このシリーズはハードカバーで出したため高額となり、それほど売れなかったので十点で終わってしまった。

そんなころ――一九五三年――田村隆一は、加島から頼まれて早川書房に入社した。とくに仕事もなくぶらぶらしていたからだった。

早川には何を出したらいいかアイデアがない。田村に「何か考えろ」と言った。そこでミステリの出版となるわけだが、それは単に田村が「ミステリが好きだった」からではない。早川書房の本は売れずに返品されると、その後も書店から注文がくることもなく、倉庫で眠り続けていたが、「世界傑作探偵小説」だけは地味ながらも売れ続け、いつの間にか在庫がなくなっていた。田村は生島治郎との対談（『眠れる意識を狙撃せよ』収録）でこう語っている。

〈結局金がなくてできるのはミステリーだ。しかも書き下ろしとか日本のものじゃとれないんだな。金がなくてできるものは、まず五流か六流の翻訳家をだましてつれてきて、版権のないものをやる。（笑）それから世界傑作

探偵小説の十冊を、その中に入れちゃえばいいんじゃないかと、そのうちになにか目ぼしいものの版権をとって、目玉にする、そうするしかないんだな。〉

こう考えて、田村はミステリのシリーズの企画を提案し、早川もそれに乗った――と田村は語るが、同じ頃に早川書房にいた宮田昇の『戦後「翻訳」風雲録』には、こうある。

〈ポケミスは、田村が企画当初からかかわったものでないが、彼の功績は江戸川乱歩を監修者に招き、解説を書かせたこと（百巻まで）。なぜ乱歩とのコネができたかには、一説あるが、あえてここでは触れない。また、その乱歩の人脈をたどって、海外ミステリーの収集では比類ない、若い田中潤二を編集者に招いたことである。さらに企画面では、やはり乱歩の推薦で、植草甚一（一九〇八～一九七九）をブレーンに迎えた（もっともあまり利用しなかったが）。〉

『四十年』には植草との出会いについては書かれている。植草を乱歩に紹介したのは双葉十三郎だった。一九四六年五月九日（乱歩が日記をつけていた時期なので、日付が確定できる）に、初めて双葉十三郎が乱歩のもとへ来た。双葉が外国の探偵小説に詳しいので驚くと、「私の師匠ともいうべき、もっと外国探小通の男がいるから、今度連れて来ます」と言って、十二日につれてきたのが、植草甚一だったのだ。この敗戦直後の時期、乱歩のもとへは探偵小説好きの青年が次次と訪れているので、双葉もそのひとりだったのだろう。

田村との出会いについては『四十年』には何も書かれていない。それどころか、田村は集合写真に出てくるだけで、文中には何も書かれていない。宮田の「あえて触れない」という一節とからみ、謎めいている。

断片をつなぐと、田村隆一が詩人仲間と出していた「荒地」は、一九四七年九月から四八年六月までに六号が出るのだが、その最初の二号は田村が編集し、岩谷書店が発行を引き受けている（三号以降は東京書店）。田村は岩谷書店に出入りしていたわけで、そこで「宝石」のことで同社をよく訪れていた乱歩との出会いがあったのかもしれない。

ともかく、早川書房と乱歩を繋いだのは、田村だったことは間違いないだろう。

〈ぼくの仕事は、週に二回ほど、池袋の立教大学の馬場の隣りにある江戸川乱歩先生や下北沢の下宿屋に、奥さ

んと住んでいる植草甚一氏のご指示を仰ぎに行く。〉
こうして「江戸川乱歩監修　世界探偵小説全集」の刊行が決まり、一九五三年九月、ミッキー・スピレインの『大いなる殺人』を「１０１」としてハヤカワ・ポケット・ミステリは刊行された。この作品は早川の演劇・映画人脈の清水俊二が翻訳した。スピレインを早川に推薦したのも清水だった。
新書判にして、洋書のように小口と天地を黄色くしたのは、「世界傑作探偵小説シリーズ」がハードカバーで高額になり失敗したことの反省からで、田村は、自分が提案したと書いている。とにかく百点を揃え、書店の棚を確保しなければならなかったので、ハイペースで出されていた。奥付の発行日ベースでみると、九月は五冊、十月は二冊、十一月は四冊である。最初期これにすべて乱歩が解説を書き、これは『海外探偵小説作家と作品』にまとめられる。

## †リライト版の誕生

ハヤカワ・ポケット・ミステリの刊行が始まった一九五三年秋、乱歩の通俗長篇を別の作家が子供向けにリライトするシリーズが始まる。これはポプラ社が一九六四年から刊行する「少年探偵　江戸川乱歩全集」の第二十七巻から第四十六巻までの二十冊に該当するもので、昭和の時代までは版を重ねていたが、この全集が平成になって新装された「少年探偵　江戸川乱歩」シリーズには含まれず、現在は流通していない。乱歩自身が書いたものではないからだろう。

しかし、このリライト版は二十年以上にわたり、小中学校の図書室や学級文庫にあり、最も多くの読者を得た乱歩作品のはずで、その影響力は無視できない。

一九五二年（昭和二十七）、少年雑誌「探偵王」に乱歩の原作で、「武田武彦・文」として『黄金仮面』が連載されたのが、すべての始まりだった。雑誌「キング」に一九三〇年から三一年まで連載した『黄金仮面』を少年向けにリライトしたものだ。武田は一九四八年十一月から「宝石」編集長となっていたが、五〇年に岩谷書店を退職していた。

このリライト版『黄金仮面』を読んでいたポプラ社の秋山憲司は、自分のところから書籍として出したいと考え、乱歩邸を訪れた。

ポプラ社も戦後の出版ブームのさなかに誕生した出版社だった。偕成社の編集長だった久保田忠夫と営業担当の田中治夫らが独立して、一九四七年に創業した。最初期には海野十三の『地中魔』や、高垣眸の『快傑黒頭巾』を出し、後者がベストセラーになっていた。

ポプラ社の秋山は――この時代の他の編集者がそうであるように――アポイントメントを取らずに、突然、乱歩邸を訪問し面会を求めた。かつて光文社の神吉が同じように訪れたときは会おうとしなかった乱歩だが、このときは会うだけは会った。しかし『黄金仮面』を出したいという申し出に、「子供の本は光文社に任せてあるから」との理由で、乱歩は断った。オリジナル版の『黄金仮面』が一九五〇年一月に光文社から「名作読物選」として出ていたばかりでもあった。

秋山はそれでも諦めない。二〇〇五年版の『地底の魔術王』の解説は秋山が書いているが、そこに当時を回想してこうある。

〈子どもの本専門のポプラ社としては、どうしても乱歩先生の本を出版したかったので、それからは一週間に一度くらいのわりで訪ねて懇願しました。乱歩先生は最初に会ってくれただけで、あとは隆子夫人から、「何度きてもだめなものは、だめです」と断りを言われるのでした。〉しかし、『黄金仮面』の連載が終わる頃には、乱歩が会ってくれ、「きみの熱心さには負けた」と言って、『黄金仮面』をポプラ社で出すことを承諾した。

一九五三年十一月、リライト版『黄金仮面』がポプラ社から刊行され、以後二十一世紀となった現在まで続く、江戸川乱歩とポプラ社の長い関係が始まる。乱歩は「はじめに」に、〈もとの「黄金仮面」の本は、おとなの小説です。それを、わたしの友だちの武田武彦さんに、やさしく書き直してもらって、ある少年雑誌に、つづきものとして、のせたのが、この少年「黄金仮面」なのです〉と、武田が書いたことを示している。乱歩自身が書く「少年探偵」シリーズは「です・ます調」だが、リライト版は「だ・である調」になっている。

この『黄金仮面』がよく売れて気を良くした乱歩は、一九四〇年に書いた『新宝島』も出していいと言った。これは乱歩のオリジナルの少年もので、『黄金宮殿』と改題されて一九五四年五月に刊行された。

こうなるとポプラ社としてはもっと乱歩の作品を出したい。だが、「少年探偵」の新作は光文社が出し続けているので、ポプラ社にまわせる子供向けの本としては、外国作品の翻訳しかない。

ポプラ社は「世界名作探偵文庫」というシリーズを始め、山中峯太郎のホームズや南洋一郎のルパンなどを出すなかで、ボアゴベイ作『海底の黄金』（五四年十一月）、マッカレー作『暗黒街の恐怖』（五五年五月）、サッパー作『快傑ドラモンド』（五五年十月）を乱歩の名義で出した。これがポプラ社のホームズ・シリーズやルパン・シリーズに発展していくのだった。

ポプラ社が乱歩に接触した一九五二年は、ポプラ社にとっては、初めて図書館向けの本として『少年博物館』全十二巻を刊行した年だった。学校図書館法が国会で成立するのは一九五三年で、翌五四年四月に施行される。学校に図書館を設置する義務を課したこの法律により、全国の小中学校に図書館（「図書室」と呼ばれるが、法的には図書館）が設置されるようになり、児童書マーケットは飛躍的に拡大した。

学校図書館という巨大マーケットこそが、江戸川乱歩と明智小五郎と小林少年と怪人二十面相を不朽のものにさせるのである。

## †第二の代作者

売れるとなれば、第二作、第三作をとなるのが出版界の常道だった。

リライト版『黄金仮面』が売れたので、当然、ポプラ社は他の作品もリライトして出せないかと考える。ちょうどいいことに武田武彦は『黄金仮面』に続いて雑誌「少年少女譚海」に『人間豹』を連載していた。そこで「次はこれを出したい」と乱歩に申し出た。だが乱歩は武田ではなく別の作家を指名して、その人が書くのならばいいと言った。乱歩が指名したのは氷川瓏（ろう）だった。

氷川瓏は、幻に終わった雑誌「黄金虫」のときから乱歩のそばにいた渡辺剣次の兄にあたり、本名は渡辺祐一という。兄弟とも探偵小説ファンで、氷川は「宝石」に一九四六年五月号でデビューし、以後も作品を発表しており、乱歩の周辺にいる作家だった。氷川版『人間豹』は、ポプラ社から五四年十一月に刊行された。

武田から氷川への代作者の交代は、乱歩が武田の『黄金仮面』が気に入らなかったからと考えるのが自然だ。この件については新保博久が光文社文庫版全集第十七巻の、『鉄塔の怪人』についての解説で触れている。

少年ものの『鉄塔の怪人』は乱歩自身が、桃源社版全集の『妖虫』の「あとがき」で、〈戦後、「妖虫」の着想を取り入れて少年もの「鉄塔の怪人」を書いた〉と認めている。これを新保は〈悪くいえば焼き直しである〉、〈これほど自己模倣に徹した例はほかにない〉としたうえで、なぜ乱歩がこんなことをしたかを、『鉄塔の怪人』の連載開始直前に武田がリライトした『黄金仮面』が出ていることから、〈その出来のつまらなさを嘆いて、リライトとはこのようにやるんだと、みずからお手本を示したのではないか〉と推測している。これについて新保は〈想像をめぐらしても、どのみち裏づけはとりようがないこと〉としているが、リライト版の書き手が、武田から氷川へ交代したのが乱歩の指名によるという事実は、状況証拠にはなる。

リライト版『人間豹』もよく売れたので、ポプラ社は改めて乱歩のもとへ行き、リライト版を作りたいと申し出た。今度は武田とは関係なく、どこかの雑誌に連載したものを本にするのでもなく、最初から氷川が書くことになった。こうして次に選ばれたのが『悪魔の紋章』で、打ち合わせの場で、乱歩からタイトルは『呪いの指紋』にしたほうがいいと提案された。

『呪いの指紋』は「日本名探偵文庫」の第一巻として一九五五年八月に刊行された。これに続いて、『妖虫』も出すことになり、『赤い妖虫』と改題して、これも氷川がリライトした。つまり、『妖虫』は、乱歩自身が少年探偵シリーズに書き換えた『鉄塔の怪人』と、氷川による『赤い妖虫』の二作のリライト版を持つ。同じストーリーのこの三作については創元推理文庫版『妖虫』の解説で戸川安宣が詳細に比較検討して論じている。

『呪いの指紋』『赤い妖虫』も売れ行きはよかったが、乱歩が「リライト版はこれを最後にしたい」と言ったので、ポプラ社は続刊を諦めた。

### †『夜歩く』と『八つ墓村』

一九四八年（昭和二十三）夏に東京へ戻ってからの横溝正

史は、金田一耕助が登場する長篇を常に一作か二作、連載し、その他に短篇探偵小説、捕物帳、少年ものと、夥しい数を書いている。

東京に戻った八月の時点では、『獄門島』がまだ「宝石」に連載されており、最終回が掲載されたのは十月号だった。岩谷書店版「あとがき」では、最終回を書いたのは八月とあるので、東京へ戻ってすぐ書いたことになる。「月刊讀賣」での『びっくり箱殺人事件』は十月号で終わったので、これは岡山で書き終えている。『夜歩く』は、「男女」誌二月号から連載が始まり（同誌は六月号から「大衆小説界」と誌名変更）、前篇が十一月号まで、後篇は翌年になる。

一九四九年（昭和二十四）は「新青年」三月号から『八つ墓村』の連載を始め、翌年三月号まで続けた。もう一作、「時事新報」五月号から十月号まで『女が見ていた』を連載するが、これは珍しく新聞小説で、金田一耕助は登場しない。「大衆小説界」六月号から十二月号まで『夜歩く』の後篇を連載した。

『八つ墓村』の連載開始にあたり、「新青年」一九四八年十二月号に予告記事が載り、横溝は〈雑誌に連載される金田一耕助ものとしては第三作にあたる〉と書いている。ここで疑問が生じる。この原稿は逆算すれば十月に書かれたと思われるが、『夜歩く』の連載はこの年の二月号から十一月号までだ。こちらの方が先なのに、横溝はカウントしていないのだ。そこで『夜歩く』を確認すると、角川文庫版（一九七三年）では三一三ページまでの本文のうち金田一耕助が登場するのはほぼ半分の一六三ページからで、それ以前にはこの事件が金田一によって解決されることも記されていない。この小説は登場人物のひとり、「売れない三流探偵小説家の屋代寅太」の手記という形が取られ、その人物が金田一と会う前から書き始められているという設定だ。

『八つ墓村』の予告を書いた時点では、『夜歩く』に金田一が登場する予定はなかったのかもしれない。あるいは、登場させるつもりだったが、読者にはまだ隠しておかなければならないので、あえて無視したのか。

『八つ墓村』は何年の事件か作中にはっきりと書かれており、主人公・寺田辰弥が八つ墓村に着くのが六月二十五日だ。『夜歩く』には何年の出来事かの記述はないのだが、後に書かれる短篇『女怪』（一九五〇年）に、〈その年の初夏から夏へかけて、かれは岡山県の山奥で、やつぎばやに「夜歩く」と「八つ墓村」の二つの事件を解決している〉とあるので、これも一九四八年の事件だ。

『夜歩く』はミステリの基本トリックのひとつ「顔のない屍体」ものである。横溝は『本陣殺人事件』で密室トリックを書いたので、岡山時代から、次は「顔のない屍体」をと考えていたが、高木彬光のデビュー作『刺青殺人事件』がまさにこのトリックだったため、先を越されてしまった。しかし、横溝は諦めず、『刺青殺人事件』の上をいくものをと考えたのだ。掲載誌が通俗小説の雑誌のためか、基本のトリックは本格探偵小説の王道をいくものだが、描かれる事件は複雑な男女関係を主軸として猟奇的で退廃的だ。これは同時期に書かれていた坂口安吾の『不連続殺人事件』が持つ露悪趣味への挑戦でもあったようだ。

『夜歩く』が本になるのは、連載が終わって半年後の一九五〇年五月で、単独ではなく、春陽堂の「現代大衆文学全集」の一冊が横溝正史に充てられ、『本陣殺人事件』『黒猫亭事件』『車井戸は何故軋る』『真珠郎』とともに収録された。

次の『八つ墓村』はトリックにおいての『不連続殺人事件』への挑戦となる。つまり、坂口安吾の『不連続殺人事件』に触発されて、横溝は二作の傑作を書いたのである。

『八つ墓村』の予告において横溝は〈中国と山陰との境にある、因習と迷信にこりかたまった村〉である八つ墓村での、〈目まぐるしいまでの連続殺人事件。——金田一耕助がそれをいかにさばいていくか。いくらか伝奇的な色彩にくるんでいきながら、しかし作者はあくまでも、謎の合理性は忘れずに書きつづけていくつもりである。〉と宣言している。

事件の背景となる三十二人が殺された事件は、一九三八年(昭和十三)に岡山県で起きた「津山事件」がモデルとなっているが、この事件は当時は報道されなかったので、横溝が知ったのは疎開し、戦後になってから、新聞社の主催で岡山県警の刑事部長と対談した際だった。事件が起きた年、横溝は結核の転地療養で信州上諏訪にいたが、〈おなじ国内にこのような酸鼻をきわめた事件があったとは、ゆめにもしらなかったので私はじっさい愕然とした〉と振り返っている。

この現実の事件をモデルにして、八つ墓村の伝説が作られ、『不連続殺人事件』のように連続殺人事件が起きる。この基本トリックは、坂口安吾が考えたものではなく、アガサ・クリスティーの作品に前例があり、横溝もそれを知っていた。さらにアメリカ映画『毒薬と老婆』もヒントにしている。

「新青年」という古巣への連載だったが、当時の同誌は必ずしも探偵小説専門誌とは言えなかったので、伝奇ロマンの要素を強くした。そういう伝奇性が、後の大ブームを呼び起こすきっかけとなるのだが、そんなことは当時誰も予想もできない。

『八つ墓村』は「新青年」に一九五〇年（昭和二十五）三月号まで連載されたが、四月号からは休載し、その前にも二回休んだので十一回の連載で「鬼火の淵」までとなる。前述のように、再開するよりも前に「新青年」がこの年の七月号で終刊となったので、「宝石」に移り、十一月号と翌五一年一月号に「完結篇」を掲載した。一月号の発売は十二月だから、五〇年のうちに完結している。

## †『犬神家の一族』と『女王蜂』

一九五〇年、横溝は講談社の「キング」一月号から『犬神家の一族』の連載も始め、これは翌五一年五月号で完結する。『八つ墓村』の後半と『犬神家の一族』の前半は同時に書かれていたのだ。

『犬神家の一族』の連載は五〇年一月号（発売は四九年十二月）からなので、四九年十月か十一月に執筆が開始されているはずだ。講談社の看板雑誌「キング」は昭和初期が最盛期で一五〇万部を超えていたが、戦後は用紙の確保に苦労し、他に雑誌がたくさん創刊されたこともあり、かつての勢いはなかった。それでも「キング」への連載は作家にとって名誉なことだった。

横溝は「キング」四九年十二月号での予告で〈この小説のなかで、血も凍る恐怖の世界と、ギラギラするような美しさと同時に、推理の糸の面白さを描きつくしたいと思っている。〉と宣言している。「宝石」のような探偵小説専門誌に書く場合は読者はマニアばかりだから、へタなものは書けないという緊張感がある。一方、大衆誌に書く場合は読者を退屈させてはならないという技術的な難しさがある。一回ごとに山場を設け、ハラハラドキドキさせることに傾注すると、「推理の糸の面白さ」が欠落してしまう。乱歩の通俗長篇がその見本だ。横溝は、通俗でありながら本格探偵小説でもあることを目指す。

横溝の探偵小説の作り方は、トリックを考え、そのあとに、それにふさわしい人物、シチュエーションを考えるというものだ。しかし『犬神家の一族』では、最初に、大金持ちの一族の遺産相続の物語を書こうと決め、人物を考え出したという。

だが横溝は、単純な遺産相続の物語にはしなかった。複雑な内容の遺言にしようと、複雑な家族関係を考えていく。人物配置――この場合は犬神家の一族の家系図――ができてから、誰が殺されるかを考えた。ひとりの男が三人の女との間に子をつくる家系図は横溝家のものと似ている。連載が始まり、第二回を書くまでは犯人を誰にするかは決めていなかったという。ここまでは乱歩の通俗長篇の書き方と似ているのだが、完結した『犬神家の一族』は、通俗でありながら本格という奇跡的な作品となり、この通俗性が映画としての成功にもつながったと言える。

横溝の新連載のタイトルが『犬神家の一族』と知った乱歩は、「君、こんど『犬神家の一族』というのを書くだろう。ぼく犬神だの蛇神だの大嫌いだ」と言った。タイトルからして、犬神の祟り伝説などが出てくると思ったのだろう。乱歩没後に作られた彼のキャッチフレーズに「幻想と怪奇」がある。たしかに乱歩には幻想風味の小説もあるし、通俗長篇にはフリークとエロスにグロテスクが満載だが、妖怪伝説的なものはない。あくまで理智的な解決を望む。それは横溝も同じで、耽美趣味もあるが、それは装飾なのだ。後年の大ブームの最中、横溝は「怪奇探偵小説作家」と紹介されたことに立腹し、自分が書くものは「怪奇」ものではないと主張する。

二人の作品は、タイトルを含めて「幻想と怪奇」のイメージが強いが、実は純粋なファンタジー、ホラーは少ない。二人とも、謎を論理で解決する探偵小説を何よりも愛するのだ。

一九五一年(昭和二十六)、『犬神家の一族』の「キング」での連載が五月号で終わると、同時に講談社の「傑作長篇小説全集」の第五巻として刊行された。この巻には『八つ墓村』も収録された。『八つ墓村』が本になるのはこれが初めてだった。

「キング」では『犬神家の一族』が終わった翌六月号から『女王蜂』の連載が始まった（翌五二年五月号まで）。『犬神家』が好評だったので、編集部としては一号も空けたくなかったのだろう。伊豆沖に浮かぶ小島、月琴島の歴史から物語は始まる。源頼朝に遡る伝説、絶世の美女と三人の求婚者、警告状など、これまでの作品に出て来たピースをちりばめながら、まったく別の物語となっている。とくに、美女と三人の求婚者という設定は『犬神家』と似ているが、恋愛小説の要素も強いので、そう似た感じはない。

『女王蜂』は五二年五月号まで一年間の連載で、完結後、これも講談社の「傑作長篇小説全集」第十四巻として五二年九月に刊行された。講談社ではこの頃には、雑誌に連載した長篇をすぐに単行本として出すシステムが確立されていた。

しかし「キング」への連載は『女王蜂』が最後で、以後は「人形佐七」を何作か書いただけだった。この大雑誌も一九五七年で終刊となる。

## †『悪魔が来りて笛を吹く』

『女王蜂』と並行して、「宝石」で十一月号から『悪魔が来りて笛を吹く』が始まった（五三年十一月号まで）。『八つ墓村』が終わったのが五一年一月号なので、十か月ぶりの登場である。「宝石」連載の『本陣』『獄門島』『八つ墓村』の三作はみな岡山県を舞台していたが、この作品は東京が主要な舞台となる。

まず「私」として作者がこの物語を書くに至った経緯を説明し、〈ほんとうをいうと、私はこの物語を書きたくないのだ。この恐ろしい事件を文字にして発表するのは、気がすすまないのだ〉と、最初から「恐ろしい物語」だと読者を脅した。これは後の横溝ブームの最中に東映が映画化したとき、横溝自らがテレビコマーシャルに出て、「私はこの恐ろしい小説だけは映画にしたくなかった」と語ることにつながる。

冒頭、銀座の宝石店で店員が毒殺されて宝石が奪われる事件が起きるが、これは帝銀事件をモデルにしている。一九四八年一月二十六日、帝国銀行椎名町支店に東京都防疫班の白腕章を着けた男が訪れ、厚生省技官の名刺を差し出した。男は「近くで集団赤痢が発生し、感染者がこの銀行へも来たので、予防薬を飲んでほしい」と言って、行員に薬を飲ませた。これが予防薬とは嘘で青酸化合物だったので行員十二人が亡くなり、現金約十六万円と小切手が盗まれる。犯人として平沢貞通が逮捕される（死刑判決が出たが無罪を主張し続けた）のは八月──横溝が疎開先から東京へ戻った頃──だが、その頃、横溝のもとに戦前からの知人が来て、自分も帝銀事件の容疑者として取り調べを受けたと告白された。公表されたモンタージュ写真とその知人が似ていたのである。

この話から横溝は、モンタージュ写真と似ていると指摘されたAとBという二人の男がいた場合、そのAとBも似ていることになると気づき、これは探偵小説のトリックに使えると考えた。

一九四七年に太宰治が書いた『斜陽』は戦後の改革で没落した貴族を描いた小説で、「斜陽族」という流行語も生んだが、横溝はそれをヒントに、没落貴族の一族に起きる殺人事件を考え、「宝石」には『獄門島』の次の作品として「落陽殺人事件」とタイトルまで予告したのだが、トリックが浮かばず書けずにいた。

『八つ墓村』や『犬神家の一族』を書いている間も、「落陽殺人事件」の〈シチュエーション〉を温めながら、トリックを模索しつづけ、近所に住む青年が毎晩のようにフルートの練習をしているのを聴いているうちにトリックを思いつき、予告から三年後に、タイトルを『悪魔が来りて笛を吹く』と改めて連載したのだ。元子爵の椿家で七人の命が奪われる事件で、根底にあるのは血統だ。

『悪魔が来りて笛を吹く』は一九五三年十一月号まで二十一回にわたって連載された（休載した月と合併号があった）。岩谷書店はすぐに単行本にして出したかったのだが、本になったのは、半年後の五四年五月である。

一九五〇年代の横溝正史は、「宝石」に本格探偵小説を連載するのと並行して、一般誌、大衆誌には通俗探偵小説を連載し、さらに短篇や捕物帖、少年ものも書いていた。講談社の看板雑誌「キング」への『犬神家の一族』と『女王蜂』は通俗であり本格でもあったが、それ以降になると通俗色が濃くなっていく。

一九五二年は『悪魔が来りて笛を吹く』がずっと連載され、それに加えて、『女王蜂』が「キング」五月号まで連載、その次は中篇の歌舞伎界を舞台にした『幽霊座』が「面白倶楽部」（光文社）一九五二年十一月号と十二月号に掲載された。

一九五三年は『悪魔が来りて笛を吹く』が十一月号まで連載され、『不死蝶』が「平凡」（平凡出版、現・マガジンハウス）六月号から十一月号まで連載された。「平凡」が一四〇万部を突破したのはこの年だ。

一九五四年は「講談倶楽部」（講談社）一月号から十月号まで『幽霊男』が連載され、十月に単行本として講談社から刊行された。さらに高知新聞等の地方紙で四月から十月まで『迷路の花嫁』も連載した。『迷路の花嫁』は金田一耕助の出番は少ない。

五月に『悪魔が来りて笛を吹く』の単行本が岩谷書店から出て、「宝石」八月号の編集後記には「飛ぶように売れている」とある。当然、同誌は次の作品を依頼しており、七か月の空白の後、七月号から『病院横町の首縊りの家』の連載が始まった。「中篇」のつもりで数回で終える予定だったらしいが、一回だけで中絶してしまう。

「宝石」八月号の編集後記には、〈横溝正史先生はいつも歩きながら構想をまとめる方である。そのため執筆となると病臥中でも起きて歩く。ところが雨が降るとそれが許されない〉、〈「病院横町の首縊りの家」に熱情をかたむけだした先生は執筆なかばで、構成上に意の添わない点を発見した。これは連日の雨で、充分歩けなかったのが、原因に違いない〉とある。病気としながらも、構成上の不備があったこともさりげなく記されているのだ。結局、横溝はこの作品の続きを書くことを断念し、岡田鯱彦と岡村雄輔がそれぞれ別に解決篇を書いて「宝石」十一月号に掲載された。だが横溝はこの中絶作品を忘れず、二十数年後に完成させるのである。

戦前の乱歩が「新青年」に書くものと他の雑誌に書くものとを区別していたように、横溝は「宝石」には全力で取り組む。それゆえに、横溝作品の名作・傑作は「宝石」に連載したものばかりとなる。

その「宝石」への次の連載は五七年八月号まで、実に三年も待たねばならない。

## †乱歩と横溝の「不和」説

横溝正史が一九四八年八月一日に東京・成城の新居に

移ったとき、出迎えた江戸川乱歩へ、「都心へは出ません」と言ったのは本気だった。探偵作家クラブの会合にも横溝は顔を出さなかった。

都心へ行けないのは、東京に着いたときの印象が悪かったからではあるが、それ以上に、横溝が乗り物恐怖症だったからだ。閉所恐怖症の一種で、閉じた密室空間に長くいることができない。電車の場合、自分が降りたいと思っても次の駅まで停まらない。そう思っただけで、乗れなくなってしまう。どうしても電車に乗らなければならない場合も、したがって、各駅停車でなければ乗れない。まして飛行機や船となるとまず無理なのだ。

しかし現在とは異なり、当時は乗り物恐怖症が広く知られていたとは思えない。「乗り物が怖いなんて言ってるけど、そんなばかな話はないから、本当は乱歩に会いたくないのではないか」と誤解された可能性はある。ともあれ、横溝が都心での探偵作家たちの会合に出てこないので、いつしか「横溝は乱歩に会いたくないらしい」と二人の不仲説がまことしやかに流れていた。

たとえば、都筑道夫は自伝『推理作家の出来るまで』に、こう書いている。「当時」というのは、一九五六年頃のことらしい。

〈当時の乱歩さんは、横溝正史さんと仲直りしたばかりだった。つまり、それまで不仲だったわけで、おもに横溝さんのほうが、乱歩さんを避けていたらしい。そのころの横溝さんは乗りものぎらいで、会合なぞには出席しなかったから、乱歩さんと外で顔をあわすことはない。だから、訪問しあったり、電話や手紙の交渉が、なかったということだろう。もっとも、昭和二十九年の乱歩さんの還暦パーティには、横溝さんも出席している。顔も見たくない、というほど、はげしい嫌悪では、なかったのかも知れない。それとも、不仲になったのが、還暦パーティ以後なのか。あるいは、周囲がうわさするほど、不仲ではなかったのか。不和の原因は、もっと前に起っているように、私は聞いた。しかし、くわしくは書くまい。〉

とにかく、昭和三十一年の第二回江戸川乱歩賞の授賞式が、日比谷の松本楼でひらかれたときに、横溝さんが出席して、乱歩さんと廊下で握手をした。私たちがそれを取りまいて、拍手をしたのだから、不和があって、和解があったのは、事実なのだ。〉

二人が本当に不和だったのかは分からないが、少なくとも「二人が不和だという噂」があったのは事実だろう。乱歩の『四十年』には一九五四年十月の還暦祝賀会について記したところに、「珍らしく横溝正史氏も夫人同伴で見られ」とある。

一九四八年八月から五四年の還暦祝賀会の間に二人が面談したと確認できるのは、「宝石」四九年九・十月号掲載の『「探偵小説」対談会』だ(『横溝正史の世界』収録)。対談したのは六月十四日で、場所は成城の横溝邸なので、乱歩が出向いたことになる。「記者」が時時、質問をしたりする。横溝が「武田君」と呼びかけているので、武田武彦だろう。

対談は、横溝が乱歩へ「不眠症はどうなりました」と訊くところから始まり、乱歩が蔵の改造を始めた話になる。本が増えすぎて置けなくなったからだ。「蔵の中へ閉じこもるのかと思って楽しみにしていた」と横溝は冗談を言い、乱歩がトリックの分析を始めた話になる。

乱歩は「小説が書けんから」として「あらゆるトリックを、系統的にしらべようとしている」と、類別トリック表に着手していることを説明した。そして「完全なトリック表ができるわけだが、それこそぼくの『虎の巻』になる」と笑う。横溝は「それができたらじゃんじゃん書くわけだ」と言うのだが、乱歩は「トリックの隙間が見つかったらばだよ。しかし、そういうことをやっていることが書けん証拠かもしれない」と自分を分析する。

横溝は、トリックの分析を始めたのは「書く意欲が起こった証拠だよ」と励まし、乱歩も「書かなければいけないとは思っている」と応じている。そこに「記者」が、「少年物を書き出したんだから、大人の物も書かんわけにはゆかぬでしょう」と口をはさむ。乱歩は、「それは運ですよ」と言う。

乱歩によると、「小説なんか運で出てくるもので、努力して出てくるものではない」。運がなければいくら努力してもだめで、未完に終わった『悪霊』みたいなことになる。だから「本当に書きたいときに書かして貰いたい」と言う。自分はもう老人だから(この年、五十五歳だが)、隠居みたいなものだからと、書け書けと言われることを嫌がっている様子で、「書く時期は、いつ書くとか何とかハッキリしたことは言えない」と開き直る。

横溝が、「あなたは小説を書き出してから時々休んでしまう時期がある」と指摘し、乱歩は、自分は「三十年間に、正味十年くらいしか書いていない」と認め、横溝は「まるで書いていない」と笑った。

いくつもの連載を抱え、「次々と傑作を書いている横溝」に対し、「評論と少年ものしか書けない」乱歩という構図だ。乱歩は横溝に責められている。「会いたくなくなる」としたら、乱歩のほうのように思える。

そのあと、二人がこれまでに何を書いてきたかという話になり、乱歩は評論家らしく、横溝はこれまでに四回、変わったと指摘する。

〈最初は「画室の犯罪」とか「丘の三軒家」とか、ああした形の本格物を書いて、それから「山名耕作の不思議な生活」だとか、ああいう味の物を書いた時代、その次に「鬼火」の時代になって、こんどの「本陣殺人事件」が出て、これで四遍変わったわけだ。〉

このとき横溝も訂正しなかったので、以後これが定説となっているが、『鬼火』に代表される耽美主義時代はごく短期間であり、『真珠郎』をその境として、以後は由利麟太郎を主人公とした、活劇をまじえた通俗ものを量産した時期が戦中まで続いている。この時期の作品群は多くが忘れられているが、それはこの乱歩による分類のどこにも収まらないからかもしれない。

横溝は「いまがいちばん自分に合っている」と言って、戦後本格派になったのは、ディクスン・カーを読んで「ごつごつでなくても、本格物は書けるんだという自信がついたから」と説明する。そして乱歩から、「前にはなぜ本格が嫌いだったんだ」と訊かれ、「窮屈だったからね。本格物というのは、探偵が出て来て、結局こうだああだと、あっちこっちを調べるだけだから、無味乾燥になる。その中にロマンがあるとは気がつかなかったね」。

乱歩は「クロフツやヴァン・ダインのやってるものは嫌いなんだ」と確認し、横溝は「『獄門島』を書いてみて、ハッキリそれがわかった」と認める。

ここで乱歩は、『本陣殺人事件』のほうがいいと言うのだが、横溝は『本陣』には戦後初めてという熱意はあるが、『獄門島』のほうが完成されていると自作を分析する。乱歩はあれだけ『本陣殺人事件』の欠点を挙げていたのに、ここでは『獄門島』よりもいいと言うのだ。

二人は長年の親友として楽しそうである。このとき不和だったようには思えない。

この対談の前、横溝は「X」誌四月号に随筆『代作ざんげ』を書いており、編集者時代に乱歩の代作をしたことを明らかにしている（『五十年』収録）。これは乱歩を貶めようとして暴露したのではない。冒頭に、〈江戸川さんから、時代もかわったしすることだから、この機会に昔の秘密（と、いうほどではないが）を暴露して、それと同時に作品を君に返したいがどうだろうというお話があった〉とある。こうして横溝の編集者時代、乱歩作として発表されたなかの三作が、乱歩が書けなかったので横溝が代作したことを明らかにし、その経緯を書いたのだ。

　その三作は『犯罪を猟る男』『銀幕の秘密（あ・てる・てえる・ふぃるむ）』『角男』で、以後は乱歩の著作ではなく横溝の作品となっている。この随筆は〈以上が私の代作ざんげである。神よ、そして欺かれた読者よ、許したまえ。〉と結ばれている。褒められた話ではないが、この時点で明らかにしたのだから、罪は軽減されるだろう。そして横溝が書いたように、乱歩からの提案で明らかにしたのなら、これも不和の原因にはならない。

　少なくとも、一九四九年六月の対談までは二人は不和ではない。五四年の乱歩の還暦祝賀会までに何があったのか。何もなかったのか。

## †江戸川乱歩と木々高太郎の論争

「ロック」誌上で一九四七年に交わされた、乱歩と木々高太郎との「探偵小説藝術論争」は、文学論争のほぼすべてがそうであるように、勝敗はつかなかった。

「新青年」は、老舗でありながらも戦後は探偵小説に関しては「宝石」に大きく水をあけられていた。そこで「新青年」の一九四八年四・五月号から編集長となっていた高森栄次は、話題作りという観点からも、この論争を蒸し返そうと考えたらしい。

　毎年、正月には乱歩邸で盛大な新年会が開かれており、一九五〇年も一月五日に、水谷準、香山滋、島田一男、山田風太郎、高木彬光、白石潔、椿八郎、氷川瓏、武田武彦など二十名ほどが集まった。探偵文壇のもう一方の雄である木々高太郎邸でも新年会が開かれ、親しい作家仲間が集まっていた。だが一九五〇年の木々の新年会は「新青年」発行元の博友社で開かれることになった。出席したのは、木々のほか、大坪砂男、永瀬三吾、岡田鯱彦、宮野叢子（村子）、氷川瓏、本間田麻誉らである。氷川が両方に出ているので、違う日だったのだろう。

木々たちが博友社に集まると神楽坂の小料理屋へ案内され、高森編集長が、今日の集まりでの会話の速記を取るので、「新青年」に載せたい、「抜き打ち座談会という形です」と言った。後に、SF作家たちの間では「SFマガジン」誌上の「覆面座談会」が大騒動になるが、昔の雑誌はいまと異なり、あえて物議を醸すことを好んだのである。

この座談会に出た木々のグループは「文学派」、乱歩のグループは「本格派」と呼ばれることになる。

この抜き打ち座談会は「新青年」一九五〇年四月号に掲載された。日本の探偵小説の歴史、本格と変格、推理小説とは何か、探偵小説藝術論、人生と社会、トリックと子供だまし、という六つのテーマについて、語られている。

問題になったのは、探偵小説藝術論を交わした部分だった。大坪砂男が本格派を「旧観念」と称して批判するのだ。「旧観念が流行していることはとにかく確かなんです。旧観念が没落寸前にありながら、これを支えているものは、それが売れるということですよ」

さらに「低級な探偵小説を発行部数の多い雑誌に載せるが、それを支えている唯一のものは経済的根拠ですね」と言い放ち、売れていることを批判する。

名指しではないが、乱歩とそのグループ、つまり高木彬光や山田風太郎、島田一男ら、売れている作家を批判しているのは明確だった。「発行部数の多い雑誌」とは「宝石」のことだろう。木々は大坪に、少し極端な見方だと注意をするのだが、大坪の毒舌は止まらず、本格派で売れている作家たちが考えているのは「いかに儲かるかということですよ」とまで言ってしまう。大坪に反論するのは岡田鯱彦ひとりだった。

この抜き打ち座談会を載せた「新青年」が発売になると、本格派と目される人びとは激怒した。なかでも高木彬光の怒りはすさまじく、大坪の本や作品が載った雑誌を風呂の焚付にしたという。乱歩も穏やかではなく、「宝石」五月号に『「抜打座談会」を評す』を書いた。「宝石」の岩谷社長も激怒し、座談会に出た作家はいっさい載せないと言った。それを知った文学派がまた怒った。

座談会の抜粋が探偵作家クラブの会報にも載ったので、

今度は会報の上での論戦も繰り広げられた。七月に出た第三十八号で、当初は本格派のひとりとして憤慨していたとされる横溝正史は両派に休戦を呼びかけた。〈本格派と文学派の論争、大いによろしい。大いにやるべしである。しかし、いささか埃っぽい感じを受けるのはどうしたものか。とりわけ、それからひいて、江戸川派だの木々派だのというような言葉を聞くにいたっては、まさに噴飯ものである〉。そして戦前から探偵作家たちの間には論争があったが〈感情に激して、人身攻撃をやるようなことはなかったと思う。甚だ紳士的だった〉と書く。それほど激しいぶつかりあいがあったのだ。

横溝は断じる。〈江戸川・木々御両所の論争について、それぞれの崇拝者や支持者が、勝手に昂奮して派閥そっくり、感情的にまで対立するとしたら、実際バカげたことである。御両所にしても迷惑なことと信ずる。〉

乱歩を最もよく理解する弟分で、作風でも本格派であるはずの横溝が、乱歩派に与せず、中立を宣言した。乗り物恐怖症ゆえに出かけないので、どちらの新年会にも横溝は出ていなかから、その意味でも中立だった。客観的にみれば、横溝は冷静でまともだが、本格派のなかには、横溝は乱歩を裏切ったと思った者がいたかもしれない。

乱歩はこの論争について、『四十年』で、〈探偵作家が二つに割れてしまうようなことを言うものもあったが、それは事あれかしの放言であって、実際それほどの反感を持ち合ったわけではない。〉と書いている。ただ、乱歩のもとへ木々の陰口を言いにくる者がいたと明かしつつも、〈私はそういう言葉を信じなかった〉と木々との間には信頼関係があったことを強調している。

文学論争は作品で決着をつけるべきだった。「新青年」が仕掛けたのだから、同誌が積極的に文学派の探偵小説を載せていけば、また別の展開になったのかもしれないが、「新青年」は「抜打座談会」を載せた四月号から三号後の七月号をもって歴史を閉じてしまった。

## †乱歩の還暦祝賀会

一九五四年十月二十一日で、江戸川乱歩は満六十歳となった。

十月三十日、乱歩の還暦祝賀会が、日本探偵作家クラブ、捕物作家クラブ、東京作家クラブの共催で丸の内の東京會舘で盛大に開催された。探偵作家クラブ会報には、その日の記録が載り、『四十年』にも収載されている。それによると、世話人が三十名、発起人が百十七名で、五百名を超える出席者だった。

作家仲間はもちろん、各界の著名人も多数、参加した。実務を担ったのは城昌幸で、司会は大下宇陀児だった。そのなかには歌舞伎役者中村勘三郎（十七代目）や中村歌右衛門（六代目）、松本幸四郎（初代松本白鸚）、市川猿之助（初代市川猿翁）、新派の喜多村緑郎、落語家の林家正蔵、柳家金語楼などもいて、余興では歌右衛門の三味線による勘三郎の小唄もあった。政治家、財界人もいた。

会報にはこうある。〈東京會舘四階の大食堂を埋め尽し、五百名を記録した来会者は、この近代日本探偵小説の創始者とも云うべき大乱歩の巨大な足跡をたたえ、かつ、この日を期した再出発の誓いに、万雷の拍手を惜しまなかったのである。〉

「再出発の誓い」とは、小説を書くと宣言したことをいう。それだけではなかった。宴会がいよいよ盛り上がったとき、木々高太郎が演台に立ち、重大発表をした。

「ただいま、この還暦を記念して、江戸川乱歩氏から日本探偵作家クラブに金百万円が提供され、これを基金として、探偵小説奨励の賞を設定する申し出があった」

これが「江戸川乱歩賞」となる。大卒初任給が五千五百円前後、三十歳のサラリーマンの月給がやっと一万円前後という時代の百万円である。いまの三千万円から五千万円くらいの感覚だろう。この基金の扱いをめぐり、任意団体のままでは税金に取られてしまうという理由で、探偵作家クラブを財団法人にしようという動きになっていく。

この盛大な祝賀会に、横溝は珍しく出席したが、マイクの前に立ったという記録はない。

この時点で、日本の探偵文壇では、江戸川乱歩がトップで、それと並ぶ巨匠として大下宇陀児と木々高太郎がいて、いわば三巨頭体制となっていた。横溝は乗り物恐怖症もあってか、探偵作家クラブの会合にも顔を出さないので、実務的な役職を担うこともない。ひたすら書いているだけだった。

来会者には、乱歩の新著『探偵小説三十年』の特製版、「別冊宝石」の「江戸川乱歩還暦記念号」、「探偵倶楽部」十二月号「乱歩還暦記念特輯号」、中島河太郎編集発行の

同人誌「黄色い部屋」の「江戸川乱歩先生華甲記念文集」の四冊がおみやげとして配られた。

その「別冊宝石」には、長篇『化人幻戯』の第一回が掲載された。九月末と十月初めに伊東温泉に滞在して書いたものだ。戦後の大人向けの長篇第一作となる。

さらに、この十二月からは春陽堂から「江戸川乱歩全集」の刊行が始まった。B6判・函入りで、翌一九五五年十二月までに全十六巻が刊行され、短篇・長篇あわせて、少年向けを除く小説が網羅される。春陽堂版は戦後初めての乱歩全集だった。これをもとに春陽堂は一九五六年から「江戸川乱歩文庫」の刊行も始める。これは「文庫」という名称だが全集と同じB6判のものだ。

一九五四年、昭和でいえば二十九年、つまり昭和二十年代最後の年は、乱歩の還暦祝賀をクライマックスとした年だった。戦前からの作家仲間も、戦後に登場した新世代も、誰もが乱歩を敬愛し慕っていた。本格派、文学派と派閥があるかのように言われていたが、その一方の領袖である木々高太郎が先頭に立って祝っている。疎遠になったと噂されている横溝正史もやってきた。

誰もが、これからも乱歩が中心であり頂点であり、乱歩が先頭に立って探偵小説を牽引していくと信じていた。

その会場にはいない、デビューしたばかりの作家が、次の時代を担うことになろうとは本人も含めて誰も想像していない。

その新人作家は四年前の一九五〇年に懸賞小説でデビューし、五三年に芥川賞を受賞し、暮らしていた九州から東京へ出てきたところだった。まだ作家専業ではなく、新聞社に勤務しながら短篇小説を次次と書き、そのなかには犯罪を扱ったものもあるが、まだ探偵小説は書いていない。

松本清張である。

Chapter—❽
1954〜1959
†

# 第八章 新星——『悪魔の手毬唄』一九五四〜五九年

江戸川乱歩は一八九四年（明治二十七）生まれ、横溝正史は一九〇二年（明治三十五）生まれなので、八歳の開きがある。松本清張は一九〇九年（明治四十二）生まれなので、乱歩とは十五歳、横溝とは七歳、離れている。

デビューは横溝がいちばん早く一九二一年（大正十）、乱歩は一九二三年（大正十二）とほぼ同時期だが、松本清張のデビューは一九五〇年（昭和二十五）と、三十年近く離れている。横溝の早熟さと清張の遅咲きがよく分かる。

乱歩と横溝はちょっと歳の離れた兄弟という年齢差で、実際に二人の関係は兄弟に近い。だが乱歩と清張は、世代が異なり、ライバルにはならない。清張がデビューした頃、乱歩はすでに実作者としてはリタイアしかかっている。だが、横溝にとっては、松本清張は自分を脅かす存在として映ったのではなかろうか。乱歩は松本清張の登場を温かく迎えた。二人は対談もしているし、共著もある。だが横溝と清張は、微妙な関係にあった。巷間、清張が横溝作品を「お化け屋敷」と評し、横溝が気分を害しスランプに陥ったと伝えられる。これについては後に検証する。

## †松本清張の静かなデビュー

松本清張（以下、慣例にしたがい「清張」とする）は一九〇九年（明治四十二）十二月二十一日に福岡県企救（きく）郡板櫃（いたびつ）村（現・北九州市小倉北区）に生まれたとされるが生地は広島ともいう。小倉で育つが家は貧しく、十五歳で尋常高等小学校を卒業すると、川北電気株式会社小倉出張所の給仕となった。この時期に小説を読むようになるが、新刊書を買う余裕はないので図書館へ通い、芥川龍之介、菊池寛、森鷗外、夏目漱石、田山花袋、泉鏡花、さらには新潮社の「世界文学全集」を読みまくった。横溝と乱歩が相次いで「新青年」にデビューするのは、ちょうどこの時期にあたる。清張も「新青年」を読んでおり、翻訳探偵小説と乱歩を愛読した。一九二七年、勤務先の出張所が閉鎖され、清張は失業した。印刷会社に就職し、版下の作り方や広告図案を実地で学んだが、その会社も倒産するなど苦労し、自営の版下職人となった。一九三七年(昭和十二)、二十八歳の年に朝日新聞九州支社の広告版下を手がけるようになり、これをきっかけにして、三九年に朝日新聞九州支社の広告部嘱託となり、四〇年には常勤嘱託、四二年にはついに正社員になれたが、召集により入隊、いったん除隊となるも、四四年六月に臨時召集により再度入隊し、敗戦は朝鮮で迎えた。

戦後、朝日新聞に復職し、印刷の版下描きや商店のショーウィンドウの飾り付けなどの広義の広告の仕事をし、賞金稼ぎで観光ポスターコンクールにも応募していた。

一九五〇年、「週刊朝日」の「百万人の小説——第一回朝日文藝」に、初めて書いた小説『西郷札』で応募すると、三等一席に入選した。偶然ではあろうが、乱歩は『二銭銅貨』で清張は『西郷札』と、二人とも貨幣を題材にした作品でデビューしているし、生活が困窮している時期にそこから抜け出すために作家になろうとした点でも似ている。

清張はこのチャンスを活かすにはどうしたらいいかを考え、自分が尊敬する三人の作家——大佛次郎、長谷川伸、木々高太郎に、手紙を添えて掲載誌を送った。大佛と長谷川からは手紙が届き、木々からはハガキが届いた。木々からのハガキにはこの調子で書けば雑誌を紹介してくれるともあったので、年が明けて一九五一年、清張は新聞社の仕事で東京へ出張すると、木々高太郎を表敬訪問した。そして改めて、なにか書いたら見せてくれといわれたので『記憶』(後に『火の記憶』と改題)を書いて送った。木々はこの短篇を当時編集を引き受けていた「三田文學」一九五二年三月号に載せた。

清張は『記憶』が「三田文學」に載ったので驚いた。慶應義塾大学とは何の縁もゆかりもない地方にいる無名の人間が書いたものが、こんな伝統のある雑誌に載ったことを〈たいへんなことである〉と思い、さらに、〈そう思うと推理小説がかった「記憶」のようなものを出したのがはずかしくなり、木々氏からつづいて何か送るようにいわれたので、もっと文学的なものをと思って〉書いたのが、『或る「小倉日記」伝』で、「三田文學」九月号に掲載されると、翌五三年一月に第二十八回芥川賞を受賞した。

しかし当時の芥川賞はいまのように社会的ニュースにはならない。受賞しても九州にいたのでは東京の出版社からの注文が来ないと判断し、清張は新聞社に東京勤務を申し出て、五三年十二月に妻と子供は残して単身、東京へ転勤した。だが、この年だけで、「別冊文藝春秋」「オール讀物」「週刊朝日別冊」などに十一の短篇を発表している。けっして「売れない作家」ではなかった。より大きな飛躍を求めたということだろう。

一九五四年、清張は十二の中短篇を書いた。そのなかには『女囚抄』『脅喝者』など犯罪を描いたものもあるが、まだ松本清張は探偵作家とは認識されていない。

## †乱歩、完全復活か

一九五五年（昭和三十）、乱歩は元日から五日まで伊東温泉に滞在し、小説を書き始めた。伊東には前年九月にも来ており、小説の構想を練っていた。

この年、乱歩は四作の長篇を同時に連載した。「宝石」に『化人幻戯』（「別冊宝石」前年十一月号に第一回が載り、第二回からは「宝石」に掲載）、講談社の「面白倶楽部」一月号から十二月号まで『影男』、「少年」一月号から十二月号まで『海底の魔術師』、「少年クラブ」一月号から十二月号まで『灰色の巨人』である。

これまで少年ものは「少年」だけだったがこの年から古巣「少年クラブ」でも並行して連載したのだ。『化人幻戯』は探偵小説専門誌への連載なので、当然本格探偵小説を目指し、『影男』は大衆雑誌への連載なので、戦前の通俗長篇の路線だった。

『化人幻戯』と『影男』はともに明智小五郎が登場する。少年探偵を除けば、明智が戦後に活躍する長篇はこの二作だけだ。『化人幻戯』は一九四九年十一月から十二月にかけて起きた事件という設定だが、『影男』は何年何月の事件なのかはっきりしない。またこの年の「オール讀物」四月号に中篇『月と手袋』も書き、これにも明智小五郎が登場し、一九五〇年二月から六月の事件である。

四作の長篇の連載に加え、十月には書き下ろしで『十字路』が刊行される。還暦は乱歩にとってまさに「再生」だったのだ。しかしこの再生は、一年限りとなってしまう。

乱歩は長篇の連載も苦手だが、長篇の書き下ろしはもっと苦手としていた。戦前の一九三二年（昭和七）に、新潮社が「新作探偵小説全集」を企画し、乱歩はそのときも第一巻を引き受け、『蠢く触手』として刊行されたが、どうしても書けず、岡戸武平に頼んで代作してもらった。

それから二十数年が過ぎ、今度は講談社が同じように企画を立て、またも乱歩に依頼があったわけである。『蠢く触手』で書き下ろしには懲りていたので乱歩は断ったが、あなたが書かなければ他の作家も書いてくれないと懇願され、協力者を立てることを条件に引き受けた。その協力者は渡辺剣次で、彼がプロットを作り、それに基づいて文章は乱歩自身が書いて、乱歩にとって最初の書下し長篇となった。

こうして『十字路』は講談社の「書下し長篇探偵小説全集」の第一巻、第一回配本として刊行された。当時の人気作家が誰だったかが分かるので、全巻の編成を記そう（巻数は著者のあいうえお順で、発行順とは異なる）。

1 『十字路』江戸川乱歩（一九五五年十月）
2 『見たのは誰だ』大下宇陀児（一九五五年十一月）
3 『魔婦の足跡』香山滋（一九五五年十月）
4 『光とその影』木々高太郎（一九五六年一月）
5 『上を見るな』島田一男（一九五五年十二月）
6 『金紅樹の秘密』城昌幸（一九五五年十二月）
7 『人形はなぜ殺される』高木彬光（一九五五年十一月）
8 『五匹の盲猫』角田喜久雄（未刊）
9 『夜獣』水谷準（一九五六年四月）
10 『十三角関係』山田風太郎（一九五六年一月）
11 『仮面舞踏会』横溝正史（未刊）
12 『鮮血洋燈』渡辺啓助（一九五六年二月）
13 『黒いトランク』鮎川哲也（一九五六年七月）

講談社文藝課にいてこの全集を企画した原田裕（後、出版藝術社を創業し社長）は人選についてこう語る。

〈その時分には、探偵小説を書く専門家は、戦前からいた人も入れて、顔ぶれがはっきりとしていたわけです。戦後派が四人、江戸川乱歩を筆頭に戦前派が八人。これが衆目の一致するところで、特に編集者の目から見れば、この人しかいないというのは、もう決定的だったんですよ。そういった自他ともに認める人たちを全部集めても十二人しかいなかった。〉（出版藝術社版『仮面舞踏会』巻末の特別インタビュー）

最後の巻は当初は未定で「一三番目の椅子」とし公募され、鮎川哲也が選ばれたのである。候補者には藤雪夫、鷺尾三郎、西村京太郎、宮野村子、梶龍雄らがいた。

だが十三巻のうち、角田喜久雄と横溝正史はタイトルだけは考えたが、結局、書かなかったので未刊である。原田はこう振り返っている。

〈江戸川乱歩先生は作家としてはもうほとんど書いていなかったし、角田喜久雄、横溝正史は連載を抱えてそれで手一杯、とても書下しなんか出来る状況じゃなかった。この人たちからＯＫを貰うというだけで、編集者としては大変な金星だったんです。〉

角田と横溝は自分でも書けないだろうと思っていたのではないかと、原田は語っている。〈そこは阿吽の呼吸で、自分たちの名前がラインナップされていれば、この全集自体の購買意欲に繋がるだろうと、そう慮ってくれた。それは乱歩先生も同じことで、そういう形で協力してくれたわけです。〉

全集が発売された時の新聞広告には、第一回配本の江戸川乱歩『十字路』と香山滋『魔婦の足跡』以外の全巻のタイトルが掲げられているので、何らかの販促効果はあっただろう。

この全集で、乱歩と横溝の性格や探偵文壇でのポジションの違いが分かる。乱歩は自分が書き下ろし長篇を書けないことが分かっているが、大手版元である講談社から書き下ろしの全集が出ることは探偵小説界全体のためになると判断し、引き受けた。乱歩としては探偵小説界トップとしての義務を果たすつもりの仕事だったのだろう。そして、不本意ではあるが、渡辺に協力してもらって完成させた。書いて刊行させることがすべてに優先された。その結果、『十字路』は新境地を目指したものだったが、評判は呼べなかった。

　一方の横溝は、人気作家との自覚はあるが、探偵小説界という業界団体の責任者であるとは認識していない。そういう面倒なことは乱歩に任せて創作に専念していた。そして書けないものは書けないと、締め切りを過ぎても放置してしまう。無責任と言えば無責任であり、プロの作家としては褒められたものではない。だが別の見方をすれば、書けると思うまでは書かないし、自分が気に入らないものは発表できないという、藝術至上主義の人でもある。

　講談社の「書下し長篇探偵小説全集」は二人の性格、ポジション、さらには小説への取り組み方の違いを明らかにしたと言える。

　こうして一九五五年、いままで書かなかったのが嘘のように、乱歩は少年もの二作に加え、『化人幻戯』『影男』『十字路』の三作を一気に書き上げたのである。戦前も乱歩は長篇を三作も四作も同時並行させて書いていたが、この作家はそういう書き方が好きというか、そうしなければ書けないタイプなのだ。

『十字路』は講談社の長篇探偵小説全集として出たが、『化人幻戯』は春陽堂の乱歩全集第十五巻（五五年十一月）に、『影男』は第十六巻（五五年十二月）に収録されたのが最初だった。

　乱歩は、新作を最初の配本にしたほうが売れると思っていたので、全集の刊行を一年後にしたらいいと提案したのだが、春陽堂がどうしても早く出したいというので、五四年からの刊行となった。その結果、乱歩の危惧は的中し、この全集はあまり売れず、当然、せっかくの新作二作も目立たなかったという。二作は単独で出るのも春陽堂の乱歩文庫で、『影男』は五七年六月、『化人幻戯』は七月に刊行された。

　一九五四年から五五年にかけて書いた三作は、どれも批評はあまりよくなく、乱歩はまたも自己嫌悪に陥ってしまう。しかし、同時期、少年たちの間では空前の乱歩ブームが起きていた。

## †「少年探偵」のメディアミックス

　江戸川乱歩は大人向きの長篇小説では思ったほどの評判はとれなかったが、一九五四年からの数年間、「少年探偵」シリーズは空前の人気を誇っていた。映画、ラジオ、テレビでも始まったからだ。

映画は松竹が一九五四年に『怪人二十面相』三作を製作・公開したのが最初で、続いて『青銅の魔人』四作が五四年から五五年にかけて製作・公開され、五六年から五九年まで東映が『少年探偵団』シリーズを九作、製作・公開した。

ラジオドラマも複数の局にまたがり、一九五二年十月に大阪の朝日放送が『乱歩の青銅の魔人』を三回に分けて放送し、五四年五月から十一月にかけてラジオ東京(TBS)が『怪人二十面相』、同年八月から五五年にかけて朝日放送が『少年探偵団』を放送した。「ぼ・ぼ・ぼくらは少年探偵団」の歌詞で知られる主題歌(壇上文雄作詞、白木義信作曲)は、この朝日放送のラジオドラマのために作られたものだ。朝日放送版は大阪での放送だったので関東では聞けなかったが、五五年六月から十月までニッポン放送が朝日放送版の音源を借りて、「ラジオ劇　少年探偵団」として放送した。好評だったので続きを作ることになり、五四年三月から五七年十二月まで放送された。主題歌も朝日放送のものが使われたので、関東でも広く知られるようになったのだ。

テレビドラマになったのは一九五八年十一月で、日本テレビが『怪人二十面相』を六〇年六月まで八十一回にわたり放送し、入れ替わるように、六〇年十一月からフジテレビが『少年探偵団』を六三年九月まで実に百五十二回にわたり放送した。

これにあわせるかたちで、「少年」以外の雑誌での連載が始まった。古巣の「少年クラブ」には、『灰色の巨人』(五五年)、『黄金豹』(五六年)、『サーカスの怪人』(五七年)、『奇面城の秘密』(五八年)の四作、「少女クラブ」にも『魔法人形』(五七年、「悪魔人形」の題で出たこともある)、『塔上の奇術師』(五八年)の二作で、この二誌へ連載した作品も、後に光文社の全集のなかに収められる。

さらに講談社の幼年誌「たのしい三年生」「たのしい二年生」「たのしい一年生」、小学館の「小学四年生」「小学五年生」「小学六年生」、家の光の「こども家の光」にも連載された。

一九五〇年代の乱歩の仕事の大きな柱が「少年探偵」シリーズだった。

映画、ラジオで人気が出れば、本も売れる。当時は

「メディアミックス」という言葉すらなく、出版社、映画会社、放送局間には何の連携もなく、調整する広告代理店があったわけでもなく、それぞれ勝手に作っていたわけだが、少年探偵ブームが到来していた。

## †東京文藝社と東方社

一九五五年の横溝正史は『吸血蛾』が「講談倶楽部」五五年一月号から十二月号まで、『三つ首塔』が「小説倶楽部」(桃園書房)一九五五年一月号から十二月号までと、二作が同時並行していた。『吸血蛾』も連載が終わると、十二月に講談社から刊行された。

講談社の雑誌に連載したものは、『犬神家の一族』『女王蜂』『幽霊男』『吸血蛾』の四作で、みな連載終了後すぐに本になったのである。地方紙の『迷路の花嫁』は五五年六月に桃源社から刊行された。

一方、「平凡」の『不死蝶』、「小説倶楽部」の『三つ首塔』はすぐには本にならなかった。この二作を含めた金田一耕助が登場する作品を初めて網羅的に出したのが、東京文藝社の「金田一耕助探偵小説選」で、一九五四年八月から刊行が開始する。B6判で函入りの造本だ。

東京文藝社は、おそらくは角川書店の次に横溝正史作品を多く発行、販売した出版社である。一九五〇年前後から九〇年前後まで約四十年にわたり存続し、時代小説を中心に、国会図書館に所蔵されているだけでも約千五百点を刊行している。しかし、同社について書かれた文献はほとんどなく、どんな出版社だったのかよく分からない。一時は全国に三万店あったとされる貸本屋向けの本の版元から始まり、貸本屋業界が衰退すると、新刊書店向けにシフトして生き延びたようだ。

東京文藝社はこの後、何度も横溝作品のシリーズを出していく。

同時期に横溝作品を出すようになっていた出版社が東方社だ。これは戦時中に陸軍参謀本部直属で「FRONT」を出していた同名の会社とは関係なく、一九四七年に創立され、主に大衆小説を出していた。

東方社は東京文藝社の金田一シリーズに対抗するように、五六年十月から戦前に書かれた「由利・三津木探偵小説選」の刊行を始め、六冊を出した。東京文藝社と東方社は棲み分けたのである。東方社も、東京文藝社のように貸本屋向け書籍の版元だったようだ。

春陽堂は戦前から探偵小説にも熱心だったので、横溝作品も出していたが、戦後は出版ブームが終わり、新興の零細版元が淘汰されるまでは付き合いがない。前述した一九五〇年五月の「現代大衆文学全集」として横溝正史の巻が出て『夜歩く』や『本陣殺人事件』などが収録されたのが戦後最初で、五一年十月に春陽文庫として『本陣殺人事件』、五三年十月に文庫判サイズの「日本探偵小説全集」の第四巻として『蝶々殺人事件』が出ただけだ。その後も『本陣』『蝶々』の二冊は何度か装幀を変えて出されたが、それ以外は出していない。春陽文庫で横溝正史作品が大量に刊行されるのは角川文庫が出し始めた後だった。

一九五〇年代から六〇年代にかけて、書籍を出し続けることで横溝正史を支えていたのは東京文藝社と東方社だったのである。

また『不死蝶』から、長篇であっても、単行本にする際にかなり手を加えることが始まる。あるいは短篇や中篇を長篇にしていくことも始める。つまり、最初から細部まで練った上で書き始めるのではなくなっていく。乱歩の通俗長篇の書き方と似てくるのである。

このままではいけない。だが本格探偵小説を書ける雑誌は専門誌である「宝石」しかない。

その「宝石」は、売上不振に喘いでいた。

## †清張、日本探偵作家クラブ賞受賞

一九五七年二月、この年の日本探偵作家クラブ賞を、松本清張が受賞した。

木々高太郎が「三田文學」の編集に関わっていたのは二年間だけで、松本清張が家族を東京へ呼んだ一九五四年には清張と「三田文學」との縁、つまり純文学との縁は切れていた。清張としては、当時、勃興していた中間小説誌に活路を見出すしかなかった。その中間小説誌は全盛期へ向かう上昇機運にあった。サラリーマンが増え、通勤時間という新たな「読書時間」が生まれたことにより、「電車の中で気軽に読める小説」が大量に求められるようになったのだ。

一九五五年になっても清張はまだ朝日新聞社に勤務しているが、中間小説誌に二十四の中短篇を書いた。そのうちの十四作が時代ものだったので、このままいけば、清張は時代小説作家になったはずだ。だが、「小説新潮」十二月号に掲載された『張込み』が、清張の運命を変え、日本探偵小説界の潮流を変え、日本出版界をも変える。

『張込み』はタイトルのとおり、刑事が犯人の立ち寄りそうな先を張込む話だ。アリバイトリックも密室トリックも、顔のない屍体もないし、意外な犯人もいない。いまでいう警察小説である。それまでも木々高太郎に言われて最初に書いた『記憶』など、犯罪を描いた作品はあったので、唐突に『張込み』が生まれたわけではないが、この作品で清張は何かを摑んだようで、翌一九五六年、「小説新潮」「週刊新潮」「別冊小説新潮」といった新潮社の雑誌に断続的に『顔』『殺意』『なぜ「星図」が開いていたか』『反射』『市長死す』を書いた。この五作と前年の『張込み』と合わせた六作が、五六年十月に講談社から新書判のロマン・ブックスの一冊として、『顔』の書名で刊行された。新潮社の雑誌に掲載された作品ばかりだが同社が出さず、講談社が出したのは、当時の新潮社はミステリにそれほど関心を寄せていなかったからだろう。

新書判のロマン・ブックスは一九五五年から講談社が出していたシリーズで、『顔』のように初めて本になった作品もあれば自社・他社を問わず、単行本などで出ていたものの廉価版にあたるものもあり、横溝作品も『獄門島』(五五年七月)、『幽霊男』(五六年二月)、『吸血蛾』(五八年四月)がこのシリーズで出た。

この短篇集『顔』が、清張自身も予想しなかったが、五七年二月、第十回日本探偵作家クラブ賞(現・日本推理作家協会賞)を受賞した。当時は長篇部門、短篇部門などに分けられていない時期で、この年にノミネートされていたのは他に、渡辺啓助『血笑島にて』、角田喜久雄『悪魔のような女』、鮎川哲也『黒いトランク』だった。

清張に言わせると、最初期の作品で、探偵小説を書こうと思って書いたのは、第二作にあたる『記憶』(『火の記憶』)だけで、あとは自分としては探偵小説とは思っていなかった。たしかに、密室や顔のない屍体のトリックもなければ、名探偵が犯人を探し当てるわけでもない。しかし、犯罪を扱い、謎もあるといえばあるし、サスペンスに満ちているし、結末の意外性もある。そのため、探偵作家クラブの乱歩以下の作家たちは、鮎川哲也の『黒いトランク』という本格探偵小説よりも松本清張の短篇集に賞を与えたのだ。

## †「宝石」の危機

『本陣殺人事件』とともにスタートした「宝石」と版元の岩谷書店は、一九四九年の出版危機は、岩谷一族の資産が支えたのか、どうにか乗り切ったものの、五〇年代に入ると経営が傾いていった。出版不況といった外的な要因というよりも、売上不振という内的な理由だった。

岩谷書店の創業社長・岩谷満は、詩の雑誌を作りたかったが、詩では売れないだろうと探偵小説雑誌にした経緯があったので、一九四六年四月に創刊した「宝石」には詩のページもあった。だが「宝石」が売れると、半年後の九月に詩の雑誌「ゆうとぴあ」(後に「詩学」)を別に創刊した。まだ出版界全体が敗戦直後のブームに沸いていたので、岩谷書店もそれに乗り、拡大路線をとった。ほかに「囲碁春秋」も出していた。

拡大路線の最たるものが、一九四八年六月創刊(七月号)の時代小説をメインとした「天狗」だった。岩谷の祖父、明治の大成功者である岩谷松平の事業、天狗煙草からとった雑誌名だ。しかし天狗煙草は岩谷商会に莫大な富をもたらしたが、雑誌「天狗」は岩谷書店に巨額の赤字をもたらした。執筆陣は豪華で、大佛次郎の「鞍馬天狗」を筆頭に、野村胡堂、長谷川伸、邦枝完二といった大物の名が並び、横溝も「人形佐七」を書いている。だが大部数を刷ったものの大量の返品となり、九か月で廃刊となった。さらに当時は高木彬光の『刺青殺人事件』など単行本が売れていたので、岩谷選書というシリーズを始めたが、売れるものと売れないものとがあり、トータルでは赤字となった。

「宝石」の部数は初期の十万部から五万部前後に下がっていたが安定はしていた。だが、岩谷書店全体の経営状況の悪化から、「宝石」の売物のひとつだった「百万円懸賞」の賞金が払えない事態も生じた。執筆者への原稿料の支払いも遅れるようになる。『探偵小説百科』によれば、〈部数を減じ(ママ)、原稿料のタナ上げを再三おこない、したがって内容を落としながらも、探偵作家の寛容な支援のもとに、命脈をたもってきた〉という状況だった。

岩谷満はもともと出版に強い思いがあったわけではないので、経営が悪化すると興味を喪い、一九五二年九月、岩谷は社長を辞めて城昌幸が社長になった。乱歩は『四十年』にこう記している。〈【九月】四日、城昌幸君は探偵作家クラブ幹事を招待して、岩谷書店改組のことを発表し諒解を求めた。岩谷満社長は病気のため引退、城君が新社長に就任したのである。〉

この記述からは「宝石」は探偵小説界全体の機関誌ともいえる存在だったことが窺える。探偵作家の誰もが心配していたのである。この時期横溝は『悪魔が来りて笛を吹く』を連載していた。

社長になったとはいえ、城昌幸に経営手腕はない。経理にも疎い。事態はますます悪化していった。一九五六年には岩谷書店の債務と切り離して新会社として宝石社を設立した。

山村正夫『推理文壇戦後史』には、一九五七年の状況についてこう書かれている。〈当時、最悪の経営状態に追い込まれていた。それまでにも何度か不振の時期があって、原稿料の棚上げが繰り返えされ一種の慢性的な行事のようにさえなっていたが、それでも毎月の発行部数は二万部を維持していた。それが一挙に七、八千部にまで落ち込んだのだそうだから、いかに営業成績が悪化していたかが想像つこうというものだろう。〉この部数では輪転機にもかけられず、営業誌（商業誌）とは言えないとまで書かれている。

売れないので資金繰りが悪化する、原稿料の支払いが遅れる、編集者は作家へ執筆依頼がしにくくなる、いい原稿が集まらない、誌面が貧弱になる、ますます売れない――という負のスパイラルに陥っていた。普通なら廃刊である。だが宝石社は他に雑誌もないし、単行本も「宝石」があってこそのものだ。「宝石」の廃刊は宝石社の倒産を意味している。

実際、銀行はすでに融資してくれなくなっていたので、取次からもらう約束手形も町金融で月五分という高利でなければ割り引いてくれない状況にあった。もはや宝石社は倒産寸前だった。

だが、探偵作家たちはあまりにもこの雑誌に依存し、また思い入れがあった。読者よりも、執筆する作家たちがこの雑誌を必要としていたのだ。

乱歩はこう書く。〈雑誌「宝石」は、われわれ推理小説家の本陣のようなものだ〉。その本陣の危機を脱するため江戸川乱歩は先頭に立つことを決意した。自ら編集と経営を担うのである。

一九五七年春に探偵作家クラブの幹事会が乱歩邸で開かれ、「宝石」問題が話し合われ、乱歩から、幹事が持ち回りで毎号責任をもって編集しようと提案があった。日本探偵作家クラブ会報五七年三・四月号に、乱歩がこう書いている。

〈「宝石」の不振の根本には資金の不足ということがある。しかし、今のわれわれには、この点まで立入ることはできないので、窮余の一策として、われわれ古い作家の誰かが実際に編集し、表紙にもその名を現わし、本当に気を入れてやってみたらどうかということを考え、クラブ幹事会の席上で、そのことを漏らしたところ、大いに賛成を得て、先ず君がやれということになった。そこで、私も決心して、七月初めに出る号を自から編集するわけである。〉

この時点では七月に出る号は江戸川乱歩編集で、次号は、たとえば木々高太郎編集というように、毎号、誰かが編集する構想だった。しかし計画を実現させていこうとなった段階で、一号だけでは効果も出ないし、その評価もできない、せめて半年は続けるべきだという声があがり、乱歩もそれはそうだと思い直した。だが半年にわたり乱歩が思うように編集するとなると、それなりの体制が必要だ。自分の片腕となる編集者もさることながら、原稿依頼の障害となっている原稿料の遅延問題を解決しなければならない。

「一号だけ編集する」から、「半年間、編集する」になり、さらには「経営も面倒をみる」と乱歩の負担は際限なく拡大していった。そうして作る雑誌に自分が書きたいものを載せるという野心があるのならば、それは作家の道楽として理解できる。後に手塚治虫が『火の鳥』を載せるために自分の虫プロ商事で「ＣＯＭ」を創刊した例もある。だが乱歩の場合、「宝石」に小説を書く気はないのである。純粋に面白い探偵小説雑誌を作ろうとした。

敗戦直後、乱歩は前田出版社から雑誌の創刊の話を持ちかけられ、「黄金虫」というタイトルまで考えてかなり乗り気だったが、同社の資金に不安があり頓挫したことがあった。あのときは乱歩自身が貯金を使い果たし、経済的に先行きが不透明だったが、一九五七年の乱歩は探偵文壇で最も売れている作家だった。ちょうど「少年探偵」が映画やラジオドラマとなり大ブームとなっており、光文社の「少年探偵」シリーズや、ポプラ社のリライト版「名探偵明智小五郎文庫」が売れに売れていた。大人向けの小説も春陽堂をはじめ各社からさまざまなかたちで出ていた。新作がなく、一冊だけ突出して何十万部も売れているわけではないので、ベストセラー・リストに乱歩の名はないが、トータルではすさまじい部数が売れていたのである。

乱歩には資金があった。三か月分の原稿料と編集経費は、乱歩が立て替えることにした。さらに、町金融から高利で手形を割り引いていたことが資金繰りの悪化の原因だったので、自らの貯金から信託銀行に三百万円を定期預金として、これを担保として、約束手形を低利で割り引かせることにした。そして、乱歩は無報酬だった。さらに社長の城はそれまで月三万円の給与をもらっていたが、半額にさせられた。城としては何も文句は言えないが、元の三万円も社長の給与としては安かった。

## †探偵小説ブーム

乱歩がいわば私財と知識と人脈のすべてを傾注してもいいと考えたのは、いちばんには探偵小説への情熱があったからだろうが、もうひとつは、探偵小説のブーム到来を感じていたからだった。やり方さえ間違わなければ売れるという確信があったのだ。

大前提となる「歴史観」が乱歩にはあった。探偵小説は十年周期で隆盛を迎えるとの説で、その隆盛期を「山」と称した。最初の山は自分や横溝正史がデビューした一九二〇年代前半、次が一九三〇年前後で、乱歩が『陰獣』を書く一方で通俗長篇が売れまくっていた時期、次の十年後は単純計算だと一九四〇年前後になるが戦争でずれて、第三の山は敗戦直後、横溝の『本陣殺人事件』『獄門島』や高木彬光の『刺青殺人事件』、角田喜久雄の『高木家の惨劇』を皮切りにした本格探偵小説ブーム、そして敗戦から十年が過ぎた一九五五年から第四の山が訪れていると乱歩は感じていた。

五四年の還暦のパーティーで乱歩が寄付した一〇〇万円を基金として江戸川乱歩賞が設立された。探偵小説界に顕著な業績を示した人・団体に贈られることになり、五五年の第一回は評論家・中島河太郎に贈られた。対象となったのは「宝石」連載中の『探偵小説辞典』だった。

しかしこの辞典はまだ連載中なので、本に対しての受賞というよりも、それまでの功績を讃えるものだった。

次の一九五六年の第二回は、ハヤカワ・ポケット・ミステリの刊行に対して、早川書房と同社の早川清社長に贈られた。この第二回の授賞式は六月三十日で、日比谷の松本楼で行なわれた。この会場に受賞した早川書房からは早川清社長と、田村隆一編集長、そして編集部員の都筑道夫が出席した。都筑はこのときのことを『推理作家の出来るまで』にこう書いている。

〈第二回江戸川乱歩賞の授賞式が、日比谷の松本楼でひらかれたときに、横溝さんが出席して、乱歩さんと廊下で握手をした。〉そして、両者が不和だったという説について、〈私たちがそれを取りまいて、拍手をしたのだから、不和があって、和解があったのは、事実なのだ。〉と書く。その二年前の還暦のパーティーにも横溝は夫婦で出席しているので、その二年間に何かあったのだろうか。

第四の山の兆しとして、翻訳ミステリのブームが巻き起こっていた。早川書房のポケット・ミステリに続いて、東京創元社も「世界推理小説全集」全八十巻の刊行が五六年から始まっていた。

東京創元社はいまも創元推理文庫などミステリ専門版元として健在だが、この分野に進出したのはこの全集によってだった。創元社は、大阪にあったキリスト教関係の本を扱う取次会社・福音社がベースで、その二代目となる矢部良策（一八九三〜一九七三）が関東大震災で東京の出版社が打撃を受けたことから、大阪にも出版社が必要と感じて創業したものだ。創業時から東京支店も設け、小林茂（一九〇二〜一九八八）が任された。小林は、同年生まれ、同郷、同姓ということから評論家の小林秀雄と親交があった。一九三六年に小林秀雄を創元社東京支店の編集顧問として迎えると、以後、小林の知識と人脈をつかい、「創元選書」を刊行し、谷崎潤一郎の『春琴抄』などの小説や、詩、評論、思想など、人文・文藝書を戦前から戦後にかけて二百数十点刊行した。

戦後の一九四八年、東京支店は独立して、大阪とは同名だが別法人の創元社となり、夏目漱石、芥川龍之介、永井荷風、谷崎潤一郎の作品集、「世界少年少女文学全集」「現代随想全集」などの大型企画に加え、五一年には「創元文庫」の刊行も始めるが、この拡大路線が失敗し、五四年七月に倒産した。倒産後、別法人として「東京創元社」を設立し、旧創元社（東京）の刊行物を引き継いで再出発し、「世界推理小説全集」の刊行を決めた。全点を新しい翻訳で出すという壮大な計画で、乱歩も協力した。収録作品は古典が中心ではあるものの、ハヤカワ・ポケット・ミステリと重なるものもあるので乱歩は心配していたが、結果としては成功した。

この全集の宣伝のために乱歩と戸板康二、そして装幀を担当した「暮しの手帖」の花森安治とで座談会をした。戸板は歌舞伎・演劇評論で知られるが探偵小説にも造詣が深い。その席で乱歩は戸板と知り合い、これが後に「宝石」に戸板が小説を書くことにつながる。

戸板と会う前、乱歩は歌舞伎界を舞台にした探偵小説の構想を抱いていたようだ。乱歩は自分でも歌舞伎を上演し、十七代目中村勘三郎の後援会長をつとめていたこともある、かなり熱心な歌舞伎好きだ。「宝石」編集長だった武田武彦は、乱歩は歌舞伎役者の生活をテーマにして〈芳年描く無残絵のような長篇推理小説を書きたかったのだと思う〉と推測している。

ある日、武田が乱歩に「本当に歌舞伎の裏をお書きになるつもりですか」と訊くと、「さあ、わからんね」ととぼけるので、「お書きにならないのなら、横溝さんに書いてもらいますよ」と挑発した。すると乱歩が「もっと詳しい人はいないかね」と言うので、戸板康二の名をあげた。この時期の乱歩は自分では書く気はなかったが、といって、横溝に歌舞伎役者が出て来る探偵小説を書かせようとも思わなかったようで、戸板と知り合うと、書くように勧めたのだ。

東京創元社の全集の他、新潮社の「探偵小説文庫」、講談社の「クリスチー探偵小説集」、鱒書房の「ルパン全集」、湖書房の「スピレイン全集」、日本のものとしても、河出書房が「探偵小説名作全集」を企画し、春陽堂の「長篇探偵小説全集」、小山書店の「日本探偵小説代表作集」なども出る。一九五六年はまだ「推理小説」よりも「探偵小説」とするほうが多い。

河出書房の「探偵小説名作全集」は、全十二巻で、ひとり一巻に代表作が収められた。江戸川乱歩、小酒井不木、大下宇陀児、横溝正史、角田喜久雄、浜尾四郎、小栗虫太郎、木々高太郎、坂口安吾、高木彬光で十巻、十一巻は短篇集でいろいろな作家のもの、そして十二巻は公募された。これは講談社の「書下し長篇探偵小説全集」にならったものだった。五六年五月から十二月までに十一巻までが出て、あとは公募から選んだ一冊を出すだけとなっていたが、河出書房の資金繰りが厳しくなり、刊行が中止になった。

河出書房は結局、一九五七年三月三十日に七億二九三七万円の負債を抱えて倒産した。前年の五六年には年間九六三点も刊行し自転車操業に陥っていたが、ついに力尽きたのだった。

この河出書房に連鎖して、彰考書院も倒産した。この版元は社長の藤岡淳吉が公職追放になり倒産した後、紆余曲折があって新会社設立で乗り切ろうとした過程で取次の取引口座を喪った。河出書房を発売元とすることで出版を継続していたが、河出の倒産で、資金繰りが破綻したのだ。彰考書院は敗戦直後は社会主義関係の本を出していたが、一九五〇年代に入ると、藤岡の息子、淳介と啓介が加わり、まだ東京外国語大学の学生だった小笠原豊樹が訳した『マヤコフスキー詩集』やエレンブルグの『雪どけ』や『第九の波』などを出して、文学路線へ転換していた。聖紀書房で出したこともある時代小説にも手を広げ「名作歴史文学選集」の刊行を開始し、さらに小笠原の紹介で澁澤龍彥の『マルキ・ド・サド選集』全三巻を五六年十二月に出し終えたところでの倒産だった。小笠原豊樹はハヤカワ・ミステリの翻訳陣のひとりとなり、澁澤龍彥の『サド選集』はゾッキとして処分され古書店に積まれ、皮肉にも多くの人に読まれた。澁澤が「宝石」に『黒魔術の手帖』を連載するのは一九六〇年から六一年で、六一年十月に桃源社が刊行し、澁澤の名は広く知られていく。

さて——乱歩は江戸川乱歩賞の第二回が決まると、このまま探偵小説界への功労者に賞を与えていくのではなく、書き下ろしの長篇探偵小説を公募することを思いついた。短篇や連載は雑誌に載せればいいが、連載の長篇はその回ごとに山場を設けなければならず、本格探偵小説には向かないことを、乱歩は誰よりも知っていた。書き下ろしの長篇を出してくれる版元はそう多くない。そこで、講談社と話をつけて、受賞作は必ず同社から出版することにして、公募の賞としたのだ。応募規定では新人とは限らず既成作家でもかまわないとなっていた。

こうして第三回から長篇の公募となり現在に至るわけだが、公募となって最初の受賞作、仁木悦子の『猫は知っていた』は、河出書房の書下し全集の第十二巻として出るのを待つだけだった作品だ。河出書房の経営悪化で刊行されずにいたが、このまま埋もれさすのはもったいないと、乱歩賞（当時、乱歩自身は「江戸川賞」と呼んでいる）にまわして受賞させたものだった。

こうして受賞した『猫は知っていた』は一九五七年十一月に講談社から刊行されると、女性作家という珍しさもあり、十万部を超えるベストセラーとなった。

乱歩が「宝石」に乗り出すと決めたのは、河出書房が倒産し、仁木悦子が乱歩賞を受賞するまでの間だった。

## †「本格」から遠ざかる日日

横溝正史は『悪魔が来りて笛を吹く』の後、『病院横町の首縊りの家』を書いたが一回で中絶した後、「宝石」には書かなかったが、その理由のひとつが原稿料にあるのではないだろうか。「宝石」の原稿料は他の雑誌に比べれば、かなり安かったという。探偵作家たちも、「宝石」だからとその安い原稿料で書き、他誌で稼いでいたのである。だが経営が傾くと、それすらも払えなかった。

そのなかにあって、横溝正史だけは別格の高い原稿料だったと、『推理文壇戦後史』にはある。

横溝は「宝石」の経営の厳しさを知り、自分のような高い原稿料の作家は遠慮すべきと考えていたのではないか。「原稿料を安くしてもいい」と言うのは、プロの作家としてのプライドが許さないのだろう。

五六年の横溝は、「オール讀物」（文藝春秋）、「講談倶楽部」「面白倶楽部」「小説倶楽部」の各誌に毎月のように中短篇を書いた。その多くが加筆されて長篇として東京文藝社の「金田一耕助推理全集」の中で刊行されていく。横溝はひとつのアイデアをもとにして最初に短篇を書き雑誌に載せ、次に長篇にして単行本にするという方法を編み出していたのだ。流行作家としては、理想的なかたちである。なかにはすぐに本になるものもあれば、加筆に時間がかかるものもある。

この方法で一九五〇年代の横溝が書いた、金田一耕助が登場する通俗スリラーには、『不死蝶』『吸血蛾』『毒の矢』『死神の矢』『魔女の暦』『迷路荘の怪人』（後に『迷路荘の惨劇』）『トランプ台上の首』『壺中美人』『扉のかげの女』『貸しボート十三号』『火の十字架』などがある。

「宝石」に書かない間、横溝はこのような仕事をしていた。残念ながら名作・傑作と呼ばれるものはこの時期にはない。「宝石」にしか本格探偵小説は書けない。しかしその「宝石」が不振なので横溝は書けない。だが「宝石」が不振なのは横溝の連載がないからとも言える。横溝はジレンマにあったのではないだろうか。

乱歩が「宝石」を担うようになったのは、横溝にとっても朗報だったに違いない。

宝石社は乱歩を招くにあたり人事を刷新した。編集長だった永瀬三吾は七月号までを作ると退社し、月曜書房出身の谷井正澄が後任の編集長となり、講談社にいた大坪直行が新たに採用され、二人が原稿を取りに行き、割付や校正といった編集実務を担う。また早川書房にいた田中潤司が乱歩の個人的ブレーンとして編集に加わり、とくに翻訳のセレクションを担当した。

## †『悪魔の手毬唄』始まる

まだ乱歩が正式には編集を担っていない五七年五月号の「宝石」に、次号から横溝の新連載が始まるとの予告が載った。タイトルは「人を殺して名をのこす」とある。横溝の「作者の言葉」に、〈題名はいささか奇をてらった感なきにしもあらずだが、地方にのこる手毬唄の一節である。〉との説明がある。さらに、『悪魔が来りて笛を吹く』からしばらく「長篇本格探偵小説の執筆」から遠ざかっていたと書き、前掲の諸作品が「本格」ではないことを自ら認め、書かなかったのは、〈昭和二十一年二月以来、ときおり病気のため一二カ月執筆を停止した以外には、ほとんど休むことなく書きつづけてきたので、いささか倦みつかれていたのである。〉と説明し、しかし、〈気力も充実してきたのをおぼえるので、久しぶりにまた本格探偵小説に一汗かいてみようと思う。〉と宣言した。

これを受け、編集部は予告に、〈ひたむきに本格物と取組んで、遂に、その王座を占めた大横溝が、久々に気力も充実したのを覚えたから一汗かくぞという決意!〉と昂奮した様子を隠さず、さらにその新作の内容として、〈今からもうこの耳に聞えるような手まり唄のその陰に生みだされる怪異、楢山節の上をゆく深刻な人間欲を描く大構想は、煉熟なおかつたゆまず、血を絞る思いの琢磨の文章に綾どられて、読者の胸を顫（ふる）わさずにはおかない。〉と煽り立てている。

そう——この時点では「人を殺して名をのこす」というタイトルだった新作こそ、『悪魔の手毬唄』なのである。

横溝はヴァン・ダインの『僧正殺人事件』を読みマザーグースの童謡に見立てた殺人のアイデアに驚き、アガサ・クリスティーの『そして誰もいなくなった』を読み、このアイデアを他の作家も使っていることにさらに驚き、それなら自分も書いてみようと思って『獄門島』を書いた。

『獄門島』では童謡の代わりに俳句を使い、作品としては成功したものの、童謡でなかったことに物足りなさを感じていた。しかし、なかなか殺人事件になりそうな童謡がない。そんなとき、深沢七郎の『楢山節考』を読み、そこに出てくる楢山節が、深沢の創作であると知り、それならば自分で童謡を作ればいいと思い、記憶をたどり、子供のころに聞いた手毬唄を思い出し、それをもとに「鬼首村手毬唄」を作った。

手毬唄をつくる過程で、長谷川幸延が河内十人斬りを題材にして書いた小説を読み、そこに河内音頭〈男持つなら熊太郎弥五郎、十人殺して名を残す〉が載っていて、自分も幼少期に聞いたことがあるのを思い出し、それをもじって「人を殺して名をのこす」という歌詞を思いつき、小説のタイトルにしようとしたのだ。

しかし、六月号に「人を殺して名をのこす」は載らなかった。「お詫び」が載り、〈満身の意欲をこめて執筆にかかられましたが、慎重を期して推敲を重ねられましたため、遂に掲載延期のやむなきに到りました。〉とある。七月号には「再度のお詫び」が載り、今度は延期の理由はなく、〈「八月号には是非」とのことですから、何とぞ御期待願います。〉とあるだけだ。

七月号でもまだタイトルは「人を殺して名をのこす」だった。横溝はしかし、幼女が遊びながら歌うのに「人を殺して名をのこす」という歌詞はおかしいとも感じていた。そんなある日、台所へ行くと、見かけない、大きな革の漏斗があった。何かの必要があって出入りの酒屋から借りてきたものだった。〈しばらくそれを見つめているうちに、「桝(ます)ではかって漏斗(じょうご)で飲んで」という句がしぜんに頭脳のなかにうかんできた。〉こうして手毬唄ができ、同時並行してトリックとストーリーも考えた。

ということは、五月号に予告が出た段階では、トリックもストーリーもまだなかったことになる。それから手毬唄を再考し、ようやくできて、トリック、ストーリーと組み立てるのだから、当初の予定から二か月遅れるのは当然だった。

しかし――推敲していた、あるいは構想を練り直していたのは事実だろうが、横溝としては、乱歩が八月号から編集責任者になると知って、あえてそれに合わせたのではないだろうか。自分の連載が載れば、ある程度は部数増が期待できるはずだとの自負もある。どうせなら、乱歩版「宝石」の門出を祝いたいではないか。

かくして、「宝石」は八月号（七月発売）から、棟方志功による版画が表紙を飾り「宝石」という題字の上に大きく「江戸川乱歩編集」と謳われて再出発した、目次には巻頭の作品として、横溝正史『悪魔の手毬唄』の文字が躍った。編集長となった乱歩は掲載する作品すべてに自ら紹介文を書いた。『悪魔の手毬唄』にもこう寄せた。

〈さて、本誌冒頭に誇示する作品は、名優横溝さん久々の本舞台、本格大長篇である。／題名も予告と変り、「悪魔の手毬唄」。この方がはるかに名優の本舞台にふさわしい。〉あるいは、題名の変更は乱歩のアイデアだったのかもしれない。

〈横溝さんは斯界随一のストーリイ・テラーである。その老熟の文章には、なにびとをも引き入れないではおかぬ魔力がある。しかもこの人が、探偵小説の本舞台に、久方ぶりで、堂々の陣を張って登場したのである。これは面白くなりそうだ！〉

『悪魔の手毬唄』と同時に『樹のごときもの歩く』の連載も始まっている。坂口安吾は文藝春秋社の「座談」誌に、一九四九年八月号から五〇年三月号まで断続的に五回にわたり『復員殺人事件』を連載していたが、未完に終わり、五五年二月に安吾は亡くなった。この未完の長篇を、高木彬光が完結させることになり、「宝石」八月号から十一月号まで、安吾が書いたものを再録し、翌号から高木彬光が書き継ぐという企画だった。

乱歩は探偵小説の社会的地位を上げるためにも、話題づくりのためにも、純文学の作家や他の分野で活躍している文化人に「宝石」に探偵小説を書いてもらうことを考え、自ら、作家たちを訪ねて依頼した。その結果、「宝石」には火野葦平、有馬頼義、曾野綾子、梅崎春生、三浦朱門、遠藤周作、吉行淳之介、石原慎太郎、谷川俊太郎、寺山修司、中村真一郎などが探偵小説を書いた。演劇評論家の戸板康二も乱歩が探偵小説を書かせたひとりだった。戸板は精通している歌舞伎界を舞台にしたミステリを書き、八代目市川團十郎の自殺を題材にした『團十郎切腹事件』で一九六〇年の第四十二回直木賞を受賞する。

『悪魔の手毬唄』が始まって間もなく、一九五七年九月、角川書店が刊行していた「現代国民文学全集」の第八巻が「江戸川乱歩・木々高太郎・横溝正史集」として刊行され、乱歩は『孤島の鬼』、木々は『人生の阿呆』、横溝は『八つ墓村』が収録された。これを夢中になって読んでいた十五歳の少年こそ、角川春樹だった。彼はとくに『八つ墓村』に心を惹かれた。

「宝石」は「乱歩編集」と、「横溝の新作」という二枚看板に加えた豪華な執筆陣のおかげで立ち直り、部数は三万部にまで回復した。

それにはもうひとりの作家の力も貢献しているはずだった。乱歩が責任を持つようになって八号目の一九五八年三月号、『零の焦点』の連載が始まったのだ。後に『ゼロの焦点』と改題される作品だ。

松本清張の探偵小説のメインストリームへの登場だった。

## †『点と線』

松本清張の日本探偵作家クラブ賞の受賞決定は五七年二月二十四日で、三月六日に虎ノ門の晩翠軒ホールで授賞式があった。こうして松本清張が探偵作家と広く認められたとき、すでに日本交通公社（現・JTB）が出していた雑誌「旅」（後、新潮社が引き継いで発行するが二〇一二年に休刊）一九五七年二月号から『点と線』の連載が始まっていた。

清張と「旅」との関係は当時の編集長・戸塚文子が清張作品の何かを読んで、同誌に旅についての随筆を書いてもらってからだった。四篇書いたなかでとくに五六年九月号に掲載された『時刻表と絵葉書』が好評だった。推理小説がブームになりつつあったこともあり、「旅」も何か推理小説を載せようとなって、清張に打診された。同誌が小説を連載するのは珍しいことだった。このとき清張が選ばれたのは、まだ新人で原稿料が安くてすむという理由からだった。

『点と線』の「旅」への連載は、当初は区切りのいい新年号からの予定だったが、国鉄のダイヤ改正を待って最新の時刻表を確認してからとなり、二月号（一月発売）から始まる。まだ日本探偵作家クラブ賞を受賞する前に連載は始まっていたのだ。

連載が始まる前、松本清張のもとへ光文社の編集者・松本恭子が後輩の社員と訪ねてきた。具体的な執筆依頼ではなかった。松本は少女時代から探偵小説をよく読んでいたので、そんな雑談をしていると、清張が「旅」に連載することを知った。

松本は「旅」二月号が発売されるとすぐに読んだ。これは、いけるのではないかと思った。

ここで再び神吉晴夫が日本探偵小説史に登場する。江戸川乱歩に少年ものを書かせるきっかけを作った編集者は、このころにはベストセラーメーカーとして業界で知らぬ者はない大編集者となっていた。

神吉の、そして光文社の飛躍のきっかけとなったのは「少年」であり、乱歩の「少年探偵」シリーズだったが、一九五四年十月に創刊した新書判のカッパ・ブックスが大成功していた。これに牽引されて出版界には新書ブームが起き、講談社のロマン・ブックスもこの流れで生まれたものだった。

神吉は「創作出版」を唱えていた。それまでは、作家や大学教授など「偉い先生」が書いたものをありがたく頂戴して本にするのが出版という仕事だった。「先生」から「きみのところで、こういうものを出さないか」と言われて「はい、出させていただきます」と言って、出来上がった原稿をそのまま本にする。しかし神吉は出版社主導で本を作るべきだと考えた。編集者が「何が売れるか」という観点で、そのときの社会情勢や人びとの気分、欲求をリサーチして、テーマを決め、それを書ける人物を探して書いてもらうよう交渉し、原稿ができても、読者がわかりやすいよう、つまりは売れるように書き直しを求める――いまでは当たり前だが、当時としては画期的な方法だったのだ。この「創作出版」はやがて、多忙な著者には喋ってもらい、それを編集者が書き起こすという新たな方式も産み、さらにはゴーストライターという職業も産んでいく。

光文社は一九五四年――乱歩還暦の年――には年間ベ

ストセラーの上位十点のうち四点が入るなど快進撃を始めた。五五年もトップテンに四点が入り、神吉は絶頂にあった。

だが五六年は二点しか光文社の本はトップテンにランクインしなかった。この年の一位は芥川賞を受賞した石原慎太郎の『太陽の季節』だった。文壇だけでしか知られていなかったこの賞が国民的認知度を得るのはこの年からだ。戦後のベストセラー・リスト上位はノンフィクションがほとんどだったが、五〇年代に入ると小説もランクインするようになり、石川達三、丹羽文雄、三島由紀夫らがその常連となっていた。光文社は、しかしフィクション部門は弱かった。

『点と線』の連載第一回を読んだ松本は、神吉に「ぜひ読んで下さい」と雑誌を渡した。神吉は最初は気乗りがしない様子だったが、松本が何度も「読んで下さい」と言うので根負けして読んだ。そして、感動した。回想録『カッパ兵法』にこう書いている。

〈なにより私を感動させたのは、この小説が単なる謎ときゲームではなく、人間を描いているということだった。〉

この本は一九六六年、『点と線』が大ベストセラーとなった後に書かれたものなので、はたして本当に連載第一回を読んだだけで、そこまで読み取ったのか怪しいのだが、従来の探偵小説にはないものを神吉が感じ取り、これは売れると判断したのは間違いないだろう。神吉はすぐに松本に案内させて清張邸へ出向いた。読むまでは何の関心もなかったのに、いざ読んでみて「いける」と思うとすぐに行動に出たのだ。

〈(『点と線』を)私どもの社から出版させてもらいたいというと、厚くて紅い唇に、例の人なつっこい微笑をうかべながら、

「光文社から出版してもらえるのでしたら印税なんかいりません。」

まさか印税なしというわけにはいくまいが、この清張さんの素朴さに、私はおどろき、あきれ、惚れこんでしまったのである。〉

日本出版史上にのこる稀代の名編集者と、戦後最大のベストセラー作家との幸福な出会いの瞬間だった。かつて光文社が創業間もなく無名だったころに神吉が頭を下げた大作家は印税二十パーセントとふっかけたが、清張は「いらない」と言ったのだ。光文社が十年の間にそれ

だけ大きな版元になり、出せばベストセラーにしてくれるというイメージをもたれていたからであろう。

こうして『点と線』は連載が終わったら単行本は光文社から出ることになった。だが、連載中は「旅」の読者層には合わなかったのか、何の反響もなく、清張としては書き続ける張り合いがなかった。

一方、四月からは「週刊読売」でも清張の連載が始まった。これも推理小説で『眼の壁』である。神吉はその第一回を読むと、またも清張邸へ向かい、単行本の約束を取り付けた。

それぞれの連載終了を待って、光文社は一九五八年二月、『点と線』と『眼の壁』を四六判の単行本として刊行した。初版は五〇〇〇部で、タイトルの上に「長編推理小説」と謳われている。広告では「日本の推理小説に新風を巻き起こした最初の本格長編」とも謳われた。

発売されると、『点と線』『眼の壁』はたちまちベストセラーとなった。とくに『点と線』はタイトルもよかったのか、瞬く間に二十万部を超えた。これを映画会社が見逃すはずがなく、『眼の壁』は連載中に松竹での映画化（大庭秀雄監督）が決まり五八年十月十五日に封切られ、続いて東映の『点と線』（小林恒夫監督）が十一月十一日に封切られた。

『眼の壁』と同時期の五八年十月二十二日には、日活の『影なき声』（鈴木清順監督、原作は短篇「声」）、同日に大映の『共犯者』（田中重雄監督）が封切られた。五八年十月から十一月にかけて松竹、東映、日活、大映で清張原作の映画が公開されたのだ。

この一九五八年は日本映画界の年間観客動員数がピークだった年で、一一億二七四五万人を動員した。しかし翌五九年に「皇太子ご成婚」があり、これをきっかけにテレビが飛躍的に普及し、映画界は斜陽産業へと向かう。

映画界で清張ブームが起きていた頃、清張自身は雑誌「太陽」（筑摩書房が出していたもので、平凡社が同題の雑誌を創刊するのは六三年）五八年一月号から『虚線』と題した長篇を連載していた。ところがこの雑誌が二月号で廃刊となってしまった。

乱歩は「宝石」の編集を引き受けると清張にも連載を依頼していた。清張は引き受けたものの探偵小説専門誌なので、いいかげんなものは書けないと思い、なかなか構想がまとまらず、始められないでいた。「太陽」廃刊で

『虚線』が中断すると知った乱歩は、続きを「宝石」へ連載しないかと提案し、清張は引き受けた。再開にあたり、タイトルを『零の焦点』と改める（光文社が刊行する際に「ゼロの焦点」となるので、以下、「ゼロの焦点」とする）。

## †『悪魔の手毬唄』と乱歩

『ゼロの焦点』の「宝石」での連載は一九五八年三月号から始まった。

横溝正史の『悪魔の手毬唄』の連載も続いている。実は、その前の二月号は横溝の体調不良で休載したが、以後三月号からは一度も休まずに一九五九年一月号まで続いた。

『ゼロの焦点』は六〇年一月号まで続くので、「宝石」一九五八年三月号から五九年一月号までの十一か月が、乱歩、横溝、清張の三人が「宝石」の目次に名を連ねた唯一の時期となる。横溝の最高傑作と清張の最高傑作は同時期に書かれていたのである。さらにこの時期高木彬光も「宝石」に、安吾の後を継いだ『樹のごときもの歩く』を五八年四月号まで連載し、五月号からは『成吉思汗の秘密』を九月号まで連載している。

『悪魔の手毬唄』連載終了の翌月の一九五九年二月号に、横溝は「楽屋話」と題した随筆を書き、そこにこうある。

〈この小説が連載されはじめたのと、江戸川乱歩氏が「宝石」の編集に乗りだしたのと偶然同時になったが、このことは作者にとって非常にラッキーであったと思っている。やはり掲載誌が動揺していると、書くほうでも不安になって、そんなことがあってはならないのだが、やはり気勢がそがれてしまう。ことにそういうことに敏感なわたしなのだから、一年八カ月（一カ月休載したから）にわたって、なんの不安もなくこの小説を書きつづけられたということに関して、江戸川乱歩氏に深く感謝しなければならないだろう。〉

横溝が感謝しているのは乱歩の編集手腕というよりは経営手腕のほうのようだ。というよりも、原稿料の支払いが安定したことに感謝している。これはこれで本音だろうが、照れ隠しかもしれない。横溝のもとへ原稿を取りに来て最初に読むのは編集部の大坪直行だったが、横溝としては乱歩を最初の読者と想定し、乱歩に読ませるために書いていたのではないだろうか。

この時期の横溝と乱歩の書簡が公開されればそのあたりのことも分かるはずだが、『悪魔の手毬唄』が横溝の最高傑作と称される名作になったのは、古今東西の探偵小説を読み尽くした乱歩を驚かせよう、乱歩に褒めてもらおうという意識があったからこそではないか。

横溝の自作の評価は、よく変わる。だがベストスリーは『本陣殺人事件』『獄門島』『悪魔の手毬唄』の三作が不動だ。そのなかでも、『悪魔の手毬唄』は自信がある。「宝石」一九六二年三月号に載ったインタビューでは〈これが一番僕の作品では文章の嫌味もなくよく出来たと思っている。〉と語っている。

かつては横溝が「新青年」編集者として乱歩に『パノラマ島綺譚』と『陰獣』という傑作を書かせた。この二作は横溝がいたからこそ生まれたと言える。そして戦後は乱歩が編集者となり横溝に『悪魔の手毬唄』という最高傑作を書かせたのだ。

連載最終回が掲載された号の編集後記に乱歩はこう書いた。〈横溝さんの大長篇が完結した。これは「獄門島」に似た構成ではあるが、あれよりも地味で、重厚で、きめのこまかい大作である。おそらく横溝さんのライフワークの一つになるであろう。作者の努力を深く感謝するものである。〉

『悪魔の手毬唄』の最終回は五九年一月号に掲載された。発売は前年十二月だから、脱稿したのは十一月であろう。並行して書籍化が進み、五九年一月十五日を発行日として、講談社から函入りの単行本として刊行された。なぜ掲載誌の版元である宝石社ではなく講談社から出たのか。予告だけで幻の長篇となっていた「仮面舞踏会」での借りを返すために講談社から出たとの説があったが、当時同社にいた原田裕は否定している。『悪魔の手毬唄』は同年六月には講談社の「現代長編小説全集」第29巻にも、乱歩の『化人幻戯』とともに収録された。

同時期に連載されていた『ゼロの焦点』は、連載が終わると、光文社が五九年十二月に創刊したカッパ・ノベルスの第一弾として刊行された。光文社は『点と線』『眼の壁』の二冊でフィクションでも成功したので、カッパ・ブックスの姉妹編として新書判の小説シリーズを出すことにしたのだ。当初は推理小説専門ではなく、同時に発売されたのは南條範夫の『からみあい』だった。だがだんだんに清張作品を中心に、推理小説がラインナップの大半を占めるようになる。『成吉思汗の秘密』はカッパ・ノベルス創刊直前の五八年十月に光文社から単行本として刊行されたが、六〇年にカッパ・ノベルスとして刊行される。清張の『点と線』『眼の壁』も同じようにカッパ・ノベルスとして出し直された。

乱歩編集の「宝石」の目玉であった『悪魔の手毬唄』や『ゼロの焦点』『成吉思汗の秘密』は、このように宝石社から単行本になることはなかったのだ。これらの作品も宝石社から出ていれば、経営も安定したと思うが、作家としては資本力のある大手版元から出したかったのだろうし、乱歩も同業者として無理は言えない。そもそも乱歩自身が宝石社からは小説を出していないのだ。

大作『悪魔の手毬唄』を書き終えた横溝は、以後「宝石」へは随筆を除いては一九六二年七月号まで何も書かない。だが他誌に短篇や中篇、捕物帳や少年ものは書いており、全体の仕事量は減っていない。『悪魔の手毬唄』を書く前から始まっている短篇を長篇にして本にするのも続き、東京文藝社の「金田一耕助推理全集」（全十五巻・続刊全十巻）として刊行されていく。

## †「乱歩・清張」対談

「宝石」での『ゼロの焦点』の連載は休載が多かった。清張が他にも仕事を抱えていたためでもあるが、「宝石」の読者、つまり探偵小説マニアたちの眼の鋭さを意識して、下手なものは書けないとの思いで、なかなか筆が進まなかったのだ。六月号は予定の半分しか書けず、七月号はついに休載した。その休載の穴を埋めるため、乱歩と清張は誌上で「これからの探偵小説」と題して対談した。

この対談で、清張の「問題発言」が出た。乱歩から現在の日本の探偵小説についてどう思うかと訊かれ、〈全体に戦後の若い人たちが横溝正史の作風に強く影響されて、その亜流という感じのものが多いのは好ましくないですね〉と言ったのだ。別に横溝正史作品を批判しているわけではない。その亜流が多いと批判しているだけだ。乱歩は、そういう点もあるが、〈横溝流の本格派というのは非常に少ないですよ〉と指摘した。純本格を書いているのは、横溝の他には高木彬光と鮎川哲也くらいだと言う。

清張は自分が言いたいのは本格のことではなく、〈探偵作家一般の作風が、マンネリズムに陥っている〉ことで、〈社会的な動機とか、雰囲気や人物のリアリティとか、そういう点が無視されている傾向がある。今迄の探偵小説というものはサロン的で、ごく限られた読者だけを相手にしてきたきらいがある。〉と言った。その時点で最も売れている作家にそう言われては、探偵作家たちとしては「売れればいいというものではない」としか反論できない。そしてそれは反論にも、なっていない。乱歩は清張に同意する。

対論は進み、人間が描けている探偵小説とはどういうものかとの話題となり、乱歩がアンブラー、アイルズ、シムノン、ハメット、チャンドラーらの名を挙げると、清張から、これらの作風は〈普通小説に近いようなもので、推理を愛する読者は満足しないのじゃないですか〉と言われてしまう。

乱歩は必死である。〈推理の興味を充分満足させながら、リアルな小説を書くということです。それが理想です。〉と言い、清張の『点と線』はその理想に近づいていると讃えるのだ。〈小説がうまくて、しかもトリックにも充分意を用いている。〉そして、木々高太郎との論争のときに言った、「一人の芭蕉の問題」というフレーズを持ち出して、目の前にいる松本清張こそが探偵小説における芭蕉になれるのではないかと暗示するのだ。

大先輩であり、あこがれの作家であり、そして掲載誌の編集責任者である江戸川乱歩からこう言われて感激しないはずがない。松本清張は奮起して『ゼロの焦点』を完成させるのだった。

松本清張を探偵小説文壇へ引き入れたのは木々高太郎だったが、代表作となる『ゼロの焦点』を後押ししたのは江戸川乱歩だった。清張にとって、乱歩もまた恩人のひとりとなる。

一方、横溝と清張の関係は、もともとよくも悪くもないのだが、微妙なものになっていく。前述のように清張は横溝を否定はしていない。だが、全体の流れとして否定されるべき探偵小説の代表が横溝であるかのようなイメージを与えているとも言える。

松本清張は横溝正史を名指しで否定したり、時代遅れだと言ったりしたことはないのだが、横溝の退潮と清張の隆盛とが同時期の出来事なので、世間は、横溝を否定して清張の時代がやってきたという印象を持ってしまう。

　松本清張が横溝作品を「お化け屋敷」と評し、それが遠因で横溝は一九六〇年代に入ると書けなくなったという伝説がある。清張がベストセラー作家になったのと横溝が書かなくなるのとが同時期に見えるので、この伝説を信じる人は多いのだ。

　だが松本清張が書いた推理小説論あるいは随筆に、そういう記述は見当たらない（筆者が読んだ範囲では）。それに近いものが『随筆　黒い手帖』に収録されている「日本の推理小説」という評論の以下の箇所だ。自分が目指している推理小説についての説明で、

〈物理的トリックを心理的な作業に置き替えること、特異な環境でなく、日常生活に設定を求めること、人物も特別な性格者でなく、われわれと同じような平凡人であること、描写も「背筋に氷を当てられたようなぞっとする恐怖」の類いではなく、誰でもが日常の生活から経験しそうな、または予感しそうなサスペンスを求めた。これを手っ取り早くいえば、探偵小説を「お化屋敷」の掛小屋からリアリズムの外に出したかったのである。〉

　ここでも清張は横溝作品を名指しで批判していない。だが清張が書く、物理的トリック重視、特異なシチュエーション、特別な性格の人物の出て来る探偵小説とは、まさに横溝作品のイメージだ。そのため、清張が横溝作品を「お化け屋敷」と呼んだと思われているのではないだろうか。

### †リライト版「名探偵明智小五郎文庫」

乱歩は「宝石」に携わるようになっても、「少年探偵」シリーズを書き続けていた。

　一九五七年は「少年」に『妖人ゴング』（改題され『魔人ゴング』）、「少年クラブ」には『サーカスの怪人』を連載しただけでなく、「少女クラブ」にも『魔法人形』（改題され『悪魔人形』）、「たのしい三年生」に『まほうやしき』と『赤いカブトムシ』を書いた。

「少年探偵」のブームはまだ続いていたのだ。この状況を見て、児童書専門出版社であるポプラ社はなんとかして乱歩作品を出したいと考えた。だが、「少年探偵」シリーズは光文社が手放しはしない。そこでポプラ社は一九五七年十月から、乱歩の通俗長篇を子供向けにリライト

した「名探偵明智小五郎文庫」の刊行を始めた。これは全十五巻となる大規模な企画だった（後、十七巻になり、最終的にはリライトものは二十巻となる）。

　ポプラ社のリライト版の出発点は前述した、一九五三年十一月の、武田武彦による『黄金仮面』で、ここから乱歩とポプラ社の関係が始まった。続いて氷川瓏による『人間豹』『呪いの指紋（原題「悪魔の紋章」）』『赤い妖虫（原題『妖虫』）』が出たところで、乱歩からはもう止めるとストップがかかっていた。

　だが最後と言っていたのに、またも武田武彦のリライトで、小学館の「小学六年生」五六年四月号から『大暗室』の連載が始まった。ポプラ社が黙っているはずがなく、乱歩のもとへ行き再交渉すると、承諾してもらえた。これも氷川が新たにリライトして、五六年十二月に「日本名探偵文庫」21として刊行された。

　こうして、『黄金仮面』（武田）に始まり、『人間豹』（氷川）、『呪いの指紋』（氷川）、『赤い妖虫』（氷川）、『大暗室』（氷川）の五作のリライト版が出来た。

　これらが好評だったので、ポプラ社は「名探偵明智小五郎文庫」の発刊を計画し、乱歩に、通俗長篇全作品を子供向きにリライトして出したいと交渉したのだ。乱歩は氷川が書くのならいいと了承し、刊行が決まった。「文庫」という名称だが文庫判ではなくB６判で、次のように刊行された。

①『魔術師』（五七年十月）
②『黒いトカゲ（原題「黒蜥蜴」、後「黒い魔女」）』（五七年十二月）
③『緑衣の鬼』（五八年三月）
④『地獄の仮面（原題「吸血鬼」）』（五八年六月）
⑤『三角館の恐怖』（五八年七月）
⑥『呪いの指紋（原題「悪魔の紋章」）』（五八年八月）
⑦『暗黒星』（五八年九月）
⑧『蜘蛛男』（五八年十一月）
⑨『地獄の道化師』（五九年一月）
⑩『幽鬼の塔』（五九年二月）
⑪『大暗室』（五九年三月）
⑫『一寸法師』（五九年四月）
⑬『赤い妖虫（原題「妖虫」）』（五九年四月）
⑭『時計塔の秘密（原題「幽霊塔」）』（五九年八月）

⑮『影男』（六〇年四月）

それにしても原作があるとはいえ、氷川はすさまじいペースで書いていたことになる。だが、彼の名は当時は表に出ていない。少年読者はリライトものであることすら知らず、江戸川乱歩が書いた、明智小五郎と少年探偵の、「二十面相の出てこない物語」として楽しんでいたのである。

ポプラ社の「名探偵明智小五郎文庫」が⑮まで出た一九六〇年、光文社の「少年探偵　江戸川乱歩全集」は㉓『鉄人Q』にまで達している。だが、なぜか㉔は出ない。六一年「少年」では『妖星人R』が連載されていたのに、光文社は書籍として出さなかったのだ。

このときすでに光文社の神吉晴夫は次のドル箱を見つけていたせいか、乱歩作品に冷淡になるのだ。そのドル箱とは、いうまでもなく、松本清張である。

清張がベストセラー作家になったのは乱歩のおかげでもあるのに、光文社は清張というベストセラー作家を得ると、乱歩の少年ものを軽視するようになっていたのだ。

Chapter—9
1959〜1965
†

# 第九章 落陽——乱歩死す 一九五九〜六五年

日本映画界の年間観客動員数のピークは一九五八年の一一億二七四五万人である。松本清張の作品を映画会社が競って映画化した年だ。

「少年探偵団」シリーズの映画は五六年から東映がつくり、五六年は二作、五七年は四作、五八年は二作が作られたが、五九年は『少年探偵団 敵は原子潜航艇』一作だけでこれが最後となる。そのほか一九五八年に江戸川乱歩原作の『蜘蛛男』(新映画社)、五九年に『修羅桜』(松竹)が作られたが、その次は六二年の『黒蜥蜴』(大映)までない。

横溝正史作品を原作とした映画は、この時点で十作だった(『人形佐七』を原作とする時代劇は除く)。最初が『本陣殺人事件』を原作とする『三本指の男』(一九四七年、東横映画、片岡千恵蔵主演)と『蝶々失踪事件』(一九四七年、大映、岡譲二主演)で、片岡千恵蔵主演の金田一シリーズが、『獄門島(前編・後編)』(一九四九年、東横映画)、『八つ墓村(前編・後編)』(一九五一年、東映)、『悪魔が来りて笛を吹く』(一九五四年、東映)、『犬神家の謎 悪魔は踊る』(一九五四年、東映)、『三つ首塔』(一九五六年、東映)と作られ、その間に、『毒蛇島綺談女王蜂』(一九五二年、大映、岡譲二主演)、『幽霊男』(一九五四年、東宝、河津清三郎主演)、『吸血蛾』(一九五六年、東宝、池部良主演)もあった。この後は、『悪魔の手毬唄』(一九六一年、東映、高倉健主演)があるだけで、角川映画『犬神家の一族』まで劇場用映画としては十五年の空白が生じる。

一九五九年は「週刊少年サンデー」(小学館)と「週刊少年マガジン」(講談社)の二誌が創刊された年でもあった。これにより少年誌の世界では月刊誌の凋落が始まる。

一般誌でも、一九五六年に新潮社が出版社として初の週刊誌「週刊新潮」を創刊すると、各社がそれに続いた。一九五六年から六〇年にかけての五年間は、映画からテレビへ、月刊誌から週刊誌へと、メディアの王座が交代する時期でもあった。少年小説もマンガに読者を奪われていく。

乱歩は、その旧世代のメディアの最後の輝きを担っていたのである。彼には、新しいメディアに乗り換えるだけの体力が残っていない。

「宝石」の編集も実質的には六〇年二月号をもって退いていた。だが表紙には六二年まで「江戸川乱歩責任編集」と謳われていた。

## †『ぺてん師と空気男』

乱歩没後の一九六〇年代後半に、戦前の探偵小説のリバイバル・ブームの立役者となる桃源社は、矢貴東司（一九〇七〜八八）が、一九五一年に創業した。矢貴は一九二三年に書籍販売業「矢貴書店」を創業して出版業界へ流通側から入り、一九四〇年に同社に出版部を設け出版事業に参入した。映画にもなった川口松太郎の『愛染かつら』を出してベストセラーとなり、戦争中、出版社が統廃合され、取次も日配に統合されたなかを生き抜いた。戦後の一九五一年に、矢貴書店出版部を解散して桃源社として、「昭和大衆文学全集」「新撰大衆小説全集」などを刊行していた。

一九五九年に東司の息子・昇司（本名「昇」、一九三四〜）が入社すると、推理小説の分野へも本格的に進出し、同年十一月、「書下し推理小説全集」の刊行を始め、その第一巻として、乱歩の『ぺてん師と空気男』が刊行された。乱歩が大人向きに書き下ろした最後の小説である。

この全集は全十五巻が予定され、乱歩の他、大下宇陀児、木々高太郎、横溝正史、角田喜久雄、城昌幸、高木彬光、島田一男、水谷準、山田風太郎、香山滋、渡辺啓助、日影丈吉、鮎川哲也、仁木悦子がラインナップにあるが、講談社の書き下ろし全集のときと同じように、横溝と角田は書かず、さらに、水谷と山田も刊行されなかったので、十一冊しか出なかった。横溝が予告したタイトルは『黒い紋章』である。

乱歩も最初は断ったが、例によって〈私が加わらなければほかの作家が書かないとおどかされて、無理に書いた〉。この全集でも乱歩は無理して書き、横溝は無理せず書かなかったのだ。

『十字路』では渡辺剣次にプロットを作ってもらったが、今作はすべてひとりで書いた。つまりこれが乱歩にとって自分で書いた初の書き下ろしだった。しかし長篇というには短いもので、本にするにも足りず、六篇の随筆を併録して一冊とした。

この作品も自分では気に入らなかったようで〈迫力がなく、失敗に終っている。前半はまあ面白いのだが、後半と結末が凡庸で、汗顔のいたりであった。〉と振り返っているが、新聞雑誌の批評もかんばしくなく、もう当分は小説を書かないと決意した。

この決意は守られてしまう。それは体調不良が最大の原因だ。五八年十二月に高血圧が発見され、聖路加病院の人間ドックに入った。このときの担当医が「日野原博士」――二〇一七年七月十八日に百五歳で亡くなった日野原重明である。このときは、腎臓、肝臓も別状ないが、動脈硬化はみられたので、降圧剤を与えられた。

一九六〇年九月からは蓄膿症の手術で入院した。だが患部の治りが遅く、翌年まで通院し、今度は面疔になるなど、快復が遅れた。

病状もあって乱歩は「宝石」の編集からは実質的に手を引くことにしたのである。

こうした状況にあっても、「少年」への「少年探偵」シリーズの執筆だけは続けていた。最後にはペンをとれなくなり、口述だったともいうが、書き続けたのだ。

一方、『ぺてん師と空気男』を通して桃源社との関係が深まり、一九六一年七月、乱歩の自伝『探偵小説四十年』が同社から刊行された。すでに乱歩は『探偵小説三十年』を一九五四年、還暦の年に岩谷書店から出していたが、それを増補・加筆したものだ。

さらに、桃源社はこの六一年十月から、全十八巻の「江戸川乱歩全集」の刊行も始めた。Ｂ６判で一巻あたり三〇〇ページ前後というハンディなサイズの本で、装幀は真鍋博、定価は二六〇円だった。乱歩は全巻に目を通し、手を入れて決定稿とし、さらに作品ごとにその成り立ちなどを記した。

だがこの全集でしか読めない新刊がないこともあり、期待したほどは売れなかった。

桃源社は「宝石」一九六〇年八月号から六一年十月号に連載されていた澁澤龍彥の『黒魔術の手帖』もこの年に出し、これをきっかけにして澁澤の著書と訳書を多数出していく。その澁澤の強い推薦で国枝史郎の『神州纐纈城』を一九六八年に刊行し、これが戦前の探偵小説全体への再評価につながる。乱歩が蒔いた種はその没後に開花するのである。

## †ニセ電話事件

一九六二年（昭和三十七）の江戸川乱歩は依然として体調が優れない。

それでも、細かい仕事はいろいろと引き受けていた。桃源社の「江戸川乱歩全集」の刊行が進んでおり、各巻ごとの「あとがき」を書き、エッセイもいくつも書いている。

そんななか、十一月二十八日から二十九日にかけての夜、「ランポキトク」の電話が探偵文壇の人びとの家にかかり、大騒動となった。「池袋電報局のものです」と名乗る男からのもので、「電報をお伝えします」と言って、電文として「ランポキトクスグオイデコウ　エドガワ」と伝えた。

電話を受けたひとり、山田風太郎がこのことをエッセイに書いている。山田は当時、練馬区西大泉に住んでいた。池袋から西へ向かう西武池袋線沿線である。徹夜で原稿を書いているところに、その電話がかかった。乱歩の体調が思わしくないことはよく知られていたので、山田は驚きはしたが、〈とうとう来るべきものが来た〉と思った。そして、始発に近い電車で池袋の乱歩邸へ向かった。

山田が着くと、乱歩邸は静まりかえっていた。息子・隆太郎の妻が出てきて、いたずら電話だと告げた。何人もが訪れたり電話をかけてきて大変だった、とも言う。

この偽電話は二十名近くにかかっており、いたずらにしてはかなり大掛かりなものだった。探偵作家たちが騙されたというので週刊誌がおもしろがって記事にもし、「犯人探し」の推理をしている。この偽電話の犯人は金銭的な利益は何も得ていない。探偵作家を騙すことが目的の愉快犯でしかない。探偵作家たちは、犯人は誰かの推理合戦を始めた。なかには江戸川乱歩自身が犯人だという、まさにミステリじみた説もあった。山村正夫著『推理文壇戦後史』によると、翻訳家、編集者、新聞記者の三人が「容疑者」として挙がっていたそうだが、結局、決め手に欠けて特定できないまま騒動は終わった。

## †「少年探偵」の大団円

十二月になると、雑誌「少年」の新年号が発売になる。例年なら、新年号から乱歩の「少年探偵団」シリーズの新作の連載が始まる。だが、一九六三年一月号に、「少年探偵団」は掲載されていなかった。一九六二年十二月に発売された十二月号をもって完結した『超人ニコラ』(ポプラ社版では「黄金の怪獣」)が最後の作品となってしまったのだ。

その最終回は、こう終わる。

〈ニコラ博士にばけていた怪人二十面相と、その手下たちはとらえられ、一寸法師の気ちがい医師も刑務所に送られ、宝石王玉村さん一家、美術店白井さん一家は、ぶじすくいだされ、盗まれた宝石などは、みな持ち主の手にかえりました。

「こんどの事件で、いちばんの働きをしたのは、小林くんだな。そして、それをたすけたのは、少年探偵団の諸君だ。」

中村警部が笑いながらいいました。

「いや、日ごろの明智先生の教えがなければ、なにもできなかったでしょう。やっぱり先生のおかげですよ。」

小林少年が、けんそんしていいました。それをきくと、十人の少年探偵団員が、口をそろえてさけびました。

「明智先生、ばんざあい……。」

「小林団長、ばんざあい……。」

そして、

「少年探偵団、ばんざあい……。」〉

このシリーズのほとんどが、怪人二十面相が捕まり、明智先生、小林団長、少年探偵団へのばんざいをして終わっている。そして次号(新年号)では、また新たな事件が起き、怪しげな人物が登場する。読者の少年たちは、今度もまた二十面相はうまく脱獄して、来月には新たな怪人として現れるのだろうと思っていた。

しかし「少年」一九六三年一月号には、怪しげな事件も、怪しげな人物も、小林団長も、少年探偵団の少年たちも、そして明智小五郎も登場しなかった。「最後の事件」だと銘打たれないままに、明智小五郎は退場したのだ。

『超人ニコラ』は乱歩の「少年探偵団」シリーズの最後の作品となっただけでなく、彼が発表した最後の小説でもあった。「これ以後に書かれたが未発表」という作品は二〇一七年現在、発見されていないので、『超人ニコラ』が最後の小説と考えていいだろう。

一九二三年（大正十二）の『二銭銅貨』（「新青年」掲載は一九二三年）で始まったプロの作家としての創作活動は、途中に休筆時代もあったが、四十年続いた。この年、六十八歳である。

しかし江戸川乱歩の生涯はもう少し続く。

## †『仮面舞踏会』

一九六二年の横溝正史は従来と変わらないペースで仕事をしていた。

短篇は、雑誌「推理ストーリー」一月号に『百唇譜』、八月号に『猟奇の始末書』、「別冊週刊漫画TIMES」八月号に『日時計の中の女』と、合計三篇を書き、そのなかの『百唇譜』は長篇に書き直し、十月に『悪魔の百唇譜』として東京文藝社から刊行された。

長篇小説はホームグラウンドである「宝石」七月号から『仮面舞踏会』の連載が始まっている。この作品は、一九五五年に講談社が企画した「書下し長篇探偵小説全集」の一冊として『仮面舞踏会』のタイトルで予告されていたものだった。

一方、「宝石」へは一九五九年一月号で『悪魔の手毬唄』が完結してからは、長篇の連載が途絶えていた。編集者大坪直行は、横溝に長篇の連載を依頼していたが、なかなか承諾してもらえなかった。そのうちに横溝は新聞に『白と黒』を連載したが、この作品は金田一耕助が登場するものの、本格探偵小説とは趣が異なっていた。

一九六〇年、大坪はなんとかして横溝に本格長篇探偵小説を連載してほしいと考え、一計を案じた。横溝が「仮面舞踏会」について「構想はできている」と言っていたので、書き下ろしは体力的に難しいであろうから、「宝石」に連載し、その後に講談社から出せばいいのではと思い付いたのだ。大坪が講談社に打診すると、書下しではなく、連載作品でもかまわないので、横溝の新作がほしいとのことだった。

講談社としては、「書下し長篇探偵小説全集」の一冊ならば「書下し」でなければ困るが、この全集は横溝作品未刊のまま、刊行が終わっている。全集の一冊として出すには遅すぎるが、横溝の新作であれば、「書下し」でなくてもいいと判断したのだろう。

大坪は横溝邸を訪問し、講談社と話をつけてあることは隠し、「いまの身体のお具合では書下しは無理ですよ。それより私が強引に毎月原稿をとりに来ますから、それで行きませんか」と打診した。

横溝は「講談社が『うん』と言うわけないよ」と言ったが、大坪は自分が責任をもって講談社との約束を取り付けてくると言って、口説き落としたのである。

しかし、すぐには原稿をもらえなかった。「宝石」で横溝正史の『仮面舞踏会』の連載が始まったのは、一九六二年七月号からだった。大坪によると、毎回四十枚前後の原稿を貰うのに苦労したという。つまり横溝も書くのに苦労していたのである。

この年、横溝は満六十歳になった。日本探偵作家クラブは、横溝と黒沼健（一九〇二～八五）、永瀬三吾（一九〇二～九〇）、渡辺啓助（一九〇一～二〇〇二）との合同還暦祝賀会を六月に開いた。会場はホテルオークラで、乱歩も出席し「横溝は偉いもんだ、還暦の年になっても書いている」と言った。

## †日本推理作家協会の誕生

一九六三年一月、日本探偵作家クラブは、社団法人の認可が下り、日本推理作家協会として発足した。乱歩や角田喜久雄からの寄付が、任意団体では半分近くを税金として取られるため、社団法人にしようと決まったのが、一九六〇年七月九日の総会だった。以後、文部省に申請するための手続きが煩雑だったため、二年半もかかったが、ようやく一月三十日に認可されたのである。

社団法人になったことで、親睦団体から職能団体へと性格が変わる。さらに「探偵小説」が「推理小説」となったことの象徴でもあった。探偵小説の時代は終わったのである。

だが、たとえ「推理小説」と名を変えても、この分野の第一人者が江戸川乱歩であることには変わりはない。

乱歩は一九四七年の探偵作家クラブ発足時から五二年まで会長を務め、以後、大下宇陀児（五二～五四）、木々高太郎（五四～六〇）、渡辺啓助（六〇～六三）と交代しており、社団法人化の時点では渡辺が会長だったが、推理作家協会としての初代理事長は、やはり乱歩でなければとの声に押され、理事長に就任した。しかし、病状がおもわしくないので、半年程度という条件付きだった。仲間の作家たちとしては、乱歩の病状を知った上で、だからこそ推理作家協会の歴史の第一ページには「江戸川乱歩」の名が刻まれなければならないとの思いだったのであろう。

乱歩は八月まで理事長を務めたが退任し、二代目には松本清張が就任し、七一年まで務める。乱歩は後任は横溝にと考えたらしいが、社交的なことが嫌いな横溝は断った。

探偵小説から推理小説へ、乱歩から清張へ――時代は鮮やかに変わった。

## †『仮面舞踏会』中絶

一九六三年の乱歩はパーキンソン病が悪化し、短篇を含め小説は一作も書かなかった。随筆がいくつかと、自分の全集の「あとがき」、他の作家の本への推薦文など、細かい仕事はこなしている。

桃源社版の全集は七月に全十八巻が揃い完結した。この全集は版元と乱歩が期待したほどは売れなかった。

一方、この年は横溝正史も書けなくなっていた。といっても、乱歩のように重病だったわけではない。

「宝石」に前年七月号から連載していた『仮面舞踏会』が六三年二月号の第八回をもって休載してしまうのだ。本来なら第九回が掲載されるはずの三月号の編集後記には〈横溝正史氏が昨年からの風邪のためどうしても執筆できず、今月は遂に休載のやむなきに至ったことを深く御詫び申上げます〉とある。

四月号の編集後記では〈横溝正史氏の健康が、すぐれないため、今月も休載のやむなきに至りました〉、五月号では〈横溝正史氏の連載、氏の病状かんばしくないため休載のやむなきに至りました〉とあるが、以後は何も触れられなくなる。

「風邪」から「健康が、すぐれない」となり、「病状かんばしくない」と、だんだん深刻になっているのだが、その一方で、横溝は短篇を発表している。「推理ストーリー」三月号に『青蜥蜴』、八月号に『猫館』が掲載されているのだ。前者の『青蜥蜴』は長篇に書き換えられて『夜の黒豹』のタイトルで翌年刊行される。

「宝石」三月号での休載は本当に風邪だったとしても、以後については、仮病であろう。横溝が編集部に対して嘘を言っていたというよりも、編集部が他に書きようがないので、健康問題での休載にしたのではないか。

この『仮面舞踏会』連載休止問題は、真相を知っているはずの「宝石」編集者の大坪直行が明らかにしていないので分からないが、いくつかの説が流布している。ひとつが、二上洋一による「横溝正史作品事典」（「幻影城」一九七六年五月増刊号収載）の『仮面舞踏会』の項で、連載が中断したことについて、〈理由は著者も編集者も公表していないので、推測の域を出ないが、一説によると、一読者の心ない投書が作者を怒らせ、書く気を失くさせたといわれている。自分の作品を大事にする横溝正史氏らしいエピソードだが、真疑（ママ）は不明であることを、特にことわっておきたい。〉とある。

さらに、山村正夫『推理文壇戦後史』には『仮面舞踏会』について〈いまにして憶測すると、横溝先生は創作ノートを一切作られず、書きながら構想をまとめていかれるタイプの作家だっただけに、中途で構成に不備な点があることを発見され、それが中絶の原因となったのではないかという気がしないではない。〉ある。山村はこれを書いた六年前の一九八三年に、日本推理作家協会機関誌「推理小説研究」第十七号には〈設定の一部に重大な支障を発見されたため、それがもとで以後の連載継続の意欲を失われたと、後年先生から理由を聞かされたことがある。〉と記している。

二上、山村の二人の説を合わせると、読者に何か指摘され、その誤りを自分でも確認できたため、書く気がなくなったという説もありえる。

大坪は、しかし、『仮面舞踏会』の角川文庫版（一九七六年）の「解説」では、「風邪で休載」と自分が書いた編集後記を引用し、横溝は〈昭和八年に博文館を退いて作家生活に入って間もなく大喀血をやっている。あまり無理は出来ない状態なのである。／その秋は本人の言をかりれば「一時危険信号だった」のは確かであった。いくら情熱があっても身体の悪いのには人間勝てるものではない。〉と書き、あくまでも健康問題が原因だとしている。

## †乱歩の終活

一九六四年、東京オリンピックの年である。

横溝のスランプは続いている。この年は純粋な新作小説は「推理ストーリー」五月号に掲載された短篇『蝙蝠男』のみだった。前年に書いた『青蜥蜴』を長篇にした『夜の黒豹』が八月に東京文藝社から刊行されたが、書籍の新刊もこの一冊だけだ。

経営不振に陥っていた雑誌「宝石」は五月号の「創刊250号記念特集号」を出したところで力尽きて、版元の宝石社は倒産、同誌は廃刊となった。ついに『仮面舞踏会』の連載再開は実現しなかった。その理由は不明だが、『仮面舞踏会』は「幻の作品」となる。講談社の書下しとして予告されたときも含めれば、二度も「幻の作品」になったのである。

この年、江戸川乱歩は七十歳になるので、四月に日本文藝家協会総会で、七月に日本推理作家協会総会で、古希の記念品が贈呈された。

この年の乱歩は今で言う「終活」の年である。

乱歩が編集を退いてから雑誌「宝石」は部数が下落し、宝石社は再び倒産寸前となっていた。乱歩が編集をするようになった直後は三万五千部くらいにまで部数は回復したが、それもやがて下がっていき、実売は二万部を割り、単行本もふるわなかった。世間では推理小説がブームとなっていたが、その担い手の作家たちの多くを輩出した雑誌は瀕死の状態にあった。宝石社は打開策として五九年八月から「ヒッチコック・マガジン」を創刊した。編集長になったのは「宝石」に「雑誌の改善案」を書いて送り、それに着目した乱歩が推薦した中原弓彦だった。後の作家・小林信彦である。「ヒッチコック・マガジン」は売れる号もあった。だが中原は新婚旅行中に解雇され、「ヒッチコック・マガジン」は六三年七月号が最後の号となった。

その頃、「宝石」の最後の編集長の大坪直行は、光文社の出版担当役員の丸尾文六と編集長の伊賀弘三良から面談を求められ、「宝石」に掲載される作品の全てを光文社から独占的に出したいとの申し出を受けた。もちろん、それなりの金額を払うという。松本清張の『ゼロの焦点』や高木彬光の『成吉思汗の秘密』など「宝石」連載作品の多くが光文社から書籍として出ていたが、光文社以外から出るものもあった。光文社としては、「宝石」に載ったものは本にすれば売れるので、他社に取られたくない。しかし大坪としては作家たちの了承なしに光文社との独占契約は結べない。

大坪は思わず、「『宝石』ごと光文社で引き受けてくれないか」と言った。大坪も経営が厳しいことは分かっていたのだ。すると光文社は乗り気になり、具体的な条件交渉が始まった。しかし、金銭面でなかなか折り合いがつかない。光文社と関係が深い乱歩と清張、そして角田喜久雄が間に入り、話はまとまった。

翌一九六四年四月、宝石社から光文社へ、正式に「宝石」の商標が譲渡された。その金額は一五〇〇万円とも二五〇〇万円とも諸説ある。宝石社は得た資金で未払いの原稿料をはじめとする約四〇〇〇万円の負債の三割ほどを債権者全員に払い、解散した。これにはとくにトラブルもなかった。

最後の号は六四年五月号で「創刊250号記念特集号」と銘打たれている。一九四六年四月号が創刊号なので、十八年に及ぶ歴史で、中島河太郎によれば、増刊号を含めて二五一号目で、「別冊宝石」が一三〇冊出ているので、合計三八一冊だったという。

大坪の理解では「宝石」の編集部員全員が光文社へ移り、従来のように推理小説専門誌として発行するはずだったが、光文社は大坪以外は採用せず、さらに翌六五年十月に新たに創刊された「宝石」は推理小説専門誌ではなく総合月刊誌だった。話が違うと大坪も辞めようと思ったが、乱歩から、「君ひとりが光文社へ行き、新しい『宝石』で推理小説特集号をするとかしてくれればいいんだ。それが使命だ」と言われたので、光文社へ入社し、最初は推理小説を集めた別冊を出し、それが後に「小説宝石」へとつながる。

偶然なのか連動しているのか、この年、「宝石」が光文社のものになる一方で、光文社が持っていた乱歩の「少年探偵団」の版権がポプラ社へ移った。

この「少年探偵　江戸川乱歩全集」は、しかし、一九六〇年に第二十三巻として『鉄人Q』が出たのを最後に、刊行が途絶えていた（『鉄人Q』は「少年」ではなく、小学館の学年誌に連載された作品）。「少年」に連載されたものとしては、六〇年の『電人M』、六一年の『妖星人R』、六二年の『超人ニコラ』の三作が書籍化されていない。

一九六一年十二月、「少年」で『妖星人R』の連載が終わったとき、光文社は「少年探偵　江戸川乱歩全集」の続刊を出すのではなく、装いを新たにした「少年探偵団全集」を刊行した。B6判で、今度は函入りである。十二月には最初の五点、『怪人二十面相』『少年探偵団』『妖怪博士』『大金塊』『青銅の魔人』が発売された。そのときの予告では、これまで本になっていない『電人M』『妖星人R』、それから連載が始まったばかりの『超人ニコラ』を含めた全二十六巻になると告知されていた。

だが、それまでの「少年探偵　江戸川乱歩全集」は一二〇円だったのに、この函入りの全集は二五〇円と倍以上になったこともあり、それほど売れなかったのか、この最初の五巻が発売されただけで、このシリーズは途絶えてしまった。まだ本にしていない『電人M』と『妖星人R』から配本していればまた別の展開になったのかもしれないが、律儀に第一作から出し直したので、売れなかったのだろう。

その一年後に「少年」六二年十二月号で『超人ニコラ』の連載も終わると、乱歩と光文社とは疎遠になっていた。

一方、ポプラ社は「名探偵明智小五郎文庫」が十五巻でとりあえず完結した半年後の一九六〇年十月、「少年探偵小説全集」全十巻を刊行した。乱歩の他、横溝正史、高木彬光、海野十三、島田一男などの作品で構成されるシリーズだった。乱歩作品としては、第一巻『黄金仮面』、第二巻『人間豹』、そして第七巻に氷川瓏がリライトした『白い羽根の謎』（原題「化人幻戯」）が出た。横溝作品は『幽霊鉄仮面』と『仮面城』の二点で、これらは横溝自身が書いたジュブナイルだが、いずれも旧作だ。これで「名探偵明智小五郎文庫」に入っていない『黄金仮面』と『人間豹』も再び市場に出たわけだが、その後、一九六三年十月と十一月にこの二点は「名探偵明智小五郎文庫」に組み入れられた。

かくしてこの明智文庫は全十七巻となる。『白い羽根の謎』だけが明智文庫にならなかったが、この十八点については乱歩の存命中に刊行された、公認リライト版である。乱歩の筆による序文もついている。

リライト版では、性的な事柄や残虐なシーンはカット、あるいは表現が穏便になっている。また明智小五郎が登場しない作品でも明智が登場して解決する。さらに原作には出てこない、小林少年を登場させるなどの改変がなされている。前述の通り文体も、乱歩自身が書いた少年探偵団シリーズは「です・ます」調だが、リライト版は「だ・である」調という違いがある。

乱歩作品に限らず、名作を子供向きにリライトすることについては、賛否両論である。「リライト版で読んだ気になり、完訳版を読まなくなる」というのが反対の代表意見だが、「リライト版でも、何も読まないよりはまし」という意見とが対立し、永遠に答えは出ない。だが、ポプラ社のリライト版は二十点中十七点は乱歩存命中に出されたものであり、リライトされた原稿にも目を通しているはずだ。その点が、たとえば南洋一郎が訳したアルセーヌ・ルパンものなど、他の子供向きリライトとは異なる。したがって準乱歩作品として扱うべきではないかと思うが、たいがいの乱歩研究書では、内容にまで踏み込んだものはない。

最も多くの読者を得ていたはずのリライト版だが、乱歩研究においてエアポケットとなっている。現在は図書館にあるものか古書で買うしか読めないので、今後は忘れられていくだろう。

ともあれ、「名探偵明智小五郎文庫」の成功で、ポプラ社と乱歩との関係は深まった。

一方、光文社は「少年探偵団」シリーズを出す意思がなさそうなので、乱歩は版権をポプラ社に移した。

かくして一九六四年七月から十一月にかけて、ポプラ社は「少年探偵　江戸川乱歩全集」全十五巻を一挙に刊行した。このポプラ社版「少年探偵　江戸川乱歩全集」の最終配本の二冊、第十二巻『黄金豹』と第十四巻『夜光人間』が、乱歩の生前に発売された最後の本となる。これは「全集」とは銘打たれているものの、「少年探偵団」シリーズの全作品が網羅されたものではないが、主要作品は揃っていた。だがよく売れたので、ポプラ社は後に再編成して全二十六巻とする。

この時期の乱歩が校正に目を通し、朱字を入れることができたのかどうかは分からないが、出来上がった本を手に取ったことは間違いない。

ともあれ、乱歩としては存命中に「少年探偵団」シリーズが復活したことは喜びであった。

探偵作家クラブは社団法人となり、「少年探偵団」はポプラ社という終の棲家を得て、「宝石」も光文社が引き取ってくれた——この年の乱歩は、自分が関わってきたこと、遺産となるものを整理する、いまで言う「終活」のようなことをしていたのだ。

## †森下雨村の死

森下雨村が隠遁先の高知で、脳出血で倒れたのは一九六三年四月八日だった。右半身不随となり、口もきけなくなった。それでも一九六四年夏には付き添いがいれば歩けるくらいには快復し、言葉は不自由だったが意識ははっきりしていた。六四年暮れには快方に向かっている旨を書いた手紙を、年賀状の替わりに出して、友人・知人たちを安心させていた。

だが五月になると容態は急変し、十六日に亡くなった。

横溝正史は翌日朝八時に電話で知った。そのときのことを「大ショック。涙、ボーダたり。親不孝をしていた倅が突然親を失ったような気持ちである」と日記に記している。しかし、泣いているわけにはいかず、関係各方面に電話で知らせ、息子の亮一に弔辞と十万円をもたせ、高知へ行かせた。葬儀では亮一がその弔辞を代読した。

病床の乱歩は弔電を打った。「探偵小説の父を失い痛恨。その子の一人である私はやはり同病にて、外出できないことを残念に思います。自宅にて森下さんの写真に敬意を評しています。」

この年の横溝正史は捕物帖作家である。講談社から「人形佐七捕物帳シリーズ」全十巻が四月から刊行され、同時にNHKでテレビドラマ化され、四月九日から翌年四月一日まで一年間、放映される(主演・松方弘樹)。

横溝の日記は敗戦直後のものが公刊されているが、その後のものとして、一九六五年分が『横溝正史読本』に収録されている。それをもとに森下の死の後あたりからを見ていくと、横溝は、森下を偲ぶ会について病床の乱歩から電話などで頻繁に指示を受けている。日記での断片的な記述だけでも、病気で動けない兄が父の葬儀を弟に指示しているような雰囲気が伝わってくる。当初乱歩や横溝は推理作家協会葬をと考えていたが、社団法人になった関係でなかなか難しく、できなかった。五月二十五日に乱歩は横溝へ電話をかけて「盛大にやるように」と指示した。森下雨村を偲ぶ会は六月十九日と決まる。

二日前の六月十七日、横溝邸に、城昌幸、水谷準、高森栄次、本位田準一といった「新青年」時代の仲間と山村正夫が集まり、偲ぶ会の最後の打ち合わせをし、翌日も横溝はあちこちに電話をした。十九日朝、神戸から来た西田政治と、森下の妻と長男が横溝邸に着いて、全員で池袋の乱歩邸へ向かった。乱歩が動けないので挨拶に行ったのだ。乱歩邸で昼食をとり、二時十五分頃に有楽町の日活国際ホテルに着いて、三時半から、横溝の開会の辞で偲ぶ会は始まった。乱歩の弔辞は長男の平井隆太郎が代読した。横溝は日記に〈出席者、七十四人なり。和やかなよい会であったと思う。〉と記している。

六月二十六日、森下雨村を偲ぶ会の世話人たちの慰労会が横溝の主催で開かれ、乱歩は出席できないので、費用の一部を送金した。慰労会が終わると横溝は〈肩の荷おろしたり。あとは江戸川家へお礼に参上するのみ〉と日記に書いた。しかしその後体調を崩したこともあり、横溝が乱歩邸へ行くのは七月二日になってしまった。会うことはできた。しかし〈乱歩氏些か弱られたり。二十五分にして辞去。〉という状態だった。この二十五分間にどのような会話があったのだろうか。読者諸兄はすでに気づいているであろう。これが、乱歩と横溝、最後の対面であった。

同席していた乱歩の子息、平井隆太郎によれば――このとき乱歩が「もう書く元気がない」と呟くと、横溝は「乱歩がそんなことでは駄目だ、もう一度元気になれ」と励ました。その眼差しは、ひどく悲しげだった。

乱歩邸へ行った日までの横溝日記は毎日記されているのだが、翌三日から二十八日までがブランクとなっている。体調を崩してしまい書かなかったようだ。例年なら七月十八日に避暑のため軽井沢へ向かうのだが、この年はいつまでも成城にいた。乱歩の衰弱ぶりに驚き、そのショックで具合が悪くなり、日記も書けなくなってしまったのかもしれない。

## †巨星墜つ

七月二十八日午前中、横溝は血圧が一三五―七〇へ急降下した。「これはどういうことか」と思いながらも昼食をとり終わると、乱歩が危篤だと、平井静子（長男・隆太郎の妻）が電話で報せてきた。横溝が池袋の乱歩邸へ駆けつけると、臨終に間に合った。

長男の隆太郎によると〈亡くなったときは脳出血だったようです。それも転んだのが引き金です。とにかく頑固で、体が不自由なくせにトイレにも自分で歩いて行ったりするものですから、すべってうしろ向きにひっくりかえっちゃったんです。／自分ではまだ死ぬつもりはなかったでしょうから、遺書なんか作っていません。事故で死んだような形でしたから。〉だったという。臨終のときについて隆太郎は、〈それまでずっと意識がなかったのが、パッと目を大きく見開いて、まわりにいる私たちをひとわたり見回したように見えました。〉と語っている（『想い出の作家たち　1』）。横溝もそこにいた。乱歩に見えていたのかどうかは、分からない。

息を引き取ったのが何時何分なのかは資料によって異なるが、横溝の日記には〈乱歩逝く。午後四時十一分。〉とある。〈乱歩氏とは七月二日に会ったのが最後、感無量なり。〉

その日のことを、横溝正史はこう回想している。

〈「そやけどなぁ、乱歩さんの生命なり人気なりは、永遠にして不滅やろなぁ。この人はまたいつか大衆の中に蘇ってくるやろなぁ……」

これは昭和四十年七月二十八日の昼下がり、乱歩の臨終に立ち会ったとき、私が胸中ひそかに呟いた言葉である。乱歩の死に顔を視詰めながら、なぜことさらにこんなことを胸中に描いたかというと、乱歩の晩年はたいへん淋しかったのではないかと、私は私なりに同情していたからであろう。乱歩の淋しさは私の淋しさでもあった。だからいっそう身につまされていたのかもしれない。〉

だが横溝の長男・亮一によると、もっと激しかったようだ。亮一は当時東京新聞文化部に勤めていたので、乱歩が亡くなったと知ると、すぐに池袋の乱歩邸へ向かった。横溝が駆けつけたのは亮一が着いた後だった。角川文庫版『風船魔人・黄金魔人』巻末の座談会で亮一はこう語っている。

〈そのあとから駆けつけてきたおやじが、枕元で泣くのを、そばにいた水谷準先生が、「おい、ヨコセイ、そう泣くなよ。また会えるじゃないか」って言ったのを、覚えてるんです。ああ、いい慰め方だなと思ってねえ。〉

　八月一日に青山葬儀所で江戸川乱歩の日本推理作家協会葬が営まれ、千二百名が会葬した。大下宇陀児が葬儀委員長となり、友人代表として横溝正史が弔辞を読んだ。他に、日本推理作家協会理事長・松本清張、文藝家協会代表・富田常雄、東京作家クラブ会長・白井喬二が読んだ。政府は正五位勲三等瑞宝章を贈った。

　多くの雑誌が乱歩の追悼特集を組み、横溝は日本推理作家協会の会報に『乱歩さんの手紙』、「オール讀物」に『二重面相』江戸川乱歩』、『乱歩書簡集』を「推理小説研究」誌に、『江戸川乱歩・その人と文学』を「大衆文学研究」に寄せた。

Chapter—⑩
1965〜1982
†

# 第十章 不滅——横溝ブーム 一九六五〜八二年

どんなベストセラー作家でも、亡くなって「新作」が出なくなると、書店の棚から数年で消えてしまう。しかし江戸川乱歩も横溝正史も、「新作」は出なくても「新刊」は没後も途絶えることがない、稀有な作家となる。虎は死して皮を留め人は死して名をのこす——乱歩と横溝は膨大な本をのこした。

## †講談社とポプラ社の全集

一九六五年に父のような森下雨村と兄のような江戸川乱歩を相次いで失くした横溝正史は、六六年にさらに異母弟・武夫を失くした。博文館解体後、後継会社の博友社に移ったが、一九六〇年に退社し、以後はゴルフ雑誌「ゴルフドム」の編集をしていたが、在職中に亡くなったのだ。

さらに乱歩を追うように、大下宇陀児が一九六六年八月十一日に亡くなり、六九年十月三十一日には木々高太郎も亡くなる。戦前派の数は減っていった。

横溝は探偵小説作家としては、六四年八月に出た『夜の黒豹』を最後に沈黙していた（捕物帖は書いている）。だが、日記を見ると、すでに「宝石」はないのに、六五年八月十六日——軽井沢に滞在している——から『仮面舞踏会』を書き始めていた。以下書かない日もあるが、「半ペラ」（二〇〇字詰め）で十五枚から二十枚ずつ書いて、九月二十五日に四百五十三枚になったところで、翌二十六日〈書き直す必要に迫られて中止〉となってしまう。以後しばらく日記には〈〝仮面舞踏会〟本日休み〉と書くのだが、それが何日も続くと、十月五日を最後に「休む」とも出てこなくなる。書かない代わりに、『悪魔が来りて笛を吹く』や『悪魔の手毬唄』など自作を読み返し、十月二十七日、〈古いものをいろいろ練り出しているうちに、スッカリ変った着想できうまく書けば面白いかもしれない〉として『上海氏の蒐集品（コレクション）』を書き始めるも十一月十八日を最後に、これも「休止」となってしまう。この小説は一九八〇年に「野性時代」に掲載されるまで日の目を見ない。

乱歩没後二年目の一九六七年、ポプラ社は「少年探偵　江戸川乱歩全集」の他に、「名探偵シリーズ」として、氷川による子供向きリライト版を装いを変えて全十五巻の予定で番号が振られ、五月から八月にかけて『①黄金仮面』『②呪いの指紋』『③魔術師』『⑤大暗室』『⑦赤い妖虫』『⑪地獄の仮面』『⑬黒い魔女』『⑮緑衣の鬼』の八冊を出したが、これで中断した。

一九六八年は桃源社の新書判シリーズ「ポピュラー・ブックス」から『影男』と『黒蜥蜴』が出て、講談社の「現代長編文学全集」の第五巻として『陰獣』『一寸法師』『孤島の鬼』『黒蜥蜴』を収録した『江戸川乱歩』が出た。

状況が大きく変わるのが、一九六九年だった。講談社が全十五巻の「江戸川乱歩全集」を四月から刊行するのだ。編集委員として、松本清張、三島由紀夫、中島河太郎の三氏が挙がっている。小豆色のクロス装のハードカバーにビニールの透明カバーが付けられ、さらに黒い函に入り、帯は巻ごとに色が異なるという、威厳がありながらも怪奇色が漂う装丁だった。講談社が乱歩全集を出すと発表すると、「いまさら乱歩でもないだろう」との声も推理小説界やその周辺にはあったが、大成功した。当初は全十二巻で、『怪人二十面相』などの少年ものを除く、ほとんどの小説を収録する予定だったが、売れ行きがいいので三巻プラスして、自伝にして探偵小説史である『探偵小説四十年』上下と、『幻影城』を足して、全十五巻となり、一九七〇年六月まで毎月一冊ずつ配本され、無事に完結した。一冊六九〇円だが、大卒初任給が四万円前後の時代だ。それが巻によっては増刷するほどのベストセラーとなった。

出版界はベストセラーが出れば、その社も他社も類似企画を出す。「乱歩は売れる」となったので、ポプラ社は、十五巻で終わったはずの「少年探偵　江戸川乱歩全集」

の続刊の刊行を始め、一九七〇年六月に、「少年」に連載されながらもこれまで書籍化されていなかった⑯『仮面の恐怖王』、⑰『鉄人Q』から出し、以後、⑲『灰色の巨人』、⑳『魔人ゴング』、㉑『海底の魔術師』、㉒『空飛ぶ二十面相』、㉓『悪魔人形』、㉔『鉄塔王国の恐怖』、㉕『黄金の怪獣』、㉖『二十面相の呪い』を、七〇年十一月までに出した。

ポプラ社は、それと並行して、氷川瓏らによるリライト版も、この「少年探偵　江戸川乱歩全集」に組み入れることとし、㉗『黄金仮面』を七〇年八月（まだ⑰から㉖までが刊行中）に出し、以後、㉘『呪いの指紋』、㉙『魔術師』、㉚『大暗室』、㉛『赤い妖虫』、㉜『地獄の仮面』、㉝『黒い魔女』、㉞「緑衣の鬼」、㉟『地獄の道化師』、㊱『影男』、㊲『暗黒星』、㊳『白い羽根の謎』、㊴『死の十字路』、㊵『恐怖の魔人王』までを七二年八月までに出した。さらに七三年十一、十二月に㊶『一寸法師』、㊷『蜘蛛男』、㊸『幽鬼の塔』、㊹『人間豹』、㊺『時計塔の秘密』、㊻『三角館の恐怖』の六作も出して、ポプラ社版「少年探偵　江戸川乱歩全集」は全四十六巻となった。

このうち、『死の十字路』（原作『十字路』）と『恐怖の魔人王』（原作『恐怖王』）の二作はこのシリーズのために氷川瓏によって新たにリライトされたもので、乱歩の了解は得ていないものだ。乱歩自身のオリジナルの少年ものと、大人向きに書かれたもののリライト版とを区別せずにひとつのシリーズにしてしまったことには批判もある。たとえば、『黄金仮面』をリライト版で読んだ少年少女の多くが、乱歩によるオリジナルの『黄金仮面』を読まなくなってしまう事態が生じたのだ。

そのためなのか、平成になってからポプラ社が「少年探偵」シリーズを装幀を変えて復刊した際、二十七巻以降は出ていない。

一方、全集で当てた講談社も、一九七四年に、少年向きリライト版を山村正夫、中島河太郎に書かせ「少年版江戸川乱歩選集」として『蜘蛛男』『一寸法師』『幽鬼の塔』『人間豹』『三角館の恐怖』『幽霊塔』の六巻を刊行した。

さらに、一九七二年六月から七三年二月までに、春陽堂文庫版の「江戸川乱歩長編全集」全二十巻が刊行される。

この乱歩リバイバルの先駆けとなったのが、桃源社の

「大ロマンの復活」シリーズだった。同社の乱歩全集はそれほど売れなかったが、「宝石」連載の『黒魔術の手帖』を刊行してから澁澤龍彥との関係が深くなっていた桃源社は、一九六八年八月に、澁澤龍彥からの推薦で、国枝史郎の『神州纐纈城』を出したところ、評判となり、売れ行きもよかった。

この時点ではシリーズとして出す予定はなかったが、以後、十二月には小栗虫太郎の『人外魔境』、翌六九年三月には国枝史郎の『蔦葛木曾桟』が続き、いつしか「大ロマンの復活」シリーズと銘打つようになった。横溝正史の『鬼火 完全版』も一九六九年十一月にこのシリーズの一冊として刊行された。

一九六〇年代も後半になると、松本清張に始まった社会派推理小説もブームとなって十年近くが過ぎており、社会派ではない推理小説のほうが少なくなっていた。そんな時代、新しい世代のミステリファンの間で、戦前のミステリへの関心が高まり、「大ロマンの復活」シリーズと乱歩のリバイバルはそういう空気とシンクロしていたのだ。新しい世代は、小学校の図書館で「少年探偵団」シリーズと、子供向きのホームズとルパンでミステリと出会い、二十歳前後になって、次に読むべきものを探していた。ポプラ社版乱歩全集が、七〇年代における戦前の探偵小説ブームの土壌を作っていたとも言える。

## †『八つ墓村』の漫画化

国枝史郎や小栗虫太郎のリバイバルと同時期、講談社の「少年マガジン」で『八つ墓村』が影丸譲也によって劇画化された。

一九五九年三月に創刊号が発売された小学館の「少年サンデー」と「少年マガジン」は最初から部数を競う宿命にあったが、「サンデー」のほうが手塚治虫を擁していることもあって、勝っていた。しかし一九六七年一月八日号（前年末発売）で、「マガジン」は「サンデー」よりも先に一〇〇万部を突破した。その原動力となったのは、梶原一騎・川崎のぼるの『巨人の星』で六六年五月十五日号から連載が始まっていた。

だが当初の予定では『巨人の星』は二月からだった。編集部は梶原一騎の原作で野球漫画を始めようと企画し、川崎のぼるを漫画家として決めた。川崎は「少年サンデー」に『キャプテン五郎』を連載中だったが、二月までには終わっているはずだった。ところが、川崎が「マガジン」で連載すると知った「サンデー」編集部は連載終了の申し出を突っぱね、継続を求めた。川崎としては今後「サンデー」あるいは小学館とも仕事をしたいので、決裂はできない。そこで「マガジン」へ、『巨人の星』を降りたいと申し出た。

小学館と講談社はもともとライバル会社で、両誌は熾烈な部数争いをしており、人気マンガ家の奪い合い、囲い込みも激烈だった。そこに起きたのが、六五年八月の『W3（ワンダースリー）』事件だった。手塚治虫は創刊号からずっと「サンデー」に連載していたが、「マガジン」の編集者が三年間、手塚詣でをして、ようやく連載してもらえることになった。それが『W3』だったが、六回連載しただけで中止となり、手塚は「サンデー」で新たに連載を始めた。その理由については諸説ある。

この事件で両誌の関係は悪化した。そういう背景のもと、「サンデー」に描いていた川崎のぼるが、「マガジン」に描くので連載を終えたいと言ったので、「サンデー」はそれを妨害しようとしたのだ。川崎から降板を申し出られた「マガジン」の編集者・宮原照夫は、川崎以外にこの漫画を描ける者はいないと考えていた。宮原は川崎と漫画論を明け方までかわし、互いにどんな漫画を作ろうとしているのかを確認した。川崎は、三か月待ってくれないかと提案した。当初は二月発売の第八号からの予定だったが、それを三か月後にしてくれるのなら、その間に「サンデー」と話をつけて連載を終えてくるという。宮原は了解した。

こうして『巨人の星』は四月発売の第十九号からと決まったのだが、その結果、八号から十八号までの十一号分をどう埋めるかという問題が生じた。宮原は梶原に既存の文学作品を脚色してもらい劇画化することを思いつき、梶原も乗った。こうしてまずロシアのニコライ・A・バイコフ原作のシベリア虎の生涯を描いた『偉大なる王』を梶原が脚色し古城武司の画で漫画化し、第十一号から十八号まで連載した。穴埋めのつもりだったので、宮原も人気には期待していなかったが、最終回では読者アンケートで一位になるほどの人気を得た。

梶原は十九号から予定どおり『巨人の星』に取り掛かるが、宮原はそれとは別に文藝作品の漫画化を今後も続けることにした。その七作目にあたるのがメルヴィルの『白鯨』を梶原の構成、影丸譲也の画で漫画化したもので、六八年三十三号から三十七号まで連載された。これも成功したので、次は推理小説を漫画にしようということになり、影丸譲也との話し合いのなかで、横溝正史の『八つ墓村』を、今度は脚色者なしで影丸が直接、漫画にすることになった。

こうして一九六八年四二号（十月）から『八つ墓村』の連載が始まり、六九年一六号（四月）まで半年にわたって続いた。当時の「マガジン」はすでに一〇〇万部を超えていた。部数は一〇〇万でも、当時の漫画読者は友人間でまわし読みをするし、ラーメン店や喫茶店あるいは理髪店などに置かれて一冊を何人もが読んでいたので、数百万人が読んでいたはずだ。小学生から大学生までの男子の大半が「マガジン」を読んでいたと言っていい。それだけの数の人に『八つ墓村』は読まれ、横溝正史の名は覚えなくても、印象に残る「八つ墓村」というタイトルは記憶された。

しかしこの頃、横溝正史の新作はない。金田一耕助の旧作も書店店頭に揃っている状況ではなかった。一九六五年に講談社の系列会社である東都書房から「横溝正史傑作選集」全八巻が出ているくらいだ。そのなかに『八つ墓村』もあった。

桃源社は小栗虫太郎のほぼ全作品を刊行し、並行して海野十三、久生十蘭、牧逸馬、野村胡堂、蘭郁二郎、香山滋、白井喬二、押川春浪、黒岩涙香と遡っていく。「日本ロマン・シリーズ」と銘打たれたこのシリーズのなかには、前述のように横溝正史の『鬼火』『呪いの塔』もあったが、「少年マガジン」の『八つ墓村』はそれに先駆けていた。

同時期に三一書房は「夢野久作全集」と「久生十蘭全集」を出し、立風書房は「新青年傑作選」全五巻を刊行した。

講談社は「乱歩全集」がよく売れているので、一九七〇年一月から同じ装丁で「横溝正史全集」全十巻を刊行した。この年は一月から六月まで、乱歩と横溝の全集が並行して刊行されていたのだ。横溝は『自伝的』の随筆「乱歩は永遠にして不滅である」に、自分は〈乱歩全集の大成功の余慶を、いちばん多く蒙った〉とし、知人に「生前さんざん乱歩さんのお世話になってきた私だが、死後もこうしてお世話になっているよ」と語ったと記している。横溝全集もよく売れたので、講談社は七一年には「定本人形佐七捕物帳全集」全八巻を刊行し、さらに七二年には古希記念として初の随筆集『探偵小説五十年』を刊行した。

横溝の「人形佐七捕物帳」は六五年に講談社が全十巻の「人形佐七捕物シリーズ」を出した後、六八年に金鈴社から「新編人形佐七捕物文庫」全十巻も出されている。

戦争中の横溝は、探偵小説が書けなくなったので人形佐七で生計を立てていたが、一九六四年に『夜の黒豹』を出した後は、探偵小説の「新作」はなく、「新刊」も少なく、またも人形佐七で生計を立てていたのだ。

## †角川文庫、横溝作品刊行開始

角川書店創業者の角川源義には二人の息子がいて、ともに角川書店に入社していた。長男・春樹は編集を、次男・歴彦は営業を担当するようになる。春樹が入社したのは一九六五年、乱歩が亡くなった年だった。彼が企画して六七年一月から刊行した「世界の詩集」シリーズはヒットしたが、続いて出した「日本の詩集」は予想していたほどは売れず赤字となり、春樹は左遷されてしまった。そんなとき、アメリカでベストセラーになっている小説のことを知り、日本では無名の新人作家のものだったので、破格に安い版権料で日本語版の権利を獲得した。その小説はハリウッドで映画化され、本も映画も、そして主題歌も大ヒットした。『ある愛の詩』（小説の邦題は当初は『ラブ・ストーリィ』）である。七〇年十一月に角川書店が出した日本語版も、海外文学としては異例のヒットとなった。

この成功で角川春樹は社内で主導権を握ると、角川文庫をエンタテインメント路線に転換させた。父・源義は岩波文庫を目指して角川文庫を創刊したわけだが、それではいつまでたっても、岩波の二番煎じを出すしかなく、岩波を抜くことはできない。岩波が出していないのは、現代の新しい作家の作品だが、ほぼすべての日本人作家は新潮文庫が押さえており、さらに新潮社は純文学誌「新潮」、中間小説誌「小説新潮」、「週刊新潮」を持っているのに、角川書店には文藝誌はひとつもなかった。

そこで角川春樹が考えたのは海外文学だった。それはかつての早川書房と同じと言えば同じ手法だった。海外の作品はエージェントに最初に申し込んだ版元が優先される。角川は映画化される作品を中心に日本での版権を取得し、文庫に映画のスチールを使ったカラー刷りのカバーを付けて売るようにした。以後、徐徐に映画とは関係のない本もカラー刷りのカバーにしていった。これに新潮文庫が追随し、その後、各社から創刊される文庫も、すべてカラー刷りのカバー付きとなった。岩波文庫だけが従来のパラフィン紙のカバーだったが、それもやがて廃された。岩波文庫を目標にして創刊された角川文庫が、ついに岩波に真似されるまでになるのだ。

角川春樹が続いて考えたのは、日本人作家のなかでも新潮文庫が出しそうもない作家だった。といっても、無名で売れない作家では出す意味がない。新潮文庫がそれほど積極的に出していない、推理小説とSFにターゲットを絞ることにした。

そんななか、業界最大手の講談社がいよいよ文庫市場に参入するらしいとの噂が出版界に流れていた。それが本当であれば、角川文庫にとって最大の脅威となる。

いまでは考えられないが、一九七〇年代に入るまで幅広いジャンルのラインナップを揃えた総合的な文庫は、岩波文庫、新潮文庫、角川文庫の三つしかなかった。これ以外にも創元推理文庫、ハヤカワ文庫、春陽文庫などもあったが、ジャンルが限られていた。その文庫市場に最大手の講談社が参戦するという。角川書店は新潮社とも講談社とも闘わなければならなくなった。

角川春樹は推理作家やSF作家を次次と訪問し、その作品を角川文庫から出させてくれと交渉していった。作家にしてみれば、雑誌に書き一度は単行本になったものの、眠っていた作品が、当時の三大文庫(岩波、新潮、角川)のひとつから出るのはありがたい話だ。推理小説の単行本を出している出版社は文庫を持っていないところがほとんどなので、バッティングすることもなかった。カッパ・ノベルスで松本清張、高木彬光を筆頭に多くの推理小説を出していた光文社ですら、当時まだ文庫はない。いまの出版界ではミステリは小説の主軸だが、当時は傍流だったのだ。

角川春樹はいわば隙間産業として、推理小説中心のラインナップを揃えていこうとしていたのである。誰の作品を出すか。角川春樹は、講談社の横溝全集が売れていることと、「少年マガジン」での劇画『八つ墓村』がよく読まれていることも知っていた。さらに、当時は国鉄(現・JR)が「ディスカバー・ジャパン」のキャッチフレーズのもと、大大的なキャンペーンをしており、日本の土俗的なものへの回帰が始まっていた。その一方、角川は出版エージェントを通じて海外の出版事情の情報を得ており、アメリカでオカルト・ブームが始まっていることを知っていた。

これらを総合的に分析し、角川は、「これからは横溝正史だ」と考えた。少年時代、角川書店が出していた「現代国民文学全集」で『八つ墓村』を読んだことも、根底にあった。

こうして『ラブ・ストーリィ』が発売されるのと前後して、一九七〇年十二月のある日、角川春樹は「宝石」の最後の編集長だった大坪直行とともに、成城の横溝邸を訪ねた。横溝作品を角川文庫で出したいと申し出るためだった。

このとき、角川と大坪に加えて、角川の姉で作家の辺見じゅんも一緒だった。辺見が横溝の一周忌(一九八二年十二月)に出た『横溝正史追憶集』に寄せた文章によると、大坪とは彼女が駆け出しの編集者だった頃からの知り合いで、たまたま会ったときに戦前戦後の探偵小説は面白いという話になり、その場で角川文庫で横溝正史を出すべきだというような話になったらしく、辺見が角川に伝えると、すぐにでも会いに行きたいと言い出した。辺見はもう年の瀬だったので年明けにしようと言ったが、角川が強引に頼み、大坪、辺見と三人で成城の横溝邸へ向かったのだという。

大坪は二〇〇七年のインタビュー(新保博久『ミステリ編集道』収録)で、年月日ははっきりしないが角川春樹がまだ角川書店内で不遇だった頃に会い、〈角川書店を辞めたいって言ってきた。そのとき、辞めるな、文庫っていうのはこれから大衆化するべきだ、それにはミステリがいいよって。それは、ミステリは十年か十五年周期で必ず波が来ると乱歩先生がいつも言っていたのが頭にあったんだな。だから今は横溝さんがいい、それから出てきたばかりだけど森村(誠一)さんも。星(新一)さんとか高木(彬光)さんとか、何人か紹介し、資料も渡した。〉という。

こういう経緯で角川、辺見、大坪の三人が七〇年十二月に横溝邸を訪れた。横溝の妻・孝子によると、そのとき彼女は留守にしていたが、角川春樹とその姉の作家・辺見じゅんとが来訪し、〈「先生の本を少し売らせてほしいのです」と、書庫へ入って代表的な作品を何冊か持ち帰えられたのが最初です。〉となる。だが辺見はそのときに孝子にも会い、〈祖母と呼びたくなる懐しさ〉を感じたと書いている。

このように微妙に食い違うのだが、大坪の仲介で角川春樹と横溝正史が会ったのは間違いない。

角川は初めて横溝邸を訪れるとき、横溝は体調不良で会えるかどうか分からないと言われていた。その場合は家族と話せばいいと思って訪ね、邸内に通されると、意外にも横溝本人が現れた。この最初の出会いを、後に角川春樹は脚色して、たとえば真山仁との対談（『真山仁が語る横溝正史』収録）で、〈もう亡くなられていると思っていたので、遺族に会うつもりで出かけて行きました。そうしたら、本人が現れた。〉と語る。筆者もこれら角川の発言を根拠に『角川映画1976-1986』ではそのように記したが、それは後で誇張されたものらしい。角川には大坪が同行しており、「横溝に会う」ための訪問だったのだ。

角川が訪問したのは、講談社版「横溝正史全集」が完結して間もない頃だ。東京文藝社もトーキョー・ブックスというシリーズで横溝作品を出し始めていた。だが文庫で横溝作品を積極的に出している版元はまだなかった。角川は『八つ墓村』をスタートにして全作品を角川文庫で出したいと言った。横溝は「僕の本なんかもう読む人はいないんじゃないかね」と応じ、当惑しているようだったともいうが、この時点では講談社の全集が売れているので、内心では自信はあったのではないだろうか。ともあれ、横溝作品は角川文庫から出ることになった。どの作品から出すかなどは、大坪が案を作ったという。

大坪は久しぶりに会った横溝に、「先生、『仮面舞踏会』をぜひこの際、完成させてください」とも言った。さらに「あれだけの伏線を張った作品ですが、覚えておられますか」と言うと、横溝は「当たり前だよ」とだけ言い、この話はしたくないようだった。

いずれにせよ文庫化の交渉はうまくいき、翌七一年四月に角川文庫の横溝作品の第一作として『八つ墓村』が刊行された。初版は二万五千部だった。横溝が亡くなって一年が過ぎた八二年秋の時点では四十六版一九六万部

（以下の発行部数は、横溝没後一周年にあたる一九八二年十二月に私家版として出された『横溝正史追憶集』に角川春樹が寄せた文章に拠る）という空前の大ヒットとなる。

横溝正史がよく売れているので、角川文庫は一九七三年五月、乱歩の『芋虫』（表題作の他に『赤い部屋』『幽霊塔』『踊る一寸法師』を収録）を刊行した。以後、角川文庫は七四年九月までに十九冊を出した。講談社の乱歩全集が売れたので横溝全集が出たように、今度は横溝のおかげで乱歩作品が角川文庫から出るようになったとも言える。

この七三年五月は、二月に春陽堂文庫版「江戸川乱歩長編全集」全二十巻が完結したというタイミングで、以後、乱歩作品は春陽文庫と角川文庫の二種類が常に店頭にある状態となる。もっとも、春陽文庫は置かれている書店が限られていたので、数の上では角川文庫のほうが多かったであろう。

この他にもさまざまな版元から、さまざまな判型、シリーズで、乱歩作品が復刊され、ほぼ全作品が新刊書店で売られている状態となった。

大坪は辺見を通じて角川源義に「角川書店も小説雑誌を出すべきだ」と進言し、「それなら編集長をしてくれるか」という話にまでなったという。だが角川書店は光文社並みの給料は払えないというので断った。その後、大坪は光文社が争議で揺れていて嫌気がさしていると、作家・石原慎太郎から「宗教団体の霊友会が資金を出すから雑誌を作ってくれ」と頼まれたので光文社を辞めて、七二年六月に「いんなあとりっぷ」を創刊する。いんなあとりっぷ社の社長にもなり、限定版の豪華本『宝石推理小説傑作選』なども出した。

## †『仮面舞踏会』完成

角川文庫では『八つ墓村』に続いて七月に『悪魔の手毬唄』初版二万部（累計一五六万部）、十月に『獄門島』初版二万部（累計一九五万部）、七二年二月に『悪魔が来りて笛を吹く』初版二万五千部（累計一三九万部）、六月に『犬神家の一族』初版一万五千部（累計二三二万五千部）と続く。この最初の五冊はいずれもブームの最中に映画化された。

角川文庫の横溝正史作品のカバーは杉本一文の画だが、『八つ墓村』の初版は河野通泰が描いている。角川春樹によれば、このときは他の者に任せ、カバーのイラストまでチェックできず、出来上がったのを見てイメージが違うと思ったという。角川は重版になったらカバーを変えようと思い、誰に描いてもらうか考えていたとき、たまたま杉本一文の画集を見て、この人だと決めたのだという。『悪魔の手毬唄』以後は杉本一文が描き、『八つ墓村』も杉本の画となる。

　角川文庫はさらに続けて、七二年八月に『三つ首塔』、七三年二月に『夜歩く』、四月に『本陣殺人事件』、八月に『蝶々殺人事件』、九月に『幽霊座』、十月に『女王蜂』と最初の三年で十一冊が刊行された。七四年は『悪魔の寵児』『白と黒』『幽霊男』『悪魔の降誕祭』『真珠郎』が出て、これで合計十六冊となった。

　その一方、七三年九月から七四年十二月まで、春陽堂が文庫版「人形佐七捕物帳全集」として全十三巻を刊行する。これが売れたので春陽堂は七四年五月から文庫版「横溝正史長編全集」全二十巻を出した。当然、角川文庫と重なる作品もあり、二つの文庫から横溝作品が発売されていったのだ。春陽堂文庫版は七五年十一月までに二十巻が出たが、その時点で角川文庫の横溝作品は、二十七点になっている。

　一方、一九七〇年の全集が好成績だったことで、講談社は一九七四年十一月から「新版横溝正史全集」全十八巻の刊行を始め、十一月には一挙に三点が配本された。第八巻『八つ墓村』、第十巻『犬神家の一族』、そして第十七巻『仮面舞踏会』である。乱歩全集はこの後も講談社で二度、光文社で一度刊行されるが、横溝正史は、全集と銘打たれたものは、この新版全集がいまのところ最後だ。全巻の構成を記す。『　』は書名となった作品で、それ以外は「　」とする。

第1巻『真珠郎』（一九七五年五月）「恐ろしき四月馬鹿」「丘の三軒家」「悲しき郵便屋」「山名耕作の不思議な生活」「川越雄作の不思議な旅館」「芙蓉屋敷の秘密」「広告人形」「飾窓の中の恋人」「犯罪を猟る男」「断髪流行」「ネクタイ綺譚」「あ・てる・ふいるむ」「角男」

第2巻『白蠟変化』（一九七五年六月）「双生児」「丹夫人の化粧台」「面影双紙」「鬼火」「蔵の中」「かいやぐら物語」「貝殻館綺譚」「蠟人」「面」「舌」

第3巻『夜光虫』（一九七五年六月）「蜘蛛と百合」「首吊船」「薔薇と鬱金香」「焙烙の刑」「三十の顔を持った男」「広告面の

女」「白蠟少年」
第4巻『仮面劇場』（一九七五年四月）「一週間」「悪魔の設計図」「双仮面」「孔雀屏風」
第5巻『本陣殺人事件』（一九七五年三月）「神楽太夫」「靨」「蝶々殺人事件」「明治の殺人」「かめれおん」
第6巻『獄門島』（一九七五年一月）「女写真師」「消すな蠟燭」「蝙蝠と蛞蝓」「探偵小説」「黒猫亭事件」
第7巻『びっくり箱殺人事件』（一九七五年一月）「夜歩く」
第8巻『八つ墓村』（一九七四年十一月）「車井戸はなぜ軋る」「泣虫小僧」
第9巻『女が見ていた』（一九七四年十二月）「生ける人形」「女怪」「百日紅の下にて」「鴉」
第10巻『犬神家の一族』（一九七四年十一月）「湖泥」「花園の悪魔」「支那扇の女」
第11巻『女王蜂』（一九七五年五月）「蜃気楼島の情熱」「首」
第12巻『悪魔が来りて笛を吹く』（一九七五年三月）「廃園の鬼」「幽霊座」
第13巻『三つ首塔』（一九七四年十二月）「幽霊男」
第14巻『悪魔の手毬唄』（一九七五年二月）「トランプ台上の首」
第15巻『悪魔の寵児』（一九七五年四月）「貸しボート13号」「悪魔の降誕祭」
第16巻『白と黒』（一九七五年二月）「香水心中」
第17巻『仮面舞踏会』（一九七四年十一月）
第18巻『探偵小説昔話』（一九七五年七月）随筆集

　この全集の話題はなんと言っても、第一回配本の『仮面舞踏会』だった。一九六四年の『夜の黒豹』以来十年ぶりの新作である。一九五五年の講談社の「書下し長篇探偵小説全集」の一冊として予告されながら未刊で、「宝石」に一九六二年七月号から連載したものの八回で中断したままだった作品が、いきなり書き下ろしで刊行されたのだ。

『仮面舞踏会』には横溝作品としては唯一の献辞、「つねにわが側なる江戸川乱歩に捧ぐ」がある。誰よりも、乱歩に読ませようと思って書き始めたということが窺える。

　さらに一九七五年五月、東京文藝社から書き下ろしで『迷路荘の惨劇』が刊行された。一九五六年に「オール讀物」に掲載した短篇『迷路荘の怪人』を、五九年に同題の中篇にして刊行していたが、それをさらに長篇にしたものだった。

新作長篇二作を書いた横溝は、中島河太郎に今後書くものとして三作の構想を明かした。最初が「宝石」に一回だけ書いて中断した「病院横町の首縊りの家」を完成させることだった。「宝石」には別の作家による解決篇が載ったが横溝は満足せず、自分で完成させたかったのだ。次が、シャム双生児を題材にした純然たる新作の『悪霊島』、そして第三が乱歩の『悪霊』の続きを書いて完成させることだった。「悪霊」という題の小説は横溝にもある。一九四九年に「キング」七月増刊号に掲載された短篇『悪霊』だ。これには金田一耕助は登場しないが、「宝石」五五年五月号に同じトリックと設定で、金田一耕助の登場する中篇に書き換えた。その際に『首』と改題したのは、すでに乱歩の『悪霊』をいつか完成させようと考えていたからかもしれない。

構想した三作は、「病院横町」から書き始めることにし、角川書店の文藝誌「野性時代」七五年十二月号から『病院坂の首縊りの家』と改めて連載を始めた。当初、この雑誌の特徴である数百枚を一気に掲載する短期集中連載で一回一三〇〇枚、合計四回で五〇〇〇枚前後とするつもりで始めたが、書いても書いても終わらず、連載は七七年九月号まで続き、それを今度は推敲に一年以上かけて、七八年に刊行される。

横溝ブームが始まるのと前後して、一九七五年二月号（発売は七四年十二月）を創刊号として「探偵小説専門誌」と銘打つ「幻影城」が創刊された。死語に近い「探偵小説」という語を前面に出したマニア向けの雑誌だった。当初は戦前のミステリの発掘、紹介を中心としていたが、新人賞を設け、ここから泡坂妻夫、栗本薫、田中芳樹、連城三紀彦らを生む。横溝や乱歩を特集した増刊号も出て、また「別冊幻影城」では横溝の号が三号出るなど、横溝ブームに便乗したとも言えるし、側面で支えていたとも言える雑誌だ。

## †角川映画と横溝正史

角川文庫の横溝正史作品が好調に版を重ねている最中の一九七五年六月十三日金曜日、横溝正史は自邸に角川春樹を迎えた。日付まで確定できるのは、横溝が「週刊読書人」（一九七五年十二月二十九日掲載）の随筆に書いているからで、「十三日の金曜日」に来たというので印象に残っているのだという。その日、横溝の許へは珍しく四組の来客があった。

〈四組の客のひと組が角川書店の当時の局長、現在の新社長の角川春樹君である。その春樹君の曰くに／「先生、そう出し惜しみをしないでドンドン作品をくださいよ。この秋までに二十五点揃えて、五百万部を突破させ、十月の文庫祭りを『横溝正史フェア』でいきますから」／私はしんじつドキッとした。因みに同書店の若い人が、去年（七四年）の暮れに持ってきてくれた集計によると、私の文庫本、十六点か十七点でたしか三〇三万部であった。それを十カ月で二〇〇万刷ろうというのだから、いかに点数がふえるとはいえ、こいつはアタマから無理な注文だと思わざるをえなかった。そこで私曰く。／「あんまり無理をしないでよ」〉

一九七四年十月の『真珠郎』が十六冊目で、七五年は、『びっくり箱殺人事件』『仮面劇場』『髑髏検校』『不死蝶』『鬼火』『吸血蛾』『女が見ていた』『夜光虫』『魔女の暦』と毎月のように出て、秋には二十五冊となり五百万部を突破した。角川の言ったとおりになったのだ。

この頃、映画界でも横溝作品の映画化の動きが始まっていた。

横溝作品の映画化は昭和二十年代には盛んだったが、映画界の斜陽化とともに、一九六一年十一月十五日封切りのニュー東映映画『悪魔の手毬唄』（高倉健が金田一耕助を演じた）を最後に途絶えていたが、松本清張の小説は六〇年代も七〇年代も映画化されており、前年（七四年）十月十九日には松竹が大作として『砂の器』を封切り、大ヒットしていた。そこで松竹は同社のプロデューサーで推理作家でもある小林久三に、野村芳太郎監督の次回作を準備するよう命じた。

小林は映像化可能なミステリを何冊か用意し、野村に提示した。だが野村はどの小説にも首をタテにふらず、四か月が無為に過ぎていった。小林は、これまで野村がつくってきたリアリズム映画とは対極にありそうな横溝正史の名を告げた。すると意外にも、野村は「それ以外ないと思うようになった」と言い、脚本家（橋本忍）も横溝作品をシナリオ化したいと言っているという。小林と野村はさらに話し合い、『八つ墓村』を選んだ。

こうして松竹は『砂の器』に次ぐ大作として『八つ墓村』を企画し、小林と野村は横溝邸へ映画化権の交渉へ向かい、横溝は快諾した。これが七五年春か初夏の頃だ。しかし角川春樹は『八つ墓村』の映画化は、七五年四月頃に、角川から松竹に提携して映画にしないかと持ち込んだ企画だと言っており、小林の回想と食い違う。

一方、自主映画の世界で知られていた高林陽一が、『本陣殺人事件』をＡＴＧとの提携で映画化することになり、角川はこの映画に宣伝協力費として五十万円を出資した。『本陣殺人事件』は七五年秋に公開されると、小さな映画館でしか公開されず、それほど大宣伝をしたわけでもないのに大ヒットして、ＡＴＧ作品としては初の配給収入一億円突破作品となった。

角川書店は同時期に「横溝正史フェア」を大大的に展開した。前述のように、すでにこの時点で角川文庫の横溝作品は二十五点となっており、総計五百万部を突破していた。

角川はさらに横溝作品を文庫にしていくことに決め、それを盛り上げるためにも翌七六年秋にも映画が必要だと考えていた。そこで松竹が映画化権を買っていた『八つ墓村』での提携を考えた。

角川サイドの主張を記すと、松竹と角川の間で直接製作費と間接製作費の認識が異なり、この企画は暗礁に乗り上げた。松竹は間接製作費として四億円を要求してきたので、角川はあまりにも法外な金額だと怒って抗議した。すると、二億円、さらに一億円にまで下がった。下がったのならいいようなものだが、角川はそのいい加減さに激怒した。さらに橋本忍が書くはずの脚本がいつ出来上がるのかわからない。橋本は自分のプロダクションで、新田次郎原作『八甲田山』の製作を始めており、こちらは森谷司郎が監督と決まっていたが、脚本が難航していたのだ（七七年六月に公開）。このため『八つ墓村』のシナリオもなかなかできなかった。いつになるのかわからない『八つ墓村』を待っていたのでは、角川文庫での横溝正史フェアの計画も立てられない。角川は松竹とは一緒にやれないと決断し、自らの手で映画にしようと決めた。

そんな横溝作品の映画をめぐっていくつもの動きが錯綜している最中の一九七五年十月二十七日、角川書店創業者にして現役の社長である角川源義が五十八歳で亡くなった。十一月六日、角川書店の社長には長男で編集局長だった角川春樹が就任し、次男の歴彦は専務となった。春樹は三十三歳、歴彦は三十二歳だった。

角川春樹はいよいよ自分で映画製作に乗り出そうと決め、『八つ墓村』『本陣殺人事件』以外で何がよいかを考え、『犬神家の一族』と決めた。その理由についてはいろいろと語っているが、このころ山崎豊子原作の『華麗なる一族』がヒットしたことから、「○○の一族」という題が日本人には好まれると判断したのが、最大の決め手であろう。

かくして、翌一九七六年一月八日、角川春樹が満三十四歳の誕生日を迎えたこの日、映画製作のための会社として株式会社角川春樹事務所が創立された。角川は同年五月に『犬神家の一族』の製作を発表した。

それは以後十数年にわたり日本映画界に旋風を巻き起こす稀代のプロデューサーの誕生でもあった。

### †大ブーム

映画製作と並行して角川文庫の横溝作品はどんどん増えていった。前年の『本陣殺人事件』にあわせたフェアでは二十五冊・五百万部だったが、一年後には四十点となり――つまり一年間に十五冊を刊行した――累計発行部数一千万部を超えた。全国の書店には横溝作品が山のように積まれていた。

出版広告にある発行部数は水増しされることが多いので、はたして本当に一千万部も売れていたのか疑問ではあるが、横溝正史はこのブームの最中に七六年九月から七七年八月までの一年間、毎日新聞に『真説金田一耕助』という随筆を週一回連載し、単行本として刊行された際には当時の日記も掲載され、そこには角川からの部数報告も記されている（同書の角川文庫版には日記は収録されていない）。そこには、すさまじい数字が書かれている。たとえば〈八月二十三日　角川より重版四点▲夜歩く⑭六万、▲真珠郎⑧六万、▲悪魔の設計図（再）五万、▲犬神家の一族㉒五万〉、○の数字は版のことで、『夜歩く』の十四刷りが六万部という意味だ。その二日後の二十五日には新刊二点の報告が届き、『華やかな野獣』『毒の矢』『仮面舞踏会』がそれぞれ十万部と書かれている。最初の『八つ墓村』は初版が二万五千部からスタートしているので、その四倍となっている。

この後も数日おきに重版通知が届いているが、九月十一日には「二十四点九六万部」とある。『犬神家の一族』の封切り直前の十月十三日には「五点三六万部」、その翌日の十四日には「二十点一一八万部」とあり、誇大広告ではなさそうだ。

映画公開が近づくにつれて、横溝正史の名を知らない日本人はいない状態となっていく。「横溝」と「犬神家」は流行語となった。観た者も観ていない者も話題にした。『犬神家の一族』は市川崑監督、石坂浩二が金田一耕助を演じ、高峰三枝子、あおい輝彦、島田陽子らが出演し、話題作りのひとつとして、横溝正史が金田一耕助が宿泊する旅館の亭主の役で映画に初出演した。

『犬神家の一族』は十月十六日に、東京の日比谷映画という、普段は洋画を上演する映画館で先行ロードショーとなった。この映画館での最初の一週間の入場者数は五万六三三五名、興行収入は六千万円を超え、これはひとつの映画館の一週間の入場者数としては世界新記録となった。

勢いに乗って、十一月十三日から全国の東宝系映画館で公開されると、どこも満員となり、製作費一億六千万円に対して、最終的な配給収入は一三億〇二〇〇万円（一五億五九〇〇万円としている資料もある）となり、この年二位の興行収入の大ヒット作となり、角川文庫の横溝作品は千八百万部を突破し、『犬神家の一族』だけで二百万部を超えた。

東宝はシリーズ化を決め、『悪魔の手毬唄』の映画化も決まり、翌七七年四月に封切られる。

さらに四月からは、TBS系列で毎日放送制作による「横溝正史シリーズ」が始まっていた。このテレビの横溝シリーズでは古谷一行が金田一耕助を演じ、十月までの半年間に、『犬神家の一族』『本陣殺人事件』『三つ首塔』『悪魔が来りて笛を吹く』『獄門島』『悪魔の手毬唄』の六作がそれぞれ三回から六回にわたり制作・放映された。

さらに八月二十七日には市川崑監督・石坂浩二主演のシリーズの三作目となる『獄門島』が公開され、十月二十九日には松竹の『八つ墓村』が封切られ、大ヒットした。一方、この年の角川映画は森村誠一原作の『人間の証明』（佐藤純彌監督）だった。

江戸川乱歩賞は乱歩の死後も継続し、推理作家の登竜門として定着していた。その乱歩没後の受賞者で最大の成功をしたのが一九六九年の受賞者、森村誠一だった。松本清張による社会派推理小説は当初こそ新鮮だったが、ブームになり似たような作品が増え、推理小説とうたわれても、たんに殺人事件が起きるだけの小説が多くなり、トリックが軽視されるようになった。その間隙をぬってトリックを重視するミステリとして横溝作品が復活したが、森村もまた、新しい現代の推理小説として社会性を重視しながらも、密室やアリバイなどのトリックも重視し、高層ホテルや空港、新幹線など当時の最先端の都市空間を舞台にした、社会派でありながら本格でもある推理小説を生み出していた。

一九七八年になっても映像での横溝ブームは続いていた。東宝の市川・石坂の第四作として二月十一日に『女王蜂』が封切られ、四月からはテレビの第二シリーズで『八つ墓村』『真珠郎』『仮面舞踏会』『不死蝶』『夜歩く』『女王蜂』『黒猫亭事件』『仮面劇場』『迷路荘の惨劇』が放映された。

十二月には前年九月まで「野性時代」に連載していた『病院坂の首縊りの家』が単行本として刊行された。連載時のテキストにかなり手を入れて、短くしているが、それでも四六判二段組で四三〇ページ、文庫版は上下二巻、合わせて七〇〇ページ以上の大長篇だった。サブタイトルに「金田一耕助最後の事件」と謳われた。

この時点で横溝が「最後の事件」を書いたのは、アガサ・クリスティーの影響だった。クリスティーは七十歳を過ぎても毎年クリスマス・シーズンに新作を発表していたが、七五年は新作が書けなかった。この年、八十五歳である。そこで、第二次世界大戦中に死後に発表するつもりで書いた「ポアロ最後の事件」を出すことにし、七五年の新作として『カーテン』が発表されたのだ。

名探偵の最後の事件には、作者が死んでしまったため結果的に最後の事件となるものと、作者が意図してこれが最後の事件だとして書くものとがある。クリスティーの『カーテン』は後者だったが、執筆された第二次世界大戦中の出来事として書かれており、ポアロは戦後も七〇年代まで活躍しているので、時間軸に矛盾が生じているが、それに手を入れる体力がクリスティーには残されていなかった。この大作家は『カーテン』発売直後の七六年一月十二日に亡くなった。

横溝としては元気なうちに金田一耕助の最後の事件を書いておきたいと思い、『病院坂の首縊りの家』をそれに充てた。クリスティーは『カーテン』でポアロを死なせてしまったが、横溝は金田一を『病院坂の首縊りの家』で死なせず、アメリカへ行き、その後の消息が分からないという設定にした。これからも、「最後の事件」より前に解決した事件を書くつもりだったのだ。

『病院坂の首縊りの家』の連載開始は「野性時代」七五年十二月号で、この時点では「最後の事件」とは銘打たれていないので、途中で『カーテン』を知り、「最後の事件」にしようと考えたのだと思われる。角川書店としても「金田一耕助最後の事件」というのはセールス・ポイントになるので、異議はなかったはずだ。

年が明けて一九七九年一月二十日、東映の『悪魔が来りて笛を吹く』が公開された。角川春樹が東映に雇われてプロデュースしたもので、金田一耕助には西田敏行、監督は斎藤光正だった。これで東宝、松竹、東映と三つの大手映画会社が揃って横溝作品を映画にしたことになる。

東宝も市川崑と石坂浩二によるシリーズの第五作として五月二十六日に最新作『病院坂の首縊りの家』を映画化して封切った。この映画には横溝正史が本人の役で出演した。

さらに角川映画初のパロディ映画として大林宣彦監督『金田一耕助の冒険』が七月十四日に公開され、これにも横溝は本人役で出演した。金田一を演じたのはテレビ版で好評だった古谷一行である。この映画の原作は、短篇集『金田一耕助の冒険』のなかの「瞳の中の女」だった。この小説は珍しく、事件が解決しないで終わる。この事件をちゃんと解決させようというのが、映画『金田一耕助の冒険』の基本プロットである。ドタバタコメディなのだが、「本格ミステリ」論、あるいは「名探偵」論、さらには「金田一耕助」論も展開される。

この年は西田、石坂、古谷という三人の金田一耕助がスクリーンに登場したのである。

横溝はこの年の自作三作の映画化に際し、『悪魔が来りて笛を吹く』では予告篇とテレビコマーシャルに出て「私はこの恐ろしい小説だけは映画にしたくなかった」と語っている。

思えば、横溝が乱歩に呼び出されて神戸から東京へ出て来たのは、映画を作る話のためだった。そのときの映画は頓挫したが、半世紀後に、横溝正史は最も成功した映画原作者となっていた。

### †『悪霊島』

「野性時代」一九七九年一月号から、横溝正史は『悪霊島』の連載を始めた。

　七〇年前後のリバイバル以後に書かれた三作の長篇『仮面舞踏会』『迷路荘の惨劇』『病院坂の首縊りの家』は、書きかけて中断したものや中短篇の長篇化で、完全な新作とは言いがたかったが、『悪霊島』は完全な新作だった。七十六歳にしてまたも新作を書き始めたので、世間は驚いた。連載は八〇年五月号で完結し、推敲、校正に一年をかけて、翌八一年五月に角川書店から刊行された。

『悪霊島』のラストはこう結ばれる。悪霊島と呼ばれる刑部島での事件は解決し――例によって必ずしもハッピーエンドではない――金田一耕助は島を去る。

〈金田一耕助はその翌日、約束の報酬を受け取って刑部島を離れたが、神は金田一耕助の希望をご嘉納したもうたのか、巴御寮人の遺体はついに発見されなかった。

　かくて外面似菩薩内心如夜叉を地でいったような巴御寮人は、櫛ひとつこの世に遺して、完全に雲隠れしてしまったのである。「源氏物語」の書かれざる最後の巻のように。〉

『悪霊島』のあとがきは六月二十三日に書かれ、同作について〈いま完成したところを読み直してみるに、よく出来た小説であると思わざるをえない。私のこれまでに書いてきた小説群のなかでも、上位を占めるべき価値があるのではないかという自負を私は持っている。〉と自賛したうえで、〈ある人はいう。これが私の人生最後の作品になるだろうと。私はしかしそうは思いたくない。私は現在七十八歳であるけれど、まだまだ書いていきたいと思っている。いろいろ手の込んだ探偵小説を。〉で結ばれる。

　横溝正史はさらに二作の金田一耕助が登場する長篇を構想していた。一作は等々力警部と金田一とが対立したという『女の墓を洗え』、もうひとつは、等々力警部と磯川警部が登場する『千社札殺人事件』で、数百年間いがみあっている二つの歌舞伎役者の家元の事件だったという。
横溝の歌舞伎界を描いた探偵小説としては一九五二年の『幽霊座』があり、この小説では五代目中村歌右衛門の二人の子、五代目福助と六代目歌右衛門の兄弟関係の秘密がモデルになっている。『千社札殺人事件』はいったい、どんな歌舞伎役者の物語となったのだろう。

この二作とは別に乱歩の『悪霊』の完結篇も考えたことがあり、さらに『悪霊島』の前に構想されていたものとして『死仮面』のリライトもあった。オリジナルは一九二四年に名古屋の中部日本新聞社が出していた雑誌「物語」に八回にわたり連載したもので、金田一が八つ墓村の帰りに解決した事件である。しかし単行本にならず、横溝も忘れていたものを、中島河太郎が国会図書館で掲載誌を探して当てた。しかし八回のうち第四回の掲載号だけが見つからなかった。そこで横溝は『悪霊島』の合間に、中島が発見してくれたテキストをもとにして全面的に書き直そうと準備していたが、力尽きた。結局『死仮面』は欠落部分を中島が補って、横溝没後の八二年一月に角川書店のカドカワノベルズから刊行される。

「野性時代」一九八〇年七月号と九月号には『上海氏の蒐集品』が掲載され、これが横溝正史の生前最後に発表された小説となるのだが、これは新作ではなく、一九六五年に書いていたものだった。これを書き直したのか、加筆したのか、そのあたりがはっきりしない。「野性時代」の編集者、今秀己は、『追憶集』に寄せた文章で〈六十枚ほど書きかけたままだったものを完成させた〉と説明しており、角川書店はこれが「絶筆」だと宣伝していた。

しかし中島河太郎は『上海氏の蒐集品』が収録された角川文庫『死仮面』の解説に〈絶筆といいたいところだが、実は長く著者の筐底(きょうてい)に置かれていたものである〉としている。中島が正しければ、「最後の小説」は『悪霊島』となり、前掲の文章が、六十年に及ぶ創作活動での最後の文章となる。

『悪霊島』が刊行された後、横溝は例年どおり、軽井沢の別荘へ避暑に行ったが、滞在中に腹痛を訴え、地元の病院へ入院した。さらに東京の病院へ移り手術を受けた。周囲には、つまりは本人にも腸閉塞と伝えられ、翌八一年三月に退院し、成城の自宅で療養した。

角川書店は一九八〇年に横溝の業績を称えることと新

人作家の発掘のため、江戸川乱歩賞に対抗して横溝正史賞を創設し、第一回には一二〇作の応募があり斎藤澪(みお)『この子の七つのお祝いに』が受賞した。八一年五月二十五日、横溝の七十九歳の誕生日に合わせて、その第一回横溝正史賞受賞パーティーが開催され、横溝も出席した。

パーティーで横溝は出席した作家たちと談笑し、楽しそうだったという。帰り際、山村正夫に「今年も江戸川乱歩の墓参りをしたいから企画してほしい」と言った。乱歩没後、七月の乱歩の命日の前後に、横溝は中島河太郎や山田風太郎らとともに多磨霊園の乱歩の墓参りをするのが恒例となっていた。それを終えてから、軽井沢へ避暑に行くのだ。

しかし、この年、墓参はできなかった。再び入院してしまうのだ。

角川映画は一九八一年秋に『悪霊島』と戦前の耽美的作品『蔵の中』の二本を映画化した。前者は篠田正浩監督で金田一耕助には鹿賀丈史、後者は『本陣殺人事件』を撮った高林陽一が監督した。

映画『悪霊島』は九月八日に完成披露試写会が開かれたが、原作者横溝正史の姿はなかった。新宿の国立東京第一病院に入院していたのだ。角川春樹は試写会の直前に横溝を見舞った。前夜のうちに横溝の許へ『悪霊島』をビデオにして届けていたので、横溝はそれを観ていた。公開の試写会の前に横溝に見せたのは原作者への敬意からだった。その際の二人の対談が劇場用プログラムに掲載されている。横溝は出来栄えに満足している様子で、とくに岩下志麻を絶賛していた。しかし、妻の孝子によると、ビデオで『悪霊島』を観た翌日、角川春樹が「ぜひ批評を聞かせてください」と頼むと、「景色だけはいいね」とひとこと言っただけだったという。対談はリップサービス、あるいは創作されたものなのかもしれない。

公開にあわせて角川書店の雑誌「バラエティ」は一九八一年十一月号で映画『悪霊島』の特集を組み、そこに原作者として横溝も短い文章を寄せている。

〈「悪霊島」を書きあげた時、私の考えではこれは映画化は無理ではないか、と思いました。〉とあり、巴御寮人のイメージにあう女優が浮かばなかったと書き、しかし、岩下志麻が演じると聞いて、映画化は可能だと思うようになったという。さらに鹿賀丈史の金田一にも期待しているし、最後は〈作品の大成功を心から祈り、願っています。〉で結ばれる。

おそらくこれが存命中に公となった最後の文章である。

十月三日、『悪霊島』と『蔵の中』が東京では別別の映画館で封切られた（地方では二本立て）。

『八つ墓村』に始まる角川文庫の横溝正史作品は、同文庫の整理番号が変更になったため全貌が把握しにくいが、一九八一年十二月の時点では、69の『血蝙蝠』が最後の本で八月三十一日が発行日だ。横溝も手にしたはずである。六十九冊のうち40『金田一耕助の冒険』は、七九年に映画化された際に二巻に分けられ64・65として出るので、実質的には六十八冊、そのうち三冊が「人形佐七」、一冊がエッセイ『真説金田一耕助』なので、探偵小説としては六十四冊となる。また整理番号80『迷宮の扉』からはジュブナイルもので、92『青髪鬼』までが存命中に出たものだ。横溝も乱歩に劣らずジュブナイルを数多く書いたが、本として残っているものは少なく、この角川文庫版は山村正夫がリライトしたもので、由利麟太郎が登場したものを金田一耕助ものに書き換えたものもある。他に98『シナリオ悪霊島』、99『横溝正史読本』も存命中に刊行された。この時点で角川文庫の横溝作品は八十点を超えており、累計五千万部を突破していた。

## †大往生

十二月二十八日、横溝正史は七十九歳でその生涯を終えた。結腸癌だった。

その通夜で、親族以外で控室に招かれたのは、親友・水谷準、博文館の編集者で分社化したときの社長のひとり高森栄次、森下雨村の次男・森下時男、そして角川春樹の四人だった。三人が横溝の原点である「新青年」の関係者で、ひとりが最終到達地点である角川文庫の総帥だった。

角川春樹にとって、仮通夜から出棺まで立ち会う葬儀は、父・源義のとき以来だった。その通夜で、親友の水谷準がこう語ったのを角川は記憶している。

「横溝君は酒や女や、随分暴れ回ったが、身体を壊して、いい小説を書くようになった。結婚式の仲人もなり手がなくて、結局、僕が引き受けることになったけど、まあ阿修羅みたいな男だったねぇ」

年がかわって一九八二年一月十二日、青山葬儀所で本葬が営まれた。葬儀委員長は水谷準──彼は仲人と葬儀委員長の両方をつとめたのだ。

亡くなる前に横溝正史は「辞世」と題した随筆を遺している（没後に刊行された私家版の『横溝正史追憶集』巻頭に収載）。文中に「満七十八歳の誕生日に到達した」とあるので、一九八〇年五月二十四日以降に書かれたのだろう。『悪霊島』の最終回が載った「野性時代」は八〇年五月号なので、その後である。どこかの雑誌に載せるつもりだったのだろうか。

後に分かるが、この頃すでに横溝は癌に冒されていた。あれこれと症状を訴え、〈こうして健康に自信を失うと、考えることがすべて因循姑息となり、悲観絶望的となる〉と綴り、精神的にもすっかり老け込んだとし、〈そういう精神状態でいままで自分の書いてきたものを振り返ってみると、なにもかも無意味に思えてならない。なんでこんな冗らないことに貴重な人生を空費して来たのだろうと、自分で自分に立腹してみてもいまさら取り返しはつかない。そこでこの際辞世を作っておこうとひねり出した〉として、

〈どん栗の落ちて虚しきアスファルト〉

という句を記した。

〈しかし……しかしである。〉と随筆は続く。

〈私はまだまだ死なないつもりである。まだまだ探偵小説なるものを書いていくつもりである。そのときはまたちがった辞世が出来るかもしれない。〉

だが次の探偵小説も、ちがった辞世も出来ることはなかった。

もし横溝正史が江戸川乱歩の未完の『悪霊』を完結させて亡くなっていたら、二人の友情とライバルの物語は美しいエンディングを迎えたことになるのだが、そこまで「できすぎた物語」とはならなかった。

# あとがき

江戸川乱歩が作りあげた最大の作品は「横溝正史」だったのではないだろうか。

その交流のなかで乱歩は横溝と、ときには探偵小説愛好家の同志として意気投合し、ときには兄のように叱咤激励し、ときにはライバルとして切磋琢磨し、ときには親友として以心伝心で理解し、常に横溝に探偵小説を書く意欲を持ち続けさせていたように思える。

横溝が乱歩の死の前後から十年にわたり探偵小説を書かなかったのは最大の読者を喪ったからに他ならないだろうし、再出発となった『仮面舞踏会』上梓の際に横溝が「つねにわが側なる江戸川乱歩に捧ぐ」と献辞を添えたこと、晩年になっても乱歩の未完の『悪霊』を気にしていたことからも、二人の精神的な近さを感じる。

この本では、余人にはうかがい知れない二人の関係を、せめて表面に見える部分だけでも確認しようとしたものだ。波瀾万丈の血湧き肉躍るドラマにはならなかったが、それでも書いていて、発見や驚きは数多くあった。その楽しさを共有していただければありがたい。

担当の長谷川洋一氏と初めて会ったのは一年半くらい前だった。当初は集英社新書の一冊として立てた企画だったが、長谷川氏が学芸編集部へ異動になったので、単行本として出ることになった。そこでより重層的にしようと、出版興亡史の要素も加味した。二人には遥かに及ばないが、私自身が編集者と作家、そして零細ながらも出版社経営者でもあったので、出版との関わりにとくに興味があったのだ。

春に刊行予定だったのに秋になってしまった理由を言い訳すれば、江戸川乱歩と横溝正史のせいである。二人の作品は何十年も前に読んでいたし、もともと詳細かつ精緻な作品論を展開するつもりはなかったので、執筆にあたり二人の小説を読み返す必要はないとの前提でスケジュールを立てたのだが、いざ書いていく段になり、これはどんな話だったろうと確認するために文庫本を手に取ったのが運の尽きだった。パラパラとめくっていくうちに、あまりの面白さに、つい最後まで読んでしまい、結局、百冊近くを再読するはめになり、脱稿が大幅に遅れてしまったのだ。

お読みいただければお分かりのように、二人の人生と出版界の動きとを重ねて描いたので、多くの出版人も登場させた。登場する出版人のなかに、二人とは直接の関係がなかった人物がひとりいる。どうしてその人物について紙幅を割いたかといえば、私の祖父であるという個人的理由からである。それが誰かは、本書のどこかに書いてある。この本の最後のミステリである。

二〇一七年九月十五日

中川右介

## ◉参考文献

※角書き・副題などは略したものもある。

### ■江戸川乱歩関連

江戸川乱歩の小説　角川文庫版、角川書店、一九七三〜七五年
江戸川乱歩の小説　創元推理文庫版、東京創元社、一九八七〜二〇〇二年
江戸川乱歩『江戸川乱歩全集　全十五巻』講談社、一九六九〜七〇年
江戸川乱歩『江戸川乱歩全集　全二十五巻』講談社、一九七八〜七九年
江戸川乱歩『江戸川乱歩推理文庫　全六十五巻』講談社、一九八七〜八九年
江戸川乱歩『江戸川乱歩全集　全三十巻』光文社文庫、二〇〇三〜〇六年
江戸川乱歩『明智小五郎事件簿　Ⅰ〜Ⅻ』集英社文庫、二〇一六〜一七年
江戸川乱歩『貼雑年譜』講談社・江戸川乱歩推理文庫　特別補巻、一九八九年
江戸川乱歩・大槻ケンヂ『大槻ケンヂが語る江戸川乱歩　私のこだわり人物伝』角川文庫、二〇一〇年
黄金髑髏の会『少年探偵団読本』情報センター出版局、一九九四年
紀田順一郎『乱歩彷徨―なぜ読み継がれるのか―』春風社、二〇一一年
郷原宏『乱歩と清張』双葉社、二〇一七年
小林信彦『回想の江戸川乱歩』メタローグ、一九九四年
小松史生子『乱歩と名古屋―地方都市モダニズムと探偵小説原風景―』風媒社、二〇〇七年
志村有弘編『江戸川乱歩徹底追跡』勉誠出版、二〇〇九年
仁賀克雄監修『江戸川乱歩99の謎』二見文庫、一九九四年
新保博久・山前譲編『江戸川乱歩　日本探偵小説事典』河出書房新社、一九九六年
住田忠久編著『明智小五郎読本』長崎出版、二〇〇九年
武光誠（文）・梅田紀代志（画）『江戸川乱歩とその時代』ＰＨＰ研究所、二〇一四年
浜田雄介編『子不語の夢―江戸川乱歩小酒井不木往復書簡集―』乱歩蔵びらき委員会、二〇〇四年
平井隆太郎監修・新保博久編『江戸川乱歩アルバム』河出書房新社、一九九四年
平井隆太郎『乱歩の軌跡―父の貼雑帖から―』東京創元社、二〇〇八年
平井隆太郎『うつし世の乱歩―父・江戸川乱歩の憶い出―』河出書房新社、二〇〇六年
平井憲太郎監修『江戸川乱歩の「少年探偵団」大研究　上下』ポプラ社、二〇一四年
平井隆太郎・中島河太郎監修『江戸川乱歩執筆年譜』名張市立図書館、一九九八年
平井隆太郎監修『江戸川乱歩著書目録』名張市立図書館、二〇〇三年
藤井淑禎編『「国文学解釈と鑑賞」別冊　江戸川乱歩と大衆の二十世紀』至文堂、二〇〇四年
文藝春秋編『想い出の作家たち　１（江戸川乱歩、横溝正史）』文藝春秋、一九九三年
別冊宝島編集部編『僕たちの好きな明智小五郎』宝島ＳＵＧＯＩ文庫、二〇一二年

松村喜雄『乱歩おじさん―江戸川乱歩論―』晶文社、一九九二年
『江戸川乱歩映像読本』洋泉社・映画秘宝ｅｘ、二〇一四年
『江戸川乱歩―誰もが憧れた少年探偵団―』河出書房新社・文藝別冊、二〇〇三年
堀江あき子編『江戸川乱歩と少年探偵団』河出書房新社、二〇〇二年
『江戸川乱歩の迷宮世界』洋泉社、二〇一四年
『幻影城増刊「江戸川乱歩の世界」』絃映社、一九七五年
『新文芸読本「江戸川乱歩」』河出書房新社、一九九二年
『私の履歴書　第三集（江戸川乱歩）』日本経済新聞社、一九五七年

## ■横溝正史関連

横溝正史の小説　角川文庫版、角川書店、一九七一年〜
横溝正史『横溝正史全集　全十巻』講談社、一九七〇年
横溝正史『新版横溝正史全集　全十八巻』講談社、一九七四〜七六年
横溝正史『横溝正史探偵小説選　Ⅰ〜Ⅴ』論創社・論創ミステリ叢書、二〇〇八〜一六年
横溝正史『横溝正史自選集　全七巻』出版芸術社、二〇〇六〜〇七年
横溝正史『鬼火―完全版』桃源社、一九七二年
横溝正史『鬼火』出版芸術社、一九九三年
横溝正史『真説金田一耕助』毎日新聞社、一九七七年
横溝正史『探偵小説五十年』講談社、一九七七年
横溝正史『横溝正史自伝的随筆集』角川書店、二〇〇二年
横溝正史『横溝正史の世界』徳間書店、一九七六年
横溝正史『探偵小説昔話』講談社・新版横溝正史全集、一九七五年
横溝正史・真山仁『真山仁が語る横溝正史　私のこだわり人物伝』角川文庫、二〇一〇年
横溝正史訳『横溝正史翻訳コレクション』扶桑社・昭和ミステリ秘宝、二〇〇六年
江戸川乱歩・横溝正史『覆面の佳人―或は「女妖」―』春陽文庫、一九九七年
角川書店編『横溝正史に捧ぐ新世紀からの手紙』角川書店、二〇〇二年
小嶋優子＆別冊ダ・ヴィンチ編集部編『金田一耕助　the Complete』メディアファクトリー、二〇〇四年
小林信彦編『横溝正史読本』角川書店、一九七六年
昭和探偵小説研究会編『横溝正史全小説案内』洋泉社、二〇一二年
世田谷文学館編『横溝正史と「新青年」の作家たち』世田谷文学館、一九九五年
創元推理倶楽部秋田分科会編『定本金田一耕助の世界《資料編》』、創元推理倶楽部秋田分科会、二〇〇三年
創元推理倶楽部秋田分科会編『定本金田一耕助の世界《投稿編》』、創元推理倶楽部秋田分科会、二〇〇三年

中島河太郎編『名探偵読本・8　金田一耕助』パシフィカ、一九七九年
水谷準編『横溝正史追憶集』私家版、一九八二年
『横溝正史研究　創刊号～6』戎光祥出版、二〇〇九～一七年
『金田一耕助映像読本』洋泉社・映画秘宝ｅｘ、二〇一三年
『幻影城増刊「横溝正史の世界」』幻影城、一九七六年

■**博文館・「新青年」関連**

湯浅篤志・大山敏編『叢書　新青年　聞書抄』博文館新社、一九九三年
稲川明雄『龍の如く―出版王　大橋佐平の生涯―』博文館新社、二〇〇五年
乾信一郎『「新青年」の頃』早川書房、一九九一年
川合道雄『戦時下の博文館と『新青年』編集部』近代文藝社、二〇〇八年
高森栄次『想い出の作家たち―雑誌編集50年―』博文館新社、一九八八年
田村哲三『近代出版文化を切り開いた出版王国の光と影―博文館興亡六十年―』法学書院、二〇〇七年
坪谷善四郎『大橋佐平翁伝』栗田出版会、一九七四年
坪谷善四郎『大橋新太郎伝』博文館新社、一九八五年
中島河太郎編『新青年ミステリ倶楽部　幻の探偵小説』青樹社、一九八六年
中島河太郎編『新青年傑作選集　Ⅰ～Ⅴ』角川文庫、一九七七年
中島河太郎編『新青年傑作選　Ⅰ～Ⅴ』立風書房、一九七〇年
中西裕『ホームズ翻訳への道―延原謙評伝―』日本古書通信社、二〇〇九年
森下時男『探偵小説の父　森下雨村』文源庫、二〇〇七年
山下武『「新青年」をめぐる作家たち』筑摩書房、一九九六年
渡辺温『渡辺温全集　アンドロギュノスの裔』創元推理文庫、二〇一一年
浜田雄介・谷口基監修『叢書　新青年　渡辺温』博文館新社、一九九二年

■**探偵小説・推理小説・ミステリ史関連**

生島治郎『眠れる意識を狙撃せよ―生島治郎の誘導尋問―』双葉社、一九七四年
伊藤秀雄『大正の探偵小説』三一書房、一九九一年
伊藤秀雄『昭和の探偵小説―昭和元年～昭和二十年―』三一書房、一九九三年
井上良夫『探偵小説のプロフィル』国書刊行会、一九九四年
江戸川乱歩・松本清張共編『推理小説作法―あなたもきっと書きたくなる―』光文社文庫、二〇〇五年
尾崎秀樹『大衆文学の歴史　上・戦前篇／下・戦後篇』講談社、一九八九年
紀田順一郎『幻島はるかなり―推理・幻想文学の七十年―』松籟社、二〇一五年

木戸昭平『馬場孤蝶』高知市民図書館、一九八五年
九鬼紫郎『探偵小説百科』金園社、一九七五年
郷原宏『日本推理小説論争史』双葉社、二〇一三年
郷原宏『物語日本推理小説史』講談社、二〇一〇年
権田萬治・新保博久監修『日本ミステリー事典』新潮選書、二〇〇〇年
城昌幸『随筆えぴきゅりあん』牧神社、一九七六年
新保博久『ミステリ編集道』本の雑誌社、二〇一五年
田村隆一『田村隆一　ミステリーの料理事典』三省堂、一九八四年
高木彬光／山前譲編『乱歩・正史・風太郎』出版芸術社、二〇〇九年
高橋康雄『少年小説の世界』角川選書、一九八六年
谷口基『変格探偵小説入門―奇想の遺産―』岩波現代全書、二〇一三年
都筑道夫『推理作家の出来るまで　上・下』フリースタイル、二〇〇〇年
中島河太郎『日本推理小説史　第一巻～第三巻』東京創元社、一九九三～九六年
中島河太郎編著『ミステリ・ハンドブック』講談社、一九八〇年
氷川瓏『氷川瓏集　睡蓮夫人』ちくま文庫・怪奇探偵小説名作選9、二〇〇三年
文藝春秋編『松本清張の世界』文春文庫、二〇〇三年
堀啓子『日本ミステリー小説史―黒岩涙香から松本清張へ―』中公新書、二〇一四年
松本清張『半生の記』新潮文庫、一九七〇年
松本清張『グルノーブルの吹奏』新日本出版社、一九九二年
松本清張他『松本清張対談集　発想の原点』双葉文庫、二〇〇六年
ミステリー文学資料館編『幻の探偵雑誌シリーズ　①～⑩』光文社文庫、二〇〇〇～〇一年
ミステリー文学資料館編『甦る推理雑誌シリーズ　①～⑩』光文社文庫、二〇〇三年
八木昇『大衆文芸館』白川書院、一九七八年
山村正夫『推理文壇戦後史　全四巻』双葉社、一九七三～八九年
『現代詩読本　田村隆一』思潮社、二〇〇〇年
『日本探偵小説全集　全十二巻』創元推理文庫、一九八四～九六年

**■出版史関連**

伊藤友八郎『出版王国［講談社］』オーエス出版、一九九四年
小川菊松『出版興亡五十年』誠文堂新光社、一九五三年
小川菊松『日本出版界のあゆみ』誠文堂新光社、一九六二年
片柳忠男『カッパ大将―神吉晴夫奮戦記―』オリオン社、一九六二年

加藤一夫編『カッパの本―〈創作出版〉の発生とその進展―』光文社、一九六八年
加藤謙一『少年倶楽部時代―編集長の回想―』講談社、一九六八年
神吉晴夫『カッパ兵法―人間は一回しか生きない―』華書房、一九六六年
木本至『雑誌で読む戦後史』新潮選書、一九八五年
講談社社史編纂委員会編『講談社の歩んだ五十年　明治・大正編／昭和編』講談社、一九五九年
講談社八十年史編集委員会『講談社の歩んだ80年』講談社、一九九〇年
櫻本富雄『本が弾丸だったころ―戦時下の出版事情―』青木書店、一九九六年
佐藤吉之輔『全てがここから始まる―角川グループは何をめざすか―』角川グループホールディングス、二〇〇七年
佐藤卓己『『キング』の時代―国民大衆雑誌の公共性―』岩波書店、二〇〇二年
塩澤実信『出版界の華麗なる一族』朝日出版社、一九八九年
塩澤実信『出版社大全』論創社、二〇〇三年
塩澤実信『出版社の運命を決めた一冊の本』流動出版、一九八〇年
塩澤実信／小田光雄編『戦後出版史―昭和の雑誌・作家・編集者―』論創社、二〇一〇年
清水文吉『本は流れる―出版流通機構の成立史―』日本エディタースクール出版部、一九九一年
新海均『カッパ・ブックスの時代』河出ブックス、二〇一三年
鈴木徹造『出版人物事典―明治―平成物故出版人―』出版ニュース社、一九九六年
高橋康雄『夢の王国―懐しの少年倶楽部時代―』講談社、一九八一年
田所太郎『戦後出版の系譜』日本エディタースクール出版部、一九七六年
常盤新平『翻訳出版編集後記』幻戯書房、二〇一六年
日本出版学会編『出版の検証　１９４５―１９９５　敗戦から現在まで』文化通信社、一九九六年
橋本健午『発禁・わいせつ・知る権利と規制の変遷―出版年表―』出版メディアパル、二〇〇五年
原田裕『戦後の講談社と東都書房』論創社、二〇一四年
紅野謙介『検閲と文学　１９２０年代の攻防』河出ブックス、二〇〇九年
松浦総三『戦後ジャーナリズム史論―出版の体験と研究―』出版ニュース社、一九七五年
宮田昇『翻訳権の戦後史』みすず書房、一九九九年
宮田昇『出版の境界に生きる―私の歩んだ戦後と出版の七〇年史―』太田出版、二〇一七年
宮田昇『昭和の翻訳出版事件簿』創元社、二〇一七年
宮田昇『戦後「翻訳」風雲録―翻訳者が神々だった時代―』本の雑誌社、二〇〇〇年
宮原照夫『実録！少年マガジン名作漫画編集奮闘記』講談社、二〇〇五年
宮守正雄『ひとつの出版・文化界史話―敗戦直後の時代―』中央大学出版部、一九七〇年
森彰英『音羽の杜の遺伝子』リヨン社、二〇〇三年
鎗田清太郎『角川源義の時代―角川書店をいかにして興したか―』角川書店、一九九五年

# 江戸川乱歩と横溝正史

Edogawa Rampo & Yokomizo Seishi

２０１７年10月31日　第一刷発行

著者　中川右介

発行者　茨木政彦

発行所　株式会社　集英社

〒１０１‐８０５０　東京都千代田区一ツ橋２‐５‐10

電話　編集部＝０３‐３２３０‐６１４１

読者係＝０３‐３２３０‐６０８０

販売部（書店専用）＝０３‐３２３０‐６３９３

印刷所　図書印刷株式会社

製本所　ナショナル製本協同組合

**中川右介** Nakagawa Yusuke

作家、編集者。一九六〇年東京都生まれ。共生閣・聖紀書房・彰考書院の藤岡淳吉の孫。早稲田大学第二文学部卒業。出版社勤務の後、アルファベータを設立し、代表取締役編集長として雑誌『クラシックジャーナル』、音楽家や文学者の評伝や写真集の編集・出版を手掛ける（二〇一四年まで）。その一方で作家としても活躍。クラシック音楽への造詣の深さはもとより、歌舞伎、映画、歌謡曲、漫画などにも精通。膨大な資料から埋もれていた史実を掘り起こし、歴史に新しい光を当てる執筆スタイルで人気を博している。主な著書に『カラヤンとフルトヴェングラー』『歌舞伎　家と血と藝』『角川映画　1976-1986』など。



ISBN978-4-08-781632-7　C0095